에덴의 연인에게 2

에덴의 연인에게 2

초판 1쇄 인쇄일 | 2005년 1월 29일
초판 1쇄 발행일 | 2005년 2월 1일

지은이 | 서 야
펴낸이 | 이숙경

펴낸곳	이가서
주소	서울시 마포구 서교동 330-1 2F
전화·팩스	02-336-3502~3 02-336-3009
이메일	leegaseo@naver.com
등록번호	제10-2539호

ISBN 89-5864-080-4 04810
ISBN 89-5864-060-x (세트)

가격은 뒤표지에 있습니다.
저자와 협의하여 인지는 생략합니다.

에덴의 연인에게
2

서 야 장 편 소 설

차례

part 13 7
part 14 32
part 15 58
part 16 88
part 17 109
part 18 129
part 19 156
part 20 193
part 21 228
part 22 246
part 23 282
part 24 325
part 25 354
part 26 384

13

"이젠 집에도 오지 않는 거냐?"

이른 출근을 하자마자 자신보다 더 일찍 출근을 한 윤 회장이 전화를 걸어왔다.

"왜요? 설마 제가 보고 싶으신 건 아니시겠죠?"

벗은 재킷을 휙 포물선처럼 내던지며 규하가 대답했다.

"누가 네 낯짝 보고 싶다던? 대체 결혼하면 뭔가 달라진 게 있어야지. 끌끌."

대체 뭐가 불만인지 툴툴대는 아버지에게 규하는 인상을 찌푸렸다. 며칠동안 줄곧 술에 절어 살았더니 골이 지끈지끈 아파왔다. 쿵쿵거리며 귀를 울리는 아버지의 커다란 음성조차 받아들이기 힘들만큼 규하의 몸은 많이 지쳐 있었다.

"진짜 용건이 뭡니까? 저 바쁩니다."

이젠 거의 울리는 수준으로 골이 아파오자 규하가 관자놀이를 짓눌렀다. 지금은 은우만 감당하기에도 힘이 벅찰 정도였다. 아버지의 투정까지 받아주기에는 몸 뿐 아니라 마음까지 여유가 없었다.

"나도 바쁘다. 어찌된 게 겨우 이사인 주제에 회장인 나보다 더 바쁘다는 거냐?"

"무슨 일이세요?"

긴 말을 뚝 자르며 규하가 또다시 용건을 재촉했다.

"버르장머리 하고는!"

결국 버럭 윤 회장이 화를 냈다. 좋은 소식이라 이른 아침부터 전화를 했건만, 규하는 내내 짜증이었다. 대체 뭐가 불만인 거야? 참고 있는 건 자신인데 아들은 그런 눈치도 없었다.

"네 사장 취임식 날짜나 정해서 올려라."

괘씸한 아들 녀석 때문에 화가 잔뜩 난 윤 회장이 앞뒤 말 다 자르고 툭 말을 던졌다.

"사장 취임식이요?"

"그래, 어제 이사회에서 결정했다. 발령은 당장 내일부터이니까 그렇게 알고 새 사무실로 가면 될 거다. 그리고 진현호 비서도 데리고 가고 싶으면 그렇게 하던지…. 내 축하 선물이다."

"네."

사장 취임소식에도 규하의 태도는 여전히 냉랭했다.

"망할 녀석, 정신이 아예 나갔군."

그가 얼마나 사장 자리에 오르기 위해 애를 썼는지 뻔히 아는 아버지라 그의 반응이 못내 못마땅한 기색이었다.

"정신 있습니다. 잠깐 딴 생각을 하느라…."

규하가 대꾸하며 제 성질을 눌렀다. 행여 은우에게 또다시 화살이 돌아갈까 걱정이었다. 무뚝뚝한 아버지였지만, 자신에 대한 사랑을 모르지는 않았다. 비록 친자식이 아니었지만, 그는 한 번도 그들이 자신을 그렇게 바라보았다고는 생각하지 않았다. 오히려 마음을 열지 않은 건 자신 쪽이었다. 그토록 못마땅한 결혼이었지만 이만큼 물러선 것도 자신이 은우만을 원해서였다. 그가 원했기에, 아버지 역시 한 걸음 물러선 것이다.

"죄송해요."

묵묵한 윤 회장에게 규하가 선뜻 사과를 먼저 했다. 절대 잘못했다 말하지 않는 그였지만, 이번의 사장 자리는 그 못지않게 윤 회장에게도 의미 있는 자리였다. 그래서 이른 아침부터 전화를 걸었을 것이다. 선선한 그의 사과에 움찔거리는 침묵이 전해졌다. 꽤 놀란 눈치였다.

"흠, 흠…."

별 말은 없이 헛기침만 하는가 보다, 전화를 끊으려는데 멀어진 전화기에서 어색한 대답이 들려왔다.

"뭐, 결혼이 그리 나쁘지만은 않군."

규하는 전화를 끊고는 의자에 편안히 기댔다. 그토록 기다리던 사장 취임소식이었지만 사실, 생각보다 흥이 나지 않았다. 대신 지끈거리는 관자놀이만 할일 없이 누르고 있을 뿐이었다. 술도 술이었지만 지후를 생각하면 없던 두통도 밀려 올 지경이었다. 규하가 피곤한 듯 의자에 기대어 눈을 감았다.

지후는 거의 매일 전화를 하는 눈치였다. 복잡한 머리도 식힐 겸 잠시 내려간 아래층에서 은우의 뒷모습을 보았다. 젖혀진 커튼 사이로 조용히 자장가를 불러주던 은우의 맑은 목소리가 들렸다. 묻지 않아도 지후의 전화라는 걸 규하는 알 수 있었다. 놀이동산에서 느꼈던 잠시의 기분은 까맣게 사라지고 그와 은우는 또다시 어긋나고 있었다.

그 날 이후, 은우는 그의 시선을 절대 마주치지 않았다. 노려보지도, 이를 악물지도 않았다. 그저 기계처럼 아침을 준비하고 곧장 자신의 방으로 들어가 버렸다. 저녁에 일찍 들어가도 늘 식탁에는 일인분의 식사만 준비되어있었다. 그런데도 꼬박꼬박 일찍 집에 들어가는 자신의 심술도 이해하기 어려운 것도 사실이었다. 제길, 사랑이라니. 우습지도 않았다. 그런데도 그 얄팍한 녀석은 지켜주지도 못할 사랑을 빌미로 그렇지 않아도 어긋나 있는 그들의 결혼에 자꾸 균열을 가하고 있었다.

당장이라도 다가가 전화기를 내던지고 싶은 충동대신 주먹을 꽉 쥔 채 차가운 얼음물만 벌컥벌컥 마신 후 곧장 위층으로 올라와 버렸다. 점점 더 당당해지는 지후에 비해, 그는 점점 더 초라해지고 있었다. 오기처럼 이를 바락 물기는 했지만 그는 매일 밤 지후에게 노래를 불러주는 은우와, 매일 그 노래를 들으며 잠들 지후 사이에서 조금씩 피곤해져가고 있었다.

"이사님!"

감은 눈꺼풀 위를 짓누르고 있는 그를 진 실장이 불렀다.

"뭔데?"

"저, 취임식 날짜가 정해졌습니다."

그가 소식을 들은 게, 채 5분도 안 된 것 같은데 진 실장은 벌써 취임식까지 정한 모양이었다.

"그래? 언젠데?"

"이번 주 토요일, 센트럴 호텔에서 파티를 열 계획입니다."

"빨리도 나가는군."

"네?"

"아니, 나가 봐요. 아, 그리고 신은 아직 연락이 없었나?"

"네. 아직…."

왜 이리 늦는 거야? 그리 힘든 지시도 아닐 텐데, 신의 보고는 자꾸 늦어지고 있었다. 하루 반나절이면 될 것 같았는데 신의 연락은 벌써 3일째 없었다. 아침에 있던 회의가 생각보다 빨리 끝나 규하는 잠시 사무실을 빠져나왔다. 취임파티에는 은우까지 동행할 생각이었다. 둘에겐 조금의 변화가 필요했다.

"이사님, 오랜만이시네요."

언제나 모임의 성격만 이야기 하면 알아서 그의 치수대로 배달되었기 때문에 규하가 직접 이곳을 방문한 것은 꽤 오랜만이었다.

"음."

고개를 끄덕이며 규하가 매장을 쓰윽 둘러보았다. 특별히 눈에 띄는 옷이 없다.

"이사님께는 이쪽이 더 맞을 실 것 같은데…."

한실장이 평소의 취향대로 은빛 실크 정장을 꺼내 들었다.

"아, 아내 옷이야."

아내라는 말에 한 실장의 입이 쩍 벌어지고 말았다. 윤규하는 이제껏 어느 여자를 위해서도 이런 곳에 발걸음을 해 본 적이 없었다. 어머니의 단골 가게라 잠깐 한 번 들렀을 뿐, 대부분은 한 실장이 알아서 보내오는 편이었다.

"아, 네. 그럼 사모님은 어떤 스타일로…."

아무리 베테랑인 한 실장이었지만 놀란 시선을 쉽사리 감추지 못했다. 한 실장의 말에 잠시, 그가 갈기갈기 찢어버린 붉은 드레스를 떠올렸다.

"붉은 빛 실크 드레스…."

한 실장이 고개를 갸웃거렸다. 붉은 빛이라….

"아, 그리고 등이 많이 파이지 않는 드레스."

여러 옷 사이를 헤매고 있는 한 실장에게 규하가 한 마디를 더 거들었다. 상처가 남은 은우의 늘씬한 등을 생각하며 덧붙인 말이었다.

"흠, 붉은 색으로는 보통 그런 디자인을 하는 편이 아니라서…. 언제 필요한 옷인지 알려 주시면 그때까지 만들어 드리겠습니다."

한 실장이 말했다. 아마 새로 디자인을 할 모양이었다. 규하가 가볍게 고개를 끄덕였다. 은우만을 위한 드레스라면 더할 나위 없이 만족스러운 일이었다.

"그럼 윤 이사님은…."

대충 불러주는 치수를 받아 적던 한 실장이 물어왔다. 붉은 드레스에 짝을 이룰 그의 옷을 살피던 그의 시선에 정장 하나가 눈에 띄었다. 매장 한 쪽 구석에 걸려 있는 옷이었다.

"검은 슈트에 붉은 빛 셔츠, 붉은 타이."

검은 슈트와 붉은 빛 셔츠. 한 실장이 규하를 따라 시선을 돌렸다. 윤이 나는 검정에 자잘한 은사가 박혀 있어 상당히 고혹적인 슈트였다. 그녀 자신도 사실, 욕심으로 코디를 해 놓았을 뿐, 어울리는 사람이 쉽게 나타날 거라 생각하지 않았던 옷이었다. 한 실장이 유달리 검은 윤규하의 머리카락과 검은 눈동자를 슬쩍 바라보았다. 장신의 키에 선이 굵은 얼굴과 지독하리만큼 검은 머리카락이 그렇지 않아도 충분히 유혹적인데 그것에 검은 슈트라…. 어느 모임인지 자신이 아내라면 신경 꽤나 쓰일 것 같다.

은우의 옷과 함께 자신의 옷까지 결정한 규하의 시선이 잠시 매장 한 곁에 머물렀다. 순백의 드레스. 순간 규하는 사라져 버린 자신의 결혼식을 떠올렸다. 딱 손가락을 튕기자 한 실장이 쏜살같이 달려왔다.

"이것도 함께."

아마 그의 은빛 정장과 꽤 어울릴 지도 몰랐다. 가게를 나서는 규하의 입가에 비로소 편한 미소가 걸렸다.

✤

취임 파티 장을 돌아다니는 규하의 손은 한시도 아내의 허리선에서 벗어날 줄을 몰랐다. 사장 취임파티 드레스라며 규하가 상자를 건넸을 때, 옷보다 그 상자의 수에 놀라고 말았다. 붉고, 하얀 드레스 두 벌과 거기에 어울리는 구두, 속옷. 하다못해 신어야할 스타킹까지 모두 갖춰진 상자가 마술 상자처럼 끝도 없이 풀어져 나왔다. 이른 아침부터 무를 따라, 마사지와 미용실까지 전부 거치고 나왔을 때는 어느새 예정된 시간이 다 되어 있었다. 이렇게 화려한 외출 준비는 처음이었다.

꼬박 고개를 숙이는 이들을 따라 가면서 꽤나 불편했는데, 다행이 규하가 이미 말을 해 놓았는지 그녀가 미처 뭐라 하기도 전에 모두들 알아서 손질을 해 주었다. 규하는 회사에서 바로 올 거라며 무는 곧장 취임 파장으로 은우를 이끌었다. 전에 보았던 호텔 못지않게 큰 규모의 파티였다. 차에서 내려서는데 규하가 기다렸다는 듯이 다가왔다.

까만 정장이 아찔할 만큼 섹시했다. 화려하게 꾸며진 그녀를 보고도 별 말은 없었지만, 파티장으로 이끄는 손길은 그 어느 때보다 부드러웠다. 더구나 전의 그 아슬아슬한 드레스와는 달리 몸을 편안히 감싸는 디자인 때문에 규하의 손에 이끌려 파티 장을 거니는 은우는 오랜만에 편한 기분이었다.

며칠 내내 술에 절어 살던 규하 역시 오늘따라 유달리 기분이 좋아 보였다. 검은 옷 덕분인가? 흑요석 같은 검은 눈동자가 악마처럼 이곳에 모인 모든 여성들의 시선을 잡아끄는데, 정작 당사자인 규하는 의식조차 없었다. 그의 시선은 오직 그의 아내, 은우에게만 못 박혀 있었다.

목 언저리에 부드럽게 매어진 머리카락과 작은 다이아 헤어핀이 조명 속에서 반짝거려 마치 멋진 영화의 한 장면 같았다. 규하가 다시 한 번 그녀를 바라보았다. 매장을 나와 잠시 차까지 거닐던 그의 시선을 잡아끌던 작은 머리핀이었다. 은우의 머리카락을 연상시키는 검은 비로드 천위에 놓여 있는 머리핀을 본 순간 규하는 주저 없이 보석상의 문을 밀었다. 아무것도 걸치지 않은 은우의 알몸과 침대위에 펼쳐진 머리카락이 마치 그 다이아의 빛과 같아 두 번 생각할 수 없었다. 그리고 지금 이 순간 규하는 자신의 선택에 충분히 만족하고 있는 중이었다. 반짝이는 은우의 머리카락과 고혹한 자태까지…. 은우는 그 자신의 사장 취임보다 그를 더 흥분시키고 있었다. 규하의 입가에 스르르 부드러운 미소가 머물렀다.

은우는 한시도 자신의 허리에서 떠나지 않는 규하의 뜨거운 손으로 인해 정신을 차릴 수 없었다. 단지, 아버지의 회사라 이런 자리에 오르는 줄 알았다. 그러나 그녀가 만나는 사람들의 입에서는 과하다 싶을 만큼 규하에 대한 칭찬이 넘쳐나고 있었다. 밖에서의 규하는 그녀가 생각하는 것 이상으로 능력이 있는 모양이었다. 내내 축하하는 사람들에게 답례의 미소를 지으며 은우는 남 몰래 구두 안에서 발가락을 꼼지락거리고 있었다. 규하가 선사한 드레스와 어울리게 함께 놓여있던 구두는 새 구두치고는 편한 편이었지만, 여전히 그녀는 이런 구두에 익숙지 않았다.

"왜 그러는 거지?"

남모르게 한다고 했는데도 찡그려지는 인상을 느꼈나? 규하가 나지막이 물어왔다.

"발이 좀 아파요."

그녀의 말에 규하의 시선이 발 아래로 향했다. 보기엔 편해 보여 고른 신발인데도 은우에겐 여전히 불편한 모양이었다. 파티 장을 흘낏 둘러보는데 그가 찾는 파우더 룸은 보이지 않았다. 아마 파티 장을 나가야만 있는 모양이었다. 할 수 없이 규하가 은우를 잠시 바깥으로 이끌었다. 이 정도면 대충 받을 인사는 다 받은 터라 잠시 자리를 비워도 괜찮을 듯싶었다. 홀 밖의 부드러운 소파 위에 은우를 앉힌 규하가 무릎을 꿇은 채 그녀의 발에서 조심스럽게 구두를 벗겨냈다. 자그마한 그녀의 발이 조금 전보다는 다소 부어 부였다. 한 손에 쏘옥 들어올 것 같은 은우의 발을 자신의 무릎 위에 얹은 후 규하가 조심스럽게 그녀의 발을 주무르기 시작했다.

"됐어요. 제가 할게요."

은우가 벌겋게 얼굴을 붉히며 발을 빼냈지만, 규하는 여전히 꼼지락거리는 그녀의 발을 옴짝 못하게 붙잡았다. 발가락을 어루만지는 그의 손가락에 은우는 발가락이 아닌 온몸이 짜릿해졌다.

"괜찮아. 내가 할게."

자신의 발을 주무르기 위해 숙여진 어깨가 시선에 들어왔다. 크고 넓은 어깨였다. 굵은 목엔 까맣게 윤이 나는 머리카락이 언저리에 닿을 만큼 길어있었다. 그리고 곧장 떨어지는 까만 그의 슈트에 시선이 이르자 은우가 들릴 듯 말 듯 가볍게 숨을 내쉬었다.

규하에겐 악마 같은 매력이 있었다. 냉혹하리만큼 매서울 때도 있었지만, 간혹 보이는 미소 속에 담긴 부드러움은 눈을 뗄 수 없이 유혹적이기도 했다. 은우의 눈동자에 상념이 흘렀다. 대체, 이 남자를 어떻게 해야 하나.

몰아칠 땐, 정말 갈겨주고 싶을 만큼 밉지만 이렇게 자신 앞에 서 있으면 이상하게 설다. 은우는 규하 너머로 파티 장을 돌아보았다. 밖에서 보는 그의 모습은 또 다른 충격이었다. 그의 사무실에 가본 적이 있긴 하지만 다른 사람의 시선으로 보는 그의 모습이 이럴 거라 생각해 본적이 없었다.

서른도 안 된 나이에 입사해 한 번도 휴식을 갖지 못했다는 말도 그저 그런가 했었다. 사장 취임파티라는 것도 마찬가지였다.

그러나 여기 이 자리에 선 그는 너무나 당당했다. 그를 바라보는 윤 회장이나 현정의 시선에도 자랑스러움이 가득했다. 그는 단지 아들이기에 이 자리를 받은 게 아니었다. 그 자신이 갖기 위해 노력했고, 그것은 그만한 대가일 뿐이었다.

"너무 그렇게 바라보지 말라구. 더 이상 그런 시선으로 보면 당장이라도 여기에 눕히고 말테니까."

오랜만에 듣는 편한 목소리였다. 놀이동산에서의 그는 내내 이런 모습이었는데, 어느 순간 갑자기 모든 게 틀어지고 말았다. 은우는 조용히 그를 내려다보았다. 다시 그 시간이 그리웠다.

"내게 다 준 건가요?"

"뭘 준다는 거지?"

까만 눈동자가 그녀를 향했다. 빠질 듯 깊은 눈동자였다.

"당신의 여자…."

"내 여자는 당신뿐이야. 원한 걸 이젠 얻었잖아?"

규하가 낮은 목소리로 대답했다. 은우가 살짝 뺨을 붉혔다. 목선을 따라 빠르게 번져가는 붉은 빛을 규하가 홀리게 바라보았다. 단지 붉히는 것만으로도 이렇게 그를 달아오르게 할 수 있다니. 규하가 천천히 눈을 들었다. 붉어진 뺨이 다시 하얗게 돌아오고 있었다. 다시 조심스럽게 구두를 신기며 규하가 그녀를 일으켰다.

"왜요? 벌써 들어가야 되나요?"

은우가 짧은 시간을 아쉬워하며 물었다. 조금만 더 이 시간을 잡고 싶었다.

"집에 가는 거야."

"집이요? 하지만 아직 파티가…."

"저 빌어먹을 파티는 잊으라구. 이제 우리 둘 만의 파티를 열 거니까."

규하가 씨익 웃었다. 그녀의 심장이 쿵쿵, 빠르게 뛰기 시작했다. 악마 같아, 당신….

"하지만 당신을 위한 파티잖아요."

"이 정도면 충분히 봉사해 준 거야."

규하가 대답했다. 도망치듯 호텔을 빠져 나와 차에 오른 두 사람은 집으로 향했다. 유난히 조용한 그의 옆에서 그녀의 심장 소리만 북처럼 울렸다. 은우는 행여 규하의 귀에 들어갈까, 한껏 숨을 죽였다. 집까지 가는 길이 그리 멀지 않은데, 그녀에게는 하루의 시간처럼 길기만 했다.

'내 여자는 당신뿐이야. 원한 걸 이젠 얻었잖아?'

조금 전 규하가 했던 말이 떠올랐다. 그의 말처럼 원하는 걸 이젠 얻었을까? 은우는 왠지 그의 말을 믿을 수 있을 것만 같았다. 그가 주었다면, 분명 주었을 것이다.

집에 도착한 규하가 은우의 손을 부드럽게 잡았다. 그들의 첫날이었다. 잡은 그의 손이 미세하게 떨리는 것이 느껴졌다. 그녀처럼 그 역시 떨린다는 게 조금 위로가 되었다. 그에게 손을 맡긴 채 그녀는 조용히 집 안으로 들어섰다. 규하가 이끈 곳은 커다란 침대가 놓인 그녀의 방이었다.

"지켜 줄 거야. 그 이름뿐인 사랑이 아닌, 나 자신만의 힘으로 널 지킬 거다. 이 세상으로부터 다치지 않게 널 지켜 줄 거야."

방에 들어선 그가 넓은 가슴 안으로 그녀를 끌어안으며 속삭였다. 맑은 바람의 향기가 청량제처럼 시원했다. 후끈 달아오른 뺨을 서늘한 규하의 가슴 안에서 식히며 은우는 갓난아이처럼 가만히 안겼다. 네, 하고 대답하고 싶었지만 대답 대신 그녀는 규하의 체향을 깊이 들이마셨다. 달아 오른 그녀의 얼굴을 규하가 가만히 쓸었다. 기다란 손끝이 지날 때마다 짜릿한 전율이 온몸을 스쳐 지나갔다.

기댄 그의 가슴에서 심장 박동 소리가 점점 크게 울렸다. 부드럽게 쓰다듬던 그가 와락 그녀를 품에 안았다. 마치 자신의 품에 안긴 그녀의 존재를 믿을 수 없다는 듯, 잠시 그녀의 얼굴을 보곤 또 다시 가슴에 안았다.

이상하게도 안긴 그의 품이 엄마처럼 따뜻했다. 내내 안고만 있던 규하가 살짝 그녀의 얼굴을 잡았다. 강인한 그의 입술이 부드럽게 닿았다. 어루듯 스치는 그의 입술이 약간 까실했지만 싫지만은 않았다. 가벼운 입맞춤만 하던 규하가 그녀의 시선을 잡았다. 허락을 청하는 눈빛이었다.

은우가 살짝 고개를 끄덕였다. 그제야 규하의 입에 배시시 미소가 배었다. 그녀의 허락을 얻은 그의 키스는 좀 전과는 다른 농염하면서도 허기진 키스였다. 자신의 혀를 감싸 도는 그의 애무에 은우는 황홀하게 눈을 감았다. 온몸의 세포들이 그의 입술을 애타게 찾고 있었다. 규하가 그녀의 가느다란 어깨에 걸린 옷을 살짝 내려 앉혔다. 스르르 미끄러지는 옷 사이로 수줍게 드러난 나신이 붉게 물들어 있었다. 둥근 그녀의 어깨에 붉은 키스 자국을 남기며 규하가 잠긴 목소리로 속삭였다.

"아름다워. 미칠 것만 같아."

은우는 아찔 현기증이 돌았다. 그녀 역시 주체 못하게 달아오르고 있었다. 조그만 더, 조금만 더, 그녀는 애타게 규하의 입술을 찾았다. 어깨와 드러난 가슴에 머물던 그의 키스가 다시 그녀의 입술에 와 닿았다. 이번엔 그녀가 그의 입술을 마셨다. 깊은 남성의 향취가 물씬 입 안으로 스며 들어왔다.

"괜찮은 건가?"

물기를 머금은 촉촉한 목소리였다.

"네가 그만두라면 그만 둘 거다. 네가 원치 않는다면 절대 널 안지 않겠어."

머뭇거리는 음성으로 그가 말했다. 결코 그만두지 않기를 바라면서도, 절대 두 번 다시 그녀에게 상처를 주지 않겠다는 그의 말대로 그는 허락을 구하고 있었다.

"네."

은우가 고개를 끄덕였다. 그녀 역시 여기서 멈추길 바라지 않았다. 정말이니? 확인하듯 그가 바라보았다. 은우가 또 한번 고개를 끄덕였다. 완벽한 허락을 얻었다는 듯, 규하는 이제 거칠 것 없이 그녀를 탐하기 시작했다. 희락의 쾌감을 보여주듯 부드러운 규하의 키스가 그녀의 온몸을 스쳐 지나갔다. 그의 입술을 닿은 곳마다 통증처럼 모든 감각이 곤두서버렸다. 은우의 손가락이 파고들 듯 규하의 등허리를 움켜쥐었다.

순간 규하의 입에서 흠, 쾌락의 신음이 새어 나왔다. 복숭아 꽃잎 같은 그녀의 가슴과 날렵한 복부로 향한 그의 입술이 좁은 그녀의 곳을 촉촉하게 적셔왔다. 젖혀진 그녀의 허리를 껴안은 채 규하가 천천히 그녀 안으로 침입해 들어오기 시작했다. 아직 익숙하지 않은 그녀가 아프지 않도록 조심스럽게 다가 온 그가 천천히, 그리고 조금씩 움직이기 시작했다.

발끝까지 닿은 그의 애무로 이미 그녀의 온몸은 열병처럼 후끈 달아 있었다. 반복적인 그의 움직임이 부풀어 오른 그녀를 예민하게 자극하기 시작했다. 따뜻한 방 안에 하얀 입김이 새어 나올 정도로 그녀의 입에서는 달뜬한 숨이 새어 나왔다.

"괜찮은 건가?"

규하가 다시 한 번 물었다. 아프지 않는지 조심스러운 기색이었다. 은우는 또다시 고개를 끄덕였다. 괜찮다고 말하고 싶은데, 목소리가 잠겨서 나오질 않았다.

헉!

순간 그녀의 예민한 곳을 꽉 조여 오는 딱딱한 남성에 은우는 자신도 모르게 움찔 허리를 움직였다. 그녀에게도 처음이었다. 이토록 황홀한 몸짓은. 남녀의 몸짓이 이토록 낙원일 수 있다는 거 예전엔 미처 알지 못했다. 그녀의 첫 섹스에 대한 기억은 고통뿐이었다. 배려도 없이 성급하게 침입하는 고통 때문에 한동안 혐오감이 들 정도로 그녀는 아팠었다. 남녀의 이런 행위에 대한 환상은 없어진 지 오래였다. 하지만 규하가 충분히 젖게 한 여체는 그녀와 규하 둘 모두를 극한의 절정으로 몰아넣고 있었다.

규하의 검은 머리카락에서 땀이 뚝, 흘러 내렸다. 그녀는 조심스레 그의 머리카락을 만졌다. 부드러웠다. 그녀의 손길에 규하가 움찔 조였다. 검은 눈동자가 손에 잡힐 듯 그녀를 바라보았다. 은우가 수줍게 미소를 지었다.

"은우야. 이은우."

제니와 이화에게서 부르짖던 이름들이 비로소 제 주인을 찾아 허공 속으로 울렸다. 그리고 새벽이 올 때쯤에야 둘은 비로소 기진한 잠에 빠져 들었다.

부드러운 크림 빛 커튼 사이로 밝은 태양이 고스란히 내리비추었다. 잠시 눈을 뜬 규하가 그 환함에 인상을 찡그렸다. 어제 커튼을 치는 것을 잊은 모양이었다. 규하는 은우가 깰지 않도록 조심스럽게 일어났다. 이 한 줄의 햇빛이 그녀의 잠을 방해하지 않도록 커튼을 닫을 생각이었다. 작은 움직임인데도 은우가 꼼지락거리며 돌아누웠다. 그 통에 살짝 흘러내린 이불 사이로 그녀의 하이얀 등이 고스란히 드러났다.

  일어서던 규하가 흠, 자신도 모르게 숨을 들이켰다. 또다시 그녀를 안고 싶은 욕망을 애써 누르며 소리가 새지 않도록 조금씩, 조금씩 커튼을 가리기 시작했다. 그의 움직임에 따라 조금씩, 조금씩 은우의 얼굴을 드리던 햇빛이 사라져 갔다. 그림자가 진, 침대에 걸터앉은 규하가 홀린 듯이 은우를 바라보았다. 잠든 얼굴이 아이처럼 순했다. 그의 손이 조심스럽게 이마 위에 놓인 머리카락을 치웠다. 심장이 떨렸다. 심장병을 앓는 사람처럼 잠든 사이 몰래 바라보는 아내의 얼굴에 그는 소년처럼 떨고 있었다.

  내 아내…. 그가 되뇌었다. 내 아내. 그리고 내 은우.

  온전히 자신의 것이 된 후 기진한 듯 쓰러진 은우는 비로소 그의 것이었다. 그의 숨결에 잠이 깼나? 살포시 눈을 뜬 그녀가 눈을 비볐다. 말간 얼굴이 천사처럼 아름다웠다.

  "일어났나요?"

  "음…."

바라보는 그의 시선이 부끄러운지 가슴께까지 시트를 움켜쥔 그녀가 수줍게 미소를 지었다. 처녀 같은 수줍음이었다. 제발 그렇게 웃지 마. 규하가 속삭였다. 그녀의 작은 미소에도 숨이 멎을 것만 같았다.

"내게 실망해서 몰래 나가려는 건 아니었겠죠?"

"실망?"

"당신이 원한 처녀가 아니었잖아요."

아마 전에 악 바치듯 말한 말을 기억하고 있었나 보다.

"그런 건 상관없어."

그가 어깨를 으쓱였다. 그녀가 장난처럼 물었다.

"상관없어요? 그런데 왜 그렇게 말 한 거예요?"

규하가 다시 그들의 침대로 들어섰다.

"바보였으니까."

그의 대답에 은우가 해맑게 웃었다. 처녀이어야 한다던 그의 앞에서 보이지 않았던 피 때문에 조금 가슴을 졸였다. 아침에 일어나면 그녀를 책망하지 않을까, 처녀이지 않아서 예전처럼 차갑게 돌아서 버리지 않을까, 그 생각이 먼저 들었다. 그의 곁에서 은우가 가려진 햇살을 바라보았다. 해는 이미 높은데, 빛은 여명처럼 여렸다.

"난, 아침에 뜨는 해가 싫어요. 특히 이렇게 내 몸이 고스란히 드러날 때에는 더요."

제 상흔이 부끄러움 없이, 고스란히 내 남자의 눈에 보여 지는 게 싫어요. 은우가 혼잣말처럼 나직이 말했다. 고통의 상흔은 또 하나의 부끄러운 상흔이 되어 아픔처럼 남았다.

처음의 그 사람이 그랬다. 잠시 외로움의 도피처럼 만났던 남자. 사랑이라는 걸 해보기도 전에 강탈당하듯 빼앗겼던 그녀의 순결을 가져간 그 남자는, 정신없이 그녀를 짓밟고 나서 환한 불빛에 드러난 그녀의 자국들을 보며 징그럽다는 듯 인상을 찡그렸었다. 그 후로 그는 슬금슬금 그녀를 피하기 시작했다. 은우의 첫경험은 그렇게 또 다른 상처로 남았다. 그런데, 규하는 아련한 빛 속에 드러나는 그녀의 상흔을 조심스럽게 쓸어내리고 있었다. 솜털 같은 손길이었다.

"난 괜찮아. 어차피 그게 없는 널 본 적 없으니까. 네가 내 여자이면 돼."

상흔을 따라 흐르던 규하가 드러난 등 언저리에 가볍게 키스를 했다. 이까짓 상흔들은 아무것도 아니었다. 살아가면서 그 상처들을 하나씩 지워 가면 된다. 그가 말했듯이 세상에서부터 그녀를 지키며, 하나하나 지워 가면 그만이었다. 그녀가 자신의 여자라는 것, 그것만으로도 충분했다. 은우이기에 좋은 거다. 다른 매끄러운 어느 여인들의 몸보다 그에게는 은우의 이 거친 상흔이 더 좋았다. 자신이 이렇게 살아갈 줄 몰랐지만, 지난 하룻밤은 그의 많은 것을 바꾸어 버렸다. 이젠 그는 예전으로 돌아갈 수 없었다. 두 번 다시….

"일어나요. 늦었어."

그의 곁에 누워있던 은우가 화들짝 놀라 일어섰다. 어느새 벌써 출근 시간이 지나 있었다. 미처 준비하지 못한 아침 때문에 은우가 종종댔지만, 그는 따뜻한 우유 한 잔이 밥 한 공기보다 더 배불렀다. 갓 결혼한 신혼부부처럼 그녀의 입술에 가벼운 입맞춤을 한 그의 모습은 여느 새신랑과 다를 바가 없었다.

평소보다 늦은 시간에 회사에 들어선 규하의 얼굴엔 여전히 미소가 스며 있었다. 새로 취임한 사장의 고약한 성미 때문에 첫 날부터 잔뜩 기가 죽은 비서실 직원들이 서로 수군거리는 것조차 모를 정도로 기분 좋은 그가 자신의 사무실로 들어서자 지금까지 그림자처럼 한쪽 자리에 앉아있던 신이 조용히 일어섰다. 이제야 그가 시킨 조사가 끝난 모양이었다.
"오셨습니까?"
"들어 와."
배어 있던 미소가 싸악 사라진 얼굴로 규하가 딱딱하게 신을 불렀다. 신이 가져 온 보고서가 그리 반갑지 않으리라는 것은 알고 있었다. 그냥 묻었어야 했을까? 규하는 새삼 후회가 되었다.
그가 재킷을 벗고 자리에 앉자 그제야 신이 팔에 끼고 있던 서류들을 내밀었다. 꽤 두툼한 서류들이었다. 간단한 보고서 정도일 줄 알았는데 생각보다 서류가 많았다.
"뭐가 이렇게 많지?"
"증거 서류들입니다."
증거? 규하가 서류들이 가볍게 훑어 내렸다.
"증거 서류?"
"네. 혹시 몰라서 병원 자료들과 의사 서명이 들어간 서류들입니다."

"의사 서명이라니? 진단서가 이렇게 많단 말야?"

규하의 얼굴에 긴장이 서렸다. 마치 은우의 치부를 훔쳐보는 것 같아 마음이 편치 않았다. 앞에 놓인 서류들을 망설이듯 바라보던 규하가 천천히 서류를 집어 들었다. 빽빽이 적힌 진단과 신이 정리해 놓은 보고를 읽어 내릴 때마다 그의 얼굴은 더욱 심하게 일그러졌다. 이런 개자식들! 서류를 보던 규하의 입에서 거친 욕지거리가 새어나왔다.

"젠장맞을. 이게 전부 병원 입원기록이란 말이야? 갈비뼈까지 다친 적이 있었나?"

"네. 대부분은 맞은 부위에 피가 터진 정도라 입원할 정도는 아니었지만, 그 땐 거의 몇 주 동안 입원할 정도로 꽤 심각했던 모양입니다. 그 후로 또 한 번 응급실로 실어간 적이 있구요. 보호자가 김유빈으로 되어 있는데 이은우 씨가 집에서 가출한 시기가 그 때입니다."

보고를 하는 신의 얼굴도 규하 못지않게 어두웠다. 가출한 시기라… 그와의 혼사문제가 있었던 때였다. 그 때 함께 있었던 사람이 김유빈이었나? 한 장 한 장 서류를 넘기는 규하의 손이 부들부들 떨렸다. 은우에 대한 폭력 기록은 초등학교에 들어가서부터 시작되어 있었다. 첫 병원 기록은 막 꼬마가 된 10살 때였다. 규하의 이마에 불끈 힘줄이 튀어 올랐다. 극한 화를 참는 기색이었다.

"어떻게 된 상처지?"

"보통은 가느다란 매지만, 흉터가 남을 만큼 심하게 다친 경우는 아마 쇠막대 같은 것일 겁니다."

"쇠막대?"

"굳이 쇠막대가 아니더라도 안테나 같은 것으로도 충분하죠. 아이가 아직 어리니까."

어두운 표정치고 신의 대답은 정연했다. 안테나? 텔레비전 안테나를 뽑아서까지 때렸다는 거야? 규하가 손에 들린 서류를 노려보았다. 당장이라도 박박 찢어버리고 싶었다, 은우의 과거를 지워내듯…. 피 흐르는 상흔보다 그런 극도의 공포 속에서 울었을 어린 은우를 생각하면 당장이라도 이 의원의 그 늙은 목 줄기를 졸라버리고 싶을 만큼 살기가 치밀어 올랐다. 그런 주제에 감히 흥정을 하다니, 뻔뻔하기 그지없는 늙은이였다.

규하는 손에 들린 서류를 자신의 금고 속에 집어넣었.

부셔 버리겠어!

"누구지? 이 의원인가?"

금고의 열쇠를 잠그며, 규하가 물었다. 갈비뼈까지 다칠 정도라면 남자의 힘이 분명했다. 그 집안에서 그럴 인간이라고는 이 의원밖에 없었다.

"저, 그게…. 그 부인인 것 같습니다."

"부인?"

규하가 눈썹을 치켰다. 여자의 힘이라니, 생각지도 못했다.

"네. 고용인의 말에 의하면 부부가 딸 때문에 자주 싸웠답니다. 아마 부인 쪽에서 이은우 씨를 남편의 숨겨진 자식으로 오해했던 모양입니다."

"그게 사실인가?"

"이 의원이 결혼 생활 내내 성실하지 못한 건 사실입니다만, 이은우 씨는 철저히 이 의원의 자식이 아닙니다. 혈액형도 전혀 틀리니까요. 이 의원은 AB형인데 이은우 씨는 O형으로 감식 결과가 나왔습니다. 따로 검사 요청까지 한 모양입니다."

"그런데 어떻게 그런 오해를 할 수 있지?"

"아마 남편이 자신을 속인 거라 생각한 것 같습니다."

정신이 나갔군. 제정신이 아닌 여자야.

"됐어. 나가 봐. 아, 혹시 친부모는 찾을 수 없나?"

뒤돌아서 나가는 신을 규하가 잠시 붙잡았다.

"그게 좀 어렵습니다. 일반 입양아가 아니니까요."

그렇겠지. 손짓으로 신을 내보낸 규하가 등을 기댄 채 피곤한 눈을 감았다. 아침 내내 좋았던 기분이 바닥까지 떨어졌다. 잠시나마 미소가 머물던 입술은 이제 굳을 대로 굳어 있었다.

짧은 휴식을 끝낸 규하가 첫 회의실에 들어섰을 땐, 아침나절의 미소는 상상조차 할 수 없을 정도로 냉혹한 얼굴이었다. 쭉 둘러앉은 간부들이 모두 의아하게 서로를 바라보았다. 잠깐 비서실에서 얻은 정보로는 새 사장의 기분이 꽤 좋다고 들었는데 지금 자신들 눈앞에 있는 사장은 예전보다 더 차가운 얼굴이었다.

 젠장, 간부들의 엉덩이가 들썩였다. 갑자기 푹신한 가죽 의자가 가시 방석처럼 쿡쿡 쑤셔왔다. 기분이 더러울 때의 윤규하는 시한폭탄만큼 감당하기 어렵다. 그 뛰어난 머리로 기획안 하나하나의 꼬투리를 잡기 시작한다면, 이 회의가 끝날 때즈음 다들 혼이 나가 있을 것이다. 오늘 회의도 꽤 고통스러운 시간이 될 거라 서로 눈치를 보는 간부들에겐 아랑곳없이 규하의 시선은 곧장 화면으로 향해 있었다. 엄격한 입매가 불편한 심사를 그대로 드러내고 있었다. 모두들 제발, 자신이 첫 타자가 되지 않기 만을 바랄 뿐이었다.

 그러나 정작 브리핑을 듣는 규하의 머리 속에는 아프게 울고 있었을 은우의 어린 모습만이 가득 차 있었다.

 제기랄, 제 남편 간수 하나 제대로 못한 화풀이를 그 어린아이에게 퍼붓다니! 빌어먹을 집안하고는!

14

"글쎄? 네가 원한다면 할 수는 있겠지만, 그것만으로는 부족해."

쇼우가 완벽한 한국어로 지후에게 대답했다. 쇼우가 소유한 고급스런 사무실에 앉은 지후는 꽤나 불만스런 얼굴이었다. 아직까지 쇼우가 가져온 정보는 원하는 것보다 한참은 미약했다. 그의 말처럼 생각보다 지산은 탄탄했다. 바늘만큼의 틈도 없었다.

"회계 감사 녀석은 알아본 거야?"

여전히 불만스러운 얼굴로 지후가 물었다.

"흠…. 뭐, 썩 만족할 만한 것들은 없어. 직접적으로 이 의원의 이름으로 거론된 공금은 없으니까. 아, 이번에 투자회사 하나가 새로 들어 왔다더군. W. I. C.라고, 서인도제도에 있는 아이티라는 곳에 있다는데 여기가 출구일 확률이 높아."

"서인도제도?"

"대부분의 검은 돈이 그런 식으로 세탁되기 쉬워. 지산만한 그룹에서 대통령 후보감이다, 싶은 곳에 들어갈 검은 돈이 거의 백 억 가까이야. 개인 주머니 속에서 나올 만한 금액이 아니지. 그래서 결국 회사 공금으로 밖에 충당이 안 되는 거야."

"더럽군."

"그래서 세탁이 필요한 거지. 회사 이름으로 그만한 돈을 건넸다가는 나중에 덜미 잡힐 경우가 많으니까. 먼저 자신의 회사 대신 작은 유령 회사 하나를 세우는 거야. 명목상으로는 회사 공금으로 투자하는 것이 수순(隨順)이지. 회사 차원에서 투자해 잃었다는데 그 누가 뭐라 하겠어? 그런데 여기 W. I. C. 는 좀 조사를 해 봐야겠어. 지산과 연관이 잘 안 잡혀. 윤규하라는 남자, 상대하기가 좀 버거울 것 같은데?"

젠장, 쇼우처럼 느긋한 마음으로 시간을 빼앗길 여유가 없었다. 지산에 대한 조사는 빠르면 빠를수록 좋았다.

"되도록 빨리 알아 봐."

일본 야쿠자의 후예답게 쇼우의 정보통은 빠르고 정확했지만, 이렇게 잠시 막히는 것조차 참을 수 없을 정도로 그는 마음이 급했다. 결국 아버지와의 줄다리기가 끝난 덕분에 며칠 전부터 사무실을 나가고는 있지만 아직도 쇼우의 정보는 그에겐 유용했다.

"그렇게 그 여자를 가지고 싶은 거야?"

조급하게 서두르는 그를 향해 마르고 날카로운 쇼우가 물어 왔다. 결국 쇼우 역시 자신의 이익을 위해 지후를 돕는 거지만, 이렇게까지 한 여자에게 빠져드는 그를 이해할 수 없었다.

"이렇게까지 하면서 그녀를 얻어야 하는 이유가 뭐지? 결국 네가 잃어버리는 건 아버지도, 윤규하라는 남자도 아니야. 바로 네 자신이지. 그 여자가 결국 너에게 돌아올 거라고 어떻게 확신하는 거지?"

"확신이란 건 애초부터 없었어. 단지 그녀가 돌아오도록 만드는 것뿐이야. 윤규하가 더 이상 아버지를 빌미로 은우를 잡을 수 없게. 아버지도 둘 사이의 검은 관계가 드러난다면 오히려 그의 손에서 은우를 꺼내오지 못해 안달이겠지. 가치가 없어진 인질은 빨리 회수하는 게 더 나아."

고개가 저어질 만큼 냉정한 얼굴이었다. 유학 시절부터 차갑다 생각했던 지후였지만 여기, 한국에서 보는 그의 모습은 생각보다 더 냉혹하고 차가웠다. 쇼우가 어깨를 으쓱했다. 어차피 그가 손해 볼 것은 없었다. 이 의원에 대한 약점은 그가 이곳에서 기반을 닦는데 많은 도움이 될 것이다. 일본의 야쿠자가 한국에 발판을 닦기 위해 필요한 건 이런 정치적 배경이 필수였다. 드러나지 않는 연관성, 설사 그것만이 아니라 해도 쇼우는 자신을 위해 지후를 도울 셈이었다. 그의 유파가 아닌 그 자신을 위해….

"지산이란 그룹, 그만한 정치 스캔들로는 네가 원하는 만큼의 타격은 줄 수 없을 거야. 스캔들이야 정치가에게나 치명타일 뿐이지, 사람들은 기업가에게까지 도덕성을 요구하는 것은 아니거든. 기업에는 역시 돈으로 타격을 줄 수밖에 없어."

"돈?"

불만스럽던 지후의 얼굴에 비로소 생기가 돌았다.

"그래. 다른 기업체를 이용하는 게 좋겠지만, 가장 좋은 건 사채업자지. 굴릴 수 있는 돈도 여느 대기업 못지않은데다가, 기업가 치고 사채에서 돈 한번 안 끌어다 쓸 수는 없으니까."

"사채업자라…. 지산만한 그룹에게 타격을 줄만한 사채업자가 있다는 거야?"

"사채업의 이자가 얼마인 줄 알아? 60퍼센트가 넘어. 1억을 빌려주면 6천이 고스란히 떨어진다 이거지. 전환 사채, 무기명 채권, 뭐 그쪽 바닥에서 굴러다니는 것도 많고…. 여기 한국 사채에서 가장 큰 손은 라파라는 자야."

라파? 이름조차 해괴한 이름이었다.

"외국 남자야?"

"아니, 순수한 한국 남자. 그의 이름은 아무도 몰라. 단지 라파라는 별명(別名)으로만 알려져서 다들 그렇게 부르지."

쇼우가 지금까지 내민 정보 중에 가장 흥미로운 정보였다. 흠, 지산과 겨룰만한 사채업자라. 지후가 생각에 잠긴 얼굴로 쇼우에게 물었다. 이제 하나의 길이 보이고 있었다.

"라파와는 손닿을 수 있어?"

"그게 좀 힘들어. 우리가 원한다고 그 쪽에서 우리와 손잡을 것도 아니고. 게다가 그 라파라는 자가 좀 까다로워. 나이는 그렇게 많지 않은데 어린 나이서부터 이 바닥에 굴러 와 지금의 자리까지 올라 올 정도라 연줄이 닿은 정치인만 해도, 이 나라 정계 거의 반은 될 걸? 지금의 총리도 그의 힘으로 되었다는 말이 있어."

쇼우는 꽤나 한국의 정치에 밝았다.

"젊은 나이에 그만한 자리에 오를 정도니 제멋대로인 점도 많아. 이쪽에서 아무리 굽히고 들어가 봤자, 그 남자 기분이 내키지 않으면 끝이야. 우리 쪽도 여러 번 손을 뻗쳐봤지만 한 번도 성공해 보질 못했어."

지후는 쇼우한테 건네받은 서류를 그대로 덮었다. 라파에 비하면 별 쓸모없는 정보일 뿐이었다. 게다가 한 번 읽은 것만으로도 대충 파악할 수 있을 만큼 간단했다.

지금 그의 구미를 당기는 건 라파 쪽이었다. 굳이 라파라는 자가 필요하다면 반드시 얻을 생각이었다. 그 날 보았던 규하와 은우의 모습이 잠시 떠올라 그는 또다시 초조해졌다. 규하가 더 나아가기 전에 그가 먼저 나서야 했다.

"약점 없는 사람은 없어. 최대한 알아 봐. 그의 사생활까지. 좋아하는 여자라도 있을 거 아냐?"

"아, 그게 여자를 좀 싫어해. 퀴어라는 소문도 있고…."

"퀴어?"

"게이라는 말이야. 뭐 소문일 뿐이지만."

퀴어라…. 지후가 인상을 찡그렸다. 뜻밖에 좋은 정보를 얻었다. 들어설 때보다 휠 가벼운 기분으로 쇼우의 사무실을 나선 지후는 은우에게 전화를 걸었다. 그날, 규하의 집 앞에서 만난 후 생긴 습관이었다. 하루라도 은우의 목소리를 듣지 않으면 가슴이 답답해져 그는 자꾸 전화기에 손이 뻗쳤다. 여러 번 울린 신호음 뒤에 은우의 목소리가 들려왔다.

"어젠 전화를 왜 안 받았니?"

은우가 받자마자 투정이 먼저 터져 나왔다. 어제 여러 번 걸었지만 끝내 전화는 연결되지 않았었다.

"으응?"

은우의 목소리가 조금 나른했다. 아직 잠이 묻어 있는 목소리였다. 지후가 손목을 바라보았다. 점심시간이 훌쩍 지나 있었다. 은우는 이렇게 늦은 시간동안 게으른 잠을 자는 아이가 아니었다. 순간, 어제 받지 못한 전화가 걱정스러웠다.

"혹시 어디 아픈 건 아니지?"

"아, 아냐. 그냥 잠이 들어서…."

은우가 잠에서 깬 목소리로 대답했다. 아마 그의 전화가 늦은 잠을 깨운 모양이었다.

"그래? 어쨌든 다행이구. 아프지는 않았는지 걱정했다."

그 자신은 받지 않는 전화 때문에 밤새 잠을 이루지 못했지만 어쨌든 은우가 아프지 않다는 것이 다행스러웠다. 어젠 무슨 일이었는지, 묻고 싶었지만 그는 현명하게 입을 다물었다. 천천히, 천천히…. 지후는 자신을 다스리듯 속삭였다.

급한 마음을 누르며 그는 애써 편하게 전화를 끊었다. 은우의 목소리를 들은 것만으로도 좀 전의 성마름이 가라앉았다. 뚜벅, 민한당 사무실을 들어서는 그의 얼굴이 평소처럼 단정했다. 쇼우에게 맡긴 정보도 필요했지만, 여기선 그가 나름대로 얻어갈 정보도 있었다. 이젠 제법 익숙해진 얼굴들이 스치는 그에게 먼저 인사를 걸어왔다. 예전 같으면 이런 아는 체도 없었을 텐데, 지산과 결혼한 은우 덕분에 당 사무실에서의 이 의원의 입지가 제법 단단해졌다.

"점심 먹고 오는 길인가?"

지나가던 심호원 의원이 먼저 아는 척을 해 왔다. 민한당에 처음 들어 선 날, 이 의원이 당 최고위원이라 일부러 소개를 시킨 의원이었다. 들어선 순간부터 내내 잔뜩 어깨에 힘을 주어 놓고서도, 막상 사람을 대하는 이 의원은 한없이 낮춰져 있었다. 발톱을 감춘 호랑이는 지후만이 아니었다.

"네. 의원님께서도 이제 들어오십니까?"

심 의원에게 지후 역시 예의 바르게 허리를 숙였다. 이곳에서 빼어갈 정보가 있는 한 그 역시 허리를 낮출 필요가 있었다. 반듯한 외모와 최고의 학벌까지 갖춘 그였지만 그 어느 누구보다도 겸손한 태도였다. 만족스럽게 웃는 심 의원이 사라지고 나서야 지후는 찬 미소를 지었다.

아버지의 사무실에 들어 선 그는 편안히 의자에 기댔다. 책상 위엔 아침에 부탁했었던 자료가 반듯하게 놓여 있었다. 아버지의 모든 재정이 담긴 서류였다. 하나같이 치부인 서류들이 아무런 방해도 없이 차곡하게 그의 손아귀에 놓여 있었다. 서류를 바라보는 지후의 입가에 미소가 서렸다.

  서늘한 바람에 은우가 옷깃을 세우며 시험장을 빠져 나왔다. 시어머니가 같이 오겠다고 하는 걸, 미안함 때문에 거절하고 혼자 온 길이었지만 지금은 조금 후회가 되었다. 막상 합격하고 나니 같이 기뻐해 줄 사람이 없다는 게 못내 섭섭했다. 그냥, 저녁에 규하와 외식이나 할까? 생각 중인데 주머니 안에 있던 휴대폰이 울렸다. 시어머니였다. 시험이 끝날 시간을 일부러 맞춘 모양이었다.
  "어떻게 됐니?"
  안부 인사도 없이 곧장 물어 오는 시어머니의 말투가 정겨웠다.
  "합격했어요."
  그제야 은우의 입가에 기쁜 미소가 걸렸다. 전화기 너머로 그녀처럼 기쁘게 웃는 시어머니의 웃음소리가 들려왔다.
  "축하한다. 어떻게 하니? 자축해야 할 텐데, 저녁이라도 근사하게 내야겠구나."
  언제나 반가운 현정의 식사 초대였지만 은우는 잠시 망설였다. 사실은 저녁 식사만은 규하와 단둘이 하고 싶었다. 둘만의 자축 파티를 하고 싶은 욕심에 쉽게 대답을 못하는데, 시어머니가 먼저 그녀의 마음을 알아챘다.

"하긴 규하하고 먼저 축하해야겠구나. 기쁜 마음에 주책이지 뭐냐?"

은우의 귀가 빨개졌다. 속내를 들킨 것 같아 자신도 모르게 얼굴이 벌겋게 달아올랐다.

"그게, 죄송해요. 저녁에 집으로 갈게요."

"됐다. 규하가 축하해 준다면야, 나야 언제나 기다릴 수 있지. 오늘은 규하와 축하하고 다음엔 나랑 하자구나."

"네."

은우가 조금 어렵게 대답했다. 부끄럽기는 했지만, 어쨌든 오늘은 규하와 함께 있고 싶은 마음이 먼저였다. 시어머니의 전화로 한결 마음이 풀어진 은우가 걸음을 서두르는데 커다란 그림자가 성큼 그녀 앞으로 다가섰다.

"축하해."

경쾌한 목소리와 함께 커다란 장미 다발이 그녀 앞으로 쑤욱 나타났다.

"어…."

얼떨결에 받아드는데 오랜만에 보는 지후였다. 혹시 규하이지 않을까 잠시 기대 했기에 살짝 실망하고 말았다.

"떨어진 건 아니지?"

약간 얼은 은우의 표정 때문이었을까? 지후가 물어 왔다.

"설마, 내가 떨어질까. 그런데 어떻게 알았어?"

은우가 애써 실망스런 얼굴빛을 가렸다.

"어제 꿈에서 네가 말하던데?"

장난스럽게 대꾸하며 지후가 은우의 팔을 자연스럽게 잡았다. 그가 건네 준 향기로운 장미를 휘어지게 잡은 은우가 멈춰선 곳은 작고 귀여운 빨간 차 앞이었다. 지후가 운전석 쪽의 문을 활짝 열었다. 안엔 딸랑, 빨간 열쇠고리에 끼워진 자동차 키가 미리 꽂혀 있었다. 은우가 지후를 돌아보며 물었다.

"타."

"차 바꿨어?"

"아니. 네 차야."

마치 자신이 선물 받는 아이처럼 기쁜 미소였다. 은우는 난처한 기색으로 얼굴을 굳혔다. 이제 그녀는 전처럼 지후를 마주보며 웃을 수 없었다. 은우가 조용히 열어진 차 문을 다시 닫았다. 이건 그녀가 받을 수 없는 선물이었다.

"왜? 마음에 안 드니?"

그녀의 굳은 얼굴을 눈치 채지 못한 지후가 걱정스럽게 물었다.

"이제 나…난 이런 선물 받을 수 없어."

자신도 모르게 뒷걸음질을 치며 그녀가 더듬거렸다. 자신이 해야 할 말을 생각하면 쉽게 입이 떨어지지 않았다. 은우는 손에 잡힌 장미 다발을 꽉 쥐었다.

아프지 마! 은우가 속삭였다. 정말 지후가 아프지 않기를 바랐다.

"왜? 괜찮아. 그냥 받아도 돼."

지후가 억지를 썼다. 양 볼이 아이처럼 부어 있었다.

"안 돼. 이젠 안 되겠어."

"왜? 왜 받을 수 없는지 말해."

그녀의 대답이 상처가 되었을까. 아까의 경쾌함은 사라진 낮은 목소리였다. 은우는 습관처럼 잘근 입술을 깨물었다. 놓아야 하는데, 놓아진 지후의 모습을 상상하는 것으로도 가슴이 아팠다.

내내 숙이던 고개를 은우가 바짝 들었다. 놓아 줄 거야. 더이상 그를 잡을 수 없었다. 이미 그녀는 규하에게 향해 버렸다. 몸뿐만 아니라 마음까지 줘 버려서 이젠 더 이상 지후를 볼 수 없었다.

"오빠의 마음을 아니까. 오빠가 날 사랑한다고 했으니까."

지후가 자신을 사랑한다는 것을 알기에 그의 선물을 받을 수가 없었다. 작은 희망이라도 남기는 건 잔인한 짓이다.

"내가 널 사랑하니까 받을 수 없다? 내가 널 사랑하니까…."

지후가 그녀의 말을 되풀이했다.

"그래, 널 사랑해. 그래서 받을 수 없는 이유가 뭐니?"

공허한 목소리였다. 바라보는 시선은 그녀가 아닌 허공을 향해 있었다.

"행복하지 않았니? 나와 함께 있으면서 행복하다 하지 않았어?"

 지후가 따지듯 물었다. 여전히 시선은 그녀가 아닌 다른 곳에 머물러 있었다. 그의 기억 속엔 여전히 자신을 위해 노래 부르며, 피아노를 치던 은우가 있었다. 놓아 줄 수 없어. 지후가 속삭였다. 이대로 놓아주기엔 사랑이 너무 깊었다.

 "행복했어. 그래, 행복했어."

 행복했다는 걸 부정할 수 있을까? 그것마저 부정한다는 건 이기적인 소치다. 행복보다는 위로, 즐거움. 지후에게서 위로받고, 외로움을 견딜 수 있었다. 지후의 사랑을 받을 수 없지만 행복했었다는 것마저 부정할 수 있을까? 할 수 없었다. 그 정도까지 지후를 나락으로 몰기 싫었다. 은우의 가슴이 터질 듯 아팠다. 잘생긴 지후의 얼굴은 이미 상처로 잔뜩 일그러져 있었다. 사랑은 늘 같은 곳으로 가지 않는다.

 "꺾어진 화살은 제자리로 가지 않아, 오빠. 우린 늦은 거야. 제자리로 가기엔…."

 애초부터 모든 게 어긋나 있었다. 지후가 말했던 것처럼, 그녀가 태어나 그 집에 버려진 순간부터 둘은 모든 것이 어긋나 있었던 것이다. 그래, 언제나 늦은 것이다.

 "날 사랑해달라고 하지 않았잖아. 그저…."

 지후의 숨이 잠시 멈췄다. 담담하고 낮은 목소리였지만, 슬픔을 감당하지 못하고 끊어져 버렸다. 한동안 숨을 참던 지후가 겨우 말을 이었다.

"내 사랑을 있는 그대로 받아만 줘. 그것도 안 되겠니?"

지후가 그녀를 마주 보았다. 숨이 꽉 막혀왔다. 온몸이 아플 정도로 심장이 조였다. 애걸하고 싶은 건 지후가 아니라 은우였다. 아픈 소리를 하는 것도 이젠 힘들고 버거웠다. 오빠, 제발…. 은우가 뚝 떨어질 것 같은 눈물을 간신히 멈추었다. 제발, 이젠 그만 끝이었으면 좋겠다. 이 이상 그에게 아픈 말을 하고 싶지 않았다.

"좋은 여자 만나. 오빤 멋있는 사람이잖아."

흔한 말이겠지만, 좋은 여자 만나서 사랑하고 예쁜 아이 낳고 그렇게 살아갔으면 했다. 지후가 아무리 아파해도 그녀는 그를 잡을 수 없었다. 지후의 사랑이 깊으면 깊을수록 더 빠져들 수 없는 수렁이었다. 지후는 언제나 과거의 잔영을 등에 지고 있었다. 그가 원하지 않아도, 그의 모습 속에는 어린 그녀에게 잔인하게 회초리를 내리치던 그 사람의 얼굴이 있었고, 그렇게 쓰러져가던 그녀를 냉담히 바라보던 차가운 눈빛도 지울 수 없이 존재하고 있었다.

그래서 지후의 사랑은 그녀에겐 받을 수 없는 선물이었다. 그가 아무리 사랑을 해도 그 와의 키스에서는 과거의 무게와 상처가 실려 있을 것이다. 은우의 시선이 지후가 가지고 온 빨간 차에 머물렀다. 예쁜 모습이 청승맞게 두 사람을 기다리고 있었다. 가질 수 없어. 은우가 고개를 저었다. 이젠 과거를 지우고 싶어. 아무것도 없는 빈 공간에서 누군가로 인해 시작된 것이 아닌 새로운 생(生)처럼 자신이 시작한 삶을 살고 싶었다.

 지후와 함께 하는 삶은 그 시작부터 멍에를 지는 것이다. 지후는 도피처처럼 미국을 이야기 하지만, 세상의 어느 오지로 간다 해도 마지막 순간까지 그들을 놓을 수는 없었다. 언젠가는 그들의 죽음도 바라보아야 하고, 언젠가는 그와 함께 시작한 삶이 후회될 것이다. 그녀로 인해 고통스러워할지 모르는 모습도 바라보아야 하고, 그 모습을 보며 그녀 역시 더 고통스러워할 것이다.

 지후의 등 뒤에서 그녀를 향해 비웃던 그 웃음소리, 그 차가운 눈동자. 그것이 지후를 사랑할 수 없는 또 하나의 이유였다. 그녀의 손에 여전히 그가 선사한 장미 다발이 놓여 있고, 그녀의 눈앞엔 여전히 작고 빨간 차가 놓여 있었다. 은우는 발아래를 바라보았다. 눈을 둘 곳이 없었다. 뚝, 떨어지는 심장과, 아픈 눈물이 파문처럼 번질까 그녀는 고개를 들지 못했다.

 '난 이기적인 사람이야. 오빠 같이 모든 걸 버릴 수 있는 사랑을 할 수 없어. 그 분들의 차가운 모습에서 오는 더 이상의 상처는 받고 싶지 않아. 제발, 오빠. 이젠 날 놓아줘….'

 은우가 떨리는 손으로 지후의 손을 잡았다. 그녀가 처음으로 잡는 그의 손이었다. 강하고 힘 있는 규하의 손과는 또 다른 느낌의 부드럽고 따뜻한 손이었다. 그 부드러운 손 등위로 다시 툭, 눈물이 떨어질 것만 같았다. 그녀는 흡, 숨을 들이켰다. 놓아줄 바엔, 미련 없이 놓아주는 게 나았다.

"오빠! 이제 다시는 이 손을 잡지 않을 거야. 이게 마지막이야. 이젠 내가 오빨 놓아 버릴 거야."

은우가 당당하게 지후를 바라보았다. 이젠 지워야 할지도 몰랐다. 부드러운 갈색 머리카락도, 이 곧은 콧날도, 그리고 그렇게 숨이 떨리게 마주쳐 오던 그의 입술도 다 지워야 할지 몰랐다. 잡힌 손을 맡긴 채 지후는 그녀 앞에 서 있었다. 바람처럼 슬픈 눈이었다.

"오빠, 이젠 날 놓아 줘."

뚝 떨어지는 은우의 말에 툭! 지후의 심장이 같이 떨어졌다. 자신의 손에 놓인 은우의 손을 지후가 다시 꽉, 잡았다. 놓을 수 없는 손이었다.

"날 사랑하지 않아도 돼. 내 곁에만 있으면 돼. 그게 내가 원하는 전부야. 내가 잘못한 거 있니? 널 부담스럽게 했어?"

묻는 지후에게 은우가 고개를 흔들었다. 저릿한 통증에 온몸이 마구 쑤셔왔다.

"이렇게 날 비참하게 하지 마. 누구에게도 꿇어본 적 없는 나였다. 너이기 때문이었어. 오로지 너 하나만을 위해 내 전부를 버릴 수 있었던 거야. 내겐 네가 전부야. 다른 사람에게 줄 마음 따윈 이미 없어."

지탱하는 무릎에서 힘이 한꺼번에 빠져 나갔다. 다시 시작해 버린 사랑은 혼자 제멋대로 굴러가 버려 그가 멈추려 해도 이젠 멈출 수가 없었다. 은우는 그에게 삶의 전부였다.

"날 바라봐. 제발…, 은우야."

안타까운 목소리였다. 그러나 여전히 은우는 그의 시선을 피하고 있었다.

"오빠. 이젠 오빠 안 바라볼 거야. 그냥 앞만 볼 거야. 나만 볼 거야."

은우가 고집스럽게 말했다. 규하가 그녀에게 약속했던 그의 여자들을 주었을 때, 은우는 이미 지후를 지웠다. 그녀에게 주어진 사람이 규하라면 지후는 놓아주어야 했다.

냉정히 돌아서는 은우를 타다닥 뛰어온 지후가 휙 돌려 자신의 품 안으로 끌어 당겼다. 안겨진 품속에서 공명 같은 지후의 심장이 은우를 두들겼다. 생명처럼, 지후의 뛰는 심장은 그 떨림을 고스란히 은우에게 전하고 있었다.

"은우야, 제발 이러지 마라. 원한다면 너만 바라봐도 돼. 나도 너만 바라보니까. 날 봐달라고 하지 않을게."

"오빠…."

은우가 거칠게 그의 몸에서 빠져 나왔다. 둥둥거리던 지후의 심장 소리도 같이 사라졌다.

"오빠. 난 이제 그만 잊고 싶어. 지난 날 다 잊고 싶어. 매일 하지 않은 잘못을 떠올리느라 고민하는 거… 이젠 끝났어. 이 시간도 언젠간 끝날 거야, 주문 외듯 빌던 그 시간들은 이제 다 잊고 싶어. 내 살에서 터져 내린 그 핏방울마저 남의 것처럼 무감각해야 했던 그 시간들, 이제 다시 떠올리는 것조차 싫어. 이젠 앞만 볼 거야. 내 아이도 낳을 거구, 그 아이의 아이도 볼 거야. 그렇게 다른 사람들처럼 평범하게 살아가고 싶어."

이렇게까지는 하고 싶지 않았다. 지후 역시 자신처럼 다시 떠올리기 싫을 기억 때문에 아프게 하고 싶지 않았다. 은우의 눈에서 내내 참았던 눈물들이 주르륵 흘러내렸.

어느 누구에게도 보이지 않았던 눈물이었다. 잔혹하게 내리쳐지는 날카로운 매에도 눈물 한 방울 흘리지 않고 고스란히 맞았던 그녀였다. 어린 시절엔, 피가 터지도록 울어도 봤었다. 제발 살려달라고, 이젠 그만 멈추어 달라고 목에서 더 이상 소리가 나지 않을 때까지 빌고 또 빌면서 울었었다. 그러나 결코 멈추지 않는 매질을 보며 그녀는 언제부터인가 더 이상 울지 않았다. 자신을 후려치는 이 고통은, 아무리 울어봤자 멈추어지지 않는다는 것을 깨달았기 때문이었다. 그러나 지금, 그녀는 울고 있었다.

"그 때, 그 때 오빠가 지켜주지 그랬어. 그렇게 많이 아플 때 지켜주지 그랬어. 이젠 잊을 거야. 다 잊어버릴 거야."

원망처럼 소리치는 그녀의 눈물 앞에 지후는 그대로 무너져 버렸다. 그래, 힘없는 대답이 제 무게를 실지 못했다. 그래, 지켜줄걸. 그렇게 힘들 때, 지켜줄걸….

"그래…."

우는 은우를 지후가 껴안았다. 지난날의 그 고통은 여전히 떠나지 않았다.

"널 외면하지 말았어야 했는데. 이렇게 결국 돌아올 거라는 걸 알았다면 그 때 널 지켰어야 했는데, 미안해. 너무나 미안해. 수만 번 너에게 용서를 빌어도 안 되겠지만, 그래도 제발 그런 이유로 날 밀어내진 마라. 널 지켜내지 못한 나 역시 너만큼 고통스러운 시간들이었다."

지난날의 아픔이 아물지 않은 상처처럼 또다시 벌어졌다. 지후는 달래듯 은우의 머리카락에 입술을 묻었다. 지금 자신의 눈앞에서 어머니가 내리치는 채찍에 아직도 어린 은우가 꿈틀대고 있었다. 막아서면 막아설수록 더욱 세차게 내리치는 손길 때문에 함부로 막아내지도 못했다. 차라리 자신이 죽어질까, 두 귀를 막으며 제발 그만 멈추기를… 손가락 끝에 피가 맺히도록 물어뜯던 그 역시 그 시간이 빨리 지나가길 빌었다. 차라리 은우가 빨리 쓰러져 버리기를 일초, 일초 느리게 지나가는 시계 바늘을 보며 미치도록 바랐다. 막아도 보았었다. 처음부터 막지 않은 건 아니었다. 그러나 은우에게 그의 시선이 멈출 때마다 어머니의 광기는 더욱 광풍같이 휘몰아 쳤다.

'남자 홀리는 년. 내 남편으로 모자라 감히 내 아들까지 홀려? 가만 두지 않을 거야. 이 벌레같이 흉물스럽고 징그러운 것!'

퍼런 불길을 내뿜으며 채찍을 휘두르는 어머니는 은우가 아닌 또 하나의 여인을 보고 있었다. 남편에게 버려진 여자의 짓밟힌 자존심에 눈이 가려진 어머니는 아버지의 여인을 내리치듯 은우를 가차 없이 내리쳤다. 그가 막으면 막을수록 어머니의 채찍은 더욱 매서워졌기에 그때, 지후는 은우를 위해 아무것도 해 줄 수 없었다.

기진한 어머니가 자신의 방으로 사라지고 나서야 그는 허겁지겁 은우를 안아 들었다. 피투성이가 되어 죽은 듯 쓰러진 그녀를 업고 미친 듯이 온 병원 문을 두들겼다. 내 동생 살려달라고, 내 어린 동생을 살려달라고 맨발로 병원을 찾아다녔다.

스물이 되자마자 운전면허를 딴 것도 그래서였다. 한시라도 빨리 병원으로 실어가기 위해 이를 악물며 돈을 벌었다. 아버지의 돈으로 산 차에 은우를 태울 수는 없었다. 지독한 아버지의 바람기는 어머니를 광기로 몰아갔고, 은우는 그 희생양일 뿐이었다. 그런 아버지의 돈으로 산 차에 그녀를 태울 수 없었다. 그녀를 위해 그 시절 내내 돈에 미쳐 살았었다. 아픈 은우를 위해, 작은 중고차를 살 때까지 그는 한시도 마음을 놓아본 적이 없었다.

그래서 떠났다. 맞은 은우를 업고 그녀가 죽을까, 그의 등에서 그 가녀린 숨을 떠나보낼까 숨죽이며 살았던 그 시절은 지후에게도 버겁고 고통스러운 삶이었다. 그래서 떠나면 잊을 거라고, 이런 고통도 끝날 거라고, 그렇게 믿었었다. 자신의 동생이기에, 더 이상 지킬 수 없는 동생이기에 그는 떠날 수밖에 없었다. 그녀 옆에 남아있는 건 죽음 같았다. 은우가 죽기 전에 그가 먼저 죽을 것만 같았다. 그녀의 고통보다 더 큰 고통으로 매일 피를 쏟아대던 그였으니까.

버리면 될 줄 알았었다. 그널 버리면 그 역시 벗어날 줄 알았다. 어차피 어쩌지도 못할 마음이면서, 버리면 될 줄 알았던 어리석은 잘못 때문이었다. 사랑은 버리면 되는 게 아니었다. 사랑은 버려도, 버려지지 않은 질긴 인연이었다. 지후는 은우를 버릴 수 없었다. 버릴 수가 없기에 가질 수밖에 없었다.

"우린 되돌리기엔 너무 많은 시간을 보내 버린 거야. 오빠가 날 따뜻하게 감싸 안을 때마다 이렇게 안겨 있어도 될까, 오빠가 날 지켜주겠지, 그렇게 생각하고 싶어져. 하지만 결국 오빠는 그 분들의 아들이야. 오빠를 보면 내 지난날들이 떠올라 가끔 악몽을 꾸기도 해. 이젠 그만 버릴래. 지난 과거처럼 오빠도 함께 버릴 거야. 이젠 새롭게 살고 싶어. 그 사람과 함께…."

지후의 품에 안긴 은우가 조용히 속삭였다.

"그 사람…. 윤규하?"

"새로운 사람들과 살고 싶어. 날 증오하지 않는 사람들과…. 그리고 날 지켜줄 사람과…."

"널 지켜 줄 사람? 그가 널 사랑한다는 거니?"

사랑? 순간 은우의 몸이 딱딱하게 굳었다. 사랑하지 않아. 규하의 목소리가 들리는 것 같았다. 사랑하지는 않지만 지켜주겠다 했었다. 세상으로부터, 이 세상으로부터 아프지 않게 지켜 준다 했었다. 은우는 몸을 비틀었다. 지후에게서 벗어난 몸이 싸늘하게 식어졌다. 이젠 놓을 거야. 그러니까 쓰러지지 마.

"오빠, 잘 가. 이제 나 혼자 갈 거야."

돌아선 은우는 천천히 또박또박 걸어갔다. 멀리서 노란 택시가 보였다. 그녀는 재빨리 손을 들어 차에 몸을 실었다. 돌아보지 않아도 아마 남겨진 지후는 울고 있을 것이다. 차 안에 올라서자 또다시 참았던 눈물이 왈칵 쏟아졌다.

'이제 오빠에게 조금씩 흔들렸던 날 잡을 거야. 그러니까 오빠도 흔들리지 말고 똑바로 걸어가.'

정말 그가 똑바로 앞을 향해 걷기를 바랐다. 은우는 퉁퉁 부은 얼굴로 집으로 향했다. 그녀 역시 이젠 앞만 향해 걸을 것이다.

"집 앞에 무슨 차지?"

저녁에 집에 들어온 규하가 대뜸 물어왔다. 차? 지후가 선물했던 빨간 차가 떠올라, 은우는 열려진 커튼 틈으로 살짝 밖을 내려다보았다. 생각한 것처럼 지후의 차였다. 순간 은우의 얼굴이 창백하게 일그러졌다.

지후와 헤어진 후 집으로 돌아온 그녀는 그대로 침대에 누워 버렸다. 버리면 될 줄 알았다. 자신을 버리고 간 지후였기에 그녀 역시 버리면 될 줄 알았다. 그러나 여전히 아팠다. 깊이 사랑한 것도 아닌데, 자신보다 더 아프게 바라보던 지후의 시선이 가슴에서 떠나지 않아 은우는 아픈 사람처럼 자리에 눕고 말았다. 그리고 지금 그 차를 처음 본 것이다. 의아한 얼굴로 서 있는 규하를 남겨 두고 은우는 서둘러 집 밖으로 나갔다. 한참 전에 놔둔 모양인지 차는 싸늘했다. 그 싸늘한 차 지붕 위에 빨간 리본으로 열쇠가 붙여져 있었다. 작은 카드와 함께.

한 번만 날 더 용서하길….
네가 원하는 걸 들어주지 못해서 미안하다.

은우가 조심스럽게 떼어 낸 카드와 열쇠를 가슴에 안았다. 지후의 심장 같았다.
"누구지? 당신 건가?"
어느새 다가왔는지 규하가 물었다.
"…네."
"어머니?"
"아니요."
은우가 고개를 저었다. 규하의 눈썹이 사납게 올라갔다. 빌어먹을 지후?!
"이지후인가?"
규하가 확인하듯 물었다.
"…네."
마치 세상에서 가장 소중하다는 듯 열쇠를 안은 은우가 건성 대답했다. 부글거리며 순식간에 질투가 끓어올랐다.
"이리 줘."
규하가 손을 내밀었다. 내밀어진 손에 은우가 고개를 들었다. 이유를 묻는 눈빛이었다.

"다시 갖다 주지. 잠시의 기다림도 못 참겠던가? 내가 없는 사이 다른 남자를 만나고, 그가 선사한 차를 버젓이 내 집 앞에 세워두고 뭐 하자는 거지?"

성이 난 목소리였다. 내내 그녀를 생각하며 하루를 보냈다. 기대하지 않은 행복처럼 매일 그녀가 기다리는 집에 오는 설렘이 좋았었다. 오늘 역시 바쁜 회의까지 밀쳐놓고 한 걸음에 달려왔는데. 지후가 남겨놓은 이 작은 차는 그를 비웃듯 이 자리에 서 있었다.

"그렇게 말하지 말아요."

순간, 은우가 버럭 소리를 질렀다. 마치 지후의 그림자처럼 그에게 소리를 지르고 있었다. 규하는 잠시 제 성미를 잊어 버렸다. 화가 치밀고, 자존심이 상하는데 이렇게 바락, 소리를 지르는 은우 역시 당황스러웠다.

"당신은 언제나 그런 거 알아요? 소리치고, 필요 없다 말하지만 당신이 정작 제게 해 준 게 있나요? 당신의 그 빌어먹을 여자들…그게 전부예요. 그것도 제가 원해야 해요? 당신이 원해서 한 결혼이에요. 제가 원해서 한 결혼이 아니라구요. 그런 여자들 정리도 제대로 못한 채 절 안으려고 한 당신이에요. 지후 오빠, 아프게 하지 말아요. 오늘만으로도 충분히 아프니까."

"아프게 하지 말라?"

규하가 천천히 그녀의 말을 되풀이 했다.

"네. 아프게 하지 말아요. 이제 더 이상…."

아프게 하지 마라? 하! 차갑게 웃던 규하가 쾅! 긴 발로 앞에 놓인 빨간 차에 그대로 내리 꽂았다. 빨간 차 문이 지후의 상처처럼 움푹 구겨져 버렸다.

"이 망할 차. 내 눈앞에 더 이상 띄지 않게 해. 그땐 이 정도로 멈추지 않을 테니까."

망할! 머리끝까지 솟구치는 화를 간신히 누르며 앞장 선 규하의 등 뒤로 조그맣게 은우의 목소리가 들렸다.

"어차피 당신은 날 사랑하지 않을 거잖아요."

사랑? 그 빌어먹을 사랑이 끝까지 발목을 잡는군. 규하가 휙 돌아섰다.

"내게 사랑을 기대한 건가?"

아픔 때문에, 말이 날카로웠다. 그의 눈앞에 커다란 그녀의 눈동자가 제기랄, 미치도록 반짝이고 있었다.

"난 원래 사랑이란 거 모르는 남자야. 네가 아닌 그 누구라도 사랑할 생각 따윈 없어."

냉정한 말에 반짝이던 은우의 눈동자가 스르르 빛을 잃고 떨어졌다. 왜 아픈 거야? 버럭 소리를 지르고 싶었다. 아프게 한 건 그녀인데, 지금 이 순간 오히려 상처를 주는 사람은 자신 같아 규하는 고집스럽게 말했다.

"하지만 널 지켜 줄 거야. 사랑이라는 이름 대신…."

변명 같은 말이었지만 그가 줄 수 있는 건 이것뿐이었다. 이 세상 그 누구보다 그녀를 지키는 건 자신 있었다. 왜 그의 마음을 모르는 걸까? 작은 어깨를 쥔 채 마구 흔들고 싶은 충동이 일었다. 왜 자꾸 그를 벼랑 끝으로 몰아가는지, 그까짓 이름뿐인 사랑이 왜 그렇게 중요한 건지 그는 이해할 수 없었다.

"그 녀석이 말하는 사랑이라는 게 너한테 해 준 게 뭐지? 나 또한 너에게 준 게 없다면, 그 녀석 역시 너에게 사랑이란 이름으로 해 준 게 없을 거다."

너의 상처를 봐! 하얗고 여린 그 등에 남겨진 붉은 상처들을 보라구!

"그랬다면 너에게 그런 상흔이 남기 전에 널 지켜 주었을 테니까. 난 사랑을 주진 못해도 최소한 너에게 두 번 다시 그런 상처를 주진 않아."

그의 목소리엔 온기라곤 없었다. 차가움이 뚝뚝 묻어나는 그의 말이 끝나는 동안, 은우는 묵묵히 고개를 숙였다. 아직도 그녀의 손엔 빨간 열쇠고리가 달랑 흔들리고 있었다. 둘 사이의 공간을 순간, 솨 가을바람이 흔들리며 스쳤다. 얇은 옷을 입은 은우가 그녀의 치마처럼 흔들렸다.

"당신으로 인해 제 몸에 남겨진 상흔보다 더 큰 상처가 생기면, 그땐 어떻게 할 거죠?"

고요히 침묵하다 싶더니 결국 은우가 그를 붙잡았다. 믿지 못하는 걸까? 지켜 주겠다는 그의 말을 자꾸 확인하려는 은우가 조금 짜증스러웠다. 그녀 역시 다른 여자와 다를 바 없어. 규하가 차갑게 그녀를 바라보았다. 그가 줄 수 있는 것보다 그녀는 더 많은 것을 요구하고 있었다. 다른 여자처럼 그와 거래하고, 그에게 대가를 요구하는 건 마찬가지였다. 단지 다른 건 그녀가 원하는 게 그는 절대 줄 수 없다는 것, 그 차이 뿐이었다.

규하의 마음이 싸늘히 식어 내렸다. 아마 그는 잠시 행복한 꿈을 꾼 모양이다. 입가에 미소가 스몄다. 우습게도 여전히 그녈 원하는 마음이 바위처럼 무겁게 그를 짓눌렀다. 그녀가 원하는 것을 줄 수도 없는 주제에 그의 몸은 여전히 그녀를 원했다.

"그 땐… 날 떠나. 놓아줄게."

귀를 기울이지 않으면 들리지 않을 만큼 작은 소리였다. 은우가 고개를 번쩍 들었다. 규하는 끝난 이야기라는 듯 성큼 집으로 들어가 버렸다. 적막한 길 가운데 내동댕이쳐진 그녀에게 또다시 세찬 가을바람이 스치고 지나갔다. 그 차가움에 은우는 오소소 몸을 떨었다. 차가운 규하의 등과 상처 입고 버려진 지후의 빨간 차, 은우에겐 그 둘 모두 감당해야 할 아픔이었다. 그리고 그녀는 여전히 혼자였다.

15

 은우의 집 앞에 고이 차를 놓아두고 지후는 집으로 돌아왔다. 생각 같아선 두 번 다시 발을 딛고 싶지 않은 집이었지만 지금 당장은 필요한 곳이었다. 은우를 데려오기 위해서, 그녀를 포기하지 않기 위해서 그는 여기에 반드시 머물러야만 했다. 까만 자신의 침대 위로 피곤한 듯 털썩 누운 지후가 밝아오는 빛 때문에 팔을 들어 눈언저리를 가렸다. 금방이라도 쏟아질 것 같은 눈물 때문에 이렇게라도 하지 않을 수 없었.
 그가 아무리 수만 번 사랑한다, 외쳐도 지난날의 상처는 지워지지가 않았다. 그 역시 죽고 싶을 만큼 고통스러웠던 시간이었는데, 그 시간은 죄인처럼 가슴에 낙인이 찍혀 버렸다. 지후가 막힌 숨을 내쉬었다. 힘든 지난날이었다. 아무리 그가 후회하고, 죽을 만큼 또 후회한다 해도 과거는 되돌릴 수 없었.

지후가 주머니 안에서 휴대폰을 꺼냈다. 바라보는 그의 눈동자에 갈등이 서렸다. 한참을 망설이던 그가 마침내 결심한 듯 번호를 눌렀다.

"여보세요?"

아픈 사람처럼 힘이 없는 목소리였다. 지후는 여전히 입을 열지 않았다. 잔인한 짓일지도 몰랐다. 자신을 위해 또 하나의 사랑을 짓밟는 건 잔인한 짓이었다.

"여보세요?"

그가 또 물어왔다. 아마 지후라는 것을 알았을 텐데 그는 여전히 묻고 있었다. 순간 은우의 모습이 겹쳐 떠올랐다. 아팠던 눈물이 떠오르자, 그의 갈등도 빠르게 수면 속으로 가라앉았다.

"잠시 만날 수 있을까?"

지후는 곧장 용건을 말했다. 이제 오히려 침묵하는 건 상대였다. 놓치지 않겠다는 듯 그가 말했다. 이제 잡을 수 있는 건 이것뿐이었다.

"은우 때문이야."

그의 말에 멈칫하던 상대의 깊은 숨소리가 들려왔다. 놀란 기색이었다.

"전에 봤던 곳에서 보고 싶은데."

지후의 말에 또다시 침묵이 흘렀다. 전과는 달리 이번엔 그가 초조했다. 지난번과 달리 막다른 곳에 몰린 건 그였다.

"…네."

생각보다 짧은 침묵 후 상대방이 대답했다. 전화를 끊은 지후의 얼굴이 그제야 조금 편해졌다. 전화를 건 순간보다 막상 던져진 지금이 더 편했다.

조금 먼 거리 때문에 유빈이 도착한 건 지후가 차 한 잔을 다 비운 후였다.
"차는?"
낯설게 앞에 앉은 유빈에게 그가 물었다. 꽤 친절한 태도였다. 아무거나, 하고 대답하는 유빈을 위해 가벼운 이온음료를 하나 시켜 놓고 지후는 살피듯 유빈을 바라보았다. 아직도 많이 어린 모습이었다. 낡은 옷자락과 헝클어진 아이 같은 머리가 처음 만났던 은우를 떠올리게 했다. 순간 약해지려는 자신의 마음을 붙잡으며 지후가 손에 들린 담배를 빨아 들였다. 어리다고 해도 은우만한 나이다. 사랑쯤은 할 수 있고, 그가 기억하기엔 이 아이 역시 그의 상대였다.
"부탁이 있어."
주문한 음료가 나오자마자 지후가 곧장 본론으로 들어갔다.
"부탁이요?"
뜻밖의 말인지, 눈에 보이는 낡은 옷자락을 뜯어내던 유빈이 그를 바라보았다. 약간은 호기심이 서린 눈빛이었다. 하긴, 그 자신도 이런 어린 녀석에게 부탁이란 걸 하게 되리라 생각하지 못했으니까.

"은우에 관한 건가요?"

"그렇다고 볼 수 있지."

지후가 담배 연기를 깊이 빨아들였다.

"난 은우를 이혼시키고 싶어."

"이혼이요?"

"그래."

일그러지는 유빈의 얼굴에 비해 단호한 대답이었다.

"은우가 원하는 건가요?"

조심스런 질문이었다. 하긴 유빈이 가장 궁금한 건 은우일 테니 어찌 보면 당연한 일이었다.

"원해도 할 수는 없지."

지후가 애매하게 대답했다. 유빈은 더 묻는 얼굴이었다.

"은우가 설사 이혼을 원한다 해도 이혼은 할 수 없어. 아버지나 윤규하가 그녈 놓아 주지 않을 테니까. 아버지에겐 지산의 재력이, 그리고 윤규하에겐 그런 아버지의 정치적 배경이 필요해. 그래서 그 둘은 절대 은우를 놓아 주지 않아."

"은우가 원해요?"

유빈이 고집스럽게 물었다. 담배를 재떨이에 짓이기는 지후의 손가락 끝에서 푸른 연기가 피어올랐다.

"행복하지는 않아."

아, 그의 대답에 유빈은 낮게 탄성을 질렀다. 조그만 머리를 주억거리며 유빈이 앞에 놓인 음료를 조금 마셨다. 잔을 잡는 손이 파르르 떨렸다.

"나에겐 라파라는 사람의 도움이 필요해. 그래서 네가 절실히 필요하다."

절실히…라. 유빈은 태엽을 감은 인형처럼 그의 말을 반복했다. 지후가 꿀꺽 숨을 삼켰다. 어려운 단어처럼 말이 조금 꼬였다.

"퀴어, 그 사람이 퀴어라는군."

퀴어라는 말이 떨어진 순간 유빈의 얼굴이 처음으로 딱딱하게 굳어졌다. 내내 조바심 내던 표정이 싸악 사라지고 가면을 쓴 것처럼 무표정하게 변했다. 흠, 헛기침을 하며 지후가 어렵게 말을 꺼냈다.

"무슨 말인지 설명하기 힘든데…."

"무슨 뜻인지 알겠습니다."

"그래?"

난처한 기색이 조금 편안하게 변했다. 도대체 그런 걸 어떻게 설명할 수 있겠는가.

"도와 줄 건가?"

자신의 긴장감을 감추며 지후가 물었다. 지금 당장은 유빈이 필요했다. 라파라는 남자를 끌어당길 만한 매력이 그에게 있는지 모르겠지만 그가 아는 퀴어는 유빈이 전부였다.

너의 사랑이 필요해. 지후가 중얼거렸다. 지금의 그는 은우에 대한 유빈의 사랑이 절실히 필요했다. 그것이 친구로서의 우정이든, 형제 같은 사랑이든 알 바 없다. 단지 은우를 얻기 위해 라파가 필요하다면 그에겐 또한 유빈이 필요할 뿐이었다. 감히 시선을 비키지 못하게 유빈을 잡는 그의 가슴은 바짝바짝 타들어 갔다.

쇼우의 말에 의하면 벌써 한 달째 라파는 그들을 거부하고 있었다. 아무리 해도 뚫고 들어갈 구멍이 없다며 쇼우마저 고개를 절레절레 흔들었다. 유빈은 그가 가진 마지막 카드였다. 라파만이 필요했다. 지산이란 그룹을 구멍이라도 내기 위해선 라파가 너무나 필요했다.

너무 기다려서는 안 돼. 지후는 흔들리는 마음을 다잡았다. 이제까지 너무 많이 기다려왔다. 그 기다림이 족쇄가 되지 않기 위해서는 빠르게 움직여야 했다. 조급했지만, 유빈에게 드러나지 않게 잘 피지도 않는 담배를 또 하나 입에 물며 지후는 시간을 벌었다. 생각하는 시간이 길면 길수록 그에겐 유리했다. 초조함을 감추고 지후는 차분히 기다렸다. 긴장된 그의 기분처럼 담배 끝의 빨간 불빛이 빠르게 타들어갔다.

"잠시 시간을 주세요."

마침내 유빈이 입을 열었다. 비장하리만큼 굳은 표정이었다. 잠시 시간을 달라. 지후가 유빈이 모르게 조금 숨을 죽였다. 안도의 숨이 새어나왔다. 지금 이 자리에서 거절하지 않는 것만으로도 한 걸음 나간 것이다.

"이틀이면 될 것 같은데. 같은 시간, 이 자리에서 기다리지."

마지막 마무리를 하며 지후가 먼저 자리에서 일어섰다. 유빈이 잠시 생각만이라도 하겠다는 게 다행이기는 했지만, 생각할 시간이 너무 길면 거절이 되기 쉬웠다. 그래서 지후는 바짝 고삐를 쥐었다. 아마 주어진 시간 동안, 유빈은 은우를 만날지 몰랐다. 지후를 온전하게 믿기엔 의심이 남을 테니까. 그것까지 예측하면서도 지후는 미련 없이 자리를 털고 일어섰다. 이제 그가 할 일은 다 했다. 때론 하늘의 힘이 필요할 때가 있는 법이었다. 게다가 지후는 유빈에게 보여 질 은우의 모습이 결코 행복하지 않을 거라는 확신이 있었다.

사랑? 윤규하는 평생 사랑이란 걸 주지 않을 녀석이었다. 그에게 기대겠다는 은우의 말은 단지 떠나기 위한 변명일 것이다. 윤규하 곁에서 은우는 절대 행복할 수 없다. 자신에겐 거짓말을 할 수 있을지 몰라도, 형제 같은 유빈이라면, 그토록 가슴 아픈 유빈이라면 은우는 절대 거짓말 하지 않을 것이다. 은우는 그런 아이였다. 차라리 시선을 피하겠지. 시선을 피하는 게 더 가슴을 조인다는 걸 그녀는 모르겠지만, 어쨌든 유빈은 반드시 이 자리에 나올 거라 지후는 쉽게 예측할 수 있었다.

일부러 시간을 벌며 자리에서 일어선 지후는 잠시 나가는 문 입구에서 유빈을 바라보았다. 앞에 놓인 음료 잔을 뚫어지게 바라보던 그가 조심스럽게 휴대폰을 꺼내 들었다. 그리고 지후가 그랬던 것처럼 꺼내 든 휴대폰을 또 망설이듯 노려보다 천천히 번호를 누르기 시작했다. 그제야 멈춰진 지후의 심장이 신호음과 함께 뛰기 시작했다.

"유빈아!"

카페로 들어서며 은우가 반갑게 손을 흔들었다. 약속했던 시간보다 먼저 도착한 유빈은 밝은 창가에 앉아 있었다. 창가에 닿아 있는 가을 햇살이 너무 밝아서인가? 부신 햇살 속에 있는 유빈은 많이 지쳐 있는 듯, 여윈 기색이 구겨진 옷자락처럼 남아 있었다. 전의 모습은 떠올릴 수 없을 만큼 유빈은, 뭔가 많이 달라진 모습이었다. 환하게 웃던 미소가 갈 곳을 잃은 듯 슬며시 사라졌다. 마지막 만남 때문인가? 은우는 오해를 하고 있었다. 자신은 잊었는데, 유빈은 아직 잊지 못한 건 아닐까 싶어 은우는 조심스럽게 물었다.

"잘 지냈어?"

그렇게 묻는 그녀에게 유빈이 살포시 미소를 지었다. 예전엔 보지 못했던 어른스러움이 배어 있는 미소였다. 그녀가 잠시 떠난 사이 유빈은 좀더 어른이 되었나 보다. 이제 스물다섯이었다. 친구라고 말하지만 유빈은 은우보다 두 살이 더 많았다. 그러나 아직은 이렇게 어른스럽기보단 많이 어려야 할 유빈이 인데, 지금의 미소는 마치 지후나 규하와 비슷해 보였다. 은우는 그것이 가슴 아팠다.

"그…"

"응?"

은우의 멈칫하는 말에 유빈이 살짝 고개를 들었다. 아름다운 얼굴이었다. 지쳐있어도 아직은 맑고 아름다운 얼굴을 가진 유빈이었다. 은우는 살며시 가슴을 쓸었다. 다행이 그가 가진 본래의 색깔까지 사라지진 않은 것 같아 마음이 놓였다.

"그…사람과는 잘 지내?"

그렇게 힘든 사랑이라면 벗어버리라고 말하려다 은우는 그냥 안부만 묻고 말았다. 아픈 유빈의 상처를 헤집고 싶지 않았다. 유빈이 고개를 갸우뚱거렸다. 잠깐 누구인지 헷갈렸다.

"그 사람? 아… 후!"

은우는 차마 부르지 못했는데 은우 대신 유빈이 편하게 이름을 불렀다. 그 이름만으로도 기쁜 걸까? 하얀 이를 고스란히 드러내는 유빈의 얼굴이 이제 조금 그의 나이와 어울려 보였다.

"후… 그 사람, 떠났어."

"떠나?"

웃는 얼굴과 달리 전해주는 후의 소식은 의외였다. 후가 떠나?

"응. 여길…."

유빈이 자신의 심장을 가리켰다. 자신의 가슴을 가리키며, 그곳을 떠났다는 후를 이야기하는 웃음이 창가의 햇살 속에 눈물처럼 반짝였다. 울었을 것 같다. 그녀가 없는 텅 빈 집에서 혼자 외롭게 울었을 것 같았다. 은우의 심장이 아릿하게 저려왔다. 왠지 두 사람을 방해한 것만 같아 그녀는 한없이 미안해지고 말았다. 이러길 바란 것은 아니었다. 그녀는 단지 유빈의 사랑이 힘들지 않길 바랐을 뿐이었다. 그래서 그날 후가 그녀를 불렀던 것일까? 그때 이미 후는 유빈을 떠났을까? 묻고 싶었지만 은우는 입을 꾹 다물었다.

'그 녀석이 산산이 부서져 버리면 그 조각이라도 네가 찾아주라 구. 그 땐 난 옆에 없을 거야. 너만이 지켜 줄 수 있으니까. 그 녀석을 부탁해.'

후의 목소리가 들렸다. 그땐 의미를 몰랐는데…, 이젠 그 의미를 알 수 있을 것 같았다. 지금 그녀가 보는 유빈은 후의 말보다 더 위태해 보였다. 그녀를 향해 짓는 미소마저 예전 함께 웃었던 그 미소가 아니었다. 경쾌하게, 밝게, 하늘이 울릴 만큼 웃던 유빈의 미소가 아니었다. 후가 떠나버린 탓일까? 기억하기로는 유빈을 떠난, 후 역시 많이 아파 보였다. 두 사람이 이렇게 아파하는 게 헤어짐인지, 아님 둘의 사랑 때문인지 알 수 없었지만, 다만 유빈이 예전처럼 그렇게 웃을 수 있기를 바랐다. 그녀는 유빈의 그 장난스런 미소가 그리웠다.

"넌 잘 지냈어?"

은우가 조금 얼굴을 찡그렸다. 거짓말을 해야 하나? 아픈 유빈의 얼굴을 마주하고 잘 지내지 못하다고, 지금 마음이 많이 아프다고 말할 수 없었다.

"대답하지 않을 거니? 잘 지냈어?"

"잘 지냈어. 그냥 막 잘 지냈어. 너 잘 지내지 못한 거 뻔히 알면서 난 잘 지냈어."

은우가 투정을 부렸다. 규하와 지후 앞에선 꼿꼿이 서면서 은우는 유빈에게만은 어린아이 같은 투정을 부렸다. 위로해 줘. 차가운 그 사람 때문에 너무 아파, 위로해 줘. 유빈이라면 받아 주었겠지만, 그리고 하하, 웃었겠지만. 은우는 차마 하지 못했다.

"행복해?"

그녀의 농담에 유빈은 웃음기 하나 없이 또 다시 물어왔다. 그런 투정에 그냥 하하, 욕심꾸러기구나 하고 웃었으면 더 좋았을 텐데, 유빈은 지독하리만큼 진지한 얼굴이었다. 거짓말쯤은 금방 알아챌 수 있다는 듯 사뭇 깊은 눈동자였다.

"왜 나만 묻니? 왜 내게 묻는 것처럼 넌 행복하지 못하니? 왜 잘 지내지 못해?"

결국 은우가 먼저 생채기를 내고 말았다. 왜 후와 헤어졌는지, 그렇게 여위면서 왜 그를 심장에서 떠나보냈는지 묻고 싶었다. 은우는 묻는 유빈이 때문에 더 힘들고, 더 가슴이 아팠다. 유빈이 바라듯이, 그녀 역시 유빈이 잘 지내기를 바라는데 유빈은 생기 잃은 얼굴로 찾아와 그녀에게 '행복 하냐'고 묻고 있었다. 예전의 밝음은 하나도 없이 투정만 부리는 은우 앞에서 유빈은 무릎 위에 놓여진 손을 꽉 쥐었다.

여윈 그녀의 뺨은 쓰다듬고 싶을 정도로 안쓰럽게 보였다. 떠난 후를 잡지 못했던 자신을 내내 원망하다가도 문득문득 떠올리던 은우였다. 우습게도 이젠 편하게 그녈 사랑해도 되겠구나, 이기적인 생각이 먼저 들었다. 아파도 은우를 생각하면 편하기도 했다. 후가 떠나도 잡을 수 없는 그녀였지만, 그래도 은우에 대한 그리움은 후에 대한 아픈 심장을 쉽게 잠 재워 주었다. 까맣고 서늘한 방에서 내내 자폐증 환자처럼 갇혀 있으면서도 그는 이상하게 외롭지 않았다. 아니, 오히려 무거운 짐을 벗은 듯 가벼웠다. 잊으라고, 버리라고 강요하는 사람 없이 혼자 마음껏 아파할 수 있다는 것도 행복일 수 있었다.

유빈은 까만 눈동자로 은우를 바라보았다. 사랑했지만 사랑인 줄 몰랐고, 붙잡고 싶지만 붙잡을 수 없는 사람이었다.

'망가지지는 마. 이젠 난 더 이상 너의 곁에 없을 거니까. 네가 아무리 망가져도, 아무리 쓰러져도 난 절대 너에게 와 주지 않을 거니까…. 너 혼자 살아야 해, 너 혼자 일어 서. 난 절대 너에게 오지 않을 거야.'

마지막으로 떠나며 후가 말했었다.

유빈은 앞에 앉은 은우를 심장에 새기듯 바라보았다. 여위었지만, 여전히 그녀는 변하지 않은 예전의 어린아이였다. 아직도 그녀의 상처는 아물어지지 않았을까? 처음 그의 집을 찾아왔던 피투성이의 모습이 떠올랐다. 이젠 조금 아물지 않았을까 기대했는데 여전히 그녀의 가슴엔 흐르는 피가 남아 있었다. 은우는 모든 게 쉽게 얼굴에 드러나는 편이다. 그래서 그녀를 엿보는 건 쉬웠다.

'망가져 버리지 마라….'

후의 말이 또다시 떠올랐다. 하지만, 후. 난 이미 고장 난 인형처럼 망가져 버렸어. 너무나 낡고 초라하게….

이제 마지막일지 몰랐다. 유빈은 은우에게서 시선을 떼지 않았다. 깊이 새겨 넣을 거야. 지워지지 않게. 아마 다시는 그녀를 보지 못할 것이다. 한 번 둥지를 떠난 새는 돌아오지 않을 거라는 걸 알면서도 매일 함께 살았던 그녀의 흔적들이 먼지가 쌓이지 않도록 청소했다. 한 번쯤 찾아오지 않을까 기대를 버리지 못하고 조그만 소리에도 하루에도 몇 번씩 벌떡벌떡 일어나곤 했었다.

하루, 하루의 시간이 흐르고 아무리 기다려도 은우가 오지 않았을 때 유빈은 서서히 깨달았다. 이제 은우는 두 번 다시 이곳에 찾아와 예전처럼 살아갈 수 없다는 걸…. 그도, 은우도 많이 변해 버렸으니까. 설사 그녀가 돌아온다 해도 그 역시 예전과 같이 그녀를 쉽게 받아들일 수 없을 것이다. 그래서 그는 조금씩 기다림을 덜어 냈다. 이미 둥지를 떠난 새인데 너무 오래 기다렸다.

"그 사람, 사랑하니?"

그 사람? 의아하게 바라보는 은우에게 남편이라는 말은 하지 못했다. 자신의 입으로 내뱉으면 그게 그대로 현실이 되어 버릴 것 같아 유빈은 차마 남편이라 말하지 못했다.

"……."

은우는 말이 없었다. 사랑은 없다는 규하의 말을 잠시 떠올리는 사이 긴 침묵이 이어지고 말았다.

"그 사람은 널 사랑하니?"

대답 없는 그녀에게 유빈이 또다시 물었다. 집요하리만치 유빈은 집착하고 있었다. 은우가 자꾸 탁자 아래로 손을 비틀었다. 대답하기 힘든 질문이었다. 그를 사랑한다는 말도, 그가 자신을 사랑한다는 말도 모두 거짓이었다. 그리고 거짓말을 하기엔 유빈의 얼굴이 너무나 정직했다. 은우는 살짝 말을 돌렸다.

"넌? 넌 잘 지내? 밥 굶고 다녀? 왜 이렇게 비쩍 말라가는 거야. 얼굴 안 보고 살아? 못살아, 정말…."

찻잔 옆에 놓인 유빈의 손을 은우가 덮었다. 마른 손이었다. 음악 한답시고 그렇지 않아도 가느다란 손가락이 더 말라, 가시처럼 앙상했다.

"밥 먹자. 점심 아직 안 먹었지? 삼겹살 먹을까?"

전에 삼겹살 구워 먹자 약속했던 일이 생각나 그녀는 유빈의 손을 잡아끌었다. 배가 터지도록 부르게 먹는 유빈의 모습이라도 본다면 이 아픈 마음이 가실 것 같았다. 자리에서 일어서는 그녀의 손을 유빈이 조용히 뿌리쳤다.

"사랑하지 않는 거지? 너도 그 사람도."

시선을 피하는 은우에게 유빈은 물었다. 은우가 상처 없이 살아가길 바랐다. 자신의 집 앞에 뻘건 핏물을 흘리며 찾아온 아픈 은우가 자꾸 되감는 태엽처럼 떠올랐다. 유빈의 눈동자에 말간 눈물이 고여 왔다. 아픈 사랑하지 마. 내가 널 놓아줄게. 그 사람에게서 널 놓아줄게. 유빈이 속삭였다. 시작은 원치 않았다 해도 조금이나마 그 사람을 사랑하길 바랐는데, 욕심이었나 보다.

"은우야…."

부르는 목소리가 잔잔했다. 뿌리쳐 버린 손 때문에 마음 상했는지 은우는 고집스럽게 시선을 피하고 있었다.

"은우야."

대답하지 않는 그녀를 다시 불렀다.

"뭐?"

여전히 은우가 퉁퉁 대답했다. 놓아 버린 손도 아무도 담지 않은 공허한 유빈의 눈동자도 모두 싫었다. 울고 싶어. 정말 울고 싶어, 유빈아. 은우는 핑그르르 도는 눈물을 애써 눌렀다. 이렇게 만나기 위해 온 것은 아니었다.

"은우야…."

그녀가 자신을 바라볼 때까지 유빈은 조용히 그녀의 이름을 불렀다. 이제 다신 이 이름조차 부를 수 없을지도 몰랐다.

"너만 행복하면 돼. 난 네가 행복해지길 바래. 그거 하나면 난 살아갈 수 있을 거야."

"무슨 소리야? 어디 아파?"

은우가 물었다. 아픈가? 파리하게 여윈 얼굴은 아파서였나, 은우는 그제야 걱정스럽게 살폈다.

"아픈 거 아냐."

자꾸 묻는 그녀를 유빈이 가게 밖으로 밀었다. 눈부신 가을 햇살이 예고도 없이 다가와 은우는 잠시 현기증을 느꼈다.

"들어 가. 난 약속 있어."

유빈이 말했다. 지켜질 거라 생각하지 않았는데, 이젠 그 약속을 지켜야 할 것 같았다.

"약속?"

"응. 누굴 만나기로 해서. 먼저 가."

조금 전처럼 고집스럽게 투정할 줄 알았는데, 의외로 은우는 쉽게 단념했다.

"그럼 밥 먹고 집에 가. 얼굴이 많이 말랐어. 나중에 다시 연락해. 아니 내가 연락할게."

미덥지 않은 듯 돌아보는 은우에게 유빈이 비로소 밝은 미소를 지었다. 예전처럼 조금은 장난기가 섞인 미소였다. 만나는 내내 어둡던 은우의 얼굴이 환하게 펴졌다. 유빈은 은우를 실은 택시가 떠날 때까지 미소를 지우지 않았다. 은우가 기억할 모습은 좋은 것만 주고 싶었다.

택시가 뒤꽁무니조차 보이지 않게 사라지자 유빈은 그제야 피곤했던 미소를 지웠다. 잠시, 그는 묵묵히 제자리에 섰다. 가야하는데, 쉽게 발이 떨어지지 않았다. 대신, 꽉 쥐고 있던 손바닥을 펼쳤다. 한참 전에 떠난 은우의 감촉이 여전히 남아 있었다.

'은우야. 난 네가 행복하기만 하면 좋겠어.'

유빈이 자신의 손을 바라보며 말했다. 아까는 하지 못했던 말이었다. 평범하고 행복하게. 결코 쉽게 살아오지 않은 그녀니까 이젠 누군가를 사랑하고 그 사람의 사랑을 받으며 평범하게 살아가길 바랐다. 결코 자신은 될 수 없다 해도 그녀가 원하는 사람과 함께….

'행복하지 않아!' 지후는 말했지만, 그의 눈으로 직접 확인해 보고 싶었다. 정말 은우가 말처럼 살아가는지 보지 않을 수 없었다. 거짓말일 리가 없는데…. 유빈은 후회가 들었다. 차라리 좋은 모습으로 기억했으면 좋았을걸. 자신의 것마저 빼앗아 먹고 입가에 빨간 떡볶이 국물을 묻히면서도 좋아하던 은우. 무대 위에서 조명을 받은 채 그를 마주보며 노래 부르던 은우. 좋았던 모습들이 많았는데 이젠 아픈 은우의 모습만 남을 것 같았다.

유빈은 지후와의 약속장소로 천천히 발을 옮겼다. 그녀가 불행하다면, 사랑 없이 살아가야 된다면, 그리고 그녀를 놓아줄 수 있는 힘이 조금이라도 자신에게 남아 있다면 아낌없이 주고 싶었다. 조금 아프게 그를 생각하게 될지 모르지만, 언젠가 그녀가 누군가를 사랑하게 될 땐 좀 더 자유롭게 사랑을 시작할 수 있길, 그것으로도 족했다. 자신에게 남은 건 심장에 깊이 각인된 그녀가 전부이지만, 그래도 괜찮을 것 같았다. 은우를 위해서라면 남은 삶을 포기해도 좋았다.

돌아서는 유빈의 어깨가 그제야 조금 가벼워졌다. 은우가 조금이나마 자유로워질 수 있다면, 그 남자로부터 자유롭게 벗어나 스스로 선택할 기회가 주어진다면 포기한 자신의 삶이 결코 아쉽지 않았다. 그건 그가 이 세상을 살아갈 또 하나의 이유였다. 자신이 선택한 사랑이 조금 버거울지 몰라도, 그 사랑을 짊어지는 유빈의 어깨는 한없이 가벼웠다.

"너, W. I. C.라니, 이게 뭐냐?"
윤 회장이 규하에게 서류를 내던지며 벌컥 소리를 내질렀다.
"투자회사인 것 같은데요?"
"투자회사라? 누가 그걸 몰라서 묻는 거냐?"
"……."
"왜 말이 없어? 말할 게 그게 전부냐, 묻잖아! 이게 뭐냐? 이 사회의 허락도 없이 네 마음대로 이렇게 일을 처리하면 어떡하라는 거야! 네가 지금 이곳에 들어온 지가 언제인데 아직도 일을 구분 못 해!"
"알아서 합니다."
자신의 발밑으로 떨어지는 서류들을 바라보며 규하가 고집스럽게 대답했다.
"알아서 해? 알아서? 뭘 알아서 한다는 게냐? 대체 그 아이 하나를 얻자고 이렇게까지 해야 하는 이유가 뭐냐구! 결혼식도 내팽개치고 사라진데다 제 입으로도 원치 않은 결혼이라잖나.

그런데 그런 아이를 위해 감히 이런 뒷거래를…."

숨이 차는지 윤 회장이 잠시 말을 멈추었다. 규하가 매섭게 쏘아붙였다.

"가치 운운하지 마십시오. 제 아내입니다. 그녀가 원한다면, 그녀를 가질 수만 있다면 이만한 돈 버릴 수도 있어요."

"이만한 돈? 20억이 이만한 돈이라 말할 수 있는 금액인 거냐? 회사 돈이 네 마음대로 할 수 있는 돈인 줄 알아? 감히 어디서 20억이나. 게다가 내겐 단 한마디도 없이 네 멋대로 일을 처리해? 이…."

윤 회장이 당장이라도 규하를 내리칠 듯 벌떡 일어섰다. 성난 기색으로 머리카락까지 파르르 떨릴 지경이었다.

'이 망할 자식이….'

어린 나이에 회사로 들어와 속 한 번, 썩히지 않는 녀석이었다. 아니 속을 썩이기는커녕 오히려 너무 앞으로 나아가 걱정일 만큼 빈틈이 없는 녀석이었다. 그런데 그 어린 여자아이 하나로 이게 무슨…! 은우를 생각하면 할수록 윤 회장은 화가 머리끝까지 솟아올랐다. 정말 뭐 하나 마음에 드는 게 없는 며느리다. 20억이나 되는 돈을 고스란히 먹고도 아들 녀석에 대한 태도라니. 사장 취임식 때만 해도 그랬다. 꼿꼿이 고개 들고 앉아 규하를 바라보는 시선이 도도하기 그지없었다. 저 하나 얻자고 이만큼이나 했음 됐지, 대체 뭐가 그리 불만인지 아들 녀석에게 따뜻한 눈길 한 번 준 걸 보지 못했다.

망할 이 의원. 윤 회장은 은우와 이 의원을 싸잡아 이를 바락 갈았다. 능구렁이 같은 영감이 처음부터 말썽이었다. 애초부터 되지도 않을 침을 흘릴 때부터 싹을 잘랐어야 했는데…. 처음 이 의원이 혼사 이야기를 꺼냈을 때 규하에게 말하지 말았어야 했다. 그랬다면 일이 이 지경까지는 안 되었을 것을, 늦은 후회를 하며 윤 회장은 또다시 규하를 노려보았다 이제껏 제 잘못으로는 한 번도 사과조차 하지 않던 녀석이 지난 이화 사건에 이어 또다시 이렇게 고개를 숙이고 있었다.

애초부터 시작한 사람이 자신이기에 윤 회장의 화는 가실 줄 몰랐다. 냉정한 규하가 이토록 한 여자에게 모든 것을 던지리라고는 생각조차 못했던 그의 불찰이었다. 언제나 바람 같았던 자신의 형, 규하의 생부(生父)를 생각하면 당연한 일이었다. 한 번도 다른 사람을 사랑한 적이 없던 형이었다.

변명 한마디 없이 꼿꼿이, 그가 내던진 서류를 고스란히 서서 맞은 규하의 모습에 조금씩 노여움이 사그라졌다. 순간, 어린 규하의 모습이 지금의 모습과 겹쳐졌다. 어린 시절에, 단 한 번 저렇게 고집스럽게 자신 앞에 서 있던 적이 있었다. 무슨 이유였더라? 기억이 잘 나지 않지만 그 이유로 아내가 처음으로 그에게 불같이 소리를 질렀던 건 기억에 남아있었다. 아마 아내가 안다면 또다시 규하가 아닌 자신한테 버럭 화를 내겠지.

'대체 그 아이가 뭐냐? 너한테 뭐 길래 너 같은 아이가 이만한 일까지 저질러야 하는 거냐?'

묻고 싶은 마음이 굴뚝같았지만 윤 회장은 말을 꿀꺽 삼켰다. 은우가 규하에게는 치명적인 아킬레스건이라는 건 분명했다.

"여기서 멈춰라. 더 이상은 안 돼. 아무리 20억 뿐이라 해도 회사 돈이다. 단 한 푼도 이런 식으로 쓰여서는 안 돼. 이 이상은 막아. 그 W. I. C. 라는 회사도 당장 없애라. 네가 만든 회사라는 거 다 안다."

뭐라 말하려는 규하를 막으며 윤 회장이 끝까지 말을 맺었다.

"검은 돈은 함부로 만지는 게 아니다. 여기서 끝내. 이 의원과도 여기서 끝내라. 이 이상 은우가 원한다면 내 힘으로라도 멈출게다. 무슨 말인지 알겠지?"

멈춘다… 윤 회장은 이혼을 이야기하고 있었다. 아무리 규하가 원하는 아이였지만 이 의원은 위험한 조건이다. 규하가 약속한 금액이 얼마인지는 정확히 모르지만 이 정도에서 멈출 이 의원이 아니었다. 그러나 지금의 금액 이상이라면 반드시 덜미가 잡힐만한 액수였다. 더구나 주주 총회에까지 끌려들어 간다면 사장 자리까지 내놓아야 할 판이다.

처음, 규하가 자금을 약속하겠다, 했을 때 더 강하게 반대했어야 했다. 미친 듯이 은우를 끌고 들어올 때부터 충분히 예상했었어야 했다. 그저 쉽게 이루어진 모양이라 가볍게 넘어간 것 역시 불찰이라면 불찰이었다. 검은 돈이 아니더라도, 지산이라는 이름만으로 이루어질 수 있는 혼사라 쉽게 생각할 일이 아니었다.

윤 회장이 좁힌 미간을 애써 폈다. 아직은 그의 선에서 해결할 수 있다. 20억 정도라면 가능했다. 하지만 은우가 이 이상을 원한다면 윤 회장은 자신의 힘으로라도 규하의 결혼을 끝장낼 생각이었다. 결혼식까지 내버리고 간 며느리, 이렇게까지 하면서 잡을 생각은 눈곱만큼도 없었다. 윤 회장은 여전히 자신 앞에 서 있는 규하를 바라보았다. 바보 같은 자식! 욕이 당장이라도 튀어 나올 것 같았다.

"나가 봐."

나가라는데 규하는 움직일 생각이 없었다. 윤 회장에게 향하는 시선이 터질 듯이 위험했다.

"여기서 멈추지 않을 겁니다."

뭐? 윤 회장이 눈썹을 곤추 세웠다.

"무슨 말이냐?"

"아버지 마음대로 제 결혼을 멈추게 하지 않을 겁니다. 제 결혼입니다. 끝내는 것도 지속하는 것도 제 의지입니다. 제가 원치 않는 한 이혼은 없습니다. 그리고, 이 이상 회사 돈은 운용하지 않겠습니다."

"회사 돈은 운용을 안 해? 그럼 네 자산이라도 쏟아 붓겠다는 거냐? 네가 지금 제정신이야? 돈으로 아내를 사? 고작 너란 녀석이 그 정도 밖에 안 되는 거냐?"

"이혼은 하지 않습니다. 절대로…."

버럭 소리를 지르는 윤 회장 앞에서 규하는 굽힘이 없었다.

대신, 쾅 닫히는 거센 문소리가 그 못지않게 화난 규하의 성질을 그대로 보여주었다.

아버지의 사무실을 나서는 규하의 시선에 비서실에 있던 사람들이 후다닥 자리를 피했다. 퍼런 독기가 올라있는 그의 시선을 받아내는 건 미친 짓이었다. 자신을 피해 슬그머니 나가버리는 사람들은 관심조차 없이 규하는 제 사무실로 들어섰다. 그의 뇌리에는 20억의 돈보다 여기서 끝내겠다는 아버지의 말이 더 박혀 있었다.

절대 이혼은 하지 않는다. 규하는 이를 악물었다. 은우가 그의 삶에서 또다시 사라지게 할 수는 없었다. 결혼식에서 사라진 그 한 번으로도 충분했다. 젠장, 욕을 퍼붓던 규하가 사무실 벽을 세차게 내리쳤다. 딱딱한 벽에 부딪힌 주먹이 생살을 찢고 피를 쏟아냈다. 찌릿한 통증이 팔꿈치까지 전해지는데도 화가 가라앉질 않았다. 이제 처음 은우를 안았다. 설사 돈으로 아내를 샀다 하더라도, 자신이 가진 것으로 은우의 심장을 살 수만 있다면 살 것이다.

"어머님이 전화하셨는데…"

아직까지 자신의 집 앞에 서있는 빨간 차를 노려보며 집에 들어선 규하에게 은우가 전했다. 지끈 두통이 밀려왔다. 20억이 어머니의 귀에도 들어간 건 아닌가 싶어 가슴이 덜컥 뛰었다. 규하는 소리 지르는 아버지보다 조용한 어머니가 더 어려웠다.

"그래서?"

규하가 떠보듯 물었다.

"뭐, 한 번 집에 오라는 말씀이시죠. 내일 시간 괜찮아요?"
"바빠."

넥타이를 풀어 제치며 규하가 딱 잘라 거절했다. 지금은 시기가 아니었다. 그렇지 않아도 심기 사나운 아버지에게 일부러 은우를 보일 필요는 없었다. 바쁘다는 그의 말에 은우가 살짝 미간을 좁혔다. 저 망할 놈의 차 때문에 살얼음을 걷는 판이라 규하는 그녀의 작은 떨림에도 심장이 덜컥 내려앉았다. 다행이 은우는 쉽게 미간을 폈다. 아마 그리 심기를 불편하게 한 것은 아닌 모양이었다.

"내일 늦을 거예요? 그럼 식사도 하고 오는 건가요?"
"음, 식사는 내일 밖에서 하지?"

규하가 물었다. 청담동에 갈 생각은 없었지만, 요즈음 좀 우울해하는 은우의 기분을 풀어주어야 할 것 같았다. 그 날 이후 별로 기분이 좋을 일이 없기는 했지만, 이틀 전부터 그녀의 얼굴이 우울증 환자처럼 내내 어두웠다. 그의 말에 은우가 의아하게 바라보았다. 바쁘다면서 외식하자는 말이 조금 이상하기는 했다.

"네? 바쁘다면서요?"
"집에 갈 시간은 없어. 바빠."

규하가 대답하며 식탁으로 향했다. 된장찌개 냄새가 구수했다. 은우의 요리 솜씨가 그리 좋은 편은 아니었지만, 그래도 자신을 위해 차려진 식탁이라는 것만으로도 충분했다. 자리에 앉은 그를 위해 은우가 끓인 찌개를 식탁으로 옮기는데, 전화벨이 울렸다.

"아, 혹시 당신 전화인지 모르겠네요? 조금 전부터 당신 찾는 전화가 오는 것 같던데?"

찌개를 내려놓으며 은우가 무심하게 말했다. 내 전화? 규하가 고개를 갸웃했다. 아직 이 집 전화번호를 아는 사람이 없었다. 청담동 부모님, 그리고 그 망할 지후를 제외하고 이 번호를 알만한 사람은 없었다. 설마? 미간을 좁힌 그의 시선에 은우의 모습이 보였다. 입가에 야릇한 미소가 걸려 있었다.

*제길, 그 여자가 건 전화군.

"받아 봐요. 제가 있어서 불편한가요?"

역시 말이 꼬여 있다. 규하는 일부러 불쾌한 듯 들었던 숟가락을 탁 내려놓았다.

"여보세요?"

그의 목소리가 먼저 퉁명스럽게 나갔다.

"…나다."

선이 고운 목소리였다. 우아하고 아름다운 목소리. 규하의 얼굴이 얼음처럼 얼어버렸다. 잊었다고, 그 긴 시간동안 남김없이 잊었다고 했는데 이 작은 한마디가 쉽게도 생채기를 남겼다. 거부감을 드러내며 규하는 일부러 침묵했다. 그녀가 그를 거부했듯이, 그 역시 그녀를 거부하고 있었다.

"……."

"벌써 내 목소리 잊었니? 결혼했다는 소식 들었다."

이십 년이 넘은 세월 만에 처음으로 건 전화로 하는 말이 고작 결혼했다는 소식을 들었다? 규하의 눈동자에 벌건 핏줄이 불뚝 올라왔다. 자신도 모르게 꽉 물린 턱 선이 터질 듯이 부풀었다.

"이제….."

채 말이 끝나지도 않았는데, 규하가 수화기를 쾅 놓아버렸다. 더 이상, 단 한마디도 더 듣고 싶지 않았다. 그녀의 목소리는 그날 이후 더 이상 듣고 싶지 않았다. 부서질 듯 내려놓는 소리에 은우가 무슨 일인가 돌아보았다. 소파에 주저앉아 제 머리를 감싼 규하의 모습은 조금 전과 달리 꽤나 고통스러워 보였다. 은우는 조심스럽게 규하에게 다가갔다. 규하의 귀에 탁탁, 빗소리가 들렸다. 아침나절 내내 우울하게 어둡더니, 마치 제 기억을 찾아주듯 비가 떨어지기 시작했다.

이십여 년 전, 그 날도 이처럼 장마 같은 비가 유난스레 쏟아지던 날이었다. 그 찬기가 뼈 속까지 들어와 아, 입만 벌려도 하얀 입김이 새어 나왔다. 거대한 대문 앞에, 버려진 아이처럼 서 있던 그 날은 짧은 가을 중에 가장 추운 날이었다. 부릅뜬 눈에 주륵 빗물이 흘러들어가도록 내내 바라보았지만 한 번도 돌아보지 않던 그녀였다. 많은 시간이 흘렀다는 변명으로 그녀를 이해할 생각은 없었다. 한 번 버린 사람은 그것으로 끝이었다. 후회는 한 번으로 족했다. 고개 숙이던 그가 조금 안쓰러워 보여, 은우가 좁혀진 어깨에 손을 얹었다.
"누구예요? 당신 찾는 전화 아닌가요?"
"잊어. 저 따위 전화 잊어버리라구."
잊어? 벌떡 일어나 식탁으로 향하는 규하의 얼굴엔 예전처럼 찬 기운이 돌았다. 잊으라는 말조차 그녀가 아닌 자신에게 하는 대답처럼 좀 그랬다. 그래서 무슨 일이냐 물으려던 은우는 그대로 입을 다물어 버렸다. 갓 입대 한 신병처럼 식탁에 꼿꼿이 앉아 있는 규하의 손에 은우가 숟가락을 쥐어주었다. 어린아이를 어루만지듯 부드러운 손길이었다. 규하가 그녀를 바라보았다. 은우가 슬며시 미소를 지었다. 찌개처럼 따뜻한 미소였다.
"찌개가 맛있어요. 먹어요."
그에게 숟가락을 건네주고 마주 앉은 은우는 그 미소처럼 편한 기분은 아니었다. 입안에 씹히는 밥알이 모래알처럼 까실거렸다. 그의 여자일까? 고운 목소리는 이화와는 사뭇 다른 느낌이었다. 이 세상에서 이토록 윤규하를 흔들 여자는 흔치 않았다.
신경 쓰지 않아. 그녀가 누구이든 신경 쓰지 않아. 은우는 애써 마음을 다잡으며 천천히 식사를 하기 시작했다. 말이 없는 규하나 일부러 밥알을 집어넣는 은우나 준비했던 음식이 무색하게 싸늘한 식사가 되고 말았다. 그리 맛있는 반찬이 아니어도 별 타박이 없이 거의 다 비워내던 규하였다. 딴 생각에 빠진 규하를 바라보던 은우의 입매가 딱딱했다. 그렇지 않아도 유빈으로 인해 심난스러운 마음이 더 음울해져 버렸다.

파장 난 잔치처럼 쓸쓸한 식사를 마치고 거실로 나올 때까지도 규하는 여전히 결계를 친 듯 어려웠다. 조금은 쓸쓸하고 외로워져 은우의 기분 역시 파선(破船)처럼 가라앉고 있었다. 평상시 잘 보지 않는 드라마를 세상의 전부인 듯 보는데, 그녀의 손을 규하가 살며시 잡았다. 선뜩 놀라 바라보는 규하의 시선은 그녀처럼 텔레비전을 향해 있었다. 그 역시 즐겨 보는 드라마는 아니었다.

"우리 아이를 갖자…."

규하가 조용히 말했다. 우리 아이?

"너와 내 아이…."

혼잣말 같은 말이었다.

"아무에게도 주지 않고 우리가 하나하나, 지켜 주는 거야."

눈빛이 공허했다.

"마음에 안 드는 장난감 버리듯 아무에게나 주지 않고 우리가 끝까지 함께 키우자, 너와 나의 아이. 널 닮은 예쁜 딸이면 좋겠다."

그제야 돌아 본 얼굴에 미소가 어렸다. 그녀를 닮은 딸이라 이야기하는데 하얀 이가 조금 보였다. 까만 눈동자가 반짝거렸다. 신이 난 듯 점점 그의 미소가 커져갔다. 신이 난 규하를 바라보는 그녀의 시선이 조금 당혹스러웠다. 하지만, 그녀 역시 아이라는 말은 기분 좋았다. 그와 그녀의 아이. 그를 닮은 커다란 아들과 그녀를 닮은 딸 아이. 그의 아이들이었다. 은우는 전과는 다른 시선으로 규하를 바라보았다. 좋은 아빠가 될 것 같았다. 바라보는 그녀의 뺨을 규하가 부드럽게 어루만졌다. 따뜻한 온기가 온몸을 감싸듯 퍼져 나갔다. 조금 전 내내 얼어있던 살얼음이 파사사 부서졌다. 은우의 딱딱했던 눈동자가 기분 좋게 풀려 있었다.

"낳아 줄래?"

피식, 웃음이 새어 나왔다. 그를 닮은 작은 아이를 생각하니 생각지도 못하게 편한 미소가 스몄다. 은우가 가볍게 고개를 끄덕였다. 그녀도 작은 아이를 낳고 싶었다. 그가 말한 것처럼, 소중하게, 그리고 예쁘게 돌보면서. 살짝 흘러내린 그녀의 머리카락을 규하가 황홀하다는 듯 쓸어 올렸다. 그의 입술이 조심스럽게 내려앉았다. 은우가 조용히 그의 입술을 받았다. 그와의 키스는 시간의 흐름을 잊을 만큼 깊고, 자작했다. 고요한 방 안엔, 입술이 맞부딪히는 소리만이 울리고 있었다. 깊은 우물처럼 그의 혀는 끊임없이 그녀의 안을 헤집었다. 그녀의 모든 것을 삼킬 듯이 농염하고 유혹적인 키스였다. 규하가 그녀의 귓불을 살짝 깨물었다.

"언제나 네가 목말라. 이렇게 미쳐 가나 보다. 내가 이렇게 너에게 미쳐가는 것 같아. 아무리 널 마셔도 난 자꾸만 네가 목 말라."

 규하가 부풀어 오른 입술 위를 놀리듯 쓰다듬었다. 자신의 입술에 머무는 그의 손길에 애타게 몸이 떨려 왔다.

 "누구도 바라보지 마. 사랑이란 이름으로 그 누구도 바라보지 마. 나만 바라보면 돼. 이렇게 그냥 내 곁에만 머무르면 되는 거야, 내 아이와 함께."

 끄덕이는 은우의 작은 머리를 두 손으로 붙잡고 그가 또다시 키스를 퍼부었다. 아이를 가질 거다. 은우만이 그의 아이를 갖길 원했다. 그가 원하는 건 오로지 그와 그녀의 아이였다.

 '하하하. 아무래도 이 정치판이라는 게 돈으로 먹는 거 아닌가.'

 전화기가 울리도록, 웃어대던 이 의원의 목소리가 또다시 들려왔다. 낮에 빚 독촉을 하듯 남은 돈을 요구하던 이 의원의 목소리를 규하는 지금 이 순간 잊었다. 은우만 머무르게 할 수 있다면 그가 가진 모든 돈을 다 준다 해도 아깝지가 않았다. 그까짓 것은 그에게 문제가 되지 않았다. 은우만 남아 있다면….

16

"제니 씨."

촬영을 끝낸 제니를 뛰어 나오던 임명세가 황급히 불렀다. 돌아보는 그녀의 시선에 못마땅한 듯 노려보는 임명세의 매니저가 들어왔다. 유독 그녀를 싫어하는 남자였다. 심지어 그 싫은 기색조차 감추지 않아 가끔 정수가 대 놓고 화를 낸 경우도 있었다. 지금도 뛰어가는 명세의 뒷자리에서 끌끌, 혀 차는 소리가 들렸다. 듣기론 집안 친척 형이라고 들었는데 그래서 그런지 명세를 바라보는 그의 시선은 마치 철없는 도련님 보는 듯 했다.

운영하던 아버지의 사업체가 망하고 돈 벌기 위해 연예계로 들어섰다는데 그래서 그런지, 최고의 자리에 올라도 명세는 언제나 어린 도련님인 면이 있었다. 못마땅한 그를 향해 제니가 사악하게 웃었다. 그녀 역시 부유한 집에 자라 세상 물정 모르는 명세가 썩 마음에 드는 건 아니었지만, 가끔 저런 시선을 받으면 약이라도 올려 주고 싶은 유혹이 들었다. 제니는 다가 온 명세에게 거의 유혹이라고 할 만큼 달콤한 미소를 지었다. 여전히 시선은 매니저에게 향해 있었지만.

"무슨 일이세요?"

"아…."

순간 명세의 얼굴이 홍당무처럼 붉어졌다. 평소와 달리 나긋한 목소리에 좀 당황하는 기색이었다. 흠흠, 제 딴에도 확 달아오른 얼굴이 민망한지 괜히 헛기침만 하고 있었다.

"오늘 저녁 시간 좀 내주시지 않겠어요?"

미적거리는 명세 때문에 참았던 짜증이 한계에 다다를 때에야 그가 겨우 물어왔다. 소년 같은 명세를 바라보며 제니는 잠시 망설였다. 평상시 같으면 단박에 잘라 낼 약속이었다. 지금까지 그녀의 남은 시간은 오로지 규하의 몫이었다.

흠, 제니가 낮게 한숨을 쉬었다. 사무실로 찾아간 그날 이후로 규하는 더 이상 그녀를 찾지 않았다. 정말 끊을 때는 바위라도 잘라낼 듯 냉혹한 남자였다. 그에게 돌려 준 봉투를 제외하고 이제 그녀에게 남은 것이라고는 이 드라마와 차기 영화 캐스팅뿐이었다.

그나마 다행이라 정수는 말했지만 그녀는 결코 만족할 수 없었다. 어느 연인에게나 잠시의 헤어짐은 있을 수 있다. 제니는 이 시간이 가볍게 지나갈 이별이기를 바랐다.

잠시 망설이던 그녀가 명세를 향해 살짝 고개를 끄덕였다. 규하가 없는 시간이라면 잠시의 즐거움도 괜찮았다. 언젠가는 자신에게 돌아올 거라 자신하며 그녀는 수줍게 미소 지었다.

"네. 그럴게요."

선선한 그녀의 대답에 명세의 눈이 동그래졌다. 내내 기회를 노려도 틈 하나 없었던 그녀였기에 이 뜻밖의 행운을 믿을 수 없는 모양이었다. 또 한번 명세의 얼굴이 붉게 달아올랐다. 순수한 그의 미소를 바라보는 제니의 눈빛은 사무실에서 보았던 규하의 시선 못지않게 차가웠다.

"어, 그럼 저녁에 보죠. 전 남은 촬영 있어서… 약속 장소는 제 매니저가 전화할 거예요."

고개를 끄덕이며 제니는 가벼운 몸짓으로 돌아섰다. 하얗게 그녀를 흘기고 있을 그 잘난 매니저가 눈에 선선했다. 입 안에서 호호, 웃음이 돌았다. 명세와 헤어져 남은 시간 동안, 체형실에서 휴식을 취하고 있는 제니에게 명세 매니저의 전화가 걸려왔다. 불만스럽게 툴툴대는 목소리가 상당히 통쾌했다.

"약속 시간은 설마… 맞겠죠?"

"뭐?"

명세의 매니저가 불뚝 화를 냈다. 하지만 빙글, 몸을 돌리며 전화를 고쳐 받는 제니의 입엔 고약한 미소가 여전히 걸려 있었다.

"매니저님! 장난치시는 거면 저 역시 가만 안 있어요. 유혹한 건 그 쪽이 먼저니까, 약속 장소나 시간 따위로 장난칠 생각은 하지 말아요."

되쏘는 제니의 목소리는 제 성미처럼 차갑기 그지없었다. 매니저에게까지 제 성미를 감출 필요는 없었다. 못된 계집애 어쩌고 궁시렁 대더니, 결국 다른 장소와 시간을 말해 주었다.

재미있는 매니저야. 전화를 끊은 제니가 빙글 웃었다. 둘 모두, 가지고 놀기엔 꽤 좋은 상대였다. 다시 불러 준 시간은 좀 빠듯했다. 제니는 일부러 약속 시간에 늦게 나가는 그런 미련한 짓은 하지 않았다. 다른 사람에게 반듯해야 대접 받는 법이었다. 빠르게 그곳을 나온 제니는 명세와 약속된 장소로 향했다. 워낙 좋은 피부라 화장 없이 출발하다 보니 시간은 꽤 여유가 있었다.

제니는 일부러 정수에게 연락하지 않았다. 요즈음엔 정수 역시 명세 매니저처럼 귀찮은 존재였다. 혼자 택시에 오른 제니가 도착한 장소는 번화가에 있는 꽤 유명한 레스토랑이었다. 프론트에서 기다리니 지배인이 먼저 다가왔다. 명세 이름으로 예약 된 자리로 옮기며 제니는 살짝 주위를 돌아보았다. 창가의 좋은 자리가 이미 예약으로 꽉 차 있어서 그곳일까 했는데, 지배인이 인도한 곳은 작은 룸이었다. 다른 사람의 시선에서 보이지 않게 가려진 곳이었다. 아마 공인이라 일부러 이 자리를 택한 모양이었다.

이만한 곳이라면 지배인이나 홀 매니저 선에서부터 입을 다물 텐데, 꽤나 소심한 남자였다. 룸은 들어선 순간부터 답답했다. 천장이 다른 가게보다 높은 편이어서 공기는 청정했지만 내내 먼지 많은 스튜디오 촬영장에만 있었던 제니는 이곳의 벽마저 숨통 막히게 답답했다. 아마 규하라면 서울의 전경이 보이는 멋진 자리를 굳이 양보까지는 하지 않았을 것이다. 워낙 제멋대로인 사람이라 남의 시선 따위는 의식하지 않을 테니까. 정한 자리부터 마음에 들지 않았지만 그녀는 애써 미소를 지었다.

"제가 많이 기다리게 한 건 아니겠죠?"

들어오면서 바라 본 시계는 정확히 약속한 시간이었다. 미리 온 건 명세였지만 제니는 예의를 갖추었다.

"아, 아닙니다. 제가 이르게 왔죠."

고운 얼굴을 살짝 붉히며 명세가 씨익 웃었다. 잘생긴 사람이야. 그녀의 취향은 아니었지만 명세가 잘생긴 것만은 인정하지 않을 수 없었다. 하긴 우리나라 최고의 자리에 오른 배우다. 연기도 그렇지만 인물 역시 따라 주지 않았다면 이만한 주연급 배우는 되지 못했을 테지. 명세가 마련한 테이블에는 다른 곳에선 없던 장미가 한 아름 꽂혀 있었다. 프로포즈라도 할 생각인가? 제니는 일부러 꽃에 시선을 돌렸다.

"굉장히 예쁜 꽃이네요. 전 장미를 좋아하는 편이라…."

"그러세요?"

아는 척은 하지 않고 살짝 꽃을 칭찬하는데 명세는 눈에 띠게 기뻐하는 눈치였다. 제니가 살짝 얼굴을 찌푸렸다. 임명세는 그 존재의 시작부터 그녀의 취향이 아니었다. 그녀는 장미를 싫어했다.

"아. 저 주문은 미리 해 놓았는데. 괜찮으시겠어요?"
"뭐, 음식은 가리지 않는 편이에요. 잘 됐네요. 그렇지 않아도 배고팠는데."

제니가 편하게 대답했다. 어차피 받아줄 생각도 없는 프로포즈였다. 명세가 살짝 고개를 끄덕이자 기다렸다는 듯, 음식이 나오기 시작했다. 나름대로 신경을 쓴 모양인지 먹는 방법이 뭔지도 모를 음식들이 봇물처럼 쏟아져 왔다.

'젠장. 여배우들에겐 다이어트가 필수라는 것도 모르나?'

앞에 놓인 음식들은 오히려 짜증스러울 정도로 많았다. 그녀는 입가에 미소를 띠우면서도, 정작 놓인 음식엔 거의 손을 대지 않았다. 그렇지 않아도 다음 작품엔 더 살을 빼야 할 텐데, 눈치 없는 명세 때문에 배고픈 짜증만 일었다.

식사 시간 내내 명세는 원하는 이야기는 꺼내지 못하고 땀만 삐질삐질 흘렸다. 덕분에 제니가 거의 음식에 손을 대지 않고 있음을 눈치 채지 못했다. 늘 거리를 두던 제니가 이곳에 나온 것만으로도 흥분 된 탓이었다. 조금 전엔 정말 받아들여 질 거라 생각하지 못했었다. 미처 예상하지 못했던 제니의 허락에 정신없이 수소문한 끝에 겨우겨우 예약한 자리였다. 워낙 유명한 곳이라 예약이 될지 모르겠다는 말에 조금 걱정했는데 다행히 그의 이름이 통한모양이었다. 창가의 자리는 힘들겠지만 룸 정도라면 가능하다는 이야기였다. 어차피 다른 사람들의 눈을 의식하며 나눌 이야기가 아니었기에 명세는 흔쾌히 예약을 했다. 그리고 제니가 도착할 때까지 손에 땀이 흐를 정도로 긴장을 하며 기다렸다. 그 덕분에 음식이 나와도 무슨 맛인지 모를 만큼 잔뜩 흥분이 되어 버렸다. 하지만 지금, 이렇게 자신 눈앞에 앉아 있는 제니라면 이 모든 것이 보상이 될 만큼 행복했다.

아름다운 여자야, 명세는 제니를 바라보았다. 처음 본 순간부터 한 눈에 반해버린 여자였다. 아름답다고만 하기에는 뭔가 다른, 부드럽고 청아한 분위기가 있었다. 이런 여자가 있을 거라 생각하지 못했었다. 화려하기만 할 뿐, 빈 껍데기처럼 아무 향기가 없는 여자들 사이에서 그녀는 너무나 신선했다.

처음 드라마 컨택을 한 후 이름 없는 신인이 상대 배역이라 했을 땐 사실 조금은 실망했었다. 욕심을 가지고 덤빈 드라마였기에 좀더 실력 있는 여배우와 함께 호흡을 맞추고 싶었었다. 그러나 이젠 제니를 빼놓고는 그 드라마를 떠올릴 수 없다. 그만큼 그녀는 노력했고 튼튼한 이미지도 구축했다. 아마 둘이 함께 짝을 이룬다면 세기의 결혼식이 될 것이다. 아직, 이 프로포즈를 시작하지는 않았지만 자신이 있었다. 자신을 거부할 여자는 없었다. 조금 공이 들어가긴 했지만, 어쨌든 그녀 역시 이 자리에 온 게 아닌가. 명세는 테이블 너머의 제니를 슬쩍 바라보았다. 이젠, 그녀와 드라마가 아닌 현실에서 파트너이길 원했다, 간절히….

뜨겁다 못해 이글거리는 명세의 눈길에 온몸이 끈적이는 것 같아 제니는 불쾌하기 그지없었다. 정말 잠시라도 여기 더 있다간 폭발해 버릴 것 같았다. 잠시 양해를 구한 그녀는 벌떡 자리를 일어섰다. 답답한 공간을 나와 홀 쪽으로 나오니 그제야 조금 숨통이 트였다. 파우더 룸으로 걸어가는 제니의 시선이 홀 중앙에 있는 커다란 그랜드에 머물렀다. 그녀는 피아노를 좋아했다. 잠시 접기는 했지만, 아직도 피아노는 그녀의 꿈이었다. 피아노 앞에는 한 여자가 앉아 있었다. 아마 라이브로 노래 부르는 가수인 모양이었다. 앉아 있어도 그녀의 선, 키만큼 크다는 것 외에는 별 특색이 없는 여자였다. 여자가 살짝 미소를 짓더니 음을 고르듯 가볍게 건반을 눌렀다. 팅, 울리는 피아노 음색이 꽤 맑았다. 소리가 마음에 든 듯 그제야 여자의 손이 건반 위에서 부드럽게 움직였다.

나 그대를 사랑해요. 늘 그대가 그리워요.
알까, 이런 마음을. 부드런 입맞춤 같아.
이 노래가 들리나요.
내 마음을 느끼나요.
이젠 그대 마음도 떨리는 내 목소리 같아
날 부르는 그 뒷모습. 난 알겠어….
왜 망설이나 그대 고백해요
내게 말하세요. 제발. 나 그대를 사랑해요.

아, 제니가 탄성을 질렀다. 굉장히 맑고 독특한 음색이었다. 마력처럼 사람을 끌어당기는 목소리가 노래에 생명력을 주듯 통통 튕겼다. 평범한 외모치고는 꽤 노래 실력이 좋았다. 지겨운 임명세에서 벗어나 잠시 노래를 듣던 제니의 눈에 한 남자가 띄었다.

윤규하!

그녀가 생각했던 것처럼 거만한 자세로 창가 자리에 앉아 있는 그의 시선은 지금, 피아노 앞에 앉은 여자 가수를 향해 있었다. 마치 반한 사람처럼 바라보는 그의 입술엔 부드러운 미소가 걸려 있었다. 제니는 홀린 듯 그를 바라보았다. 그가 이토록 매혹적이었던가. 가벼운 캐주얼 차림의 모습은 처음이었다. 옷 때문인지, 아님 이런 곳에서 그를 만나서인지, 까만 머리카락을 반짝이는 그의 모습은 처음 본 사람처럼 매혹적이었다.

늘 딱딱한 정장 차림이기도 했지만 섹스를 할 때의 저돌적인 그로서는 상상조차 할 수 없는 모습이었다. 빨려들 듯 그를 바라보는 사이 노래가 끝난 모양인지 여가수가 자리에서 일어섰다. 이곳의 가수라고만 생각했었는데 그녀는 우아한 걸음걸이로 창가의 자리를 향해 걷기 시작했다. 바로 그 남자, 윤규하를 향해.

다가오는 여자를 향해 일어선 규하가 환하게 미소를 지었다. 한 번도 보지 못했던 미소였다. 반짝, 빛을 내는 그의 눈동자는 오로지 그 여자에게만 향해 있었다. 멀리서 보는 제니의 시선에도 그 느낌이 전해져 올 만큼 거의 숭배에 가까운 황홀감이었다. 소유욕을 과시하듯 여자의 허리를 끌어안아 자신의 옆자리로 앉히는 그의 미소에 수줍음이 걸렸다.

하! 제니의 입에서 차가운 비웃음이 새어 나왔다. 자존심의 상처였다. 그 잘난 윤규하가 소년 같은 수줍음으로 한 여자를 바라보다니, 바로 그녀 앞에서….

상상조차 하지 못했던 모습이었다. 작은 애무에도 인색한 그였으니까. 무엇이 불편한지 여자가 얼굴을 찡그렸다. 순간, 황홀하던 규하의 미소가 순식간에 살피듯 변했다. 바보 같아. 그의 모습이 짜증스러울 만큼 화가 났다. 여자의 행동 하나 하나에 예민하게 반응하는 모습이 짜증스럽고 불쾌하기 그지없었다.

제니가 잘근 입술을 깨물었다. 감히 그녀를 제치고 그를 차지한 여자였다. 키만 껑충하게 자라 아직 소녀티도 가시지 않은 어린 여자였지만, 함께 있는 규하의 모습은 한눈에 봐도 사랑에 빠진 남자였다. 뭐야? 그 잘난 취향이 고작 저 정도였어? 키만 껑충한 말라깽이? 아무리 깎아 내려도 자존심이 채워지지 않았다. 그의 곁에 있는 그녀의 모습보다 오히려 상처가 되는 건 그의 눈빛이었다. 충만한 여유로움과 유혹하듯 바라보는 그의 눈동자가 사무실에서 봉투를 내밀던 그 차가운 눈동자와 겹쳐져 더욱 생채기를 내고 있었다.

자신과 함께 있던 규하는 저런 모습이 아니었다. 폭풍처럼 그녀를 탐하면서도 늘 무표정이었다. 한 번도 저런 표정은 없었다. 미소를 지을 수 있을 거라 생각 할 수도 없던 싸늘한 얼굴이었는데… 제니는 홀린 듯 창가를 향해 걷기 시작했다. 어린 여자 따위한테 질 수는 없었다.

"이런 노래를 좋아했었나요?"

 자리에 앉은 은우가 규하에게 물었다. 어제 말했던 것처럼 근사한 외식을 하자던 그가 이끈 곳은 하필 전에 지후와 함께 온 곳이었다. 설사 이름을 말했다고 해도 기억 못 했겠지만 규하의 차가 이곳에 멈추자 은우는 자신도 모르게 몸을 굳히고 말았다. 지후에겐 지후 나름대로 그녀가 간직해 줘야 할 것이 있었다. 그와 함께 간 곳을 규하와 다시 갈 만큼 못되게 굴고 싶진 않았는데 차마 다른 이유를 댈 수 없어 어쩔 수 없이 그냥 들어오고 말았다.

 규하와 함께 들어서자 사장은 눈에 보이게 당황한 모습이었다. 아마 그녀에 대해 오해를 한 것 같았다. 그녀 역시 빳빳하게 굳어 버렸는데 둘 사이의 어색함을 규하만은 눈치 채지 못했다. 꽤 날카로운 규하였는데 오늘따라 유난히 기분이 좋아서인지 별 눈치를 채지 못했다. 가게 사장은 '윤 사장님!' 하며 깍듯이 인사를 건네면서도 애써 은우의 시선은 피했다. 사업가의 노련함으로 난처한 상황을 재빨리 모면하려는 기색이었다. 사장의 어색함을 눈치 채지 못한 규하가 '아내가 노래를 좋아해서 그러는데 한 곡 불러도 괜찮겠나?' 하고 부탁까지 하는 통에 은우는 옆에서도 알아 볼 수 있을 만큼 얼굴이 빨갛게 달아오르고 말았다. 그런 은우에게 그가 이유를 묻는 듯 바라보았다.

"노래 부르고 싶지 않아요."

은우가 낮은 목소리로 대답했다. 이미 창가로 자리가 예약되어 곧장 자리를 옮기기는 했지만 여전히 조심스러웠다.

"괜찮아. 내 단골이니까 노래 한 곡 부르는 건 허락할 거야."

규하가 달래듯 손등을 두드리며 씨익 웃었다. 은우는 낮게 한숨을 내쉬었다. 지후나 규하, 모두에게 괜스레 미안해지고 말았다.

"주문 안 해요?"

메뉴를 살피는데 따갑게 바라보는 규하의 시선이 느껴졌다.

"당신과 같은 거."

앞에 펼쳐진 메뉴를 탁, 덮으며 그가 대답했다.

"전 이런 델, 잘 오지 못해서 어떤 걸 먹어야 할지 몰라요."

"그런 거 신경 쓸 것 없어. 먹고 싶은 걸 먹으면 돼."

먹고 싶은 걸 먹으면 돼? 온통 외국 말이라 고르는 것도 힘들었다. 자꾸 애꿎은 메뉴만 뒤적이는데 규하가 손가락을 탁 튕겼다. 아주 작은 소리였는데도 사장이 쏜살같이 달려 왔다.

"네. 윤 사장님."

사장이 허리를 굽신 굽혔다. 지후의 친구라더니 규하에게는 비굴하리만치 친절했다.

"아내가 잘 모르겠다는군. 설명이 하나도 적혀있지 않아서 나도 좀 불편한데, 설명 해 줄 수 있겠지?"

"네? 아… 네."

사장은 황당한 기색이었다. 이 많은 메뉴를 전부 설명해야 하나? 난처한 표정이었다. 어쨌든 편안히 등을 기댄 규하 옆에서 사장은 땀을 뻘뻘 흘리며 음식을 하나하나 설명해 가기 시작했다. 일일이 재료와 요리방법을 설명하는 게 안쓰러울 정도였다. 그런 사장은 보이지도 않는지, 규하는 여전히 그녀를 향해 미소를 짓고 있었다. 조금 얄미울 정도로 뻔뻔했다.

"저, 전 아무래도 생선 종류가 괜찮을 것 같은데…. 맛이 순하고 부드러운 것으로 해 주시고, 나머진 먹기 편한 걸로 아무거나 알아서 주시겠어요?"

은우는 대충 주문을 했다. 그녀의 주문에 사장은 안도하는 기색이 역력했다.

"나도 같은 걸로."

사장이 꾸벅 허리를 숙이고 황급히 사라지자 그가 몸을 기울이며 어깨를 툭 부딪쳤다.

"그것 봐. 쉽지?"

장난 끼가 가득한 얼굴이었다.

"저 사람한테 미안하지도 않아요?"

"지산 그룹 안사람이라 큰소리치지 않았었나? 그럼 이만한 대우는 받아도 돼."

은우가 피식 웃었다. 너무나 그 다운 대답이었다. 어제의 일은 잊은 듯 규하는 꽤 유쾌한 얼굴이었다. 그녀를 잊었을까? 은우는 궁금했다. 물어 볼까 싶었지만, 그녀는 설레 고개를 저었다. 밝아서 더 어려웠다. 화난 규하라면 오히려 물어 보기가 쉬울 것 같은데.

"노래 부르지 않을 건가?"

규하가 물었다. 그녀는 고개를 흔들었다. 지후와의 기억은 사진처럼 그냥 묻어 두고 싶었다. 그런데 규하는 자꾸 졸랐다.

"서른 즈음에, 그 노래 좋던데 들려 줘. 당신의 노래 부르는 모습이 보고 싶어."

처음 만났을 땔 기억하는 걸까? 규하의 얼굴이 아득했다. 그때, 누군가 이 남자와 이렇게 마주 앉아 웃을 거라고 했다면 농담하지 말라고 화냈을지 모른다. 갑자기 가슴이 아련해졌다. 꽤 기나 긴 시간이 흐른 것 같은데 생각해 보면 몇 달이 되지 않은 시간이었다. 그 짧은 시간동안 너무나 많은 것들이 변해 버렸다.

지후, 그리고 여린 유빈이. 한 때는 죽이고 싶을 만큼 미웠었는데 왜 이렇게 그를 담아 버렸을까. 조금 쓸쓸했다. 여전히 조르듯 바라보는 그에게 그녀는 고개를 저었다. 서른 즈음에. 지후에게 불러 주었던 노래를 여기, 같은 자리에서 규하를 위해 부를 수는 없었다.

"다른 노래 주문해요. 그 노래 반주 법을 잊었어요."

은우가 말했다. 아, 고개를 갸웃하던 규하가 쉽게 다른 곡을

댔다. 전에 지후에게 불러 주던 그널 기억할 텐데도 그는 약간 얼굴이 굳어졌을 뿐, 화가 난 것 같지는 않았다. 그 역시 오늘 이 시간을 망치고 싶지 않았나 보다. 미안한 마음이 들었지만 은우는 이제 두 번 다시 그 노래를 부르지 않을 생각이었다. 은우는 자리에서 일어나 이젠 제법 익은 길을 걸어갔다. 묵직한 피아노를 쓸어내린 그녀의 손길 역시 익숙했다. 띵! 습관처럼 건반을 눌렀다.

'이건 인사야.'

전에 유빈이 해 주었던 말이었다. 서로 소개하듯 피아노와 화음을 맞추는 인사라며, 노래를 시작할 때 유빈은 언제나 띵! 건반을 눌렀었다. 청명한 소리가 홀 안에 울렸다. 좋은 피아노였다. 검은 건반과 흰 건반이 바뀌어져 있는 이 독특한 피아노는 소리 역시 꽤 좋았다. 은우는 부드럽게 손을 움직였다. 늦게 배운 피아노인데도 건반을 두드리는 그녀의 동작은 발레리나처럼 우아했다. 피아노 반주에 맞춰 그녀의 맑은 음색이 편하게 울렸다. 까만 하늘이 고즈넉이 드러나는 검은 창가에 앉은 규하의 시선이 아내에게서 떨어질 줄 몰랐다.

내게 말하세요…. 제발, 나 그대를 사랑해요.

제발 나 그대를 사랑해요. 사랑해요…. 고백 같은 사랑의 노래가 마치 취기처럼 올라왔다.

'사랑해요. 사랑해요….'

규하가 낮게 노래를 따라 불렀다. 전에 꽤 좋아했던 노래였다. 사랑이란 건 없다면서 왜 이 노래만은 좋았는지 모르겠지만, 지금 그에겐 그 여가수의 노래보다 은우의 노래가 더 좋았다. 황홀한 기분이었다. 홀 안에 가득 울리고 있었지만, 은우가 부르는 저 노래는 오로지 자신 만의 노래였다. 사랑해요… 아마 사랑을 고백한다면 저 노래보다 더 감미로울 것이다, 은우의 고백은.

노래를 끝낸 은우가 일어서자 레스토랑의 손님들이 일제히 박수를 치기 시작했다. 그들 중 유난히 환호하는 남자 하나가 꽤나 눈에 거슬렸다. 불쾌한 듯 노려보던 규하가 자신의 곁에 다가 온 은우의 허리를 끌어안았다. 지독한 소유욕이었다. 그가 아닌 세상 어느 남자도 감히 그녀를 바라 볼 자격이 없었다. 자리에 앉으며 은우가 물어왔다.

"이런 노래를 좋아했었나요?"

"전에 좋아했던 노래야. 당신이 부르니 더 좋은데? 노랜 따로 배웠었나?"

여전히 그녀의 허리에서 손을 떼지 않는 규하가 물어왔다. 불편한 듯 은우가 살짝 몸을 꼬았지만 그는 일부러 외면했다.

"아니요. 그냥 친구들과 밴드하면서 대충 배웠어요. 아마 친부모 중 한 분이 노래를 했었나 봐요."

말하는 얼굴에 살짝 그림자가 드리워졌다.

"친부모를 만나고 싶나?"

찾기 힘들다, 신은 말했지만 그녀가 원한다면 찾아볼 수도 있었다.

"아니요."

은우가 고개를 저었다.

"어렸을 땐 그랬지만 이젠 아니에요. 만나서 환상을 깨긴 싫어. 그저 좋은 분이었을 거라 생각할래요."

"당신을 버린 사람들인데?"

버린 친부모를 이야기하는 건 은우인데 규하의 얼굴이 더 상처받아 보였다.

"이유가 있었을 거라 생각해요. 보지도 못한 분들 미리부터 미워하긴 싫어요."

이유라…. 그녀의 대답에 규하가 난해한 표정을 지었다.

"안녕하세요."

그때였다. 또로록, 맑은 목소리가 둘 사이를 뚫고 들어왔다. 규하가 이마를 찡그렸다. 짜증스런 방해였다.

"네?"

찡그린 그를 대신해 은우가 먼저 대답했다. 고개를 든 규하의 얼굴이 순간, 잔뜩 일그러지고 말았다. 이런, 제니였다. 당황한 그가 시선을 황급히 은우에게 돌렸다. 다행이 별 의심이 없는 얼굴이었다. 그제야 그가 차갑게 제니를 바라보았다. 보기보다 당찬 여자였다. 분명 뜻을 전했다 생각했는데 아직도 부족한 모양이다.

"무슨 일이지?"

"잠시 여기 식사 하러 왔다가 뵀었어요."

그의 말에 제니가 대답했다. 철저히 은우는 무시하는 시선이었다. 애초부터 그의 옆에 앉은 은우에겐 관심조차 없었었다. 입술 끝이 말려 올라갔다. 감히 내 아내를 무시해? 괘씸한 생각이 들었다. 막상 아는 척 하는 것도 그로선 반갑지 않지만, 고의로 무시하는 얍삽한 태도 역시 보아 줄 수 없었다.

"그래? 우린 좀 방해가 되는데."

옆에 듣는 은우가 민망할 만큼 무례한 말이었다. 제니가 속내를 드러내지 않는 시선으로 그를 바라보았다. 여전히 은우는 외면한 채였다.

"아… 저 안녕하세요. 요새 드라마는 잘 보고 있어요."

제니의 무례함을 느끼지 못했는지 싸늘한 규하를 대신해 은우가 아는 척을 했다. 민망했을 제니를 위한 배려였다.

"네. 그러세요? 감사합니다."

그제야 제니가 의례적인 답례를 했다. 조그만 체구가 단아하게 아름다웠다. 그러나 그녀를 바라보는 규하의 시선은 여전히 냉혹했다. 한 번 잊혀진 여자는 절대 돌아보지 않는 그의 성격에 이만하는 것도 은우 앞이기 때문이다.

"우리 회사 광고 모델이야."

은우가 오해할까 재빨리 변명 아닌 변명을 했지만, 사실은 뺨이라도 후려치고 싶은 심정이었다. 감히 제 까짓게 아내를 위, 아래 훑어 내리다니. 마치 자신의 여자라 시위하듯 한껏 거만한 태도였다. 미련스럽긴. 규하가 혀를 끌 찼다. 제니를 너무 쉽게 보았다. 철저히, 더 이상 기어오를 수 없을 정도로 철저히 짓밟았어야 했다.

"아… 네."

은우가 편안하게 고개를 끄덕였다. 팽팽한 공기를 느끼지 못하는 건 은우뿐이라 다행이었다. 옆 자리의 사람들까지 흥미진진한 삼각관계를 구경하듯 돌아보는데 은우만은 그저 유명한 배우가 온 것만 신기해하고 있었다. 규하는 안도의 숨을 내쉬었다.

"내 아내야. 인사 끝났으면 이제 가보지? 난 아내와 함께 있는 시간을 방해받는 걸 굉장히 싫어해. 인사는 여기까지 했으면 좋겠군."

아내라 말하는 순간 제니의 얼굴에서 놀람이 스쳐 지났다. 규하가 핏, 소름끼친 미소를 지었다. 어린 소년 같은 은우의 외모 때문에 아마 잠시 스치는 여자라 생각했을 것이다. 거만한 제니의 잔머리가 손에 빤히 잡혔다. 하지만 깨닫기엔 이미 늦었다. 이미 그의 심사는 완전히 꼬일 대로 꼬여 버린 후다. 이젠 제법 여유로운 모습으로 그가 아내의 어깨에 편하게 손을 걸쳤다. 마치 무례한 제니에 대한 경고 같았다.

"아, 일행이 있지 않은가?"

규하가 가볍게 손짓을 하자, 사장이 후다닥 뛰어왔다. 매니저한테 안내 받던 임명세와는 사뭇 다른 위치였다. 규하가 제니를 가리켰다.

"이 아가씨가 제자리를 못 찾은 모양이야. 안내 좀 해 주지?"

손가락도 아닌 턱 끝으로 가리키는 그의 거만한 태도에 제니의 몸이 부르르 떨렸다. 분함보다는 두려운 몸짓이었다.

"죄송합니다. 그저…."

이젠 규하가 아닌 은우에게 사과를 할 정도로 제니의 얼굴은 파랗게 질려 있었다. 목소리까지도 살짝 떨렸다. 표정을 감추지 못할 정도로 당황한 모습이었다. 사장이 제니의 팔을 잡았다. 안내라 말했지만 사실 사장을 부른 건 귀찮은 파리 좀 쫓으라는 의미였다. 제니가 떠나고 나자 규하가 살짝 은우를 살폈다. 애써 침착하게 제니를 보냈지만 행여 은우가 이상하게 생각하지 않을까 신경이 쓰였다. 이런 제기랄. 욕지기가 치밀어 올랐지만 급한 성미를 꾹 눌렀다. 제니로 인해 그를 떠날 빌미가 되어서는 안 된다.

잠시 몸을 탐하기는 했다. 잠깐 동안이라 해도 그녀에게 빠져 들었던 것도 사실이다. 하지만 이미 은우와의 약속으로 계산이 끝난 관계였다. 정리하지 못한 건 제니의 문제이지 그가 아니었다. 은우와 그의 아이를 제니 따위로 인해 놓칠 순 없었다. 그건 그의 행복이었다.

"아름답지 않아요?"

떠나는 제니의 모습을 반한 듯 은우가 바라보았다. 그의 눈에는 그녀만이 아름다운데 은우는 남자보다 더 반한 시선으로 제니를 바라보고 있었다.

"회사 모델이라면 자동차 모델을 말하는 거예요?"

은우가 흥미를 보이며 물었다.

"아, 지금 계약 중이야."

앞에 놓인 와인 잔을 기울이며 그가 대수롭지 않게 대답했다. 입맛이 싸악 가셨다. 떠나는 제니가 혹시 보았다간 그 자리에서 꼿꼿이 얼어 버릴 만큼 규하의 시선은 분노로 가득 차 있었다. 부셔버리겠어. 감히 내 아내를 아래로 내려 본 죄야. 힘줄이 솟도록 그가 이를 악물었다. 그를 속인 것만으로 모자라, 이젠 그의 아내까지… 제니의 행동은 다시없는 모욕이었다.

17

 지후의 연락은 생각보다 좀 시간이 지나서였다. 나중에 다시 연락한다더니, 그것조차 여의치 않았다. 약속한 장소에 갔을 땐, 지후가 아닌 키 작은 남자가 있었다. 매섭고 날카로운 인상이었다. 도착한 장소에서 지후만 찾느라 헤매었는데 먼저 다가온 건 남자 쪽이었다.
 "김유빈?"
 남자가 악수를 건넸다. 어울리지 않는 인사였다.
 "난 쇼우라고 하지. 이지후 대신 왔는데."
 이름이 독특했다. 쇼우?
 "아, 난 일본인이야. 가지?"
 표정이 드러났는지 쇼우가 먼저 일본인이라 말해 주었다. 능숙한 한국어 실력에 일본인이라 생각하지 못했는데, 막상 듣고 보니 찢어진 눈매와 전체적인 모습이 일본인처럼 보였다. 나오지 않은 지후에 대한 설명은 없이 쇼우는 곧장 차를 출발시켰다.

"어디 가는 거죠?"

유빈이 물었다. 말도 없이 어딘가로 향하는 차가 조금 불안했다. 쇼우의 얼굴이 약간 당황했다.

"지후가 미리 말하지 않았나? 아, 저기 라파라는 사람의 집인데…."

난처한 기색이 역력했다. 아, 라파… 전에 들었던 이름이었다.

"다행이 듣기는 한 모양이군, 설명하려면 좀 복잡해서 말이야."

고개를 끄덕이는 쇼우 옆에서 유빈은 복잡한 심정으로 앉아 있었다. 약속했던 일이기는 했지만 그래도 불안한 건 여전했다. 꽉 쥔 주먹에 파란 핏줄이 보였다. 여름 내내 햇빛을 보지 못한 사람처럼 파리한 손이었다.

만난 장소에서 한참을 들어간 곳에 라파의 집이 있었다. 우리나라에 이런 곳이 있을까, 싶을 정도로 벽은 끝이 없었다. 작은 산(山)만한 대문 앞에서 쇼우가 섰다. 이상하게 생긴 기계 앞에서 그가 말하는 사이 유빈은 주위를 쓰윽 둘러보았다. 위잉! 대문 언저리에 있던 카메라가 둘을 찾듯이 기계음을 냈다. 한참 만에 커다란 대문이 덜컥 열리더니 한 무리의 남자들이 우수수 뛰어 나왔다. 절도 있게 허리를 굽히는 인사에 유빈은 잔뜩 얼어붙었다. 집 안으로 들어서던 쇼우가 나지막이 속닥거렸다.

"너에겐 운이 따르는 모양이야. 까탈스런 라파가 이렇게 문을 여는 걸 보니."

날카로운 인상에 어울리지 않는 미소였다. 유빈은 떨리는 걸음걸이로 천천히 쇼우의 뒤를 따랐다. 거대한 한옥 같은 집을 빙 돌아 검은 옷을 입은 남자가 쇼우와 유빈을 안쪽으로 인도했다. 그 중 한 문이 덜컥 열렸다.

"주인이십니다."

문 앞에 서 있던 남자가 일러주었다. 쇼우가 일본인답게 딱딱 끊어지는 절도(節度) 있는 태도로 앞에 앉은 남자에게 절을 했다. 정중한 태도였다. 유빈은 당혹스런 얼굴로 그 남자를 바라보았다. 그가 앉은 곳에서 한참 먼 거리인데도 남자의 시선이 살갗을 태우는 것만 같았다. 살아있는 건가, 싶게 차가운 남자인데도 시선만은 불처럼 뜨거웠다.

"앉아."

절은 쇼우가 하는데 라파의 섬뜩한 시선은 유빈에게만 향해 있었다. 공포 영화를 보는 것처럼 오도독 소름이 돋았다. 유빈은 앞에 놓인 황금빛 방석에 조심스럽게 내려앉았다.

"무슨 일이지?"

라파가 짧게 말을 끊었다. 도무지 나이를 추측할 수 없는 남자였다. 빛까지 그대로 통과시켜 버릴 것처럼 투명한데, 유일하게 반짝이는 건 그의 섬광 같은 눈동자뿐이었다.

"몇 번 들렀는데, 제가 드리고 싶은…."

쇼우가 먼저 말을 꺼냈다.

"알아."

"네?"

"이만한 일, 알만큼 안다는 거지. 원하는 게 뭔지 그것만 말해."

라파가 귀찮다는 듯이 말했다. 시선은 여전히 유빈에게 머물러 있었다. 유빈은 불편한 기색으로 몸을 살짝 움직였다. 이해하기 어려운 말들이었다. 대체 저 두 사람은 이런 난해한 언어들을 이해하는 건가? 암호 같은 대화가 조금 지겨웠다. 뒤척거리는 그를 쇼우가 바라보았다. 순간, 살갗이 따끔, 했다. 칼로 베는 듯이 사나운 라파의 시선이 불쾌하다는 듯 둘을 향해 있었다. 무엇이 못마땅한 걸까?

"제기랄. 소유욕 한 번 지독하군."

낮은 목소리로 쇼우가 투덜거렸다.

"그냥 갈 건가?"

듣지 못했을 텐데, 라파가 번뜩이는 눈동자로 이죽거렸다. 쇼우를 장난감처럼 놀리고 있었다.

"네?"

라파의 얼굴에 짜증기가 서렸다. 노골적인 그 표정에 쇼우의 얼굴이 벌겋게 달아올랐다. 유빈 역시 거의 잘라먹는 라파의 말이 익숙해지지 않는 건 마찬가지였다.

"말하라구."

"네? 아… 지산입니다."

"지산? 지산 윤 회장?"

"아니, 지산 윤규하 사장입니다."

윤규하! 유빈의 얼굴이 빳빳하게 굳었다. 은우의 남자….

"이름이…."

"네? 쇼, 아… 김유빈입니다."

쇼우가 그를 흘낏 보더니 얼른 유빈의 이름을 말한다. 라파가 묻는 이름이 자신의 것이라는 걸 그제야 알았다.

"아."

고개를 끄덕이던 라파가 손가락을 살짝 들었다. 그 손짓에 검은 옷을 입은 남자들이 일사분란하게 움직였다. 이제 나가라는 뜻이었다.

"그럼 믿고, 가겠습니다."

쇼우가 야무지게 마무리하며 자리를 털고 일어섰다. 유빈은 쇼우를 따라 어정쩡하게 일어섰다. 어떻게 해야 하는 건지 아무도 아려주지 않았다. 쇼우를 따라 나서는데 검은 옷의 남자들이 그의 앞으로 팔을 쭉 뻗었다.

"유빈님은 이쪽이십니다."

쇼우와는 다른 길이었다. 영문을 몰라 유빈은 쇼우를 돌아보았다. 쇼우의 표정이 애매했다. 잘못 보았겠지만 그의 시선엔 분명 미안함이 담겨 있었다. 그제야 유빈의 얼굴이 창백해졌다. 거래가 된 건 윤규하가 아닌 자신이었다.

"가라. 미안하다⋯."

쇼우가 얼굴을 찡그렸다. 감정을 표현하는데 꽤 서툰 사람이었다. 유빈은 애써 태연을 가장했다. 오히려, 쇼우가 발을 떼지 못하고 있었다. 결국 그보다 먼저 움직인 건 유빈이었다. 좁고 긴 복도를 따라 걷던 그가 잠시 발을 멈추었다. 잃어버린 게 있나 싶을 정도로 긴 시간을 멈추어 서 있던 유빈은 천천히 쇼우를 향해 돌아섰다.

"은우."

"응?"

유빈의 말이 잠시 멈추었다.

"은우⋯, 지켜주세요. 부탁입니다."

아, 쇼우가 숨을 들이켰다. 유빈이 말하는 사람은 그가 아닌 지후였다. 유빈의 눈동자에 고통에 가까운 아픔이 스몄다. 제기랄. 지후에게 욕이 터져 나왔다. 마저 할 말은 다했는지 유빈은 다시 남자의 뒤를 따라 돌아섰다.

미로 같은 길이었다. 라파의 집은 걷는 길조차 주인처럼 어렵고 복잡했다. 셀 수 없이 많은, 방문들과 복도를 따라 한참을 걸어 그가 도착한 곳은 이 집과 분리된 것처럼 외진 건물이었다. 깊숙한 곳에 숨겨진 또 하나의 건물은 작은 별장처럼 독자적인 곳이었다.

"이곳이 앞으로 유빈님이 머무르실 곳입니다."

쇼우를 대하던 태도와는 사뭇 다른 정중함이 잔뜩 배어 있었다. 내내 길을 안내하던 그들이 건물 입구에서 멈추어 섰다. 그를 위해 묵중한 문만 열어 주었을 뿐, 감히 들어올 생각조차 하지 못했다. 그들에겐 금기된 곳이었다. 열려진 문 안으로 유빈이 들어섰다. 방은 고급스런 가구들로 가득 채워져 있었다. 라파의 존재를 각인시키듯 방 한 가운데에는 검고 커다란 침대가 버티어 있었다. 침대위에는 같은 색의 실크 시트가 주름 하나 없이 반듯하게 펼쳐져 있었다.

유빈은 조심스럽게 의자에 걸터앉았다. 문을 향해 등을 꼿꼿이 세운 채 그는 애써 침대에서 시선을 피했다. 검은 침대는 마치 라파처럼 그를 짓누르고 있었다. 잠시 있는 곳을 잊은 듯 그는 멍하게 창가를 바라보았다.

벽면을 가득 채운 창문으로 뉘엿 노을이 지고 있었다. 짧은 가을의 해가 빠르게도 넘어갔다. 태양보다 더 아름다운 붉은 빛이었다. 지평선을 넘어선 노을을 바라보던 그가 살포시 미소를 지었다. 또 하나의 하루가 지나가고 있었다. 그의 높은 옥탑방의 마당에서도 같은 해가 지고 있을 것이다. 지난 가을엔 은우와 함께 이, 지는 해를 보았다. 제대로 된 찻잔이 없어 짝도 맞춰지지 않는 잔에 달짝지근한 커피를 홀짝거리면서 둘은 무슨 이야기를 했더라? 아마 함께 노래를 부르지 않았을까? 환청처럼 맑고 청량한 은우의 노래 소리가 들렸다. 머리카락 가득 배이던 삼겹살 냄새도, 양이 적다 투덜대던 떡볶이도 이젠 다시 그에게 오지 않을 것이다.

생애의 마지막 노을을 보듯, 유빈은 그 해가 다 지도록 눈을 떼지 못했다. 부시럭 그를 위한 작은 소찬이 탁자 위에 놓여졌지만, 그는 여전히 다른 세상에 머무르고 있었다. 소리도 없이 붉은 저녁이 사라지고 금세 까만 밤이 찾아 왔다.

손 하나 대지 않은 저녁을 내어가던 어린 여자가 그를 향해 살짝 얼굴을 붉히는데 그는 미동조차 없었다. 한참의 시간이 흘렀나? 불을 켜지 않은 방이 깊은 어둠 속에 잠길 때 즈음, 달칵 문고리 소리가 들렸다.

"날 기다린 건가?"

소리도 없이 스윽 들어선 라파가 그를 향해 물었다. 서 있는 그의 키가 꽤 높았다. 달칵, 스위치가 올려지고 예고도 없이 쏟아지는 강한 불빛에 눈동자가 쿡 쑤셨다. 어둠에 익숙해져 버린 눈이 자신도 모르게 감겨졌다. 깜박거리며 빛에 익숙 하려는 그에게 어느새 성큼 라파가 다가서 있었다. 눈가에 살짝 잡히는 주름이 손에 잡힐 듯 가까웠다.

"마음에 들어?"

"네?"

"내 얼굴이 마음에 들어?"

라파가 유빈의 손을 잡아 자신의 얼굴에 댔다. 손바닥 안으로 라파의 거친 피부가 그대로 전해져 왔다. 불처럼 뜨거운 기운이었다.

"아름다운 얼굴이야."

유빈의 한 손은 자신의 뺨에, 그리고 그의 한 손은 유빈의 얼굴을 쓸어내리며 라파가 미소를 지었다. 섬세한 손길에 비해 이글거리는 욕망이 고스란히 드러나는 미소였다.

"한 달 내내 귀찮게 굴던 쇼우라는 녀석을 결국 받아들인 것도 너 때문이야. 네가 날 유혹하지 않았다면 그 까짓 녀석은 안중에도 없었다."

굵고 남성적인 라파의 손가락이 천천히, 그리고 유혹적으로 그의 살결을 쓸어 내렸다. 하얀 살결이 손길을 따라 떨려왔다. 라파가 그의 옷자락을 화락 열어 젖혔다. 잠시의 시간조차 허비하지 않겠다는 듯 거친 손길이었다. 매끄러운 그의 가슴을 타고 흐르는 그의 입술에 유빈은 자신도 모르게 부르르 몸을 떨고 말았다. 그에겐 이런 애정 행위조차 처음이었다. 후는 한 번도 이렇게까지 그를 가져 본 적이 없었다. 남은 욕망을 고스란히 실은 키스만이 전부였다. 그는 언제나 자신에게 조심스러웠다.

유빈의 하얀 살갗에 금세 빨간 자국이 남았다. 온몸을 핥아 내리던 라파의 입술이 그의 귓볼에 잠시 멈추었다.

"달콤해! 꿀처럼 달콤해."

라파의 시선이 자조적인 미소를 짓는 그의 입술에 머물렀다.

"웃는 거냐?"

그가 물었다. 미소 짓는 유빈의 입술을 보며 라파는 웃는 그를 쉽게 알아챘다. 라파가 그의 입술을 깨물었다. 뜨거운 라파의 혀가 썰물처럼 밀려왔다. 순간, 유빈은 눈을 감고 말았다. 능욕하듯 침범하는 그의 혀를 받아들이며 유빈은 라파의 말처럼 주르륵 눈물이 흘렀다.

은우야!

떨림처럼 라파에게 온몸을 내어주는 유빈은 저항조차 없었다. 등에 사각거리는 천의 감촉이 느껴졌다. 어느새 라파가 그를 침대 위로 누인 것이다. 하얀 형광등이 안개처럼 흔들렸다. 따가운 빛에 유빈은 눈을 감고 말았다. 주르륵, 뺨을 타고 흐르는 눈물이 짭짤했다. 이제 정말 그녀를 잡을 수 없었다.

단 한 번도 허락되지 않았던 순결이었다. 처음인 그를 위한 배려조차 없이 라파는 그의 모든 것을 빼앗으려는 듯, 거칠고 조급했다. 흔들리는 침대 위에서 유빈은 허공을 노려보았다. 이 까짓 몸 따위 얼마든지 버릴 수 있어. 얼마든지….

이를 악물며 허공을 바라보던 유빈에게 순간 온몸이 찢어지는 고통이 가해져 왔다. 제길. 유빈은 피가 터지도록 입술을 깨물었다. 온몸이 갈기갈기 찢어지고 있었다. 아파! 너무나 아프고, 너무나 고통스러웠다. 왜 후가 그를 지키기 위해 그토록 힘들어했는지 알 것 같았다. 쉽게 가질 수 있는 고통이 아니었다. 생살이 찢어지는 아픔 속에서 비릿한 피가 입 안으로 흘러 들어왔다. 자신 안에서 만족하는 듯 라파가 희열의 탄성을 지를 때 비로소 유빈은 생의 끈을 놓았다. 그의 삶은 이 생(生)에 없었다. 다음 세상에서… 후의 말처럼 다음 생(生)에서… 유빈의 심장이 멈추었다.

털썩, 결국 정점의 끝에 도달한 라파의 몸에서 유빈의 몸이 떨어져 내렸다. 하얀 시트 위에 핏물 같은 슬픔이 화사사 퍼져 나왔다. 쓰러진 그의 등을 라파가 안아왔다. 아득한 나락 속으로 떨어지는 가운데 까만 시트로 자신의 몸을 감싸는 그의 손길이 느껴졌다. 하루의 긴장과 처음 겪는 지독한 통증으로 유빈은 기절하듯 쓰러져 버렸다. 맥을 놓던 그 순간, 유빈의 머리 속에 떠오르는 건 노을처럼 지던 은우의 모습이었다.

은우야… 넌 행복해야 해. 내가 줄 수 있는 건 이것뿐이야.

"…누구?"

특이한 라파의 목소리가 잠들어 있던 유빈의 귀에 울렸다. 그를 받아내곤 기절하듯 쓰러져 버린 사이, 잠시 잠이 들었던 모양이었다. 그를 마주 볼 자신이 없어 유빈은 일부러 잠든 척 미동을 하지 않았다. 아니, 그를 보고 싶지 않았다.

"김유빈 핸드폰 아닌가요?"

순간 낯익은 목소리가 들렸다. 전화기를 통해 들려오는 목소리는 거의 들리지 않을 정도로 작았지만, 유빈은 순간, 상대가 누구인지 알아챌 수 있었다.

은우.

라파가 들고 있는 건 다름 아닌 그의 휴대폰이었다. 통증 때문에 엎드려 있던 유빈의 등줄기가 빳빳이 굳어졌다. 잠든 사이 울렸던 모양이었다. 유빈은 두 눈을 꼭 감고 말았다. 통증만 아니라면, 아니 지금 이 순간만이 아니라면 당장이라도 전화기를 빼앗고 싶었다. 너무나 그리운 은우의 목소리였다.

"누구지?"

제 성미에 맞지 않게 라파는 꼬박꼬박 대꾸해 주고 있었다. 유빈은 귀를 잔뜩 기울였다. 작은 은우의 목소리라도 놓치고 싶지 않았다.

"혹시… 후?"

"후? 젠장."

라파가 싸늘하게 욕을 내뱉었다.

"유빈이 좀 바꾸어 주시면 안 되나요? 혹시 지금 노래 중인가요?"

"노래? 그 녀석이 노래를 부르나?"

라파가 드러난 그의 등을 어루만졌다. 떨리는 몸 때문에 피가 나도록 주먹을 쥐는데 피식, 라파의 웃음이 들렸다. 유빈의 등이 잔뜩 긴장했다. 세포 하나하나가 곤두 서는 것 같았다. 이제 라파의 관심은 그의 알몸으로 돌려진 듯 대답하는 목소리가 무성의 했다.

"누구시죠? 유빈이 없어요?"

"있어, 내 곁에."

라파가 장난스럽게 대답했다. 손가락이 건반을 두드리듯 유빈의 등줄기를 따라 내려섰다. 손가락 하나가 덮인 시트를 살짝 들추었다. 애무를 하듯, 시트 속에 감추어져 있던 그의 둔덕 같은 엉덩이를 그가 솜털처럼 가볍게 스쳐 갔다.

"여기, 아직도 피가 묻어 있군."

유빈이 깨어난 것을 그는 이미 알고 있었다. 일부러 휴대폰을 입가에 댄 채, 그는 유빈에게 말하고 있었다. 그의 목소리에 수화기 너머로 흡! 은우의 신음 소리가 들려왔다. 너무나 노골적인 표현에 놀란 기색이었다.

잔인해! 소름 끼치도록 잔인해! 유빈은 이를 갈았다.

"유빈아! 김유빈!"

은우가 발악하듯 소리를 질렀다. 당신 누구야? 은우의 소리가 쩌렁 울렸다. 유빈은 두 눈에 질끈 힘을 주었다. 이제 그는 지옥에 떨어졌다. 붉은 선악과를 따 먹은 죄로 그는 불같은 지옥으로 떨어지고 만 것이다.

"두 번 다시 그를 찾지 마라. 후회하게 될 테니까."

내내 여유롭게 받던 그가 싸늘하게 대답했다. 지금까지 은우의 전화를 받은 것도 단지 장난이었을 뿐이다. 이젠 필요 없게 된 유빈의 휴대폰을 라파가 귀찮다는 듯이 내던졌다. 딱딱한 벽에 부딪힌 그의 전화기가 그대로 부서지고 말았다.

"넌 이제 내게 갇혀 진 새야. 내가 새장 문을 열어 줄 때까진 날아가지 못해. 아니. 날아가지 못하도록 너의 날개를 꺾어 버리겠다. 김유빈."

얼음 같은 목소리였다. 유빈은 몸을 부르르 떨었다. 그는 괴물 같은 남자의 손에 떨어진 것이다.

✤

"이건 뭡니까?"
"10억이야."
"네?"
 자신 앞에 놓인 작은 종이 쪼가리를 보는 신의 얼굴이 일그러졌다. 그가 W. I. C. 문제로 서인도 제도까지 갔다 온 지 얼마 되지 않았는데 규하는 또다시 10억을 내밀고 있었다.
"사채 쪽으로 알아봐. 무기명 채권으로 이만큼 살 수 있는지 알아봐라. 라파라는 자를 찾아 가면 될 거야. 우리와는 오랜 거래가 있는 곳이니까 도와줄 거다."
"또 이 의원입니까?"
 신이 물었다. 규하의 침묵은 긍정의 뜻이었다.
"이제 그만 하시죠? 지금까지 끌어다 쓴 돈까지 메우려면 이건 감당하기가 어려워집니다."
 걱정스런 신의 말에 규하가 불쾌하다는 듯 고개를 들었다. 복잡한 그의 심경을 신까지 건드리는 건 참을 수 없었다.
"이젠 내게 제법 말을 하는구나?"
 순간, 신의 얼굴이 다시 전처럼 딱딱해졌다. 당신의 뜻이라면…. 규하가 던진 10억을 들고 신은 사무실을 나섰다. 신이 나가자 규하는 털썩 자리에 주저앉았다. 아까의 차가운 얼굴엔 피곤함이 서렸다.

'젠장, 물귀신 같군.'

끝까지 물어 당기는 이 의원을 떠올리며 규하는 이를 악물었다. 그의 협박에 굴복하는 건 분명 모욕이었고 자존심의 문제였다. 그러나 그 협박이 은우에게 향해 있다면 문제가 달랐다. 어제 걸려 온 이 의원의 전화는 분명 협박이었다.

"돈이라는 게 원래 그런 거지. 쓰다 보면 모래알처럼 빠져 나가는 게 당연한 거 아닌가. 아 참! 집사람이 은우를 몹시 보고 싶어 하던데, 한 번 얼굴이나 보지?"

다정한 아버지처럼 말하는 이 의원의 말에 규하가 부르르 주먹을 떨었다. 그의 아내라는 여자가 자신들의 집으로 찾아 간다는 생각만으로도 머리카락이 곤두 설 지경이었다. 아마 이 의원은 그가 이미 은우의 상처에 대해 알고 있을 거라 생각했을 거다. 그리고 이젠 은우를 담보로 잡겠다, 이 의원은 노골적으로 덤비고 있었다. 분노를 채 삭이지 못한 그에게 이 의원은 태연하게 말을 이어갔다.

"아, 아직 아이 소식은 없나?"

수화기를 움켜쥔 마디가 금방이라도 튀어 나올 듯 서슬이 퍼랬다. 아이라니. 은우와 자신의 아이를 뻔뻔하게 말하는 이 의원의 얼굴을 눈앞에만 있다면 갈겨도 시원찮을 판이었다. 규하는 두 번 다시 그가 은우와 자신의 삶에 끼어드는 걸 원치 않았다.

'당신이 원하는 게, 그까짓 돈 뿐이라면 얼마든지 던져주지.'

신을 라파에게 보낸 후 규하는 수화기를 들었다. 이 의원의 아내가 협박만이 아닌, 정말 찾아간 게 아닌지 걱정스러웠다. 여러 번 신호가 가는데 집에선 여전히 전화를 받지 않았다. 이 의원의 전화를 끊은 후 여러 번 걸었는데, 지금껏 연결되지 않았다. 혹시 나간 건 아닌지 싶어 다시 은우의 휴대폰으로 걸었다. 신호음이 떨어질 때마다 그의 심장도 같이 뛰었다. 은우 혼자 있는 시간이 그는 못 견디게 불안했다. 또로록 신호가 얼마 가지 않아 곧, 은우가 전화를 받았다. 도로 변인지 시끄러운 소음이 섞여 들려왔다.

"어디야?"

그가 대뜸 물었다.

"그냥. 저…."

이제 겨울로 다가 설 날씨라 상당히 추울 텐데. 규하가 걱정스럽게 미간을 좁혔다. 오늘따라 한 겨울처럼 바람이 매서웠다. 하루종일 해가 들지 않는 음울한 날씨였다. 걱정처럼 은우의 목소리는 꽁꽁 얼어 있었다.

"그냥? 그냥이라니?"

목소리에 조금 짜증이 걸렸다. 날씨도 추운데 어딜 그렇게 자꾸 다니는지 자신의 눈에 보이지 않는 은우는 늘 불안했다.

"죄송해요. 나중에 다시 걸게요."

화난 규하의 목소리를 눈치 채지 못한 듯 은우가 용건도 묻지도 않고 전화를 그대로 끊어 버렸다. 성미가 파르르 돋았다. 이젠 그의 것이라 생각했는데, 언제나 비켜지는 은우의 시선 때문에 그는 조급증에 걸린 사람처럼 내내 종종거리고 있었다.

 젠장, 규하가 이를 바락 갈며 끊어진 전화만 노려보았다. 당장이라도 쫓아 가고 싶었지만 꾹 성미를 누르며 규하는 앞에 놓인 서류에 집중했다.

 은우에 대한 괘씸함 때문에 일부러 늦은 퇴근을 했는데 창문이 까맸다. 시계를 보니 벌써 10시가 지나 있었다. 그래도 혹시 들어오지 않았나, 잠이 들었겠지, 싶어 서둘러 집 안으로 들어섰는데 아래층에 은우는 보이지 않았다. 투덜거리며 온 방을 찾아 헤매던 그가 결국, 파악! 목에 걸린 넥타이를 잡아 빼더니 재킷과 함께 거실 한 쪽으로 던져 버렸다. 혼자 학교에서 돌아온 아이처럼 짜증스러웠다. 규하가 집 안을 훑었다. 은우가 없는 집은 괴괴하고 섬뜩했다. 그는 털썩, 먼지가 내려앉도록 사납게 소파에 주저앉았다. 내내 기다릴 생각이었다.

 어두운 거실에 불조차 켜지 않고 그는 은우가 올 때까지 꼼짝없이 그 자리에 앉아 있었다. 까만 집에서 눈을 부릅뜨며 기다리는데, 은우가 집에 들어온 시간은 새벽이 다 되어서였다. 옷조차 갈아입지 않고 그대로 바위처럼 은우를 기다린 지, 여섯 시간 만이었다.

"대체 어딜 다녀 온 거지?"

화는 머리끝까지 차올라 있는데 목소리는 오히려 무겁게 내려앉았다.

"미안해요."

힘없이 들어선 은우가 간단한 사과를 했다. 그것조차 규하에겐 성의 없는 대답이었다.

"미안? 지금 뭐가 미안하다는 거지?"

따지듯 성큼 은우에게 다가가는데 그녀의 입술이 파랬다.

"대체, 대체… 이게."

파란 입술에 놀라는 사이 은우가 비틀, 흔들렸다. 그가 황급히 은우를 받아 안았다. 팔에서 전해져 오는 체온이 데일 듯 뜨거웠다.

"너…. 대체 이 시간까지 어디 있다 온 거냐?"

거의 쓰러질 듯 팔에 안긴 은우가 주륵, 눈물을 흘렸다. 그가 단 한 번도 본 적이 없던 눈물이었다.

"유빈이가 보이지 않아요. 전화를 걸어도 받지 않고, 집에도 없어요. 어떻게 해요? 나 보기 싫어 사라져 버렸나 봐. 유빈이가… 아무리 찾아도 보이질 않아요. 다 가봤는데, 가볼 곳은 다 가 봤는데… 없어요."

뜨거운 제 몸은 아랑곳없이 그녀는 유빈만 찾았다. 제기랄, 걱정스런 마음이 도로 화가 되어 버렸다. 그의 눈에는 은우밖에 보이지 않는데, 그녀는 언제나 다른 이를 가슴에 품고 산다.

지후, 그리고 유빈이.

"그날, 그렇게 보내지 말 걸 그랬어요. 그렇게 웃는 녀석이 아니었는데. 그 남자가 대답해 주지 않았어요. 난, 물었는데 대답해 주지 않았어요. 유빈이, 유빈이 괜찮은 거냐고. 목소리만 듣게 해 달라고 졸라 보지도 못했는데 전화를 끊어 버렸어요."

횡설수설이었다. 도무지 알아들을 수도 없었지만, 또 굳이 알고 싶지도 않았다.

"무슨 말이야?"

그 남자가 누구냐, 물어보는데 안긴 몸이 툭 떨어져 내렸다. 내내 횡설수설 하더니 그대로 까무룩 쓰러진 것이다.

"이은우!"

놀란 규하가 그녀의 몸을 바짝 안아 들었다. 이런 빌어먹을! 온몸이 불덩이였다. 보라 빛이 되어버린 입술에는 뜨거운 입김이 새어 나왔다. 숨 쉬는 것조차 괴로운 듯 의식 없는 그녀는 쉭쉭, 쇳소리 같은 숨을 내뱉고 있었다.

"이은우! 내가 찾아 줄게. 내가 찾아 준다. 그 빌어먹을 녀석, 내가 찾아 준다고!"

규하가 안은 그녀를 뒤흔들었다. 일어 나! 소리를 버럭 질렀다.

"일어 나, 이은우! 내가 찾을 테니, 아프지 마란 말이야!"

소리를 질러 대다, 점점 고열이 들끓는 것 같아 허겁지겁 침대에 은우를 누인 규하는 주치의에게 전화를 걸었다. 잠에 취해 있던 주치의에게 당장 오라 소리를 버럭 지르고도 마음이

가라앉지 않았다. 기다리는 사이 찬 수건을 입과 이마에 대며 그는 감각 없는 그녀의 손을 계속 문질렀다. 심장이 아팠다. 빌어먹게도, 심장이 터질 듯이 아팠다. 의식 없는 그녀는 너무나 작고 여렸다. 이제 스물 세 살의 어린, 여자 아이가 왜 이렇게 힘들게 세상을 살아가는지, 안타까워 죽을 것처럼 심장이 아팠다.

내내 기다린 이 박사가 은우를 진료하는 사이, 규하가 수화기를 들었다. 신은 기다리지 않고 곧장 전화를 받았다.

"나다. 유빈이라는 아이, 알아 봐. 사라진 모양인데, 어디로 간 건지 당장 알아 와."

수화기를 내려놓고 규하는 침대에 누워있는 은우를 바라보았다. 이건 오로지 널 위해서다. 그 누구도 아닌 널 위해서야. 그녀를 바라보는 규하의 시선엔 질투와 공허함이 함께 서려 있었다. 그가 아닌 사람으로 아픈 은우의 모습을 보는 건, 너무나 견디기 힘들었다.

18

 유빈아….

 애써 부르는데도 목소리가 꽈악 잠겨 나오질 않았다. 어디 가냐고 묻고 싶은데 목소리뿐만, 아니라 온몸도 꼼짝 할 수 없이 가라앉아 있었다. 마치 몸 전체가 보이지 않는 끈으로 꽁꽁 묶인 것 같았다.

 유빈아…!

 또 한번 소리를 질렀지만, 여전히 목소리가 나오지 않았다.

 안 돼. 불러! 불러야 해, 제발….

 오랜 만에 예전, 둘이 같이 살던 길을 행복하게 가고 있었다. 하하, 웃는 자신의 목소리가 꽤나 크게 울렸던 것 같다. 빙글, 줄넘기를 넘듯 깍지를 낀 유빈을 손을 흔들었다. 순간, 하늘이 까매졌다. 비가 오려나? 하늘을 보는 사이, 갑자기 유빈이 자신의 손을 놓아버린 채 뒤도 보지 않고 훌쩍훌쩍 가 버리고 있었다. 언제나 그녀의 곁에 있었는데….

유빈이가 놓아 버린 손을 보는데 가슴이 막힌 듯 숨을 쉴 수가 없었다. 답답해. 울고 싶은데 눈물도 나오지 않았다.

나도 갈래, 유빈아!

몸은 움직이지 않고 마음만 급했다. 떨어지지 않는 발 때문에 그녀는 남아 버렸는데 유빈은 냉정한 얼굴로 자꾸 앞으로만 가버렸다.

불러야 해. 내게서 더 멀리 가기 전에 불러야 돼.

불러….

불러….

부르지 않으면 유빈인 더 멀리 가 버릴 거야.

불러. 제발!

"김유빈!"

갑자기 쩡! 소리가 울렸다. 잠시 그녀 곁에서 선잠을 자던 규하가 화들짝 놀라, 잠에서 깨고 말았다. 이제 정신을 차렸나 싶은데, 은우는 여전히 식은땀을 뻘뻘 흘리고 있었다. 좋지 못한 꿈이라도 꾼 듯 잔뜩 일그러진 얼굴로 유빈의 이름만 불러댄 것이다. 순간, 그의 얼굴이 참혹히 일그러졌다. 꿈에서까지 찾아야 하는 유빈이란 녀석이 대체 어떤 존재인지, 어깨라도 흔들어서 깨우고 싶었다.

제기랄, 그 까짓 녀석이 뭐 길래. 입으로는 투덜대면서도 손은 이마의 열을 확인하고 있었다. 아직도 쉽사리 열이 내리지 않은 상태였다. 규하는 다시 찬 수건을 이마에 얹었다. 열 감기에 몸살까지 겹쳐서 별다른 처방은 못 내리겠다며 포도당 주사만 달랑 달아놓고 주치의는 떠나 버렸다. 그 뒤로 이미 이틀이나 지났다. 여전히 의식 없이 끙끙 앓아대는 은우인데도 이 박사는 주사액만 갈아댈 뿐, 여전히 처방은 없었다.

'젠장, 저 놈의 늙은 영감탱이, 진즉에 잘라 버리는 건데.'

앓아누운 은우에 대한 화까지 보태서 뒤돌아서 가는 이 박사를 향해 규하는 있는 대로 욕을 퍼부었다. 방금 올려놓아도 금방 뜨끈해지는 열 때문에 또다시 찬 수건을 갈아 올려놓는데, 따르릉 전화벨이 울렸다. 은우가 깰까 황급히 받아드는 그의 귀로 짜증스런 아버지의 목소리가 울렸다.

"너 지금 뭐하는 게냐? 이틀이나 회사를 비워? 네가 그러고도 사장 자리에 앉겠다는 거냐?"

"집사람이 아파요."

"그래서?"

은우가 아프다는데도 윤 회장의 목소리엔 걱정스런 기색이 없었다.

"그래서? 그렇게 회사가 만만하냐? 집사람이 아파서 못 나와? 네가 당장 병원에 수술이 들어간다 해도 회복은 회사에서 해야 하는 게 관리자다. 사장이란 게 그렇게 만만해 뵈냐?"

자신이 수술을 해도 회복은 회사에서 한다… 자신이라면 그렇게 했다. 제 몸 아픈 거야 그의 마음대로 할 수 있지만, 아무도 없는 집에서 혼자 아플 은우를 생각하면 차마 발걸음이 떨어지지 않았다. 규하는 고집스럽게 대답하지 않았다. 그의 고집에 끌끌, 윤 회장이 혀를 찼다.

"네 어미 가라 했다. 그렇게 걱정이 되면 병원에 입원이나 시킬 것이지 미련스럽게 그 자리를 차고 앉아? 네가 그렇게 한가한 사람이냐? 그까짓 일로 회사를 내팽개치고도 뭐? 집사람이 아파? 그런 말이 네 입에서 부끄러운지도 모르고 나오는구나. 이 미련한 것 같으니라고."

"제가 알아서 한다고 하지 않았습니까?"

짜증스러움이 잔뜩 밴 목소리였다. 이틀 내내 제대로 누워 본 적이 없었다. 미음을 끓이지 못해, 겨우겨우 파는 죽을 사다 줘도 은우는 한 모금 넘기지 못했다. 기력이 없고, 먹은 것이 없어 약조차 함부로 줄 수 없다는 이 박사의 말처럼 지금 은우의 몸에 들어가는 거라고는 저 노란 액체뿐이었다. 그런데도 덜컥 회사에만 나오라는 아버지의 성화가 그의 예민한 신경을 계속 건드리고 있었다.

"알아서 해? 무얼 알아서 해? 지금 일이 산더미야. 네 사인 하나 없으면 돌아가지 못하는 게 회사다. 그 아이가 네가 아니면 안 된다던? 네가 없으면 곧 죽는다고 해? 네 어미 도착하자마자 당장 들어 와!"

차라리 그러면요. 규하가 중얼거렸다. 차라리 잠시라도 깨어 그를 찾기라도 한다면 오히려 속이 더 편할 것 같았다. 아니, 의식이 없다 해도 한 번이나마 그의 이름이 나왔으면…. 그러나 밤새 내내 앓아대는 은우의 입에서 나오는 이름은 유빈이 전부였다.

아버지의 전화를 끊고 난 규하가 은우를 돌아보았다. 여전히 구겨진 얼굴이 펴지지 않았다. 김유빈이라…. 생각에 잠긴 규하는 출근 준비를 서둘렀다. 이젠 체력보다 정신력의 한계였다. 도착한다는 어머니를 기다리며 그는 전화기에 손을 뻗었다. 벌써 서너 번은 더 전화를 하는데도 신은 아직도 유빈의 행방을 찾지 못하고 있었다.

"오늘 회사에 출근한다. 회사로 들어 와."

가타부타 말도 없이 한마디만 툭 던지고는 성의 없이 끊어버렸다. 누굴 생각해 줄 여유가 없었다. 유빈을 찾지 못하는 것도 유빈을 찾는 것도 다 불만스러웠다. 유빈이라는 아일 찾는다 해서 자신이 얻을 것이 무엇일까? 그 작은 옥탑 방이 떠올랐다. 그녀가 원한다면 보내준다 했으니, 찾아진 유빈에게 그녀가 가겠다면 잡을 수도 없었다. 규하는 초조하게 머리카락을 쥐었다. 저렇게 아프도록 유빈을 찾는 그녈 바라보는 것도 괴롭긴 마찬가지였다.

"아직도 못 찾아?"

회사에 출근하자 아버지의 말처럼 서류들이 잔뜩 쌓여 있었다. 우선 급한 것부터 빠르게 처리하면서 신이 도착하기를 기다렸다. 그의 성화에 서둘러 도착한 신은 먼저 무기명 채권부터 내놓았다. 규하가 신이 내놓은 채권을 손에 쥐었다. 기대했던 것보다 일처리가 빨랐다. 무기명 채권이란 워낙 흔적이 남는 돈이 아니기에 사채에 나오기가 무섭게 사라지기 바쁘다. 그걸 소유한 사람도 사려는 사람도 쉽게 노출이 되지 않아 구하기가 힘든 게 단점이라면 단점이었다. 그래서 우선 라파부터 찾았는데, 애 먹일 거라 생각한 라파가 순순히 거래를 한 모양이었다. 규하는 잠시 생각에 잠겼다. 선선한 라파의 속셈이 왠지 마음에 걸렸다.

"김유빈은?"

어쨌든 우선 그 채권을 받아 든 그가 김유빈을 물었다. 신이 고개를 저었다.

"아직도?"

"네, 흔적이 묘연합니다."

신의 얼굴 역시 이상하다는 표정이었다. 설사 외국으로 나갔다 하더라도 그 기록이 남을 텐데, 유빈은 마치 존재하지 않았던 사람처럼 며칠간의 흔적이 철저히 지워졌다.

"한국을 떠난 게 아니고?"

"네. 그런 기록도 없습니다."

"그래? 그럼 마지막으로 만난 사람은 누구지?"

"네?"

순간 신의 얼굴이 미세하게 변했다.

"은우인가?"

규하가 담담히 물었다.

"……."

신의 침묵은 긍정의 대답이었다. 규하의 미간이 좁혀졌다. 일이 생각보다 복잡했다. 유빈의 마지막 자취가 은우라…. 감추어질 필요가 없어 남겨진 자취겠지. 철저히 가려진 유빈의 행방은 아무나 감출 수 있는 게 아니다. 한국을 떠나지 않았다면 반드시 남아있어야 할, 자취가 없다. 심각한 문제였다. 그 역시 은우의 행방을 이토록 철저히 가릴 수 있을까? 할 수 있을지 자신이 없었다. 더구나 신과 같은 아이가 찾을 수 없을 정도로 감춘다는 건 그 조차도 힘들었다. 그것이 빈 공간이었다. 비어진 곳을 채우면 분명 유빈을 찾는 건 쉬울 것이다. 연관성이 필요했다. 누굴까? 누가 유빈의 자취를 철저히 가려야 했을까?

"계속 알아봐. 아무래도 심상치 않아."

"네."

돌아서는 신을 그가 다시 불렀다.

"그리고…."

그가 말을 멈추었다.

"제니 처리하도록 해. 무라면 충분하겠지?"

신이 데려온 무를 생각하며 그가 말했다. 제니는 무 정도로도 충분했다.

"그리고 당분간 넌, 김유빈 찾는 것에 집중하도록 하고."

"네."

신이 꾸벅 고개를 숙였다. 김유빈만 아니라면, 당장이라도 처리할 생각이었는데. 아직은 제니의 운이 다하지 않은 모양이었다. 나가는 신의 모습을 바라보던 규하가 집으로 전화를 걸었다.

"접니다."

벌써 점심시간이 훌쩍 지나 있었다. 은우가 한 번 쯤은 깨어났을 것 같았다.

"일어났습니까?"

"그래. 이제 열도 많이 내렸다. 이 박사 말에 의하면 한(寒)데서 너무 오래 있었다는 구나. 그래서 한속이 든 것 같다고 하는데, 이 참에 한약 한 재 해 보련다. 방금 일어나서 죽 한 그릇 먹고, 다시 누웠다. 죽 먹기 시작했으니 약 먹어도 된다는구나."

젠장, 그렇게 지켜보고 있을 때 일어나서 죽 좀 먹지. 하필 그가 출근한 사이 일어나, 어머니가 끓인 죽만 말짱 먹어 버린 그녀가 다행스런 마음보다 야속했다.

"열이 계속 안 떨어지면 이 박사님 한 번 더 부르시구요. 저… 은우가 물 한 모금 제대로 못 먹었어요. 입 자주 축여 주시구요, 깰 때마다 물 한잔씩 꼭 먹여 주세요. 그리고 열이 너무 심해서 수건이 금방 뜨거워져요. 자주자주 갈아 주세요."

당부하는데 현정은 말이 없었다. 전화가 끊긴 것 같지는 않는데, 여전히 대답이 없었다.

"어머니?"

다시 한 번 불렀다. 은우가 더 많이 아픈 건가? 불안했다. 현정이 한참 만에 입을 열었다.

"유빈이 누구냐?"

흠, 규하의 입에서 신음이 새어 나왔다. 은우가 또다시 악몽을 꾸었나?

"유빈이 누구인지 묻지 않냐?"

"친구입니다."

규하가 딱 잘라 대답했다.

"친구? 친구라는 아이를 부르면서 저렇게 운다는 게 말이 된다고 생각하니? 잠만 들면, 그 기운에 그 이름을 부르더구나."

빌어먹을! 역시 생각했던 것처럼 악몽을 꾼 모양이었다. 그것도 하필 어머니 앞에서. 그래서 아무도 부를 수 없었었다. 규하가 이마를 꾹 눌렀다. 습관적인 손짓이었다.

"오늘, 일찍 들어오너라."

무거운 어머니의 말에 규하의 심장도 무겁게 내려앉았다. 가슴에 무거운 바위라도 차고앉은 듯 숨이 답답했다. 지금으로선 아픈 은우 하나만으로도 힘든데 어머니까지 감당할 자신이 없었다. 버겁기는 했지만, 어머니의 목소리는 왠지 거역하기 힘들었다.

어머니의 전화 탓에 아무리 책상 앞에 앉아 있어도 일이 손에 잡히지 않았다. 시계만 노려보던 그는 퇴근 시간에 맞춰 서둘러 코트를 집어 들었다. 두렵다고 해서 피할 일이 아니었다. 어차피 알게 된 일이라면 처리하는 것도 빠른 게 좋았다. 회장님이 찾으신다는 진 실장의 말도 깡그리 무시한 채 그는 곧장 집으로 향했다.

"오니?"

현정은 아래층에 이미 내려와 있었다. 출발한다고 미리 차 안에서 전화한 탓에 어머니는 단정히 돌아갈 차비를 마친 후였다. 우선 은우의 얼굴이라도 봐야 안심이 될 것 같아, 위층으로 향하려는 그를 현정이 붙잡았다.

"은우, 이제 막 잠들었다. 저녁에 죽 한 그릇 더 먹었으니 걱정하지 않아도 될 거야."

그러니 방해하지 말란 말이었다. 현정의 말에 규하가 가볍게 한숨을 내쉬었다. 서둘러 오느라 흐트러진 머리가 그 숨결에 팔랑 내려앉았다. 그는 천천히 현정을 향해 돌아섰다. 심각한 얼굴이었다. 평소에는 더 없이 자상한 어머니이지만 간혹 이렇게 엄격해질 때가 있었다. 맞은 편 소파에 털썩 주저앉아 아무렇지도 않은 듯 애써 감췄지만, 그의 온몸은 어쩔 수 없이 긴장하고 말았다. 무거운 침묵이 흐른 뒤 현정은 천천히 입을 열었다.

"유빈이가 누구냐?"

전화로 물었던 말과 같았다.

"친구입니다."

좀 전 대답했던 것과 같은 말을 고집스럽게 대답하는 그를 어머니가 뚫어지게 노려보았다. 거짓은 용서하지 않겠다는 뜻이었다. 규하의 입에서 무거운 숨이 내렸다. 제기랄….

"함께 같이 살았었습니다."

유빈이 퀴어라는 말은 나오지 않아 미적 하는데 현정의 얼굴이 딱 굳어 버렸다.

"함께?"

그가 고개를 천천히 끄덕였다. 묵묵한 그의 앞에서 현정은 벌떡 일어섰다. 성난 기색이 역력했다. 어떤 말이 나올지 두려웠지만 그는 여전히 담담하게 앉아 있었다.

"이런, 세상에. 네가 그럼 지금, 다른 남자와 함께 살고 있던 아이를 데리고 왔다는 거냐?"

조용한 어머니가 그에게 버럭 소리를 질러대고 있었다. 규하가 두 주먹을 쥐었다. 유빈이에 대해 어떤 식으로 설명을 하든 그 사실은 변함이 없었다. 그는 또 한 번 고개를 끄덕였다. 이런, 신음 소리가 들렸다. 어머니의 입에서 새어 나온 소리인지, 자신의 것인지 알 수 없는 소리였다. 그 역시 지금 이 순간이 참담하리만큼 괴로웠다.

"난, 은우가 좋다."

난데없는 말이었다. 어머니가 은우를 마음에 두고 있었다는 건 그도 잘 알고 있는 사실이었다. 원래, 다른 사람들에게 항상 웃는 기색이기는 했지만 은우에 대해서는 남달랐다.

"탐이 나는 아이야. 수줍은 모습도 예뻐서 참 좋은 아이가 들어왔다, 생각했었다. 네가 좀 더 그 아이를 배려해 주면 좋겠다, 마음속으로 늘 생각했지만 한 번도 널 야단친 적은 없었다."

어머니의 목소리는 나긋하고 부드러웠지만, 그래서 더 무겁고 두려웠다. 규하가 고개를 숙인 채 두 손을 무릎 위에 단정히 놓았다. 자신을 향한 어머니의 시선이 느껴졌지만 그는 고개를 들지 않았다.

"규하야."

현정이 부드럽게 그를 불렀다. 그러나 그는 고집스럽게 고개를 들지 않았다. 어머니의 입에서 나올 말이 난생 처음 두려웠다.

"은우, 놓아줘라."

순간, 고개가 번쩍 들렸다. 섬광처럼 예리한 눈빛이 아프게 쏟아졌다. 은우를 놓아줘라? 어머니의 말이 뇌리를 강타하는 것 같았다. 예상은 했었지만 여전히 잔인한 말이었다.

"은우, 원한다면 놓아 줘라. 그 아이가 원한다면 놓아 주거라. 다른 사람이 좋아 함께 산 아이야. 여자가 한 남자와 함께 생활한다는 건 결코 쉬운 감정이 아니다."

"친구입니다."

규하가 또 다시 대답했다. 끌끌, 현정이 혀를 찼다.

"네가 사랑한다는 이유로 그 아이를 너에게 가두어 두는 것이 얼마나 고통스러운 마음인지, 아니? 사랑한다면 놓아 줘. 붙잡는 것만이 사랑은 아니다. 그 아이가…. 그 아이가 너의 사랑을 원하지 않는다면 그 아일 놓아줘라. 그것도 사랑일 수 있어."

놓아줘라? 사랑한다는 이유로 그 아이를 가두지 말라? 하! 퍼런 웃음이 튀어 나왔다. 놓아주는 것 역시 사랑일 수도 있다… 비수 같은 말이었다. 결코 놓아줄 수 없는 여자였다. 그녀가 설사 원한다 해도 놓아주지 않을 것이다. 그 누구도 그에게서 그녀를 빼앗을 수 없었다.

"누가 그 아이를 사랑한다 했습니까?"

규하의 눈빛이 불꽃처럼 쏟아졌다. 아까의 고집스러움도 잠시, 매섭고 냉혹한 눈빛으로 다시 돌아가 있었다. 아무리 어머니라도 그에게서 은우를 버리라, 할 수는 없었다.

"규하야."

현정이 안타깝다는 듯, 그를 다시 불렀다. 그러나 그에게는 또 하나의 목소리와 겹쳐져 들렸다. 얼음처럼 차가운 빗줄기 속에 남겨진 그에게 환청처럼 들리던 아름답던 목소리.

'규하야, 난 널 사랑해. 그러니까 널 남겨 두는 거야.'

세상에서 가장 아름다운 그의 어머니였다 꽃처럼 아름다워서 정말 저 사람이 내 어머니인가, 내게 남은 사람인가, 설레이며 살았다. 아름다운 어머니를 너무나 사랑했다. 아버지가 없다 해도 좋았다. 자신을 바라보지 않았어도, 다정히 안아주지 않았어도 내가 사랑하니까. 내 어머니를 사랑하니까 기쁘게 살았었다. 내내 말하지 않던 사랑한다는 말을 처음으로 하며 그의 어머니는 차가운 대문 앞에 그를 세워 놓고 떠났다. 순결한 얼굴로 다른 남자의 품을 찾아 떠나는 어머니는 여전히 당당하고 아름다웠다.

'사랑하니까 널 두고 떠나는 거야.'

사랑하니까 떠난다더니, 이제 사랑하면 놓아줘라? 하하하! 꽉 잠긴 목구멍 속으로 피처럼 웃음소리가 터졌다. 부릅뜬 눈에는 원망이 서려 있었다. 보내 주라는 현정의 말도, 사랑하니까 떠난다는 그 여자의 말도 규하에겐 모두 거짓이었다.

"싫습니다."

규하가 고개를 저었다.

"전, 은우 사랑하지 않습니다. 그러니까 그 아이가 제 안에서 고통스러워한다 해도 놓아 주지 않을 겁니다. 사랑한다고 누가 그랬습니까? 전 누구도 사랑하지 않아요. 사랑한다는 말로 모든 죄를 덮어버리는 그런 거!"

속사포처럼 쏟아지던 말이 잠시 멈춰졌다.

"그런 거, 전 하지 않습니다. 그 아이 누구에게도 안 줄 겁니다. 저에게 두 번 다시 그 따위 말 하지 마세요."

시뻘겋게 핏줄을 돋우며 으르렁거렸다. 상처 입은 짐승의 울부짖음처럼 아픈 말이었다. 자신을 향한 현정의 고통 섞인 눈동자가 그의 시선이 들어왔다. 어린 그를 품에 안은 어머니였다. 생모(生母)인 은하련이 그를 버리고 떠날 때, 자신보다 더 아파하며 품에 안아주던 따뜻하고 부드러운 어머니였다. 피를 따라 흐르던 차디 찬 몸의 냉기가 그 속에서만은 얼음 녹듯 녹아질 것 같았다. 제 어머니에 대한 분노에 활활 타오를 때도, 현정의 따뜻함이 있었기에 견뎌 낼 수 있었었다.

"제 몫인 아이예요. 제가 아이를 낳을 수 없는 건, 저 아이가 내 몫이기 때문이에요. 생기지도 않을 아이 갖겠다, 그렇게까지 하면서 규하 상처 주기 싫어요."

아이를 갖지 못하는 그녀에게 아버지인 윤 회장이 미국이라도 가보자 졸라댔을 때, 그녀는 부드럽지만 딱 부러지게 거절을 했었다. 그를 위해 모든 것을 포기한 어머니였다. 그래서 지금껏 버티며 살았다. 그런데 그 어머니마저 은우를 떠나보내라 하고 있었다.

봐 달라고, 아픈 제 가슴을 봐 달라, 사실 그는 이렇게 말하고 싶었는지 몰랐다. 유빈만 찾는 은우를 지켜보는 게 너무나 버거웠다. 그래서 그는 누군가, 어깨라도 두드리며 괜찮다고 말해주길 바랐다. 그녀 곁에 있는 건, 그였다. 떠난 유빈이 아니라.

"아무에게도 주지 않아요. 은우는 제 여자입니다. 제가 아닌 그 누구도 그녈 가질 수 없어요. 두 날개를 뚝 끊어서라도 제

곁이 둘 겁니다. 사랑하지 않으니까 그 고통도 제가 다 받을 겁니다. 아프지 않겠다고 저 아이 놓아주는 일은 하지 않을 겁니다. 제가 죽는다 해도…."

현정을 바라보는 규하는 상처 입은 마음이 고스란히 드러나는 고통스런 얼굴이었다. 가슴에도 퍼런 눈물이 뚝뚝, 흘러 내렸다. 아직도 그의 가슴엔 어린 날의 상처가 고스란히 들어있었다. 그녀가 아무리 감싸도, 규하의 상처를 모두 안을 수 없었다. 은하련만이 그 상처를 감쌀 수 있었다. 안타까운 어머니의 시선이 느껴졌다. 여전히 치유되지 않은 그의 상처를 엿 본 탓이었다. 규하가 어머니를 바라보았다. 어머니, 제발…!

"제가 죽는다 해도 절대, 은우 놓아주지 않을 겁니다."

더 이상의 말은 없다는 듯, 그는 뚜벅뚜벅 위층으로 올라섰다. 자고 있는 은우의 얼굴이라도 보아야만 이 불길이 가라앉을 것 같았다. 은우는 편한 잠을 자고 있었다. 열로 입술이 하얗게 내려앉아 있었지만, 그래도 숨소리는 아침보다 더 나았다. 규하가 조심스럽게 은우의 머리카락을 쓸었다. 뚝, 심장이 내려앉았다. 놓아 주는 것도 사랑이라…. 어머니에게는 사랑하지 않는다, 그에겐 사랑이란 없다고 말했지만 그는 은우만 보면 심장이 조였다. 자신의 곁에 있어도 언제나 그녀가 보고 싶었다. 그녀의 작고 여린 심장 소리를 들어야만 살아갈 힘이 생겼다.

"널 사랑하는 걸까?"

그가 낮게 물었다. 대답 없이 잠든 얼굴 위로 뚝, 눈물이 흘렀다. 사랑이란 건, 없다고 생각했을 때가 더 나았다. 아픈 그녀를 보면서, 그리고 유빈을 찾은 그녀 때문에 이렇게 심장이 갈기갈기 찢겨지는 지금보다, 그 때가 더 나았다.

"아프지 마라, 은우야. 원하는 거 다 해 줄 테니까 제발, 아프지만 마."

그가 중얼거렸다. 작은 그녀의 가슴 위로 자신의 귀를 댔다. 쿵, 쿵, 심장이 뛰고 있었다. 은우의 세찬 심장이 그에게 대답하고 있었다. 그를 향해 뛰는 심장이 아니었지만, 그래도 이렇게 울리는 심장 소리에 그의 마음이 안식처처럼 편안했다. 놓아주는 것도 사랑이라 하지만 그는 절대 놓아 줄 수 없었다. 그녀의 이 심장 소리를 듣지 않으면 살 수 없었다. 아픈 은우의 얼굴을 보면서, 거친 숨소리를 들으며 정말 살아있는 거지? 밤중에 벌떡벌떡 일어났었다. 자신이 잠든 사이 어디론가 사라져 버리지 않을까 두려워 그녀의 손을 감히 놓을 수도 없었다. 그녀를 놓아주기엔 이미 늦었다.

그 날 심하게 앓은 후로 은우는 기운을 차리지 못했다. 며칠을 앓았나? 계속 유빈이만 본 것 같은데 잠깐 잠깐 눈이 떠진 곳은 유빈의 집이 아니었다. 그게 잠시 익숙해지지 않아 은우는 멍했다. 유빈인 어딜 갔을까?

"유빈이는?"

어딘가? 궁금해서 익숙한 유빈을 먼저 찾는데 누군가 다가왔다.

"이제 정신이 드는 건가?"

딱딱한 남자의 목소리였다. 아, 그제야 조금씩 남자의 얼굴이 눈에 들어왔다. 규하!

"병원인가요?"

눈에 들어 온 링거 병에 은우가 맞춰지지 않은 시선으로 물었다. 아직 머리가 제대로 돌아가지 않아, 약에 취한 듯 멍한 기분이었다. 똑똑, 떨어지는 병 안의 소리만 현실처럼 느껴질 뿐, 앞에 보이는 그도, 보이는 자신의 손도 남의 것처럼 낯설었다.

"여긴, 네 집이야. 병원이 아니라, 네 집."

규하가 또박 말하며 찬 유리잔을 가져왔다. 감정 없는 목소리가 딱딱했다. 은우는 그가 내민 유리잔에 입을 대 찬 물을 벌컥, 벌컥 들이켰다. 싸한, 찬 기운이 금세 발끝까지 퍼졌다. 규하가 조심스럽게 그녀의 등에 베개를 댔다. 손길은 그렇지 않는데 눈빛만은 심연처럼 어두웠다.

"더 줄까?"

그가 빈 유리잔을 들어 보이며 물었다. 은우는 힘없는 고개를 저었다. 앉아있는 게 조금 힘들었다. 앞에 놓인 의자에 걸터앉은 규하가 깊은 눈으로 그녀를 바라보았다. 은우는 자신의 손등에 꽂힌 바늘 끝에 눈길을 모았다. 꿈인 듯 현실인 듯 자꾸 자신을 비켜 달아나던 유빈이가 생생했다. 현실처럼 생생하고 두려운 꿈이었다. 갑자기 사라져 버린 유빈이. 그리고 죽은 사람처럼 스산하던 그 남자의 목소리. 그건 불길한 전조 같았다. 양 손을 깍지 진 채 그녀를 바라보던 규하가 물었다. 처음 보았을 때로 돌아간 것처럼 싸늘한 모습이었다.

"유빈이란 녀석 찾으러 다녔었나?"

감정 없는 목소리는 톤조차 변함이 없었다. 아, 은우가 조그맣게 소리를 냈다. 그 날을 기억했다. 유빈이를 찾으러 하루 종일 돌아다녔었다. 며칠을 앓았는지는 기억이 나지 않지만, 그녀가 기억하는 마지막은 유빈이었다. 내내 거리를 헤매며 유빈이가 노래 부르는 가게마다 다 돌아 다녔다.

그의 밴드 연습실에서, 그리고 하루 종일 열리지 않은 유빈의 집 앞에서 서성이며 유빈이 돌아오기를 발을 동동 굴렀다. 그 이상한 남자의 말이 그저 괜한 걱정이길 바라며 유빈이 없는 차가운 집에서 긴 밤을 새웠다. 그리고 결국 오지 않겠다, 유빈이 오늘은 오지 않겠다, 생각이 드는 순간 천근같은 걸음으로 집으로 향한 기억이 있었다. 그리고 집에 도착해 규하의 얼굴을 본 순간 그대로 까무러쳐 진 것 같은데…. 그때 규하가 뭐라 했더라? 그제야 은우는 규하를 바라보았다.

"그를 원해?"

묻는 질문이 어려웠다. 그녀가 자신 앞에 있는 남자를 바라보았다. 낯선 모습이었다. 아무런 감정도 없는 얼굴이지만, 그러면서도 그 전과는 다른 묘한 감정의 선들. 그가 다시 눈짓으로 대답을 요구했다. 유빈을 원하느냐… 그녀는 고개를 끄덕였다. 그가 원하는 대답이 무엇인지는 모르겠지만, 지금 당장 유빈의 얼굴이 보고 싶었다. 그녀의 대답에 규하의 얼굴이 잠깐 표정을 드러냈다. 미묘한 감정이 손끝에 전해져 왔다.

"그를… 왜 이렇게까지 아파해 하는 거지?"

이젠 자신을 향해 있는 그의 시선이 또렷했다. 여전히 속이 감춰진 눈빛이었다.

"왜요?"

갈라진 목소리로 은우가 물었다. 이유를 묻는 그가 궁금했다.

"글쎄… 궁금해서."

궁금하다… 은우가 고개를 숙였다. 똑똑, 투명한 줄을 따라 흐르는 주사액 소리가 방안에 울렸다. 왜 유빈이를 아파하는 걸까? 아마, 처음 유빈을 찾아간 건 규하 때문이었던 것 같다. 규하와 혼사가 오갔을 때 싫다, 하던 그녀에게 가혹하게 내리치던 양어머니의 폭행에서 도망쳐 나와 갈 곳이 없었다. 아무리 달래도 고집피우는 그녀가 보기도 싫다는 양, 이 의원 역시 차갑게 그녀를 외면했었다.

온 옷자락에 자신의 핏자국이 선명한데 아무도 곁에 없었다. 기어갈 듯 기어갈 듯 하면서도 은우는 그 집을 도망칠 수밖에 없었다. 그땐 그 생각뿐이었다. 그곳에 남아 있다간 그대로 죽을 것만 같았다. 살아야 할 세상이 그녀에겐 그리 아름다운 곳은 아니었지만 이렇게 허무하게 죽고 싶지 않았다. 신발도 신지 못한 채 그 지옥 같은 집을 어떤 정신으로 빠져 나왔는지 몰랐다. 그저 살아야지… 저 집을 나와 살아야지… 내 목숨이 조금이라도 남아 있을 때 살아야지, 그 생각뿐이었다.

온몸에서 똑똑 진한 핏방울을 떨어뜨리며 겨우 택시에 올라 그녀가 말한 곳은 정신도 차리기 전에 이미 유빈의 집이었다. 피투성이가 되어 맨발로 찾아온 은우를 보고 그녀보다 더 기절할 듯 놀라던 유빈이었다. 유빈의 얼굴에, 안심하듯 쓰러지는 은우를 업고 병원으로 내달리는 등이 좁아, 흔들거리면서도 그녀는 이제 비로소 쉴 공간에 온 것처럼 긴장이 풀렸었다.

온통 붕대로 감겨진 그녀의 몸에 하나하나 약 바르며 그녀보다 더 큰 소리로 울며 살아야지, 살아가야지 하며 억지로 죽을 떠넘기던 유빈이 모습이 아련했다. 그런 유빈이 사라졌다. 그녀에게 행복하냐고 묻고는…. 자신에게 하늘이 허락해 준 가족이라 생각했다. 비록 같은 부모를 타고 나지는 않았지만, 이게 운명일거라고. 하늘에서 외로운 내게 준 유일한 가족일 거라고 생각했다. 그래서 아팠다. 유빈이가 살아 있다면, 이 하늘에서 같이 있다면 반드시 찾아야 했다. 그 긴 아픔을 규하에게 다 말할 수 있을까?

"그를 찾아야 해요."

은우가 힘겹게 말했다. 낮은 목소리를 내는 것도 힘이 들었다. 하지만 규하가 찾아줄 수 있다면….

"유빈이, 유빈이를 찾으면 해 줄 말이 있어요."

행복하다고, 그 때 하지 못했던 말을 해 주고 싶었다. 유빈이 그토록 여러 번 묻던, 자신의 행복을 말해 주고 싶었다.

은우가 마주 앉은 규하를 바라보았다. 많이 야위어 보였다. 가까이라도 있으면 만져 주고 싶은데 규하가 너무 멀리 앉아 있었다. 그와 함께 한 지난 외출이 생각났다. 그녀가 불러 주던 노래를 듣던 그는 반짝 반짝 윤이 났는데 앞에 있는 남자는 예전처럼 다시 차가운 남자가 되어 버렸다. 아니 생기 없는 얼굴이라고 해야 하나? 차갑다기보다는 제 감각을 잃어버린 듯 백지 같은 얼굴이었다.

"그래…."

그녀만큼 낮은 목소리였다. 생각에 잠긴 듯한 시선으로 그녀를 바라보는 그의 얼굴은 가슴이 철렁 내려앉을 정도로 아픈 얼굴이었다. 은우는 이불 위에 놓인 자신의 손으로 시선을 떨구었다.

"그래. 해줄 말이 무엇인지 묻는다 해도 당신은 말해주지 않겠지?"

조소가 걸린 입술로 그가 말했다. 얼음처럼 차가운 눈동자였다. 비워진 유리잔을 받아 들고 그는 문을 향해 걸어갔다. 손잡이에 걸린 손이 멈칫했다.

"나아라. 유빈인 내가 반드시 찾아 줄 테니, 다시는 아프지 마."

말을 끝낸 규하는 한 번도 돌아보지 않고 그대로 나가 버렸다. 은우는 꿀꺽, 숨을 삼켰다. 그가 찾아준다면 이제 유빈을 만날 수 있을지 몰랐다. 그래, 찾을 수 있을 거야. 지금 당장은 유빈을 찾아야 했다. 규하는 다음 문제였다. 규하가 떠난 후, 은우는 또다시 깊은 잠에 빠져 들고 말았다. 한결 편한 얼굴로 숨마저 고르게 새어 나왔다. 돌아온 규하가 그녀를 바라보았을 땐, 예전처럼 붉은 핏기가 돌아와 있었다.

※

벌써 겨울이 왔나? 저녁엔 소담스런 눈이 내려왔다. 젖힌 커튼 사이로 찬 바람이 들어설 것 같은데 오랜만에 내리는 눈을 반한 듯이 바라보는 그녀 때문에 거실의 창은 그대로 눈에 드러나있었다. 이제 제법 기력을 차린 은우는 예전처럼 건강하지는 않았지만 그래도 아플 때처럼 파리하지는 않았다. 규하는 은우를 슬쩍 바라보았다. 생기 없는 얼굴이었다. 그가 유빈을 찾아준다 했을 때, 반짝 빛을 내더니 점점 시간이 흐를수록 그 빛이 옅어지고 있었다. 초조한 그녀의 얼굴처럼 그 역시 찾아지지 않는 유빈이 때문에 애가 닳았다. 신마저 흔적을 찾지 못하는 유빈은 여전히 행방이 묘연했다.

"이제 노래 부르지 않아?"

규하가 은우에게 물어왔다. 자꾸 비켜지는 그녀를 붙잡고 싶은 마음이었다. 은우는 대답을 잊은 듯, 앞만 보았다. 제니가 나오는 드라마였다. 이상하게 은우는 저 드라마를 좋아했다. 설마 저 남자 배우를 좋아하나? 언뜻 그런 생각이 들 정도로 그녀는 꼬박꼬박 잊지 않고 드라마를 보았다. 하긴 그가 봐도 잘생긴 남자였다. 요즈음 흔히 말하는 꽃 미남이라고 해야 하나. 제니와 척척 맞은 호흡이 좋은지 한창 인기 있다, 하는 드라마였다. 보지 않는 그녀 대신 그가 드라마로 시선을 돌렸다.

조금 야위긴 했지만 여전히 아름다운 제니가 보였다. 잠시 저 여자를 품에 안았었나? 기억이 아득했다. 그가 제니에게 마련해 준 자리였다. 그에게는 넘기지 못한 생선 가시 같은 드라마인데 드디어 곧 끝난단다. 그리고 이미 결정된 영화 캐스팅을 제외한 제니에 대한 모든 원조는 다 끊긴 셈이었다. 그것만으로는 아직 성이 차지 않았지만 지금 그의 신경은 모두 은우에게만 향해 있었다. 무의 말에 의하면 저 임명세라는 배우와 제니가 지금 함께 산다 했다. 그것도 그가 사준 집에서. 예전 같으면 꽤 불쾌했을 일이지만, 규하는 그런 일 조차 귀찮았다. 그가 사준 집에서 그의 옛 여자가 어떤 남자와 살아가든 그것은 더 이상 그의 자존심에 상처를 주지 못했다.

규하는 입술을 달싹거렸다. 그가 물어도 멍한 은우가 미치도록 걱정이 되었다. 점점 사라지는 그녀의 미소 때문에 숨이 자주 멎었다. 그나마 유빈이로 인해 그녀가 웃을 수 있다면 좋을 텐데 그것조차 여의치 않았다. 살면서 이토록 벼랑 끝에 서 본 적이 없었다. 자신보다 배는 더 나이 든 이사들 앞에서도 한 번도 위축되지 않았었다. 힘든 회사 문제도 그에겐 단지 재밌는 도전일 뿐, 좌절이란 애초부터 없었다. 그런데 지금 그는 그 어떤 세상일보다 은우가 더 어려웠다. 어떻게 해야 네가 기뻐하겠니? 수십 번 말이 나가려 했지만 그것마저도 묻지 못했다.

놓아달라면 어쩌지? 자신 혼자 힘으로라도 유빈을 찾겠다, 하면 어쩌지? 지후, 이지후에게 간다면 어쩌지? 놓아달라면, 그에게 놓아달라면…. 그것이 너무나 두려웠다. 세상으로 지켜 준다던 그의 말조차 거짓이라 떠나겠다면 어쩌나, 그는 소심증 걸린 사람처럼 모든 게 두려웠다. 빛을 잃은 은우는 그토록 그에게 두려움이었다.

"노래 부르고 싶지 않아?"

은우의 시선을 붙잡기 위해 애를 쓰며 그가 다시 한 번 물었다. 그제야 내내 텔레비전에만 못 박혀 있던 은우가 그를 잠시 바라보았다. 아파서인가? 파리한 얼굴에 검은 눈동자만 도드라져 규하의 심정이 순간 덜컥, 내려앉아버렸다. 이곳에 남은 그녀는 껍질뿐인 것만 같았다.

"노래, 전에 갔던 그 가게 다시 갈까?"

잠시 머무른 은우의 시선이 또다시 다른 곳으로 향할까, 그는 황급히 그 시선을 붙잡았다. 그녀가 원한다면 그 가게를 통째 사서라도 매일 노래를 부르게 하고 싶었다. 잠시라도 유빈을 잊고 그를 향해 돌아봐 준다면 아까울 것이 없었다. 유빈이도, 지후도, 그 어느 누구에게도 아프지 않고 그만을 향해 주길 원했다. 잠시 머물렀던 은우의 시선이 또다시 제자리로 돌려졌다. 그의 시선이 발 아래로 뚝 떨어져 내렸다.

"이젠 노래 부르는 법을 잊었어요."

은우가 낮은 목소리로 말했다. 그녀에게 이젠 노래는 없었다. 유빈이 가르쳐 준 노래였다. 유빈이에게 배웠고, 그 노래에서 처음으로 행복함을 느꼈었다. 예전엔 당연하게 그녀의 곁에 있을 거라 생각했었던 유빈이 없는 지금, 그녀에겐 노래는 없었다.

이기적인 거야. 은우가 피식 웃었다. 그냥 만날 수 있었는데. 행복하다는 거짓말로 쉽게 유빈을 만나고, 유빈을 놓아줄 수 있었는데. 어리광 피우듯 유빈의 마음을 헤아리지 못했다. 유빈이 가장 원한 건 은우의 행복이었는데, 자신의 행복이 그에겐 기쁨이었을 텐데, 그런 유빈의 기쁨조차 지켜 주지 못했다.

규하에 대한 욕심으로 유빈을 놓아 버렸다. 그리고 이제 와서 유빈을 찾아 행복하다 말한다 하는 게 무슨 의미가 있을까? 규하가 유빈을 찾는다 해도 이미 균열 진 유리는 다시 붙일 수 없었다. 은우는 규하에게서 천천히 시선을 돌렸다. 이제 그가 유빈을 찾아줄 거라는 기대도 버렸다. 그건 두 사람 모두에게 상처였다.

"내일은 일찍 들어오지."

가볍게 숨을 내쉰 그가 말했다. 잠시 머물었던 그녀의 시선은 이제 미동조차 없었다. 혹시 돌아보지 않을까 기다렸지만 은우는 여전히 돌아볼 것 같지 않았다. 규하는 천천히 위층으로 올라섰다. 또다시 새벽까지 잠을 이루지 못한 퀭한 눈으로 은우는 그의 아침을 준비할 것이다. 쳇바퀴 도는 요즈음의 생활이 그는 이제 한계에 다다를 만큼 힘들었다.

19

"이게 뭔가?"

사무실에 들른 이 의원이 자신 앞에 놓인 작은 종이 쪼가리를 가리켰다.

"채권입니다."

표정 없는 규하의 얼굴은 그지없이 싸늘했다.

"채권? 무기명 채권?"

"네."

순간 이 의원의 얼굴에서 스르르 미소가 피어올랐다. 벌써 여러 번 독촉을 해도 기미 없던 규하였다. 게다가 윤 회장이 20억이나 그의 손아귀에 쥐어준 걸 알고 펄쩍 뛰었다는 말까지 들려왔다. 이러다 돈 줄 놓치게 되지 않을까, 나름대로 속을 앓고 있는 판에 규하에게서 연락이 온 것이었다.

"흠…."

그래도 역시 영리한 사람이라 쉽게 손을 뻗지 않는다. 내내 미적거리던 규하라 갑작스런 연락이 조금 의심스럽기는 했다.

'그리 좋아할 일은 아닐 겁니다. 윤 회장에게 막힌 돈을 쉽게 게워 낼 윤규하가 아니죠. 분명 거래를 하자, 할 텐데. 아버지께 결코 유리한 거래는 아닐 겁니다.'

아침에 걸려온 규하의 전화에 배시시 미소가 떠오른 그를 향해 못을 박듯 지후가 한 소리였다. 그러나 이 의원은 자신 만만했다. 어차피 같이 들어가는 자리야. 나 혼자 이 모든 걸 뒤집어 쓸 수 없다는 말이지. 윤규하의 사무실로 들어서는 그의 발걸음은 그래서 더 여유로웠다.

"가져가시죠?"

그런 이 의원에게 규하가 서늘한 목소리로 말했다.

가져가라? 앞 말도 없이 가져가라는 그 말에 이 의원의 손은 더 쉽게 앞으로 나가지 못했다. 대체 속내를 모를 녀석이었다. 지후란 녀석을 낳고 지금까지 살아온 그였지만, 규하는 지후보다 더 했음 더 했지, 못하지 않게 어려운 사람이었다. 무서운 세대야. 가져가라는 규하의 말은 있었지만 쉽게 손이 나가지 못해, 꿀꺽 군침만 삼키던 이 의원이 아쉬운 사정이라 어쩔 수 없이 채권을 쥐었다.

"그냥 가져가시겠습니까?"

그냥 가져가느냐? 이 의원이 묻는 듯 규하를 바라보았다. 규하의 시선은 여전히 얼음처럼 찼다. 무엇을 원하는 걸까? 그러나 그가 원하는 것을 줄 수는 없었다. 미리부터 발목을 잡을 어리석은 계약은 없다. 이 의원은 살짝 발을 뺐다.

"잘 쓰겠네."

"잘 쓰겠다…."

피식 웃던 규하가 손가락을 탁 튕겼다. 그림자같이 서 있던 사내가 한 무더기의 서류를 규하 앞으로 내밀었다. 전에 은우를 데리고 왔었던 사내였다. 똑같은 검은 양복을 입고도 그 무리 중에 우뚝 서 있던 사내.

"10억을 가져가시면서, 잘 쓰겠다. 그 말 뿐이라니 섭섭합니다. 장인어른."

10억? 순간 이 의원의 얼굴이 티가 나게 일그러지고 말았다. 겨우 10억이라니! 되지도 않을 금액이었다. 처음의 반가운 미소 대신, 그의 얼굴엔 불만스런 기색이 가득했다. 규하의 눈치를 슬쩍 살피는데, 표정이 없었다.

"10억이라, 아무래도 많이 부족한데…."

말이 없는 그를 대신 해, 이 의원이 먼저 아쉬운 소리를 하고 말았다.

"자네만한 위치에 있는 사람이 이리 허튼 소리를 하나? 우리끼리 이야기이지만 처음의 약속과 많이 다르지 않는가? 결혼 이야기도 그쪽에서 먼저 나왔고, 자금에 대해서도 그쪽에서 먼저 나왔네. 그런데 이게 뭔가? 무슨 용돈 주듯이 찔끔찔끔."

노한 마음에 버럭 언성이 올라섰다. 마치 빌어 받는 돈 같아 자존심이 상한 이 의원이 제 성미를 부리느라 미처 앞에 놓인 서류를 살피지 못했다. 그의 말에 규하는 선선히 긍정했다.

"첫 눈에 반한 여자였지요. 결혼하자 했으나, 위치가 이렇다 보니, 그쪽에서 요구한 것을 받아들였을 뿐입니다. 게다가 집사람…."

말을 끊은 규하가 서류를 이 의원 앞으로 밀어 놓았다. 그제야 이의원의 시선이 서류로 향했다.

"이게 뭔가?"

"서류입니다. 병원 서류. 아내가 많이도 입원 했더군요. 대부분 폭력에 의한 거라는데. 장모님께서 저의 집사람을 많이 모자라게 보신 모양입니다. 그렇다고 해도 그만한 위치에 계시는 분이 아이가 입원할 지경으로 매를 들다니…."

차갑기가 얼음보다 더 찬 목소리였다. 그러나 규하로서는 다시금 떠올려지는 은우의 상흔으로 인해 속마음까지 그렇게 얼음처럼 찰 수만은 없었다. 당장이라도 벌떡 일어나, 저 늙은 멱살을 잡고 싶었다. 그 어린아이를… 그런데도 이의원의 얼굴은 오히려 당당했다. 그것이 더 이가 갈렸다.

"내 집안의 문제야. 아이의 훈육까지 이제 와서 말 나올 것 없네."

빌어먹을! 그 망할 계집애에게 그렇게 흉을 남기지 말라 했건만, 그 파르르한 성미가 그대로 일을 저지르고 마는구먼. 속

모르고 편하게 있을 아내를 생각하니, 이 의원의 성미가 돋아났다. 망할 여편네! 모자라기는.

"그때 일하시던 분의 육성까지 녹음되어 있습니다. 물론 이건, 사본이지요."

이 의원이 죽일 듯이 규하를 노려보았다. 결코 아버지께 유리한 거래가 아닐 거라던 지후의 말이 그대로 자신을 내리치고 있었다. 애초부터 은우에 대한 아내의 폭력은 그의 무기였지, 규하의 무기는 아니었다. 아내의 폭력을 은우가 얼마나 두려워하는지는 알고 있었다. 그래서 그것이 규하의 무기가 될 수 없는 이유였다. 칼자루는 규하가 아닌 그의 것이었다. 이 의원은 속내를 감추며 물었다.

"원하는 게 뭔가?"

결국 먼저 손을 내밀고 말았다. 지금은 시기가 좋지 않았다. 아무리 아이의 훈육이라 변명해도, 요즈음처럼 아동 학대가 문제가 되는 시기라면 벌집은 건들지 않아야 했다. 하필, 차기 후보감으로 먼저 존재를 각인 시킬 필요가 있다는 지후의 말에, 최근 아동 학대 보호 기금을 모집하고 있는 중이었다. 거기엔 규하에게서 받았던 자금 중 일부인 5억 정도가 자신의 명의를 팔아 낸 것처럼 되어 있다. 바로 며칠 전, 지후가 신문사에 슬쩍 흘려 넣은 덕분에 한참 그의 주가가 올라가고 있는 판인데. 제길. 하필 손을 댄 게 아동 학대 보호 기금이라니…. 윤규하를 너무 얕잡아 본 것이 화근이었다.

"두 번 다시 제 아내에게 접근하지 마십시오. 법적인 보호 조치를 취하겠습니다. 아직 아내에게 괴로운 기억이 많이 남아 있어서요. 이 돈은 제가 드리는 마지막 돈입니다. 제 아내나 저에 대해 부모로서 받을 수 있는 것은 여기까지입니다."

더 이상의 자금 지원은 없다. 규하는 분명하게 그렇게 말하고 있었다. 검고 싸늘한 눈동자가 그를 조용히 바라보았다. 이 의원은 그래서 더 섬뜩했다.

'두고보자구. 감히 날 이렇게 대하고도 살아남을지. 지산은 이미 나와 한 배를 탄 몸이야. 누구의 패가 더 유리한지는 아직 모르는 게야.'

이 의원은 자리에서 일어섰다. 하는 품은 두 번 다시 안 볼 품새이면서 그래도 손에는 10억 짜리 채권이 꽉 쥐어져 있었다. 이 의원이 나가자 비로서 규하는 옆에 서 있는 신을 바라보았다.

"저 사람 계속 지켜보도록 해! 그리고 김유빈은 아직도 못 찾았나?"

"마지막으로 만난 자를 찾았습니다."

"그래? 누구지?"

규하가 신을 바라보았다. 어제까지는 가망 없으리라 생각했었는데 미궁 같던 유빈의 흔적이 드디어 나타난 것이다.

"쇼우라는 일본인입니다."

"일본인?"

"네. 이지후와 미국서 다녔던 대학 동창이라더군요. 일본 야쿠자 세력 중 하나인 세이지 파 최고 보스의 아들입니다. 한국에 온 지는 얼마 되지 않았구요."

규하는 고개를 갸웃거렸다. 쇼우라는 남자가 이만큼 유빈을 감출만한 능력이 있을까?

"그날 이지후는 안 만났고?"

"네. 그 시간, 이지후는 민한당 사에 있었습니다. 워낙 사람이 많아서 그가 그곳에 있는 것을 본 사람만도 여럿, 되구요."

쇼우와 김유빈이라… 자꾸 더 모를 관계로 나가고 있었다. 지끈거리는 이마를 누르는데 벌써 시간이 꽤 지나 있었다. 규하는 이 의원이 내던지고 간 서류들을 다시 금고에 넣었다. 그의 책상 사이에 얇게 제작한 특수 금고였다. 워낙 얇아서 쉽게 눈에 띄지 않는 특별 장치를 해 두었지만 아직까지는 비어있었다. 자신만이 아는 그 장치에 규하는 조심스럽게 은우의 과거를 넣어 두고, 자리를 일어섰다.

"들어가십니까?"

신이 물었다. 이른 퇴근 시간이었지만, 규하는 고개를 끄덕였다. 집보다 먼저 가볼 곳이 있었다. 은우는 노래를 잊었다 했지만, 잊었다면 기억하게 하면 그만이었다. 예전의 그녀를 하나하나 퍼즐을 맞추듯 맞춰 갈 생각이었다. 유빈이로 인해 자신의 결혼 생활이 흔들리는 걸 더 이상 내버려 둘 수는 없었다. 찾아진 유빈의 흔적까지, 오늘은 무언가 실타래의 끝을 잡은 기분이었다.

"유빈이 더 알아 봐. 이제 실마리가 풀어진 느낌이야. 그 쇼우라는 자가 한국에 들어 온 이유를 알아보고. 분명 목적이 있어. 유빈이가 그를 도와주었든, 그가 유빈을 끌어 들였든, 공통분모는 이지후야. 모두 이지후를 알고 있다는 게 신경에 거슬려."

그는 벽에 걸린 코트를 집어 들었다. 남은 신에게 그가 못을 박듯 한마디를 덧붙였다.

"김유빈, 반드시 찾아야 한다. 너만이 할 수 있어."

믿을 수 있는 건 신 뿐이었다. 그는 절박한 심정이었다. 회사를 나서던 규하가 잠시 하늘을 바라보았다. 이른 가을에 만나 벌써 겨울이 깊이 와 있었다. 그에게는 기나 긴 계절이었다. 곧이라도 후두둑 눈이 떨어질 것 같은 잿빛이 거리로 그는 성큼 내려섰다. 추운 바람이 그의 코트를 휘감고 돌았다. 앞에 선 경비 하나가 후다닥 뛰어 와 그의 차 문을 열었다. 귀찮다는 손짓으로 그를 돌려보내고 그는 조금 여유 있게 차에 올라섰다. 계절을 타는 것도 아닌데 싸늘한 바람이 유난히 스산했다.

"벌써 배달 된 건가?"

쓰윽 집 안으로 편안히 들어선 그가 은우의 허리를 감싸 안았다. 그가 주문했던 피아노는 그새 들어와 있었다. 피아노를 바라보는 그녀의 시선이 좀 복잡했다. 안은 팔에, 살이 많이 빠져 얇은 그녀의 허리가 쏘옥 들어왔다.

"마음에 들어?"

하얀 색의 그랜드 피아노를 바라보며 그가 물었다. 첫 눈에 은우를 떠올리게 한 피아노였다. 옆에 있던 직원은 검은색이 가져다 놓고 보면 더 마음에 들 거라 했지만, 그는 두 번 생각할 것도 없이 흰색을 골랐다. 그녀가 이 것으로 인해 조금이나마 행복해지면 좋겠다, 그렇게 생각하며 고르고 고른 선물이었다. 낡은 옷도 좋다고 하는 은우이니까. 보석보다 더 아름다운 은우이니까 그런 값어치 없는 것들로 은우를 기쁘게 하고 싶지 않았다. 이제 그에게는 은우가 보석 그 자체였다. 그의 질문에 은우는 조금 애매한 미소를 지어보였다. 그래도 좋았다. 어색한 듯 바라보는 그녀의 얼굴엔 조금이나마 따스한 기운이 돌았으니까. 노래를 잊었다 했지만, 그녀는 무엇보다 노래를 사랑했다.

"유빈이가 처음 가르쳐 준 거예요. 피아노를 늦게 배워서 손 모양이 많이 안 이쁜데, 그래도 괜찮다고. 한 음, 한 음 열심히 가르쳐 주었어요."

피아노를 바라보던 은우가 꿈꾸는 듯한 목소리로 말했다. 아련한 눈빛 속엔 추억이 남아 있었다. 유빈의 옆에서 행복하게 피아노를 배웠을 은우를 생각하니 불끈 질투가 솟아올랐다. 유빈을 이야기 하는 그녀에겐 아름다운 추억만이 있는데 그를 이야기하는 그녀의 추억 속엔 아름다운 추억이 없었다. 흠, 하고 대답은 하는 그의 표정이 어두웠다.

남자들이 떠나자 홀린 듯 피아노를 향해 다가 간 은우가 살며시 몸체를 쓰다듬었다. 연인 같은 손길이었다. 띠잉, 건반 소리가 맑게 울렸다. 조율이 잘된 피아노였다.

"그때 처음 만졌던 피아노도 흰색 그랜드였는데."

과거 속에 서 있는 것처럼 피아노를 만지던 그녀의 눈에서 뚝, 눈물이 흘러내렸다. 제기랄, 그의 입에서 거친 욕설이 튀어나왔다. 이제껏 참았던 은우의 눈물은 물고가 터진 듯, 요즈음 들어 자주 흘렀다. 그가 아무리 그녀를 위해 선물을 해도, 유빈은 두 사람 속에서 여전히 사라지지 않았다. 왜 하필 유빈인지, 아니, 왜 이 순간 그가 사라진 건지 규하는 화가 치밀었다. 조금씩 그녀가 열어지는 순간 하필 유빈이 사라져 버린 건 운이 없었다.

규하는 차마 만지기도 두렵다는 듯 건반을 울리는 그녀를 바라보고 있었다. 가까이 다가가고 싶었지만 아까 들어올 때처럼 그녀를 안을 수 없었다. 지금의 그녀는 그가 아닌 유빈과, 이곳이 아닌 추억의 곳에서 서 있는 것 같았다. 성큼 내딛던 그의 발걸음이 나아가지 못하고 멈춰섰다. 돌아와. 규하가 소리 없는 외침을 질렀다. 과거에서 헤어 나와 현실 속에 올곶이 서 있어야 하는데, 그녀는 여전히 과거와 유빈의 울타리 속에 갇혀 있었다.

그가 주머니 안에서 작은 상자를 꺼냈다. 검은 빌로드의 상자였다. 그에겐 그녀가 보석이었지만 이 보석은 특별한 의미를 지닌다. 은우의 곁으로 다가간 규하가 그녀의 손을 잡았다. 작은 동물처럼 손끝이 미세하게 떨렸다. 규하는 그 손을 꽉 붙잡았다. 첫사랑처럼 설레는 손이었다. 그가 상자의 뚜껑을 열자, 아, 작은 탄성이 은우의 입에서 터져 나왔다. 소박한 다이아 반지였다. 그녀의 눈알만한 반지도 아깝지 않았지만 그가 고른 반지는 은우처럼 우아하고 순수한 반지였다. 검은 천에 놓인 반지를 조심스럽게 꺼내 그녀의 빈 손가락에 끼워 넣었다.

"결혼반지야."

아직까지 그녀의 손가락은 결혼반지가 없었다. 그 빈 손가락은 결혼 당일 도망쳐 버린 신부에 대한 그의 분노였다. 아내가 아닌 소유물이라는 걸 똑똑히 각인시키기 위해 일부러 결혼반지도 준비하지 않았다. 잡혀진 손가락 속에서 반짝이는 반지를 은우가 바라보았다. 가늘게 어깨가 떨렸다. 또 우는 걸까? 그녀의 작은 눈물도 그의 가슴에서는 커다란 파문 같은 눈물이었다. 규하가 난감하게 서 있었다. 내내 비워진 그 손가락이 그녀에겐 아픔이었던 걸까?

"제가 이제야 당신의 아내인가요?"

환청인 듯, 은우의 목소리가 들려왔다. 이제야 나의 아내라. 규하가 살며시 그녀의 손을 입술에 대었다. 차가운 돌의 감촉이 입술에 느껴졌다. 자신의 서약을 맹세하듯 규하가 반지에 깊은 키스를 담았다. 톡, 눈물 하나가 그의 손등 위로 떨어졌다. 자신의 손등을 따라 흘러가는 눈물의 자국을 규하는 묵묵히 바라보았다. 아무리 그가 애를 써도 아내의 눈물은 잡을 수 없었다.

 이제 너무 늦어버린 걸까? 이젠 은우를 잡기엔 늦어 버린 건 아닌지 두려웠다. 어머니의 말처럼 은우가 아닌 자신 스스로 먼저 이 손을 놓아버릴 것만 같아, 그는 그녀의 손을 다시 꽉 잡았다. 절대 놓지 않아. 그녀가 원한다 해도 절대 놓지 않을 거라 했지만 그래도 역시, 아픈 눈물이었다.

 "왜 우는 거지? 왜, 왜 넌 내 앞에서 우는 거지? 기쁘지 않아?"

 그가 물었다. 자신은 지금 행복한데, 은우의 곁으로만 행복한데 자꾸 은우는 눈물을 흘린다. 화보다는 허탈한 기분이었다.

 "넌 왜 자꾸 우는 거냐?"

 그의 음성이 조금씩 가라앉았다. 깃털 같은 숨이 새어 나왔다.

 "유빈이…, 유빈이가 물었는데. 대답해 주지 않았어요."

 유빈이? 규하가 활처럼 눈썹을 올렸다. 그녀는 늘 유빈을 위해 울고 있었다.

 "유빈이?"

 그가 되물었다.

 "유빈이가 내게 물었는데… 행복하냐고 물었는데….."

 은우가 그를 바라보았다. 여전히 눈물을 흘리고는 있었지만 그래도 그를 똑바로 바라보고 있었다.

"행복하다고 말해주지 못했어요. 그래서 유빈이가 떠나버렸나 봐요. 그래서 행복해지기가 미안해요. 그때 말해주지 못한 행복을 이제야 느끼는 게 미안해서 난, 자꾸 눈물이 나요."

행복을 느끼는 게 미안하다… 그녀의 말에 성급한 화가 치밀었다. 왜 둘의 행복이 다른 사람에게 미안해야 하는지 그는 이해할 수 없었다. 안긴 그녀를 그가 꼭 끌어안았다. 작은 몸이 새처럼 떨렸다.

"행복하다는 게 왜 미안한 일인지 모르겠다."

그녀의 머리카락에 입술을 묻으며 그가 말했다.

"하지만, 난 미안해요. 내가 잘못한 거야. 내가 욕심이 많아서 다들 잡고 싶었어요. 유빈이도, 그리고 당신도. 그 어느 것 하나도 놓치고 싶지 않았어."

그의 품 안에서 은우가 봇물 터지듯이 쏟아냈다. 많이 외로웠나 보다. 규하가 속삭였다. 그도 외로웠었다. 하지만 은우에게는 그가 가진 정도의 것도 없었다. 아무도 없이 세상에 버티어 살면서 그녀는 외로웠던 거다. 규하는 이제 조금씩 그녀가 스며드는 것을 느꼈다. 그녀의 외로움도, 그리고 그녀의 그리움도 자신의 것처럼 안으로 스며들고 있었다.

"유빈이 찾아 줄게."

은우가 고개를 흔들었다.

"모르겠어요. 너무 늦어 버린 게 아닌가, 이제 나도 지쳐가요. 유빈이는 보이지 않는데 난 그 순간만 생각하면 미칠 것 같아요. 그 남자의 이상한 말도, 그 낯선 남자도 다 불안해요. 단지, 무슨 일이 생긴 것만 같아, 살아있는지 그것만이라도 알고 싶어요. 세상에 없었던 사람처럼 이렇게 없어져 버리는 건 아닌지 걱정이 되서…."

낯선 남자? 그가 순간 고개를 들었다. 낯선 남자라…. 쇼우인가? 날카롭게 은우의 말을 들으며 그는 쇼우라는 남자를 떠올렸다.

"괜찮아. 이제 곧 찾을 수 있을 거야."

규하가 쉿! 은우를 안았다. 정말 찾을 수 있을까요? 그의 품 안에 갇힌 그녀가 물었다.

"찾을 거야, 반드시."

다짐하듯 그가 말했다. 어떤 일이 있어도 반드시 찾을 거다. 그라면 자신의 행복을 누구에게도 허락 받을 필요가 없지만 은우가 원한다면, 그녀가 그토록 원한다면 유빈을 찾아 허락을 받을 수도 있었다.

"나가자."

그가 손을 잡았다. 아직도 눈물이 맺혀 있기는 했지만 한결 풀어진 얼굴이었다. 내내 입맛을 잃은 그녀를 위해 낮에 식당을 예약해 두었었다. 차가운 겨울이 열려진 문 사이로 휘잉 몰아쳐 이제 제법 길러진 은우의 머리카락을 사라락 날렸다. 앓은 지 얼마 되지 않아 이 한 가닥의 바람마저 해가 될까, 규하는 바람막이처럼 그녀를 감싸 안았다. 그의 품 안에서 은우가 들릴 듯 말 듯 조용히 말했다.

"겨울이 왔나요?"

이미 온 겨울인데 그녀는 이제야 겨울인가요? 하고 묻고 있었다. 겨울이 왔느냐 묻는 그녀의 어깨에 존재를 알리듯 작은 눈송이가 살포시 내려앉았다. 하루 종일 잿빛 하늘이더니 결국 그 무게를 견디지 못하고 눈이 내리는 모양이었다. 눈이네, 낮게 속삭이며 은우가 살며시 손을 내밀었다. 싸늘하고 작은 송이 하나가 그녀의 가슴에 내려앉듯 작은 손바닥에 소록 내려앉았다.

※

쇼우는 천천히 커다란 검은 사나이의 등 뒤를 따라 들어갔다. 처음으로 발을 딛는 안채였다. 예민하게 보지 않으면 길을 잃을 만큼 복잡한 길이었다. 제길, 지가 무슨 구중심처도 아니고. 입을 삐쭉거리면서도 행여 놓칠 새라 쇼우는 영민하게 뒤를 따라나섰다. 이곳으로 향하는 그에게 '너무 늦다.' 지후가 한 말은 그게 전부였다. 직접 라파에게 말하라는데 정작 그의 얼굴은 보지도 못했다.

이렇게 쫓겨나다시피 나가느니 유빈의 얼굴이라도 보겠다, 우겼는데 의외로 라파가 허락을 했단다. 선선한 라파의 허락이 의외였지만, 어쨌든 밖에 있는 자기보다야 안에 있는 유빈이 더 유리하겠다 싶어, 냉큼 길을 따라 나선 참이었다. 그런데 이 길은 가도 가도 끝이 없었다. 한참을 걸었는데 그제야 그의 눈 앞에 하얀 집이 하나 보였다. 집 안에 있는 또 다른 집이었다. 앞장 선 녀석들이 특이한 구조로 된 그 집에 멈춰선 채 들어가라 손짓을 했다.

들어선 집 안은 기분 좋은 서늘함이 있었다. 훈기 있는 듯 하면서도 묘하게 서늘한, 겨울 같은 라파를 떠올리게 하는 그런 집이었다. 돌아보니 남자들은 입구에 정좌를 하듯 서 있었다. 아마 이들은 그곳에 들어갈 수 없는 모양이었다. 그는 조심스럽게 더 안 쪽으로 들어섰다. 미처 방 안에 발도 들여 놓기 전인데 안에서 누군가 말을 걸어왔다.

"오나요?"

청아한 목소리가 음악소리처럼 울렸다. 그가 선 자리에서는 사람이 보이지 않아 고개를 삐쭉 내미는데 안 쪽 창가에 작은 실루엣이 보였다. 이게 그 때 유빈인가? 쇼우가 당혹한 시선으로 바라보았다. 이게 정말 그 유빈이 맞나? 얼떨결에 그를 붙잡고 물어볼 뻔 했다. 핏기가 하나도 없는 파리한 얼굴에 입술만 붉어 신비롭고 묘한 분위기였다. 사람이 이토록 변해 보일 수 있는 건지 싶었다. 연한 회색의 스웨터로 목까지 덮은 그 모습은 무심한 듯 하면서도 유리처럼 번뜩이는 불안감이 있었다.

창가에 앉은 유빈은 그 속이 다 비칠 만큼 투명해 마치 숨이 없는 인형 같았다. 쇼우는 자신도 모르게 훅, 거친 숨을 들이삼켰다. 처음 보았던 소년스러움이 사라진 낯선 사람이었다. 조금이라도 만지면 파사, 깨질 것 같은 얇은 유릿장처럼 예리했다. 쇼우는 안타까운 심정이었다. 지후는 지금 자신의 여자로 인해 한 남자를 죽이고 있는 지도 몰랐다. 자신의 눈앞에 보이는 유빈에게는 살아있는 생명감이 없었다. 말라가는 식물처럼 이 자리에서 그대로 남겨진 듯한 기분이었다.

"눈이 오나요?"

유빈이 다시 한 번 그에게 물어왔다. 눈? 밖엔 겨울의 한복판인데 유빈이 앉은 창가는 이상하게 봄이었다. 꽃만 하나 가득, 밖에 있는 겨울이 여기서는 없었다. 봄만 있는 이상한 방에서 유빈은 쇼우 어깨에 놓인 눈을 보고 오느냐, 물은 것이었다.

"아, 제법 눈이 많이 오네?"

"그래요?"

유빈이 씨익 웃는다. 붉은 선혈 같은 입술 사이로 눈이 부실 만큼 하얀 이가 살포시 보였다. 네가 정말 사내일까? 순간 쇼우의 머리 속에 번뜩 그런 생각이 들었다. 그가 보고 있는 유빈은 그 어느 여자보다도 훨씬 더 고혹적인 모습이었다. 잠시 머물던 시선을 거두며 유빈은 창가로 돌아섰다. 흥얼흥얼, 노래 소리가 가볍게 들렸다.

괜찮아요. 난 그냥 지나치세요. 괜찮아요. 난 그대 행복 봤으니.

잠시 스쳐갔던 그대 모습으로 다시 한동안은 견딜 수 있겠죠.
내 것이었던 그대가 스쳐가요, 이름조차도 부를 수가 없었죠.

워낙 낮게 부르는 노래라 가사가 잘 들리지 않지만, 간간히 들리는 가사는 그랬다.
'난 괜찮아요. 그대 행복 봤으니…'
아마 유빈의 눈에선 자신의 얼굴처럼 투명한 눈물이 흐르고 있을지 모른다. 너무 늦었다, 지후는 말했지만 그가 보기엔 이 모든 것을 되돌리기엔 너무 늦은 건 오히려 지후였다.
"그 사람이 절 보아도 된다고 했나요?"
흥얼거리던 노래를 잠시 멈춘 유빈이 부드럽게 물어왔다. 무슨 말인지 조금 헷갈려 잠시 대답을 놓쳐 버렸다.
"아…."
"그 사람은 이곳에 아무도 들이지 않아요. 전 하루 종일 피어있는 꽃만 보죠. 어떻게 하는 걸까? 저 꽃은 분명 살아 있을 텐데, 왜 죽은 것처럼 꽃만 피워 댈까?"
혼잣말을 하는 것처럼 시선이 머물러 있지 않았다. 유빈은 계속 말을 이어갔다. 그의 시선을 따라 쇼우 역시 그 꽃들을 바라보았다. 꽃만 바라보던 유빈의 시선이 이제 쇼우의 얼굴을 똑바로 향했다. 까만 눈동자가 곧이라도 깨어질 듯 반짝거렸다. 무슨 일로 온 거냐, 묻는 걸까? 쇼우가 난감한 얼굴로 마주 보았다.

"아, 잘 있나 해서…."

어색한 변명을 하고 마는 쇼우를 유빈은 무표정하게 바라보았다. 난처한 기색으로 내내 미적거리는데 잠시 머물던 유빈의 시선이 텅 빈 것처럼 공허했다. 그에게선 기다리던 소식을 듣지 못할 거라 생각한 탓인가? 쇼우는 목마른 듯 입술을 축였다. 라파의 시간이 너무 늦다 말해야 하는데 차마 그 말이 입에서 떨어지지 않았다. 유빈은 그가 처음 함께 왔을 때 보았던 그런 스물 여남은 사내의 얼굴이 아니었다. 묘하게 시간을 비켜가 버린 사내도, 여자도 아닌 형용할 수 없는 분위기가 자꾸 쇼우를 죄의식처럼 누르고 있었다. 이 기묘한 공기에 그는 자꾸 아득해졌다. 젠장, 결국 쇼우가 먼저 등을 돌리고 말았다. 결코 유빈에게는 할 수 없는 말이었다. 라파가 왜 유빈과의 만남을 허락했는지 조금 알 것 같았다. 돌아서는 그를 유빈이 붙잡았다.

"은우…."

아, 쇼우는 유빈이 자신을 보며 내내 기다렸던 말이 무엇인지 그제야 깨달았다.

"은우 잘 있나요? 이젠 울지 않고, 그렇게 뚝뚝 핏방울 흘리며 맨발로 날 찾던 여린 사람이 아니게 살아가나요? 스쳐 지나가도 날 알아볼 수 없을 만큼 화사하게 피어 버렸겠죠? 그래서 이젠 나를 잊어 버렸겠죠?"

흐르는 노래처럼 유빈은 가볍게 은우의 소식을 물었다. 아마 쇼우는 그와 세상을 연결하는 유일한 끈이었던 것 같다. 쇼우는 죄인처럼 굳어버렸다. 내내 불안하게 커져있던 풍선이 펑 터져버린 기분이었다. 대답을 기다리는 그의 시선에서 쇼우는 애써 감정을 누르고 있었다. 은우는 철저히 지후의 것이었다. 이 모든 일들이 결국 지후가 은우를 잡기 위한 계획의 일부분이었다. 꿀꺽, 불편하게 침을 삼키며 쇼우가 천천히 입을 열었다.

"잘 지낸다더라. 그저…."

달래는 어투였다. 윤규하가 은우를 놓아 줄 수밖에 없다, 하더라도 결코 그녀는 유빈의 것이 될 수 없을 것이다. 그러기엔 지후가 절대 놓아주지 않을 거니까. 유빈은 절대 잡을 수 없는 허공을 잡고 있었다. 그가 대충 전하는 소식에 유빈은 환한 미소를 지었다.

"잘 지내나요? 그녀가 원하는 삶을 살아가면 좋겠어요. 그렇게 건강하게, 행복하게 잘 지내죠? 그래서 노래는요? 노래도 부르면서 살아가나요?"

그의 짧은 대답에 유빈은 환하게 속사포처럼 물어왔다. 마치 갈증 난 사람처럼 그의 질문은 대답할 사이도 없이 계속 터져 나왔다. 그 순간 차가운 감촉이 쇼우의 어깨를 내리 눌렀다. 가벼운, 그리고 무거운 라파의 손이었다.

"너무 길게 머물렀군."

그를 향해 바라보는 라파는 북풍 같은 한기를 쏘아 내고 있었다. 방 안인데도 쇼우는 자신도 모르게 몸을 부르르 떨고 말았다. 까만 정장 차림의 라파가 쓰윽 그를 스쳐가는 순간, 언뜻 유빈이 비쳤다. 환하게 웃던 미소가 얼음처럼 얼어 있었다. 조금 전, 잠시나마 보였었던 생명력이 순식간에 빠져 나가 다시 인형 같은 모습이었다. 공허한 눈동자가 그를 향했다. 아까의 반짝임이 사라진 검은 눈동자에서 그는 그만 재빨리 도망치고 말았다. 이런 겁쟁이 같으니…. 비웃는 유빈의 웃음소리가 그의 등 뒤를 계속 따라오는 것만 같았다. 겁쟁이.

도망치듯 라파의 집을 빠져 나온 쇼우는 벽을 향해 성난 발길질을 해댔다. 차라리 거친 사내 녀석들과 피가 터지도록 주먹질을 하는 게 더 나았다. 유빈의 저 미묘한 시선은 견디기 힘들었다. 지후 사무실 문을 여는 쇼우의 발걸음은 여전히 거칠었다. 자신도 그런 세계에 산다고 하면 사는 사람이었다. 아직은 일인자의 자리에 오르지 못했다 하더라도 야쿠자의 후계자로서 철저히 훈련 받은 그였다. 하지만, 라파라는 자. 그 자에게는 왠지 맞서지 못할 그 무엇인가가 있었다. 게다가 인형 같은 유빈이. 아무리 냉정한 그였지만 메마른 꽃잎처럼, 바람 한 줌에도 바사사 부서져 버릴 것 같은 위태한 유빈은… 버거울 만큼 무거웠다. 쇼우는 처음으로 지후에게 강한 반발이 솟구치는 것을 느꼈다.

"누구냐?"

순간 들어선 그에게 지후 앞에 앉은 나이 든 남자가 물었다. 닮은 얼굴이 한 눈에도 지후의 아버지라 알아 볼 수 있는 남자였다. 앞에 앉은 지후가 고개 짓으로 나가 있으라는 신호를 보냈지만 쇼우는 일부러 한 쪽 의자에 자리를 잡았다. 못마땅한 기색으로 그를 바라보는 이 의원의 시선이 느껴졌다. 그러나 쇼우는 무시하듯 거만한 자세로 앞에 놓인 신문을 펼쳐 들었다.

"제 친구입니다. 신경 쓰지 않으셔도 됩니다."

결국, 고집스럽게 남은 쇼우를 바라보며 지후가 말했다. 잔뜩 부은 얼굴로 들어 선 쇼우가 이상한 모양이었다. 어린아이처럼 지금 앞에 앉은 그는 조금 투정이 나 있었다. 끌, 이 의원의 혀 차는 소리가 들렸다.

"그래서, 가져오신 겁니까?"

지후가 물었다.

"젠장."

이 의원은 불쾌하다는 듯 벌컥벌컥 앞에 놓인 물 잔을 마셔댔다. 신문을 보는 척 시선을 돌리고 있었지만, 쇼우는 예민하게 그들의 대화에 귀를 기울이고 있었다. 지후가 믿을 만 하다, 말해서 그런지, 아니면 다른 사람들은 신경조차 쓰이지 않을 정도로 화가 치밀어 오른 건지 물 잔을 탁 내려놓은 이 의원의 목소리는 조심성 없이 카랑했다.

"그럼, 그걸 가져오지, 내버려 두란 말이냐?"

피식 웃는 지후의 미소엔 비웃음이 역력했다. 멀리 있는 쇼우에겐 한 눈에 보이는데, 가까이 앉은 이 의원에겐 보이지 않는 모양이다.

"무기명 채권이야. 사채에서도 구하지 못하는 걸 놓을 수는 없지 않냐? 그 녀석이 어떻게 구했는지는 몰라도 흔적도 남지 않은 돈을 잡는 게 어디 쉬운 일인지 알아?"

위세를 떨었지만, 그래도 목소리엔 조금 힘이 빠져 있었다.

"윤규하가 그냥 내놓았을 리 없었을 텐데요."

지후가 평온하게 물었다. 지후를 잘 모른다면 관심이 없다는 듯 무심한 어조였다. 그러나 쇼우가 알기론, 아마 지후의 머리는 지금 이 순간 그 누구 못지않게 빠르게 돌아가고 있을 것이다. 지금까지 지후만큼 두뇌 회전이 빠른 녀석은 보지 못했다.

"흥!"

또다시 이 의원이 성을 냈다. 아마 윤규하 앞에서 생각하기도 싫은 망신을 당하고 온 모양이었다. 지후는 여전히 담담한 표정이었다. 아니, 오히려 철없는 아이의 싸움 이야기를 듣는 점잖은 어른 같은 얼굴이었다.

"무슨 일 있으셨습니까?"

"흥! 새파랗게 어린 것이 감히 누구 머리 위에 앉겠다는 거야? 법적인 조치? 어린아이 하나 훈육한 게 무슨 대수라고 법적인 조치?"

아! 자신도 모르게 소리가 새어 나왔다. 언뜻 입을 가리며 신문으로 다시 얼굴을 돌리는데 날카로운 경고의 눈빛을 지후가 보내왔다. 어린아이 훈육? 아이의 갈비뼈가 부러지게 때리는 것이 훈육이라. 쇼우의 입에서 마저 냉소가 터져 나오는데 지후는 무서우리만큼 냉담한 얼굴이었다.

"그래도 조심하는 게 좋을 겁니다. 윤규하가 단지 입만으로 경고하는 건 아닐 테니. 이미 그 쪽에서는 모든 증거들을 다 가지고 있다는 의미겠죠. 윤규하라면 뒤도 돌아보지 않고 터뜨릴 겁니다. 도덕성이란 정치가에게 필요한 거지, 그런 재벌과는 관계가 없으니. 게다가 오히려 가해자는 이쪽이라 손해를 보는 건 아버지입니다."

희미하게 떨리는 주먹만 아니라면 냉철하다 생각 할 만큼 지후는 미동이 없었다. 그러나 쇼우의 시선엔 당장이라도 솟구칠 것처럼 꽈악 쥐어진 지후의 주먹이 먼저 보였다. 아무리 자신의 아버지라 해도 사랑하는 여자의 고통 속에서는 어쩔 수 없었다. 쇼우가 벽에 걸린 포스터를 바라보았다. 지후가 추진하고 있는 이미지 컨설팅이었다. 피싯, 광대놀음 같은 사진을 보는 쇼우의 입에서 웃음이 새어 나왔다. 제 딸은 짐승처럼 학대받고 있는데 그 자신은 아동학대에 관한 캠페인을 홍보하고 있으니 철면피 같은 인간이었다.

"제기랄, 판단 착오야. 이쪽의 유리한 패가 될 수 있는 일이 그 쪽으로 넘어가 버린 건 우리의 착오지, 빌어먹을 여편네."

아들의 친구 앞에서 아내에 대한 욕설이 거침없이 터져 나오고 있었다. 눈썹이 떨릴 정도로 성미가 돋은 이 의원은 마치 아내를 노려보듯 앞에 놓인 채권을 노려보고 있었다.

"이제 수면으로 올라오고 있는 참에, 쓸데없는 일로 발목을 잡힐 게 뭐람."

 아동 학대 문제는, 그 대상이 아무런 보호 능력이 없는 아이들에 대한 거라, 위험 부담을 가진 것 치고는 상당히 이슈가 되는 문제였다. 내내 모습이 없던 이 의원이 말처럼 수면에 오른 것도 당연한 일이었다. 툴툴대던 이 의원이 자리에서 일어섰다.

 "채권은 알아서 처리해."

 귀찮은 뒷일은 아들에게 떠넘긴 채, 그는 편하게 사무실을 나섰다. 이 의원이 나가자 쇼우는 새삼 지후를 바라보았다. 탁, 채권을 챙기는 지후는 가면처럼 속을 알 수 없었다.

 "규하가 협박을 하고 있는 건가?"

 쇼우가 물었다. 지후가 가볍게 고개를 끄덕였다. 이것 역시 그의 계획 속에서 이미 예상 되었다는 표정이었다.

 "윤규하가 그것을 잡을 거라 생각은 했었지. 전에 은우의 상처를 보았다, 말하더군."

 아, 쇼우가 고개를 끄덕였다.

 "우리 집에 대한 조사는 이미 오래 전에 다 했었을 거야. 아버지가 표면에 드러나기만을 기다린 거지."

 쇼우를 바라보며 지후가 싱긋 웃었다. 이제 시작이야. 하는 듯한 미소였다. 이 캠페인을 몰아친 것도 지후였고, 이렇게까지 이 의원을 수면에 드러낸 것도 지후였다. 덫에 사냥감이 걸리도록 그는 미끼를 올려놓은 것이다. 시간을 기다리고 있는 것은 윤규하만이 아니었다. 자신에게서 은우를 빼앗아 가 버린 아버지와 윤규하에 대해 지후는 조금씩 올가미를 조이고 있는 중이었다. 두 사람 모두 부서질 때까지 지후는 절대 멈추지 않을 것이다. 세상이 부서져 혼자 남을 때까지, 그는 광풍처럼 몰아칠지 몰랐다. 그 한 몫을 하는 쇼우였지만, 그는 지후가 두려웠다. 그가 유일하게 패배를 인정하고 그래서 좋아져 버린 이 친구가 그 스스로마저 망가뜨려 버릴까봐 쇼우는 두려웠다.

"빌어먹을 자식, 돈은 여전히 많군. 윤 회장이 회사 돈은 막았다는데 말이야."

놀리는 듯한 음성이었다.

"그럼 윤규하의 사비(私費)란 말야?"

쇼우가 물었다. 윤규하가 사비(私費)로 이 정도의 돈을 지불하면서까지 이은우라는 여자를 잡은 이유를 알 수가 없었다. 그냥 욕심치고는 그가 치루는 값이 쉬운 것은 아니었다. 지후가 말하는 것처럼 단순한 소유욕이라고 하기엔 너무나 미심쩍었다.

"라파 만났어?"

지후가 규하는 지운 듯이 그에게 물었다. 순간, 잊었던 또다시 유빈을 떠올린 쇼우가 얼굴을 찡그렸다.

"제기랄…."

불편한 심정을 고스란히 드러내며 그가 입술 사이로 침을 틱, 뱉었다.

"유빈이 언제까지 그 사람 손에 둘 거야?"

지후가 묻는 라파 대신 유빈의 이름을 꺼냈다. 순간 내내 무심하던 지후의 얼굴이 더욱 딱딱히 굳어져 내렸다.
 "라파는 별 소득이 없었나 보군."
 "유빈이, 위태해. 뭔가 불안하다구. 벌써 자잘한 금이 그의 온몸을 부서뜨리고 있는 것만 같단 말이야."
 쇼우가 퍼렇게 심지를 돋우었다. 그의 동생도 같은 나이였다. 철없이 밝게만 웃는 제 동생의 얼굴이 유빈의 얼굴에 겹쳐졌다. 지후의 뜻이기도 했지만 그곳으로 이끈 것은 그였다. 묘한 책임감 같은 것이 느껴졌다. 제길, 그때 그렇게 쉽게 생각할 일이 아니었다.
 "그 역시 원한 일이야. 더 이상 말하지 마. 라파가 별 소득이 없다면 또 기다리라는 말인가? 도무지 속을 알 수 없는 사내야."
 라파가 유빈을 허락했을 때 그를 손아귀에 쥔 줄 알았다. 그런데도 라파의 움직임은 아직 없었다. 무얼 하겠다는 말도, 무엇을 원하는가도 묻지 않고 그는 철저히 침묵하고 있었다. 하긴 그가 쇼우를 집 안으로 들였다는 것만 해도 소득은 소득이었다. 그의 집에 들어서고 빈손으로 나온 적은 없다 했으니까. 쇼우 역시 그렇겠지만 지후에게도 라파는 어려운 상대였다. 뭐, 기다리라면 기다리지. 나에겐 기다림은 익숙하니까.
 "은우…."
 처음으로 지후 입에서 은우의 이름이 나왔다. 유빈이 라파에게 간 후 그 이름은 비밀스런 주문처럼 절대 언급되지 않던 하나의 금기였다.

"은우 좀 지켜봐 줘. 누가 그녀를 찾아가는지, 내게 알려."

아버지와 규하의 싸움은 이제 시작되었다. 그 사이에 은우를 지켜야 할 것은 자기 몫이었다. 그래서 지후는 쇼우에게 은우를 부탁한 것이다.

"유빈이는?"

"그 아이 이름은 잊혀졌어. 더 이상 내게 말하지 마. 은우나 지켜. 그게 네가 말하는 그 유빈이란 녀석이 원하는 것일 테니까."

두 번도 말하지 못하게 지후가 말을 뚝 잘랐다. 그런 그를 불만스럽게 노려보던 쇼우가 씩씩대며 사무실을 나가 버렸다. 쇼우가 나가자 철저히 가면을 쓴 것 같은 지후의 얼굴이 순간 고통스럽게 일그러져 버렸다.

김유빈.

지후에게는 은우보다 더 버거운 이름이었다. 아직은 어린아이라는 거 알았다. 한 사내의 사랑을 그렇게 철저히 짓밟는 게 그리 쉬운 결정은 아니었다. 은우에 대한 그의 감정이 얼마나 순수한 것인 줄 알면서도 그것이 그토록 순수했기에 철저히 이용했다. 자신의 부끄러운 죄를 가리듯 지후가 두 손으로 얼굴을 가렸다.

내 죄야 . 내가 그녀의 오빠로 태어난 죄야. 지후가 고통스럽게 되뇌었다. 하지만 멈출 수도 없었다. 한 번 사랑이라 정해져 버린 운명은 그를 멈출 수 없는 소용돌이 속으로 밀어 넣고 있었다. 은우만 그의 곁으로 온다면 모든 것을 버려도 좋았다. 세상의 모든 비난과 원망을 다 받아도 견딜 수 있었다. 그에게는 오직 은우뿐이었다. 이 세상엔 단 둘, 이은우와 이지후만 있을 뿐이었다. 죄인이 되라면 될 수도 있다.

후회하지 않을 거다. 너의 원망이 죽음 같다 해도 난 후회하지 않을 거다, 김유빈. 널 그에게 가둔 걸 난 죽어서도 후회하지 않아.

죽어도 후회하지 않는다, 이를 갈면서도 지후는 여전히 고통스런 얼굴이었다. 그 순한 눈빛과 여린 얼굴이 매일 떠올랐다. 잠시 잠깐 잊었다가도, 까만 밤이 밀려오면 악몽처럼 유빈은 매일 찾아왔다. 아무리 그가 아니라 한다 해도 유빈은 그가 죽을 때까지 안고 갈 낙인이었다. 은우와 맞바꾼 죄의 낙인….

✽

"겨울이 보고 싶어요…."

라파의 차디찬 겨울 같은 몸 아래에서 유빈이 나지막이 말했다. 낮에 쇼우에게 말했던 무생물 같은 꽃잎이, 열어 젖혀진 창문 사이로 보였다. 봄은 싫어. 유빈이 중얼 거렸다. 밖은 겨울일 텐데 저 창문에는 바람이 없었다. 바람조차 멈춰 버린 곳에서 저 꽃만 남아 있다. 죽은 꽃들이야. 잎 한 번 떨리지 않은 조화처럼 저 꽃은 항상 피어 있었다, 활짝···.

유빈은 무심한 눈길로 죽음처럼 핀 꽃들을 바라보았다. 언제 보아도 소름 끼칠 만큼 환했다. 유빈은 이 꽃들이 싫었다. 아무도 오지 않는 공간 속에서 죽은 듯이 숨만 쉬며 살아가는 꽃들은 자신의 모습을 닮았다. 그래서 싫다. 소유한 자가 원하는 모습으로 세상에서 가두어진 채 핀, 저 모습처럼 유빈 역시 매일 라파를 기다린다. 세상과 닫혀진 채 오직 라파만 이곳을 찾는다. 그래서 이곳에서는 시간의 흐름이 멈추어 있다. 가끔 라파가 묻혀오는 반듯한 바람의 향기만 있을 뿐, 그에겐 세상의 시간이 없었다.

유빈은 오늘 처음 쇼우의 어깨에 놓은 눈을 보며 겨울이구나, 생각했다. 그 눈을 본 순간 갑자기 세상의 바람이 너무나 그리웠다. 은우와 함께 먹던 골목 앞 슈퍼에서 팔던 찐 호빵, 그리고 겨우 한 젓가락씩 나누어 먹던 따뜻한 어묵도. 그는 다시 보지 못할 사람처럼 그리웠다. 겨울이, 겨울이 그리웠다. 언제나 이 멈춰진 시간이 돌아갈까? 다시 그 시절의 모습으로 돌아갈 수 없을 것 같아 유빈은 자꾸만 두려워졌다. 은우가 보고 싶다. 함께 불렀던 노래도, 깔깔 웃던 웃음도 미칠 것처럼 보고 싶었다. 쇼우에겐 그녀가 노래를 부르느냐 물었지만 그 역시 노래가 그리웠다. 한 여름의 불꽃처럼 화려한 조명도, 노래 부르던 친구들도, 정신없이 취해 시간 가는 줄 모르고 불렀던 그

열정이, 그리고 은우와 함께 보냈던 그 모든 시간들이 너무나 그리웠다. 보고 싶다, 은우….

가벼운 한숨이 새어 나왔다.

"겨울?"

창 밖을 보는 그의 시선이 겨울에 머무르는 사이, 깨지듯 라파가 물었다. 자신을 향해 쏘아지고 있을 차가운 시선이 손에 잡힐 듯 느껴졌다. 잔뜩 인상을 찡그리며 바라보겠지. 그는 잠시도 유빈이 세상을 그리워하는 걸 견디지 못했다.

'넌 향 같은 아이야. 미향 같은 아이. 그래서 너의 곁에 누우면 취한 것처럼 잠이 오지.'

새벽의 싸늘한 몸을 유빈의 온기 있는 몸 위에 누이며 그가 말했었다. 여기 온 첫 날 이후로 그를 다시 소유하지는 않았지만 그는 여전히 이곳을 들렀다. 그의 말처럼 이곳에서만은 편한 잠을 잘 수 있는지 아무리 일이 늦게 끝나도 그는 잊지 않고 왔다. 이곳의 온실공사를 하면서도 거르지 않고 찾아와 세심하게 조율까지 했었지만, 정작 유빈은 이 온실이 싫었다.

"하얀 겨울눈이 오면 숨을 쉴 수 있지 않을까…."

유빈이 조그만 목소리로 말했다. 숨을 쉴 수가 없었다. 허공 속에 있는 공기마저 너무나 무거워 그는 숨을 쉬는 게 가팠다. 이곳에 온 첫날 격심한 고통으로 쓰러져 있던 그의 앞에 내던져져 바삭, 부서진 그의 휴대폰. 은우가 첫 월급이라 사 준 오래 된 휴대폰이었다. 라파가 떠난 후 유빈은 조심스럽게 부서진 휴대폰을 주웠다. 그리고 창자가 끊어질 듯 오열을 했다. 볼 수 없겠다. 이젠 다시 그녀를 볼 수 없겠구나, 라는 생각이 숨통을 조여 왔다. 한 번 막힌 숨은 여전히 뚫어지지 않는다. 살 수 없어. 살아갈 수 없어. 은우의 휴대폰은 여전히 라파에게서 숨겨져 그만의 작은 공간에 놓여 있었다.

유빈의 시선은 다시 창문에 못 박혀 있었다. 부끄러운데도, 이렇게 이 자리에 있는 자신의 모습이 너무나 부끄러운데도 라파는 언제나 창가를 활짝 드러냈다. 어스름한 달빛이 고스란히 그들의 몸을 드러내는 그 빛을 라파는 좋아했다. 그래서 그 달빛 속의 창가에는 낮과 같은 환한 꽃이 밤을 잊고 드러나 있다.

'죽은 꽃이야. 언제나 꽃을 피워대지만 너희들은 죽은 꽃이야.'

꽃을 바라보는 유빈의 시선은 라파를 향하는 시선처럼 서늘했다.

숨을 쉰다… 자신에게서는 숨을 쉴 수 없나?

라파의 눈이 사납게 올라갔다.

"숨을 쉰다…."

성난 마음을 고스란히 드러내며 라파가 유빈의 말을 따라 했다. 유빈은 내내 등만 보이고 있었다. 갑자기 참았던 욕정이 치밀어 올랐다. 이 작은 몸을 안는 것으로도 만족하려 했었다. 첫날의 고통으로 맥을 놓던 유빈이 떠올라 욕심대로 안지를 못했다. 그런데 숨을 쉴 수가 없다? 유빈은 여전히 세상에 대한 미련이 남은 모양이었다. 그렇게는 안 되지. 싸늘한 미소가 피어올랐다. 세상에 그토록 미련이 남는다면 그 미련마저 잘라 내면 돼.

"벗어."

 휴식처처럼 바람에 싸늘해진 몸을 쉬었던 유빈에게 라파가 차갑게 쏘아댔다. 그저 잠시 눌렸을 뿐, 그는 여전히 유빈에 대해 목말랐다. 꼿꼿이 서오는 자신의 것을 굳이 누르지 않을 거다, 오늘은. 벗으라는 그의 말에 유빈의 몸이 느낄 수 있을 만큼 딱딱하게 굳어져 버렸다. 그를 거부하는 마음이 고스란히 드러나는 몸짓이었다. 그 첫 밤이 그토록 고통스러웠나? 라파가 마음을 억누르며 얼음 같은 미소를 지었다.

 '네가 잊었다면 기억하게 해 주지. 네가 이곳에 왜 있는지를. 그리고 누구의 것인지를….'

 두려운 듯 자신의 옷자락을 잡은 유빈의 하얀 손을 거칠게 제키며 라파가 찢어내듯 유빈의 옷자락을 벗겨내 버렸다. 그리고 하얀 그의 몸에 입술을 묻었다. 봄 같은 향이 묻어 나왔다. 하얀 달빛 속의 은빛 호수처럼 선한 나신. 드러난 유빈의 나신을 황홀하게 쓸어내리던 그가 신음 소리를 내뱉었다. 참을 수 없이 욕망이 치밀었다. 유빈의 입에서 거부하는 듯한 한숨이 새어 나왔다. 그 한숨에 라파의 눈동자가 잔혹한 빛을 냈다. 유빈이 그를 거부하면 할수록 그는 지배하고 싶은 욕구가 더 솟구쳤다.

유빈의 작은 한숨이 그에겐 마치 유혹적인 교성(嬌聲) 같았다. 탐이 나. 그의 몸을 샅샅이 훑어 내리며 라파가 속삭였다. 이 어린 녀석은 손아귀에 담겨 있어도 탐이 나는 녀석이었다. 하얀 그의 몸에 자신의 벌건 자국을 남기며 그는 거침없이 유빈의 안으로 돌진해 들어갔다. 온몸이 찢기는 고통을 참지 못한 유빈이 자신도 모르게 아파, 소리를 냈다. 짜릿한 쾌감이 발끝까지 저렸다. 마치 채찍처럼 몰아치는 유빈의 고통에 더욱 깊은 희열을 느끼며 라파는 빠르게 움직이기 시작했다.

"네가 원하는 게 뭐지?"

격렬한 결합 후 아직 숨을 고르지 못한 라파가 유빈에게 물어왔다. 이곳에 온 후 유빈은 철저히 입을 다물었다. 무엇을 달라는 말도 없었지만 그가 주는 것에도 대답이 없었다. 분명히 원하는 게 있어 이곳에 온 유빈일 텐데, 이 아이는 입을 열지 않았다. 자신의 첫 몸을 주어 놓고도 그에게 원하는 것이 없었다. 결국 참지 못한 라파가 먼저 입을 열고 말았다. 그가 아직 움직이지 않는 이유는 그 때문이었다. 쇼우라는 녀석이 애가 타도록 들락거리는 것을 알면서도 그는 일부러 모르는 척 하고 있는 중이었다.

그들이 원하는 것이 아닌 유빈의 것을 알고 싶었다. 감히, 그 따위 것들이 너에게서 얻고자 하는 것을 난 주지 않는다. 가진 자만의 특권이었다. 그는 주고 싶은 이에게 준다. 내가 주는 것은 오로지 널 위해서야. 네가 나의 것이므로.

라파가 엎드린 유빈의 등을 쓸어 내렸다. 원하는 것을 주겠다는데 유빈은 대답 없이 시트로 꽁꽁 자신의 몸을 감쌌다. 마치 부끄러운 치부를 감추듯, 자신의 등을 내리는 손가락의 감촉조차 참을 수 없다는 듯, 시선조차 마주치지 않았다. 좀 전의 잔해처럼 핏자국이 벗은 몸에 묻어 있었다. 유빈은 찢기는 고통으로 인해 거의 기절할 지경이었다. 그 모습이 잠시 라파의 눈에 밟혔다. 천천히 해도 되는 것을, 늦은 후회가 들었다. 자꾸 자신에게서 벗어나는 유빈의 몸짓 때문에 돌아 볼 여유가 없었다. 라파는 늘 강탈하다시피 유빈의 몸을 갖았다.

빌어먹을! 어차피 이곳까지 올 바엔 각오하지 않았던 일인가. 네가 원하는 것을 내게 갖듯이 나 역시 내가 원하는 것을 너에게서 가질 뿐이야. 서로가 원하는 것을 갖는 것.

변명하듯 말은 했지만 작은 새 같은 녀석의 고통이 안쓰러웠다. 왜 네가 주지 않는 거냐? 짜증스러우면서도, 또한 그런 유빈의 몸짓에 더 타올랐다. 반항하지 않는 유빈의 모습은 상상조차 되지 않았다. 웃기는 일이었다. 순순히 주지 않는 야수의 사냥처럼 라파는 유빈을 사냥하고 있는지도 몰랐다.

"네가 원하는 게 뭐지? 네가 내게 온 이유, 그걸 왜 말하지 않는 거냐?"

여전히 등을 돌리고 있는 유빈이 눈에 거슬렸지만 이미 충족된 욕망으로 라파는 다시 한 번 물었다. 말해! 네가 내게 온 이유.

이번만은 그냥 넘어가지 않겠다는 듯, 라파가 유빈의 얼굴을 자신 앞으로 확 잡아끌었다. 그가 탐이 나지만, 그의 작은 몸짓에도 쉽게 타오르지만, 빚을 진 사람처럼 이렇게 유빈을 갖는 게 조금 지겨웠다. 겨울을 보면 숨을 쉴 수 있다던 유빈이 천천히 입을 열었다. 숨쉬는 것조차 힘든 듯, 고통스러워 보였다.

"한 여자의 행복. 그녀의 자유, 그리고 그녀의 노래…. 당신이 줄 수 있나요?"

 한 여자의 행복? 유빈의 등을 쓸어내리던 라파의 손이 자신도 모르게 멈춰 버렸다. 한 여자라… 여자를 사랑하는 아이인가?

"넌…."

 넌, 하고 물으려던 그가 다시 입을 다물어 버렸다. 뭐라 물을 건가? 이미 유빈을 가지고서 그가 자신과 같은 사람이 아니라면 놓아줄 건가? 라파가 씁쓸하게 고개를 저었다. 놓아주지 않을 거다. 그가 여자를 사랑하든, 자신과 같은 사랑을 하든, 그건 유빈의 문제였다. 자신을 받아들인 순간, 그의 사랑은 이미 끝난 것이었다. 이제 유빈에게는 자신뿐이다. 한 여자로 인해 이 아이를 살 수만 있다면 얼마든지 살 생각이었다.

 한 여자라… 라파가 생각에 잠겼다. 처음 유빈일 갖던 날, 귀찮게 전화 걸던 어린 여자아이가 문득 떠올랐다. 이은우라고 했던가? 유빈을 찾는 귀찮은 벌레에 화가 치밀어 그대로 부셔 버린 휴대폰에 남겨진 번호는 은우라 적혀 있었다. 그녀를 말하는 것인가? 윤규하의 새 신부? 번호에 찍힌 이름을 본 순간, 은우에 대한 조사는 이미 시작됐다. 한 여자의 행복이라 말하고는, 기진한 듯 잠들어 버린 유빈을 바라보는 라파의 시선이 복잡했다. 왜 그녀의 행복이 중요한 건가? 알 수가 없었다. 설사 여자를 사랑한 녀석이라 해도, 이미 다른 남자의 아내가 된 여자였다. 그런데 원하는 게 그녀의 행복과 자유라. 이 작은 뇌리 속에 어떤 생각이 들어있는 건지 궁금했다.

흠….

라파는 미간을 좁혔다. 어려운 문제였다. 쇼우 뒤에 숨겨진 이지후의 동생이자 윤규하의 여자, 그리고 이지후가 보낸 유빈. 꼬인 실타래 같은, 관계의 연관성을 떠올리며 라파는 다시금 거대한 자신의 몸을 유빈에게 기댔다. 편안한 잠이 몰려왔다. 그의 품에 안긴 유빈에게서 달콤한 향이 스며 나왔다. 비릿한 피 냄새와 함께. 내일은 유빈에 대한 조사를 해 볼 생각이었다. 잠을 청하려던 그의 시선에 창가의 꽃들이 언뜻 스쳤다. 봄이 어울리는 아이라 생각해, 만들었던 온실이었다. 바쁜 일 사이에서도 틈틈이 들러 세세히 간섭하며 꾸며 놓은 온실인데, 그는 겨울이 보고 싶다…라.

젠장, 어려운 아이였다.

20

 뭐지? 자신의 집 앞에 놓인 신문을 집기 위해 은우가 몸을 숙였다. 덕분에 규하가 선물해 준 부드러운 양털 쇼올이 살짝 흘러내렸다. 집 앞에 놓여진 신문은 규하가 즐겨보는 신문이 아니었다. 어줍지 않은 연예 소식들만 잔뜩 실린 신문이었는데 첫 1면엔 전에 규하와 함께 보았던 제니의 사진이 실려 있었다.
 '제니의 연인은…?'
 첫 제목이었다. 제니의 연인? 이상하게도 그 면이 보이기 좋게 놓여 있었다. 제니의 연인이라, 순간 호기심이 생겼다. 드라마에서의 배역이 너무나 청순해 배우로서 이미지가 좋은 편이기도 했지만 실제로 보는 인상도 꽤 여성스러웠다. 단아하면서도 소녀 같은 순수한 여자. 그런 여자를 사로잡은 남자는 과연 누굴까, 호기심에 신문을 펼쳐 든 그 때였다. 덜컹, 철문이 흔들렸다.

"문 열어라."

차가운 목소리가 채찍처럼 내리쳤다. 툭! 순간 그녀의 손에 들려있던 신문이 차가운 땅 위로 떨어졌다. 결혼을 하고 규하와 함께 찾아갔던 만남을 마지막으로 전화조차 하지 않는 두 여인이 마치 방문자처럼 서 있었다. 생전 돌아볼 것도 같지 않던 두 사람이었다. 예전처럼 냉혹하고 온기 하나 없이 싸늘하게 그녀를 내려보는 어머니와 웃는 듯 마는 듯 살포시 입가가 열어져 있는 유나를 보는 그녀의 심장이 불안한 듯 덜컥 뛰었다.

어머니의 저 눈빛을 알았다. 어린 시절부터 자주 보았던 그 눈빛이었다. 은우의 마른 손이 덜덜 떨렸다. 언뜻 집 안을 돌아보았지만 애초부터 집에는 아무도 없었다. 환한 낮 시간이라 규하는 회사에 있을 것이다. 은우는 쉽게 문을 열지 못한 채, 망설이고 있었다. 어머니의 저 차가운 눈빛이 무서웠지만 이대로 무시하는 것도 두려웠다. 무슨 일일까? 두 손을 꽉 잡은 채 그녀는 시간을 흘리고 있었다.

'돌아와요. 제발 제 곁에 좀 있어줘요.'

들릴 리 없을 거라는 걸 알면서도 그녀의 간절한 애원이 그의 귀에 들리지 않을까 마음속으로 규하를 불렀다. 그런 미적거림이 더 신경에 거슬렸나. 명희가 버럭 소리를 질렀다.

"어서 열지 못해? 감히 어디서. 네가…."

덜컹 흔들리는 철문을 따라 그녀의 심장이 또다시 덜컹 떨렸다.

"감히 네가 날 무시하는 거냐? 빨리 열지 못해?"

버럭 소리를 지르려다 명희가 재빨리 소리를 낮추었다. 길거리에 서 있는 것을 인식한 탓이었다. 그러나 날카로운 그녀의 눈길은 입에서 나올 거친 소리보다 더 소름 돋도록 차가웠다. 이젠 부술 듯 명희가 흔들어대는 문을 은우는 조심스럽게 열어젖혔다. 그녀의 손은 여전히 주체할 수 없을 정도로 떨렸다.

"어, 어머…"

짝!

어머니라 부르던 이름이 채 입에서 떨어지기도 전에 명희가 세차게 은우의 뺨을 갈겼다. 뜨거운 열기가 불끈 치솟아 올랐다. 은우는 멍하게 맞은 뺨을 감싸 안았다. 또 무슨 잘못을 한 건가? 순간 그녀는 고개를 저었다. 잘못한 것도 없지만 이젠 이렇게 맞고 싶은 생각도 없었다.

"더러운 것! 이 더러운 것! 감히 누구에게 하는 짓거리야?"

"어머니…"

옆에 서 있던 유나가 통쾌하게 울리는 살갗 소리에 명희를 불렀다. 슬쩍 거리를 보니 다행히 지나가는 사람은 없었다. 그제야 유나는 은우의 집을 구경 온 사람처럼 둘레둘레 돌아보았다. 시어머니가 은우를 닦달하든 뺨을 갈기든 상관이 없었다.

하! 주제에 이런 집에 산단 말이지? 업둥이 주제에 살고 있는 집도 그녀와 달랐다. 집을 둘러보는 유나에겐 분명한 질투가 실려 있었다. 요즈음 시아버지인 이 의원은 그 잘난 대통령 후

보인지, 당 대표인지 그것 때문에 전에 살던 아들, 며느리의 집을 팔아버렸다. 자신의 발목을 잡을 넓은 집이라는 것이었다. 그런 말도 안 되는 이유 때문에 자신은 전의 절반도 못한 작은 집으로 반 강제적으로 이사하고 말았는데, 은우의 집은 시아버지 집보다 더 나았다. 이 집은 은우가 갖기엔 너무 크고, 아름다운 집이었다.

"키워준 은혜도 모르고 감히 네 아버지의 발목을 잡아? 당장 내놓지 못해? 네가 속살거린 게 아니라면 윤 사장이 왜 갑자기 자금을 미룬다는 게야? 그것도 뭐? 학대? 법적인 조치를 하겠다. 하! 천하디 천한 것!"

길길이 날뛰는 명희는 희극배우처럼 우스꽝스러웠다. 마치 울부짖는 짐승처럼 양어머니는 거의 발악을 하고 있었다. 순간, 멍하게 서 있는 그녀의 입가에 비릿한 피 냄새가 흘러 나왔다. 아까 맞은 뺨 때문에 입가가 찢어진 모양이었다. 은우가 입가에 흐르는 피를 쓰윽 닦았다.

"무슨 말인지 모르겠어요. 제가 무얼 그 사람에게 속살거렸다는 거죠? 자금을 미루다뇨?"

애써 떨리는 손을 마주 잡으며 은우가 꿋꿋이 고개를 들었다. 양어머니는 여전히 제 성미를 누르지 못하고 있었다.

"제가 싫으면 주기 싫은 거지, 감히 날 핑계로 그따위 짓을 해? 누굴 물귀신처럼 물고 늘어지는 게야?"

고상한 얼굴은 이미 사라진 지 오래였다.

"죽일 년. 물귀신 같은 년. 제가 주기 싫음 그만이지 감히 날 끌고 들어가?"

노려보는 양어머니의 시선엔 살의가 번뜩이고 있었다. 은우는 주먹을 꾹 쥐었다. 이젠 그녀도 더 이상 힘없는 어린아이가 아니었다. 더구나 여긴 그녀의 집이었다. 순간의 동정(同情)으로 거두어진 집이 아니라 자신이 앞으로 지켜나갈 그녀의 집이었다.

"가세요. 이젠 그 집과 인연을 끊고 싶어요. 그래도 키워주신 분이라 이 집에 발을 들이신 거예요. 그나마의 은혜라도 없었다면 감히 저희 집의 앞마당에 발 하나도 들일 수 없었을 겁니다. 그만 나가 주세요."

제발 나가주세요. 꿋꿋한 선 채, 은우가 또박또박 말을 이었다.

어린 시절, 자신의 향해 무섭게 내리치던 그 매의 끝자락엔 늘 차갑게 자신을 바라보던 저 얼굴이 있었다. 은우는 쇼올의 자락을 다시 꼭 여몄다. 마치 이곳에 없는 규하의 품처럼 온기가 스며들었다. 또 한번의 용기가 솟구치는 것 같았다. 이젠 두 번 다시 그렇게 자신을 내팽개치지 않을 것이다. 이유 없는 폭력은 더 이상 당할 수 없었다.

"나 가라? 감히 들어오지 못한다? 이, 이 망할 것!"

은우의 차가운 말에 명희의 눈이 살기가 돌았다. 건방진 년! 이래서 검은 머리 짐승은 안 거두는 게야. 명희의 머리 속이 하얗게 비워지고 말았다. 이 죽일 년!

악!

 날카로운 여자의 비명이 넓은 규하의 집에 단말마처럼 울려 퍼졌다. 은우의 말에 퍼렇게 쇠심줄을 돋우던 명희가 그만 옆에 있던 돌을 내리치고 만 것이었다. 그녀의 손안에 쥐어진 돌덩이의 작고 날카로운 단면이 그대로 은우를 내리 찍어 내렸다. 날카로운 돌에 찍힌 은우가 힘없이 발 아래로 떨어졌다. 아찔거리는 통증 때문에 눈앞이 순간 까맣게 변해 버렸다.

 뚝, 뚝, 엎드려진 땅 위로 뜨거운 피가 쏟아졌다. 이마에서는 눈을 가릴 정도로 피가 줄줄 흘렀다. 자신의 이마에 흐르는 피가 생소한 듯 은우가 손바닥으로 피를 받았다. 그러나 명희는 그것도 부족한 듯 날카로운 구둣발이 사정없이 은우를 짓밟았다. 마치 어린아이가 작은 벌레를 짓이기듯이 은우를 짓이기는 명희의 눈동자는 제정신을 잃은 듯 피의 희열에 차 있었다. 다행이 높은 굽이 아니라지만, 이미 돌로 찍혀버린 은우는 정신차릴 시간도 없이 거센 명희의 폭력 속에 거의 무방비로 내몰리고 있었.

 '어, 어머니….'

 참혹한 폭력의 현장 속에서 유나의 덜덜 떨리는 목소리만 울렸다. 때리는 명희도, 피를 흘리는 은우도 비명 지를 사이도 없이 헉헉, 거친 숨소리만 흘렀다. 유나는 벌벌 떨었다. 말릴 수도 없었다. 명희의 폭력은 말릴 수도 없이 잔인해서 옆에서 보는 것만으로도 심장이 터져 버릴 것만 같았다. 유나는 은우대신 악! 악! 비명을 지르며 머리를 싸쥐었다. 털썩 그 자리에 주저앉아 마치 자신에 대한 고통인 것처럼 유나가 슬금슬금 명희의 시선에서 자신의 몸을 피했다. 그때였다. 누군가 벌컥 철문을 열어젖혔다. 그의 얼굴을 바라본 유나의 입에서 또 한 번, 악! 하는 소리가 터져 나왔다.

"아, 아니에요…. 전, 전 단지."

유나가 그에게 변명하듯 말을 했지만 들어선 지후의 시선엔 유나는 보이지 않았다. 눈에 보이는 건 온통 피… 피 뿐이었다. 온 마당에 피가 낭자했다. 명희가 내던진 돌덩이엔 뜨겁고 아픈 은우의 벌건 피가 범벅이 되어 튕겨져 있었다. 참혹한 현장이었다. 사람이 아닌 짐승을 잡는 도살장처럼 너무나 참혹했다. 또다시 은우에게 가해지는 잔혹한 명희의 손을 세차게 잡아 챈 것은 지후의 불같은 손이었다. 차마 자신의 눈을 믿을 수 없다는 듯 부릅뜬 지후가 자신의 어머니를 노려보았다.

덜덜 손이 떨렸다. 믿을 수가 없었다. 돌이라니. 지후가 믿을 수 없는 시선으로 벌겋게 피로 물들어진 돌덩이를 보았다. 한쪽 구석에 떨어져 있는 은우는 피투성이가 되어 사람이 아닌, 살덩어리처럼 팽개쳐져 있었다. 그녀의 아래쪽에도 피가 낭자해, 어느 쪽이 얼굴인지 분간조차 하기 어려웠다.

허겁지겁 은우에게 다가간 지후는 아직도 그녀의 곁에 서있는 어머니를 힘껏 밀어 버렸다. 어머니의 숨결이 그녀 곁에서 새어 나오는 것조차 참을 수 없었다. 지후가 은우를 안았다.

은우야!

목소리가 꽉 잠긴 듯 나오지를 않았다. 사내의 힘을 이기지 못하고 털썩 잔디 옆으로 떨어진 명희가 벌떡 일어섰다. 그녀는 자신의 아들마저 죽일 듯이 노렸다.

"너, 너… 이…."

분에 겨운 목소리가 더듬어졌다. 지후가 쓰러진 은우를 조심스럽게 안은 채, 자리에서 일어섰다. 물컹, 검은 핏덩이가 떨어져 내렸다. 그녀의 옷자락이 온통 피바다였다.

"…으, 은우야."

울음이 새어 나왔다. 죽은 거냐? 떨리는 손가락을 그녀의 코에 대었다. 미약한 숨이 새어 나왔다. 다행이야. 하얗게 질린 그의 얼굴에 조금 붉은 기가 돌았다. 윤규하의 자금 중단에 혹시 하며 불안해 했었다. 그래서 쇼우에게 특별히 부탁을 했었는데 오늘 낮에 심드렁한 목소리로 쇼우가 전화를 걸어왔었다. 차 안인지 소리가 공명하듯 울렸다.

"아, 이것도 보고해야 하나?"

유빈의 일로 아직 마음이 안 풀렸는지 전과 달리 약간 차가운 목소리였다. 서류를 뒤적이던 지후는 무심히 대답했었다.

"무슨 일이지?"

"네 어머니와 형수가 어딜 가는 것 같은데, 아무래도 방향이…."

어머니와 형수. 그 두 이름에 예리한 불안함이 들었다.

"그들이 윤규하의 집에 갔단 말이야?"

벌떡 일어선 그의 목소리가 떨려왔다. 이상한 듯 잠시 쇼우가 말을 멈추었다.

"뭐, 그런 것 같은데. 이쪽 방향이라면 윤규하의 집이 맞을 것 같아."

순간 눈앞이 까맸다. 아침까지도 눈치를 채지 못했다. 식사를 하던 어머니의 얼굴은 평상시처럼 평온했었다. 사무실로 돌아오라 쇼우에게 말하고 그 즉시 오는 길이었다. 제길, 은우의 일로 어머니를 꾸짖던 아버지를 말렸어야 했는데. 자신의 잘못은 한 쪽으로 치워두고 어머니만 비난하던 아버지였다. 순간, 어머니의 눈초리가 사납게 변해가던 것을 지후는 기억했다. 독사 같은 눈. 그 눈을 보며 자식인 자신마저 그렇게 느꼈었다. 오는 내내 늦지 않기를, 부디 무사하기를 빌며 어떤 정신으로 왔는지 몰랐다.

죽은 사람처럼 자신의 품 안에서 뚝 떨어지는 은우를 안고 지후는 허겁지겁 계단을 내려섰다. 또다시 악몽이 시작되고 있었다. 어린 그 시절처럼 그는 또다시 죽어가는 은우를 병원으로 데리고 가야 했다. 안아 드는 그녀의 치맛자락으로 여전히 붉은 피가 뚝뚝 떨어져 내렸다. 대문을 향해 걷는 그를 명희가 강하게 붙들었다. 퍼런 질투의 불길이 내쏘아지고 있었다.

"너, 지금 어딜 가는 거냐. 넌 내 아들이야. 가지 마라."

내 아들이야. 내 아들이 너로 인해 날 밀어내? 명희가 아들의 품에 안긴 은우를 죽일 듯이 노려보았다. 이미 기력이 다한 은우였지만, 이 아이로 인해 아들이 자신을 밀쳐 낸 것이 죽이고 싶을 만큼 미웠다. 지금 지후와 함께 떠나야 하는 건 은우가 아니라 자신이었다. 죽어야 해! 넌 죽어야 해! 은우를 노려보며 명희는 이를 갈았다. 은우의 숨소리조차 명희는 소름이 끼쳤다. 은우는 남편이 가졌던 다른 모든 여자들 같았다. 살아 있으므로, 내내 남편에게 거부당한 자신을 비웃는 그런 존재였다.

은우가 살아있는 한, 명희는 자신이 거부당한 아내임을, 버려진 여인임을 잊을 수 없었다. 남편의 씨앗이라 생각했다. 아무리 아니라 해도 그녀에겐 그랬다. 남편이 어느 곳에 뿌려준 씨앗이 자신의 집 앞에 버려진 거라 한 번도 의심하지 않았다. 죽어. 죽어버려. 내내 속삭였지만 은우는 그런 그녀를 비웃듯이 쑥쑥 자라났다. 아무리 그녀가 죽일 듯이 때려도 은우는 새순처럼 돋아나고, 또 돋아 올라왔다. 소름 끼쳐. 너란 아이. 소름 끼치도록 지겨워.

"네가 어떻게, 네가 어떻게 이 어미한테."

쓰러진 은우대신 명희의 원망은 아들에게 향해갔다. 둔한 지석은 몰라도 지후만은 알 거라 생각했다. 은우가 그녀에게 어떤 존재인지, 아니 지후만은 알고 있었다. 죽은 듯 쓰러진 은우를 병원으로 실어 날라도 용서할 수 있었던 건 지후가 여전히 그녀의 아들이기 때문이었다. 아무런 비난도 없이 아프게, 자신을 바라보는 지후의 시선 때문에 그녀의 광기가 잠들 수 있었다. 남편을 닮은 지후는 그녀를 가라앉히는 진정제 같았다.

그런데 오늘, 지후가 그녀를 밀어내고 있었다. 남편이 자신을 바라보는 눈빛으로 그녀를 바라보았다. 마치 지겨운 괴물을 바라보는 듯한 시선. 명희의 심장이 답답해져 왔다. 그녀는 다시 아프게 지후를 바라보았다. 너만이라도 나한테 이러면 안 돼, 지후야.

"놓으세요! 어머니는 정신병자입니다. 어, 어떻게…. 어떻게 사람을 이토록, 이토록, 잔인하게…."

말이 자꾸 끊겨졌다. 지후의 흰자위에 벌겋게 핏줄이 섰다. 조금이나마 남아 있던 연민도 없었다. 그의 어머니는 짐승일 뿐이었다. 자신에 대한 원망과 남편에 대한 원망을, 단지 힘없이 없다는 이유로 은우에게만 쏟아내는 짐승 같은 여자일 뿐이었다. 어머니에 대한 연민 때문에 이제껏 물러서 있었던 자신에 대한 원망과, 잔인한 어머니에 대한 원망으로 그는 정신을 놓을 만큼 질려있었다. 지후는 어머니의 손을 뿌리쳤다. 그 손을 놓지 않는다면 당장 이 순간, 어머니의 목을 졸라 버릴 것만 같았다. 어머니에게 은우만큼 고통을 주고 싶었다.

"나가요! 제 눈앞에서 나가요! 이 손이 나가기 전에. 당신의 목을 졸라 버릴 이 손이 나가기 전에 어서 나가라구요!"

지후가 피 같은 절규를 쏟아냈다. 어머니이기에, 자신의 어머니이기에 차마 어쩌지 못했던 자신을 원망하며 그는 은우만 붙들고 있었다. 은우를 잡은 손이 벌벌 떨렸다. 지후는 서둘러 차에 은우를 실었다. 발밑에 떨어지는 핏물과 계속 미끄러지는 은우 때문에 여의치가 않았다. 지후는 품 안에 그녀를 꼬옥 껴안았다. 자신의 생명이라도 흘러 들어가 이 미약한 숨이 멈추지 않기를, 그는 빌고 또 빌었다.

"은우야, 제발. 살아라. 제발…."

지후는 예전 그 어린 청년처럼 또다시 은우를 업고 뛰었다. 이젠 그 낡은 중고차가 아닌 비싼 외제 차였고, 그 역시 스무 살의 청년이 아닌 서른이 넘은 어른이 되었건만, 그 때의 은우나 지금의 은우는 여전히 그의 어머니의 폭력에 죽음 같은 피를 쏟아내고 있었다.

뚝, 뚝 심장에서 물이 떨어져 내렸다. 울고 싶은데 눈물이 흐르지 않았다. 지후는 목숨처럼 귀한 여자를 싣고 병원으로 정신없이 내달렸다.

'제발, 내 목숨을 가져가도 좋다. 너만 살 수 있다면, 내 목숨을 가져가도 좋다. 그러니 은우야, 제발 살아만 다오. 제발….'

응급실에 들어서자마자 곧장 비워진 침대로 은우를 옮긴 후, 그는 스르르 바닥으로 떨어졌다. 이젠 정말 끝이었으면, 그녀의 고통이 이젠 정말 끝이길 바랄 뿐이었다. 누군가 그를 일으켜 세웠다. 멍한 그의 시선에 하얀 옷이 보였다.

"저기에 앉아서 기다리세요."

언뜻 그 소리만 들렸다. 갑자기 초점을 잃은 듯 그는 털썩 아무 곳에나 주저앉았다. 멍하게 앉아 지후는 은우의 피가 묻은 자신의 옷자락과 손을 바라보았다. 눈물조차 나지 않았다. 응급실에서 은우에 대한 급한 치료를 하느라 두두두 뛰어다니는 의사들의 발자국 소리도, 무슨 커다란 기계가 질질 끌려가는 것도 그의 시선에 들어오지 않았다.

'죽는다. 네가 죽으면 나도 죽는다.'

피로 물들어진 자신을 보는 그의 시선은 영혼이 빠져나간 듯한 공허한 눈길이었다. 언제까지 이 죄악의 사슬이 이어지는 걸까. 언제쯤 이 아픈 세상에서 널 지켜 줄 수 있을까? 다시는 그녀를 아프게 하고 싶지 않았는데. 여전히 그의 품에 안겨 있는 은우의 모습은 예전과 다를 바가 없었다.

죽어버릴까? 은우를 기다리는 시간동안 지후는 자신의 손목을 바라보았다. 이 손목을 자르면 삶처럼, 은우를 잊을 수 있을까, 잠시 생각 했었던 적이 있었다. 그러면서도 쉽게 자르지 못한 그 손목을 이젠 쉽게 잘라 낼 수 있을 것 같았다. 은우에게, 그리고 자신에게 이 세상은 너무나 잔혹했다.

멍하게 대기실 의자에 앉아있던 지후에게 따뜻한 것이 쥐어졌다. 커피가 담긴 종이 컵이었다. 잠시 멈춰진 시간이 그제야 똑딱, 똑딱, 흐르기 시작했다. 뿌옇던 그의 시선에 병원의 모습들이 하나씩 들어왔다. 침대를 흘낏 바라보니 은우가 보이지 않았다.

"은우…"

힘없는 목소리가 터져 나왔다. 은우가 보이지 않아. 엄마를 잃은 아이처럼 당황한 얼굴로 주위를 둘러보았다.

"괜찮아요. 지금 치료 중이에요."

간호사가 그의 손등을 툭툭 두드렸다. 아, 그가 낮게 숨을 내쉬었다. 손에 든 커피를 그의 앞으로 올리며 하얀 가운을 입은 나이 든 간호사가 말했다.

"보호자가 정신을 잃으면 환자도 같이 잃어요. 꿋꿋이 환자를 지켜주어야죠."

이곳에 환자가 실려 온 후 환자보다 더 아픈 얼굴로 하루의 시간을 꼬박 앉아 있는 지후를 지켜보았던 수간호사였다.

"그녀는 괜찮습니까?"

살 수 있습니까? 묻고 싶었지만, 힘들다는 대답이 들려올까 차마 묻지를 못했다.

'은우야 살아! 이만큼 아파 보았잖아. 언제나 이만큼은 아팠잖아. 지금까지 견딘 것처럼 제발 이번에도 견뎌 줘.'

그제야 뜨거운 눈물이 지후의 눈에서 툭! 떨어져 내렸다.

"<u>흐흐흐흑!!!</u>"

꽉 쥔 주먹으로 입을 틀어막는데도, 슬픈 흐느낌이 지후의 입에서 터져 나왔다. 옆 자리에 앉은 수간호사가 안쓰러운 모습으로 그를 바라보았다.

"괜찮아요. 그녀는 괜찮아요. 걱정하지 말아요. 반드시 나을 테니까."

지후가 우는 모습을 본 수간호사가 가볍게 몸을 일으켰다.

저런 환자를 싣고 온 보호자가 지후처럼 있다 갑자기 쓰러지는 경우도 있었다. 슬픔이 너무 차오르면 오히려 저렇게 눈물조차 흘리지 못하고 그 기를 감당하지 못해 그대로 쓰러져 버린다. 이럴 땐 우는 게 나았다. 차라리 기진할 때까지 우는 게 더 도움이 될 때가 있다. 강한 자존심이 보이는 남자였다. 아마 그 누구 앞에서도 눈물을 보이지 않을 사람이겠지. 대기실을 빠져나오며 간호사가 지후를 떠올렸다.

간호사마저 떠난 그 자리에서 지후는 심장을 쥐어짜는 울음이 크게 새어가지 않도록 여전히 자신의 주먹을 입 안에 물며, 오열을 하기 시작했다. 살아만 다오. 제발….

그 흐느낌처럼 지후는 간절히 빌었다.

※

규하는 앞에 선 신을 바라보았다. 오랜만에 기분 좋은 소식이었다. 이제야 간신히 김유빈의 행방을 알아냈단다. 라파라니. 유빈이 있으리라고는 단 한 순간도 생각해 보지 못한 곳이었다. 쇼우와 유빈, 그리고 지후의 관계 속에서 결코 떠오르지 않았던 인물이었는데 하필 있는 곳이 그곳이었다. 라파의 집은 여느 사람이 쉽게 갈 수 있는 곳이 아니다. 심지어, 유빈이정도라면 그 이름조차 알 수 없는 사람이었다. 그런데 그 라파의 집에 유빈이 있다… 규하는 미간을 좁혔다. 이 연관성을 이해할 수 없었다.

"더 조사해 봐. 쇼우와 라파의 연관성, 그리고 지후의 뒷조사도. 민한당에 들어간 것도 좀 꺼림칙해."

규하가 그만 돌아가라는 손짓을 하는데 신이 잠시 미적거렸다. 규하가 눈썹을 치켜떴다. 그의 앞으로 신이 조심스럽게 신문을 내밀었다.

"좀 걱정스런 기사가 실렸습니다. 무가 채 막기도 전에 실린 기사라…."

신이 내민 건 연예 신문으로 판매 부수가 꽤 있는 큰 신문이었다.

-제니의 연인은?

최근 종영을 맞이한 드라마에서 함께 출연했던 배우 임명세와 제니의 핑크빛 사랑이 시작도 되기 전에 위기를 맞게 되었다. 제니에게 오랜 연인이 있었다는 것이 그 이유. 처음 본 순간 반해버렸다는 임명세의 열렬한 구애로 잠시 또다시 유명 연예 커플이 탄생되는 것은 아닌가, 세간의 주목을 받는 두 사람에게 제니의 오랜 연인이 등장했다. 그의 열렬한 구애를 지금까지 미룬 이유가 바로 그 연인 때문이라는데. 가까운 친인들에 의하면 상대는 재벌 후계자라는 소문이 돌고….

빌어먹을!

규하가 미처 다 읽지 못한 신문을 거칠게 구겨 바닥에 내던 졌다. 제기랄, 아직 그의 이름이 나오지 않아 홍보실에서 잠시 주춤한 사이 이따위 기사가 나간 모양이었다.

"빌어먹을! 대체 무 자식은 뭐하고 있었던 거야? 당장 그 쪽으로 연락 해! 또다시 이따위 글이 실린다면 가만두지 않겠다고 해. 이 따위 신문사 하나 망하는 건 일도 아냐."

화가 불끈 치밀어 올랐다. 다행이 즐겨 보는 신문이 아니기는 했지만 혹시 은우에게 소문이라도 들어가지 않을까 걱정이 먼저 앞섰다. 규하는 퇴근을 서두르기 시작했다. 어쨌든 유빈의 소식은 들은 셈이니 그나마 은우의 기분이 풀리기를 바랄 뿐이었다.

제니의 문제는 다음의 일이었다. 그의 힘으로 막을 수 있다. 문제는 유빈이었다. 라파가 동성애자라니, 생각치도 않았던 일이었다. 하긴 한 사람을 이 정도로 감출 수 있는 사람이란 흔치 않았다. 유빈이 평범한 사람이라 놓친 점이었다. 흠, 규하가 낮게 신음했다. 그가 지후로 인해 라파에게 갔든, 어떤 이유로 인해 유빈 스스로 그곳으로 갔든, 그가 라파에게 있다면 아무리 규하라도 그를 그곳에서 데리고 나오는 건 쉬운 일이 아니었다. 규하가 피곤한 손짓으로 머리카락을 쓸어 올렸다. 꽤나 골치 아픈 문제였다, 유빈은.

핸들을 톡톡 치며 유빈의 생각에 빠져 있던 그가 집에 도착했을 때였다. 어? 집 안에 발을 옮기려던 규하가 멈칫했다. 잠겨진 문을 덜컥 여는데 비릿한 피 냄새가 바람보다 먼저 코끝을 스쳐 지나갔다. 연하게 풍기는 비린 피 냄새에 규하의 신경이 날카롭게 곤두섰다. 무언가 불안한 예감이 스쳤다.

헉!

집안 깊숙이 들어가던 규하의 숨이 놀란 듯, 턱 막혔다. 정원(庭園)이 온통 핏자국이었다. 설마 저 피가 은우의 것은 아니겠지. 불안한 마음이 들었다. 그는 집 안 곳곳을 빠르게 돌아다니기 시작했다. 심장이 덜덜 떨렸다. 난생 처음 공포감이 들었다.

은우야. 부르는데 마치 악몽처럼 소리가 나오지 않았다. 꽉 막힌 목으로 나오지 못하는 이름을 부르며 그는 정신없이 집 안으로 뛰어 들어갔다. 대체, 이게⋯ 끔찍한 잔상이 자꾸만 떠올라 왔다. 쓰러질 듯 집안으로 들어서는데, 예상과 달리 집안은 고요했다. 아무 흔적도 없고 아무 것도 상하지 않은 채 오로지 집에 남은 흔적은 정원에 뿌려진 핏자국뿐이었다. 은우야⋯.

"은우야!"

그제야 은우의 이름이 목구멍을 뚫고 터져 나왔다.

"은우야! 이은우! 은우야!"

뚫린 목소리로 정신없이 은우의 이름을 부르며 규하는 넓은 집을 미친 듯이 찾아 헤매기 시작했다. 설마, 그녀의 피가 아니겠지, 애써 다독거리는데 맘과는 달리 발목이 푹푹 꺾어졌다. 괜찮아, 아무 일 없어. 그녀를 찾아야 하는데 그의 발목은 자꾸 힘이 옆으로 꺾어지고 있었다.

방 안 곳곳의 문을 벌컥 열어젖히는 그의 손도 이젠 눈에 띄게 달달 떨리고 있었다. 은우는 흔적조차 없었다. 죽여 버릴 거야. 너에게 무슨 일이 생기면 이 세상 모든 걸 다 죽여 버릴 거야. 온몸은 두려움에 벌벌 떨면서도, 퍼런 눈동자만은 형형했다. 마치 세상 모든 것을 부셔버릴 것처럼 위태하게 규하는 넓은 집을 혼자 헤맸다. 그러나 아무리 헤매어도 은우는 모습이 보이지 않았다. 집 안을 다 뒤지고 다시 정원으로 뛰쳐나온 규하가 털썩, 힘없이 주저앉았다.

그가 앉은 자리엔 비릿한 피가 그대로 배어 있었다. 차가운 돌덩이의 한기가 뼛속까지 스며들었다. 어떻게 해야 되지? 모든 게 멈춰져 버린 것처럼 그는 무엇을 해야 하는 지 알 수가 없었다.

신! 그때 신의 이름이 떠올랐다. 신이라면…. 간신히 번호를 기억하고 전화를 거는데 주륵, 손가락이 미끄러진다. 툭! 떨어져버리는 작은 전화기를 집는데 또다시 작은 전화기가 미끄러져 내렸다. 이런 제기랄! 거친 욕설을 내던지며 규하가 떨리는 손으로 떨어지는 전화기를 꽈악 붙잡았다.

"…으, 은우가 없다."

간신히 걸린 전화를 신이 받자, 규하가 그 말을 겨우 꺼냈다. 심상치 않은 규하의 목소리를 느꼈는지 신이 간단한 대답을 하고는 급하게 끊었다. 신의 전화가 끊겨진 후, 잠시 멍하던 그제야 차에 올라섰다. 병원! 순간 어려운 단어라도 찾아 낸 것처럼 병원이 떠올랐다. 전화기처럼 몇 번 떨어지는 열쇠를 겨우 붙잡아 시동을 건 그는 가까운 병원을 향해 황급히 출발했다.

"살아 있어! 이은우!"

그가 벼락처럼 소리를 질렀다. 그가 찾아가는 곳에 살아서 그녀가 있기를 빌었다. 사랑한다는 말조차 하지 못했다. 사랑이 두려워 감히 그녀를 사랑한다 말도 못했다. 그런데 이젠 그녀가 없다. 그 말을 하지도 못했는데 정작 사랑한다 말을 들어 줄 은우가 없었다, 그의 곁에….

※

은우의 얼굴은 처참하게 일그러져, 저 얼굴이 정말 그녀의 얼굴인가 싶을 정도로 온통 시뻘갰다. 다행이 돌의 날카로운 면이 얼굴은 피해, 퍼렇게 부어있을 뿐이었지만, 오히려 심각한 건 그녀의 팔다리였다. 거의 무방비로 맞은 탓에 몸 전체가 멍이었고 찢겨진 곳은 헌 인형처럼 모두 꿰매어져 있었다.

그러나 그녀가 가장 상처를 입은 것은 몸이 아닌 마음이었다. 그가 아무리 이름을 불러도 은우는 대답을 하지 않았다. 아니, 대답이 아니라 얼굴조차 그를 향해 한 번도 돌아보지 않았다. 지후는 철저히 외면한 채 그저 묵묵히 누군가를 기다리듯 창밖만 바라볼 뿐이었다. 용서해 달라고, 한 걸음 늦은 날 용서

해 달라고 말하고 싶은데 그것마저 어머니에 대한 변명 같아 그는 차마 입을 열지 못했다.

"죽이야. 조금이라도 먹자, 은우야."

지후가 은우에게 숟가락을 내밀었다. 미역국이 좋다는데 아직 기력이 없어서 우선은 죽을 먹이라는 지시였다.

'아이가 아무래도 잘못된 것 같습니다. 아이에 대한 수술도 함께…'

의사가 수술 동의서를 내밀며 은우의 상태를 설명해 주었다. 웅덩이라도 고여 낼 듯 흘러내린 피는 아이 때문이었단다. 다행이 오빠라는 이유로 서명을 해주며 그는 허무한 웃음을 짓고 말았다. 그가 오빠이기에 은우가 살아날 수 있다니 아이러니한 일이었다.

"은우야. 여길 떠나자."

넘겨주는 죽을 멍하게 받아먹는 은우를 향해 지후가 나지막이 속삭였다. 그 날 이후 생기가 빠져나간 그녀 곁에서 생각했다. 세상 한 구석에 몸을 피해 살아가면 좋겠다. 그런 욕심이 들었다. 병실에 앉아 오로지 자신만이 그녀를 돌보고, 그녀의 곁에 머물면서, 이렇게 살아간다면 좋지 않을까 생각했다. 지금이라면 다 버릴 수 있을 것만 같았다. 아버지에 대한 미움도, 규하에 대한 모든 것들도 다 버린 채, 은우만 가지고 여길 떠나고 싶었다.

그의 말에 창가에 머물러 있던 은우의 시선이 잠시 지후에게

213

향했다. 입술에 내려앉은 피딱지처럼 너무나 공허하고 무표정한 시선이었다.

"여길 떠나?"

가녀린 목소리가 힘들게 떨렸다. 지후가 힘차게 고개를 끄덕였다. 그래, 여길 떠나자.

"이 지옥 같은 세상을 떠난다?"

은우가 또 다시 말했다. 조소가 입에 걸렸다. 떠나고 싶다. 여길 몇 번이나 떠나고 싶었는지 모른다. 은우가 잠시 지후를 바라보았다. 갈색 유리알 같은 지후의 눈동자에 아픔이 스쳤다.

너무 늦었다. 순간 그런 생각이 떠올랐다. 전에 그녀가 말했던 것처럼 모든 것이 너무 늦어 버렸다. 지후와는 모든 것이 어긋나 있었고, 모든 것이 늦어 있었다. 떠난다 해도, 이 지긋한 곳을 떠난다 해도 그와 함께는 아니었다.

"늦지 않았어. 지금이라도 늦지 않았어. 가자, 내가 붙잡아줄게. 같이 가자, 은우야."

그녀의 생각을 미리 읽었을까? 지후가 고집스럽게 말했다. 늦지 않았어. 늦었다고 느끼는 것 뿐, 실상은 늦지 않았는지도 몰랐다.

"떠나고 싶어. 이 지긋지긋한 곳을 다 떠나고 싶어. 그녀의 시선이, 그녀의 숨결이 한 하늘아래 숨쉬지 않는 곳으로, 나 역시 떠나고 싶어."

원망이 실린 음성이었다. 죽겠다. 이렇게 죽을 수 있겠다. 예리한 돌덩이에 연약한 살들을 찢기우며 은우는 삶의 끈을 놓아 버리는 줄 알았다. 죽음! 그것은 그녀에게 삶보다 더 가까이 있는 순간이었다. 까만 적막 속에 유달리 퍼렇던 겨울의 찬 하늘이 보였다. 바람은 겨울처럼 에이는데, 가을처럼 청명하던 파란 하늘….

피가 튀기는 그 잔인한 곳에는 너무나 어울리지 않는 하늘이었다. 그때, 그녀의 눈에 보였던 것은 자신을 내리치던 그 돌의 잔영도, 어머니의 무서운 눈빛도 아닌 눈같이 순수한 겨울이었다. 이렇게 떠나자. 이 무거운 삶의 껍질을 버리고 차라리 죽어 버리자, 부정 당하는 내 삶의 껍질을 훌훌 벗어버리자.

하얗게 감아지던 눈에서 잠시 죽음을 맛보았었다. 놓아 버리고 싶었던 삶의 끈을 이제야 놓을 수 있겠구나. 또로로 뜨거운 눈물이 뺨으로 흘러내리는데, 그 순간만은 잠시 행복했었다.

그때, 순간의 찰나처럼 빠르게 스치던 규하의 얼굴이 아니었다면 그녀는 가볍게 자신의 삶을 벗어 던졌을지 몰랐다. 왜 갑자기 그의 얼굴이 떠올랐을까? 복부를 강타하던 날카로운 구둣발에 생살이 찢기는 듯한 통증을 느끼며 기절하는 그 순간에도 섬광같이 스치고 지나간 건 강인한 규하의 얼굴이었다.

"그래, 가자."

그녀의 여린 손을 지후가 꽉 잡았다. 은우가 자신의 손을 덮는 지후의 큰 손을 바라보았다. 거친 규하의 손이 그 손 위로 겹쳐 보였다. 남성다운 마디가 거침없이 드러나던 크고 강인한 손이 그리워졌다. 지후를 바라보며 은우는 이곳에 없는 규하가 보고 싶었다. 그녀는 또다시 창가로 시선을 돌렸다. 잿빛 하늘이 어두룩했다.

'당신, 안 와요? 내게 안 와요?'

묻는데, 타다닥 급한 발걸음 소리가 들렸다. 벌컥 문이 거칠게 열어 젖혀졌다. 순간 은우의 심장이 덜컥 내려앉았다.

"어, 어머니?"

자신도 모르게 움찔대다 앞에 놓인 그릇을 쳐버리고 말았다. 뜨겁고 말간 죽 그릇이 그대로 그녀의 침대 위로 쏟아져 내렸다.

"은우야!"

놀란 지후의 목소리에 겹쳐져 또 하나의 거친 목소리가 들려왔다. 낯익은 목소리에 은우가 휙 고개를 돌렸다. 아! 규하였다. 열려진 문 앞에 서 있는 건 내내 오지 않느냐 속삭였던 규하였다. 하루 만에 보는 그의 모습은 그 사이 많이 초췌해져 있었다. 수염조차 제대로 깎지 않았는지 턱이 거칠했다. 숨이 턱까지 차, 가쁜 숨을 내쉬던 그가 은우를 바라보았다. 그녀에게 향하던 입술이 순간 얼어붙은 듯 딱 벌어지고 말았다.

"은우, 맞는 거냐? 네가, 네가 정말 내 여자 은우가 맞는 거냐?"

처참한 몰골을 차마 믿을 수 없다는 듯 그녀의 얼굴을 어루만지며 그가 물었다. 뺨에 머무른 그의 손등으로 뜨거운 눈물이 흘러 내렸다. 그리운 사람의 모습에 비로소 긴장이 풀린 듯 은우는 편한 눈물을 흘렸다.

규하가 가슴 안으로 그녀를 끌어안았다. 심장이 찢기는 것만 같았다. 살아있는 것으로도 만족할 줄 알았는데, 처참한 몰골로 병원에 앉아 있는 은우의 모습으로 가슴이 터져 버릴 것 같았다. 괜찮다고, 울지 말라는 말을 하고 싶은데, 입 밖으로 나오질 않았다. 사실 너무 처참한 몰골에, 그 스스로도 자신을 추스르기 힘들었다. 그런 그의 시선에 엎어버린 뜨거운 죽으로 행여 데이지 않았나, 정신없이 은우의 손을 살피던 지후가 눈에 띄었다.

"죽인다! 이 빌어먹을 자식! 죽여 버리겠어!"

규하가 벌떡 일어섰다. 자신이 있어야 할 자리에 떳떳이 서 있는 지후에 대한 분노가 걷잡을 수 없이 솟구쳤다.

감히, 내가 서야 될 그 자리에 네가 서 있다. 이 망할 자식아!

규하의 앙다문 턱에 힘줄이 돋았다. 큰 걸음으로 성큼 다가선 규하가 지후의 얼굴을 세차게 내리쳤다. 하룻밤의 분노가 고스란히 그 주먹에 실렸다. 꼿꼿하던 지후가 그대로 그 자리에서 퍽 쓰러져 버렸다.

"일어나! 일어나! 일어나란 말야! 이 망할 자식아! 감히, 감히…."

감히 내게서 은우를 감추어? 감히 자신의 여자를 보이지 않은 곳에 가두어 버린 분노가 은우의 아픔 못지않게 치밀어 올랐다. 사라져 버린 은우와 남겨진 핏자국 때문에 눈 한번 깜빡

이지 못하고 지옥 같은 밤을 보냈다. 이대로 그의 시선이 닿지 않은 곳에서 싸늘하게 식어가고 있는 것은 아닌가. 외롭게, 혼자 외롭게 아파하고 있지 않을까, 두려워 미칠 것 같았다. 그런데 그것보다 더한 모습으로 그의 여자가 저곳에 앉아 있다. 차마 사람의 얼굴이라 여길 수 없는 얼굴로….

묻지 않아도 그 고통이 얼마나 힘들었을지 알았다. 저 부어오른 얼굴과 온통 붕대로 감겨진 몸을 보아도 알 수 있었다. 규하의 눈에서 투두둑 처음으로 뜨거운 눈물이 흘러내렸다. 고통스러운 모습이라도 살아 있음에, 이렇게 그의 앞에서 숨이라도 쉬고 있음에 안도하며 규하가 헉! 거친 울음소리를 새었다. 태어나 이렇게 가슴이 아파 본 적이 없었다. 이렇게 뜨거운 눈물을 흘려 본 적이 없었다. 다른 사람의 고통의 자신의 죽음보다 더 아플 수 있다는 걸 처음 알았다.

"미안하다…."

그의 거친 주먹에 방어 없이 그대로 맞은 지후가 입을 열었다. 입가에 뻘건 피가 주륵 흐르는데 죄인처럼 닦지도 못한 채 그는 고개를 숙이고 있었다. 미처 은우에게 하지 못했던 말을 규하에게 쏟아내는 그의 눈빛도 아픔이 서렸다. 미안하다 말하고 싶지만 그 말을 하는 것조차도 부끄러웠다. 은우의 상처는 감히 미안하다는 말로 치유될 수 있는 것이 아니었다.

"미안하다? 하! 미안하다?"

시퍼렇게 불을 품어내는 규하가 지후의 멱살을 잡으며 또다시 주먹을 치켜들었다. 저 여린 여자를 또다시 그 끔찍스런 폭행 속에 내던져놓고? 이건 단지 미안하다는 말로 끝낼 수 있는 것이 아니었다.

"같은 고통을 줄 거다, 이지후! 기억해 둬. 이 의원이나 네어미 둘 다 모두, 은우에게 지금껏 해 왔던 이 고통의 대가를 받게 해 주겠어."

다시 한 번 내리치려는 그의 주먹을 은우가 가로막았다.

"그만해요…."

그만해요. 낮은 숨소리 같은 은우의 목소리에 규하의 손이 주춤 허공에 멈추어 섰다. 살빛조차 보이지 않는 부은 얼굴로 은우가 그의 얼굴을 똑바로 바라보고 있었다.

"왜 이제 왔어요? 기다렸는데. 너무 많이 기다렸는데…."

그녀의 말에 허공에 멈춰진 그의 손이 힘없이 툭, 떨어져 내렸다.

'많이 기다렸는데….'

고개 숙인 지후를 버려둔 채, 규하가 그녀의 침대로 다가갔다. 부드럽게 은우의 얼굴을 쓰다듬는 손길이 자상하다. 눈물이 맺힌 그의 눈동자가 짙은 그림자를 드리웠다. 그녀를 바라보는 아픈 눈동자가 피맺힌 것처럼 붉었다. 차라리 뜨거운 피라도 터져버린다면 이 막힌 내 가슴도 조금이나마 뚫릴 수 있을까.

"미안해. 기다리게 해서 미안…."

눈물 때문에, 터져 버릴 것 같은 가슴 때문에 소리가 제대로 나오지 않았다.

"제 얼굴 많이 흉하지 않아요?"

은우가 규하에게 물어왔다. 아픈 모습으로도 여자 같은 마음이었다.

"아니, 괜찮아. 아프지만 않으면 금방 가라앉을 거야. 내가 낫게 해 줄게. 미안해. 늦어서 미안해. 네가 이렇게 아플 동안 늦게 와서 미안해."

미안하다 말하던 규하가 그녀의 부은 얼굴에 부드럽게 입을 맞추었다. 비릿한 피 냄새가 아직도 남아 있는 그녀의 얼굴엔 소녀처럼 수줍은 홍조가 떠올랐다. 살짝 벌어진 미소가 입에 걸렸다. 내내 멍하던 그녀의 눈동자가 반짝 빛을 냈다.

"당신만 괜찮으면 돼요. 당신이 낫게 해 주면 돼요. 이제라도 와서, 당신이 이제라도 와서 괜찮아요."

규하를 잡는 은우의 손에 조금 힘이 실렸다. 두 사람을 보는 지후의 시선이 고통스럽게 일그러졌다.

"집에 가고 싶어요. 여기 싫어요."

은우가 어린양 하듯 속삭였다.

"이곳에 머물고 싶지 않아요. 낯선 사람들도, 그리고 여기 병원 냄새도 싫어. 우리 집에 가고 싶어요."

"그래. 가자. 집에 가자…."

은우의 말이 채 끝나기도 전에 규하가 쉽게 대답했다. 그리고는 추운 날씨에 차가울까 침대 위의 모포로 은우를 포근히 감싸, 그의 품 안으로 번쩍 안아들었다. 얼마나 많이 아팠었나. 은우는 솜털보다 더 가벼웠다. 죽이고 싶은 녀석이었지만 은우를 위해 규하는 철저히 지후를 무시했다. 지금은 참는다. 내 아내를 집에 데려가기 위해 지금은 참는다. 규하는 이를 악물었다. 지금은 지후보다 은우가 더 중요했다. 문 밖에서 심각한 얼굴로 서 있던 신이 규하에게 까닥 인사 했다.

"사장님!"

"병원 문제 처리하고 와. 우린 집으로 간다."

집으로. 우리의 집으로….

커다란 은우를 아이보다 더 여리게 감싸 안은 규하가 강인한 걸음으로 성큼 병원을 나섰다. 병원에서 나서 차 안에 들어서서도 규하는 그녀를 품에서 놓지 않았다. 가만히 그의 품에 안긴 은우의 얼굴은 파리했지만 그래도 한결 편안해 보였다. 집으로 오는 동안 잠시 잠이 들었다, 내리는 기색에 살포시 눈을 뜬 은우가 순간 몸을 굳혔다. 말끔히 치운다고 했는데도 어제의 기억이 또다시 떠오른 모양이었다. 공포에 젖은 그녀의 몸을 규하가 단단히 안았다.

"괜찮아. 이젠 괜찮아. 내가 지켜 줄게. 다시는 이곳에 오지 못해."

집 안에 들어서자 신이 데려다 놓은 녀석들이 후다닥 뛰어나왔다. 그들을 바라본 은우의 얼굴이 조금씩 펴지기 시작했다. 이젠 두 번 다시 그녀를 혼자 두지 않을 생각이었다. 자신들의 침대에 조심스럽게 은우를 누이자 비로소 그의 마음도 편안해졌다. 이제 모든 것이 다 돌아온 셈이었다. 미리 준비해 놓은 따뜻한 온기 속에서 은우는 편안히 잠이 들었다. 긴장이 풀린 규하 역시, 지난 밤 자지 못했던 밀린 잠을 청하기 시작했다.

"아악! 살려 주세요. 살려 줘! 없어요? 아직 안 왔어요?"
잠깐 잠이 들었나? 방안이 울리도록 커다랗게 은우가 비명을 지르기 시작했다. 벌떡 일어선 규하가 옆에 누운 은우를 돌아보았다. 이마에 신열이 끓는지 땀이 주르륵 흘러내리고 있었다. 파리하던 양 볼엔 열꽃이 피었다. 규하의 이마에 땀이 맺혔다.

병원서 괜스레 데리고 왔나? 춥지 않게 모포로 싸매듯 안고 온다 했는데도 부족했나 싶어 혼이 나갈 것 같았다. 찬 수건으로 땀을 닦아내는데도 열이 가라앉을 기미가 없었다. 급하게 이 박사를 찾은 규하가 당장 오라 버럭 소리를 질러댔다. 그런 그에게 워낙 익숙한 이 박사라 느긋이 내일 일찍 가겠노라 하는데 길길이 소리 지르던 규하가 끙, 낮은 신음소리를 내더니 애원하기 시작했다.

"부탁입니다. 제 아내가 많이 아픕니다. 어디가 아픈지 모르겠어요. 아무것도 모르겠어요. 제발 와주세요. 제 아내가 죽을 만큼 아파요."

그의 애원에 이 박사의 얼굴에 머물렀던 장난스런 기색이 싸악 사라졌다. 친엄마인 은하련이 그를 내버리고 갔을 때, 그 차가운 날씨 속에서 오는 비를 다 맞으면서도 벨 한 번 누르지 않고 아침까지 기다린 규하였다. 그로 인해 열이 40도를 오르락내리락 앓아대면서도 한 번도 신음소리 내지 않던 그가, 지금 제발이라 부탁하고 있었다.

그의 부탁에 내내 잠든 목소리던 이 박사가 말짱 깬 음성으로 알았노라 대답했다. 그리고 정말 전화를 건 지 얼마 되지 않아 이 박사가 금세 도착했다.

미리 나와 있던 규하는 서둘러 위층 은우에게 그를 데리고 올라갔다. 흠, 은우를 바라보던 이 박사의 얼굴이 심각하게 일그러졌다. 전에 은우가 감기에 걸렸을 때는 약 올리듯 빙글빙글 웃어만 대더니 오늘의 이 박사는 심장 조이도록 심각한 얼굴이었다. 덩달아 규하 역시 잔뜩 심각해졌다. 아무래도 병원에서 데리고 나온 게 화근인 것 같아 애가 닳았다.

"아무래도 병원으로 가는 게 좋을 것 같아. 그리고 대체 왜 온몸이 이 모양인가? 마치…"

폭행당한 사람 같다는 말을 꿀꺽 삼키는 눈치였다. 규하가 알았다는 듯, 고개를 끄덕였다. 말하지 않아도 은우의 상태는 저번 보다 훨씬 심각했다. 이 박사가 자신의 병원 구급차를 부르는 동안 그는 은우의 뜨거운 이마를 짚었다. 아직도 가라앉지 않은 열기가 데이도록 뜨거웠다. 꽉 다문 입술이 울음이라도 참는 듯 힘겨워 보였다.

급하게 병원에 도착한 은우는 곧장 응급실로 실려 갔다. 아직 혼수상태에서 깨어나지 못한 은우는 이제 간간히 신음 소리만 내고 있었다. 망가진 인형 같은 모습이었다. 철저히 망가진 인형처럼 빠르게 병원 복도로 실려 가는 침대 위에서 은우는 그렇게 흔들흔들 거리고 있었다. 은우가 응급실로 실려 가고, 규하는 기다란 복도 끝에 앉았다. 끝도 없이 긴 복도가 마치 세상 밖인 것처럼 섬뜩했다. 규하가 두 손을 깍지 낀 채 고개를 숙였다. 은우가 돌아왔어도 그의 고통은 여전했다.

'제발, 제발 내게서 그 아이를 빼앗아 가지 마란 말야. 이런 고통스런 모습으로 내게서 떠나게 하지 마란 말이야.'

하얀 밤을 그렇게 꼬박 새우며 규하는 또 다시 죽음 같은 하루의 시간을 보내고 있었다.

다음 날 아침 일찍 윤 회장과 현정이 도착할 때까지 규하는 은우의 병실 앞에서 떠나지 않았다. 들어가 눈이라도 붙여야 된다고, 강권해도 그는 고개만 절레 흔들 뿐이었다. 아무리 힘들어도 은우가 눈에 보여야만 안심할 수 있을 것 같았다. 밤새 지친 신열을 앓던 은우가 겨우 병실로 들어가서야 이 박사가 찾아왔다.

"아이?"

병실로 찾아온 이 박사는 뜻밖의 이야기를 먼저 꺼냈다. 아이라는 말에 이른 아침부터 이 박사의 연락을 받고 온 두 사람은 거의 기절할 정도로 놀라고 말았다.

"아이라니? 규하의 아이가 지워졌다는 말인가?"

처음으로 윤 회장의 목소리가 떨려왔다. 난데없이 은우가 병원으로 실려 왔다더니 이젠 아이가 지워졌다, 말하고 있었다.

"아마 폭행 때문에 아이가 잘못된 것 같아. 응급 수술을 한 모양인데 수술은 별 문제가 없어. 아무래도 폭행에 의한 충격이 큰 거겠지. 고열은 그런 정신적인 상처로 나타난 것 같고…."

이 박사의 얼굴은 은우를 처음 본 순간부터 펴지지 않고 있었다. 대체 어떤 사람이 이만큼 사람을 폭행할 수 있는지. 감추어진 은우의 몸은 마치 기운 인형처럼 온통 꿰맨 자국이었다. 날카로운 물체로 잔혹하게 찢긴 상처들. 난자당한 듯 은우의 몰골은 처참했다. 이 박사가 흘낏 규하를 바라보았다. 누구인지는 규하만이 알겠지. 이 박사의 시선은 그렇게 말하고 있었다. 그런 이 박사의 시선을 따라 윤 회장과 현정의 시선이 규하를 향했다. 규하는 여전히 은우 곁에서 무표정하게 앉아 있었다. 함께 듣지 못했나, 싶게 표정이 없었다.

"누구냐?"

윤 회장이 규하에게 물었다. 대체, 아내의 간수를 어떻게 하기에! 아이가 저 정도가 되도록 넌 무얼 하고 있었냐? 윤 회장의 눈빛은 그렇게 소리 없는 질책을 가하고 있었다.

"제가 알아서 합니다."

강한 목소리로 규하가 대답했다.

"허, 제가 알아서 한다? 그럼 누가 저 꼴로 만들었는지 저는 안다는 말이로군."

윤 회장이 규하를 노려보았다. 은우에 대한 화가 고스란히 아들에게 쏟아졌다.

"알아서? 어떻게 알아서 한다는 게야? 내 손주다. 너의 아이이기도 하지만 우리의 첫 손주야. 그런 아이를 이렇게 잃어 놓고서 알아서 한다? 그게 지금 네가 할 말의 전부냐?"

"네."

규하의 대답은 간결했다. 규하를 바라보는 윤 회장의 시선에, 상관없는 이 박사의 심장까지 부르르 떨렸다. 그러나 정작 그 눈길을 고스란히 받고 있는 규하만은 흔들림이 없었다.

자신의 아이가 그렇게, 그가 생각하지도 못한 사이에 사라져 버렸다는데 아이의 아버지인 규하는 미동도 없었다. 아무 생각도 없이, 아무 감정도 없이 그저 자신의 아내인 은우의 이마를 덮는 축축한 머리카락을 부드럽게 쓸어 넘길 뿐이었다.

"은우, 간밤에 편히 자지 못했어요."

뭐? 어처구니없다는 듯 윤 회장이 입을 벌렸다. 옆에 선 아내의 눈짓만 없었다면 아들의 머리통이라도 갈겼을 것이다. 이렇게 일이 심각한데, 잠을 자지 못해? 그러나 규하에게는 오로지 은우가 시끄러운 소리에 간만에 편히 쉬는 숨소리가 방해될까 걱정이 되었다.

"네 아이야."

윤 회장이 다시 한번 화를 냈다. 아마 그의 모습이 너무 무심해 보였었나 보다. 그러나 그 역시 아팠다. 아프기로 말하면 세상을 다 부셔도 모자라지 않게 아팠다. 은우가 자신의 아이를 갖기를 얼마나 바랐는지 몰랐다. 그런데 겨우 갖게 된 그의 아이가 없어졌다. 아직 자라지도 못한 그의 아이가 자신도 모르는 곳에서 사라져 버렸다. 아픈 그보다 그 아이를 지워야 했을 은우의 아픈 생채기가 더 가슴에 남았다.

보이지 않는 울음을 삼키며 규하는 묵묵히 퍼런 은우의 얼굴만 어루만졌다. 이젠 정말 더 이상 아프지 않게, 그녀에게 오는 시련이 이것이 마지막이게 지켜주고 싶었다. 아프지 마라. 더 이상은 아프지 마. 머리카락을 쓸어 올리며 규하는 내내 속삭였다.

21

 창가에 앉아 있던 은우가 모포를 가슴 가까이 끌어안았다. 창 밖엔 조금씩 눈발이 날리고 있었다. 올해는 유난히 눈이 많았다. 아직 눈이 크지는 않지만 오후 쯤 되면 커다란 눈송이가 되어 버릴 기세였다. 야윈 모습으로 눈을 바라보는 그녀의 마음에 스산한 바람이 불어왔다.
 "춥지 않아?"
 출근을 서두르던 규하가 모포 위로 따뜻이 은우를 감싸 안았다. 아내의 얼굴은 이제 많이 가라앉아 파리한 안색 이외에는 상처는 많이 가신 상태였다. 춥지 않느냐 묻는 규하의 질문에 은우가 고개를 가볍게 저었다. 그 날 이후 많이 쇠약해진 그녀의 몸 때문에 집 안은 하루 종일 군불 땐 집처럼 훈훈했다. 그런데도 왠지 창밖만 바라보는 은우가 추워 보여 규하는 가슴이 저렸다.

"아직도 겨울인가 봐요."

따뜻한 봄이 오면 좋겠는데…. 은우가 나지막하게 말했다. 벌써 겨울이 왔냐. 묻더니 이젠 아직도 겨울이냐 묻고 있었다.

"금세 봄이 올 거야. 크리스마스도 아직 남았는데, 벌써 봄이 오면 좋겠어?"

제법 말이 많아진 규하가 가슴에 안은 아내에게 이야기를 건넸다. 눈길이 의식하지 못한 사이 많이 부드러워져 있었다. 그에게 안긴 은우가 조용히 대답했다.

"네. 꽃이 한 아름 피었으면 좋겠어요. 방 안에 하나 가득… 따뜻한 햇살이랑 활짝 핀 꽃이랑, 그런 봄이 왔음 좋겠어요."

"그래, 그런 봄이 빨리 왔으면 좋겠다."

흘러내린 은우의 머리카락을 쓸어 목 언저리에 묶어주었다. 봄이라… 그 역시 차디찬 겨울보다는 생생한 봄이 좋았다. 작아진 은우의 얼굴을 가슴께로 끌어안으며 규하가 아내의 이마에 따뜻한 입맞춤을 했다. 은우가 다친 후, 새로 구한 나주 댁이 보고 있어도 규하는 어김없이 매일 아내의 이마에 입맞춤을 하고서야 출근길을 나섰다.

"눈이 커질 것 같아요. 조심해서 가요."

운전하는 규하를 걱정하며 은우가 배웅 인사를 건넸다. 따뜻한 말에 규하가 씨익 웃음을 지었다. 오랜 만에 보이는 그의 미소였다. 밖은 겨울의 한 끝이었지만 규하의 마음은 벌써 봄이 온 것처럼 밝았다.

아이를 잃어도 좋았다. 아이는 언제든지 가질 수 있다. 그녀가 자신의 곁에 있는 한, 세상의 그 어떤 것을 잃어도 좋았다. 따라 나선 은우를 바라보는 그의 시선은 평온했다. 이젠 정말 욕심이 없을 것 같았다. 매일 아침 출근길을 걱정하는 은우와 이렇게 자신의 집에, 그녀를 남겨두고 평범한 남편처럼 회사를 향하는, 평범한 일상들이 규하에게는 세상 그 어느 것보다 소중한 하루가 되어 버렸다.

집을 나서는 규하 앞으로 무가 다가섰다. 안의 평화로움 대신 바깥은 긴박한 긴장감이 감돌았다. 현관문을 나서는 규하의 시선 역시 방금 전과는 달리 예리하게 빛을 품어내고 있었다.

"어느 누구도 들이지 마라. 두 번 다시 내 집에 그런 일은 없다."

매일 같은 말을 하면서도 맘이 놓이지 않아, 또다시 단단히 무를 단속하고서야 규하는 비로소 차에 올랐다.

"이 의원 안사람이 그랬다는데 사실이냐?"

어떻게 알았는지 회사에 출근하자마자 규하를 불러들인 윤 회장이 다그쳐 물었다.

"사실이냐 묻잖아!"

대답 없는 규하에게 윤 회장이 버럭 소리를 질렀다.

"네."

"네에? 네라니! 알면서도 이러고 있는 게냐? 그 망할 인간들이, 주제에 아동 학대 보호 기금이다 뭐다 설치고 다녀?"

윤 회장이 규하의 눈앞에 탁! 오늘 자 신문을 내던졌다. 신문의 첫 면에는 환하게 웃는 이 의원 부부의 얼굴이 찍혀 있었다.

- 아동 학대 보호에 이어 결손 자녀들의 무료 급식 운동.

그들의 사진 위에 커다랗게 찍힌 활자가 규하의 시선을 끌었다. 핏! 차가운 미소가 스몄다.

- 아이들은 우리 사회의 미래라고 생각합니다. 그들에게는 보호받을 권리가, 우리에겐 보호해 줄 의무가 있습니다…(중략)

제 자식인 은우는 죽음의 문턱에서 살아 나왔는데, 그들은 다른 아이들의 보호를 위해 앞장을 서고 있었다. 신문을 보던 윤 회장이 규하에게 말했다. 그나마 성미를 누른 목소리였다.

"김 변호사에게 연락했다. 언제까지 보호만 할게냐. 당장 법적인 조치를 하라 지시했다."

"취소하시지요. 제가 알아서 합니다."

신문에서 눈을 뗀 그가 말했다. 깊음이 감추어진 시선이었다.

"알아서 해? 그래서 지금까지 이렇게 가만히 있는 게냐? 언제까지 보호만 할 생각이냐? 내버려 두면 또 언제, 일 저지를지 모르는 사람이다. 이 의원 안사람은 정신과 치료가 필요한 사람이야. 그런 정신 이상자에게 내 며느리를 이대로 방치할 순 없다. 네가 하지 않으면 내가 할 테니 그렇게 알고 나가 봐."

"하지 마십시오."

나가라는 윤 회장의 말에 규하는 맞부딪쳐 왔다.

"나가라지 않냐?"

"제가 김 변호사에게 연락하겠습니다."

윤 회장의 이마에 신경질이 팍 솟아 올라왔다.

"법적으로 대응해! 아이가 원하지 않는 게냐? 그래도 부모라고 감싸겠다던? 쯧쯧. 철없는 것."

"아내는 모르는 일입니다. 제가 원하지 않습니다."

"네가 원하지 않아? 대체…."

"제 아내의 일입니다. 상관하지 마세요."

두 번 다시 말하지 못하게 잘라 대답한 규하가 윤 회장을 남겨두고 사무실을 나서 버렸다. 제 아내의 일? 스멀 불쾌한 기색이 솟구쳐 올라왔다. 나가는 규하의 뒷모습을 보는 윤 회장의 눈길이 매서웠다. 속을 알 수 없는 녀석이란 생각보다 자신의 앞에서 당당히 등을 돌리는 아들의 모습에 섭섭한 마음이 들었다.

마음에 들지 않는다, 대놓고 이야기하던 며느리였다. 하지만 저토록 아픈 모습으로 누워있는 은우의 모습을 보는 순간 억장이 무너진 듯 아파왔다. 지금껏 살아 온 은우의 삶이 얼마나 힘들었는지, 온몸이 지난 상처로 하나 가득이더라는 이 박사의 말에 찢어지게 가슴이 아파온 며느리이었다. 그래서 도움을 주고자 하는 건데 아들은 야박하게도 자신이 내민 손을 치고 만 것이었다. 그 역시도 제 자식이 아닌 규하를 키웠다. 생모에게 버림받았다는 상처 때문에 쉽게 마음을 주지 않는 아들이었지만 자신에게는 너무나 사랑스런 아이였다. 그래서 은우에 대한 이 의원의 행동은 정말 참기 힘들 정도로 비열하고 역겨웠다.

흠, 한숨을 쉬던 윤 회장은 쉽게 마음을 거두었다. 자신에게 상처를 입힌 자를 절대로 용서하지 않을 규하이기에 윤 회장은 할 수 없이 아들의 고집에 한 발 뒤로 물러서고 말았다.

"김 변호사님 연락이 왔었는데, 다시 연결시킬까요?"

신 옆에 서 있던 진현호 실장이 회장실을 나선 규하에게 다가왔다.

"됐다고만 하십시오. 원하지 않는다고."

간단히 대답하며 규하가 자신의 사무실로 들어섰다. 지끈거리는 두통 때문에 눈두덩이까지 쿡쿡 쑤셨다. 눈언저리를 손가락으로 어루만지며 그가 낮게 신음 소리를 냈다. 법적인 조치라… 맘 같아서는 법적인 조치가 아니라, 당장이라도 세상에 까발려 버리고 싶은 마음이었다. 자신의 눈앞에서 그 양어머니라는 여자가 정신 병원에 실려 가는 걸 보는 것으로도 성이 차지 않을 것 같았지만 규하는 은우를 위해 그런 욕심을 꾹 눌렀다. 지금도 상처뿐인 자신의 아내가 다른 사람들 앞에서 그 고통스런 기억을 다시 떠오르게 하고 싶지 않았다.

아무 것도 모르는 사람들을 위해 지난 어린 시절의 과거에서 현재의 고통스런 기억의 단편들을 다시 떠올리게 하는 것, 그것만은 하고 싶지 않았다. 이대로 그녀의 기억이 사라지기를, 그녀의 상처처럼 그 기억마저 멀리 사라져 버리기만을 바랄 뿐이었다. 그것이 그가 원하는 전부였다. 더 이상 아내가 그 지옥 같은 순간을 떠올리며 고통스러워하는 것을 원하지 않았다.

"사장님. 김유빈…."

고통스럽게 자신의 눈두덩이를 어루만지는 규하에게 신이 조심스럽게 유빈의 이야기를 꺼냈다.

"김유빈? 아, 김유빈."

자신이 지시해 놓고도 은우 일 때문에 잠시 잊었던 이름이었다.

"라파에게 있다고?"

"네. 그런데 라파가 저희 주식을 가지고 있다는 것을 알고 계시지 않습니까?"

이 의원에게 건네 준 채권에 대한 대가는 그의 주식이었다. 보통은 CD(양도성 예금증서)나, 현금으로 살만한 무기명 채권에 대해 라파가 요구한 건 규하의 주식이었다. 2%의 주식. 평생 지하에서 머무를 라파가 요구하기엔 이상한 요구조건이었다.

"그래서?"

신의 불안을 알면서도 그는 짐짓 태연히 되물었다.

"쇼우라는 자가 이지후를 뒤에 두고 있다면, 그리고 김유빈 역시 이지후의 편에 서 있다면 그 주식은 결코 좋은 거래는 아닐 겁니다."

좋은 거래라 아니라는 말에 그는 고개를 주억거렸다. 어차피 좋은 거래라는 건 없었다. 하지만 결국은 포기했을 주식이었다. 설사 라파가 현금을 요구했다 하더라도, 그만한 현금을 구하기 위해선 라파가 아닌 그 누구에게도 팔았어야할 주식이었으니까.

"김유빈이 무엇을 요구하느냐에 따라 다르겠지."

라파의 핏기 없는 얼굴을 떠올리며 규하가 대답했다. 이 회사에 처음 발을 디딜 때 아버지, 윤 회장을 따라 그의 집을 가본 적이 있었다. 당당한 모습으로 인사를 받던 아버지보다 절반은 어려 보이던 남자. 그의 당당함은 뇌리에 깊은 인상을 남겼었다. 죽은 사람처럼 창백한 얼굴로, 눈빛마저 무상하던 그는, 세상 그 무엇에도 관심이 없었다. 유일하게 관심을 보이는 건 거래 뿐이었다. 아마 그가 기억하는 건 그가 살고 있는 나라가 한국이라는 것, 뿐일지도 몰랐다. 특히 피라미 같은 이 의원 정도야 라파가 탐낼만한 먹이도 아니다. 그가 무엇을 위해 움직인다면 최소한 이 의원정도의 권력은 아닐 것이라는 거라, 믿는 것도 그 때문이었다.

"라파에게 다녀 와. 김유빈에 대한 거래의 값어치가 무엇인지 알아 오도록 해."

"김유빈의 거래 값어치라면…."

신이 신중하게 물었다.

"김유빈을 내가 원한다는 거지."

규하가 정확하게 자신의 요구를 말했다. 김유빈을 내가 원한다. 은우가 원하는 게 김유빈이라면. 설사 라파가 원하는 게 그의 주식 전부라 해도 줄 생각이었다.

그의 대답에 신은 마지못해 사무실을 나섰다. 김유빈의 대가는 그 잘난 10억짜리 채권의 값에 비하지 못할 것이란 것은 분명했다. 윤규하 역시 분명 그것을 알고 있을 것이다. 신의 얼굴이 더욱 일그러지고 말았다. 지금 윤규하는 불나방처럼 자신을 모두 태워버릴 불꽃을 향해 겁 없이 날아가고 있는지도 몰랐다.

신이 떠난 후 규하는 이 의원에게 전화를 걸었다. 그의 아내가 저지른 일을 이 의원이 모를 리 없었다. 이젠 그 대가를 지불할 차례였다. 조바심을 치며 연락을 기다렸는지 이 의원은 두 말없이 그의 사무실로 들어섰다. 겉으로는 태연한 듯 서 있었지만 주름 진 눈꼬리 자락이 미세하게 떨리고 있었다. 자신의 앞에 앉은 이 의원에게 규하가 종이를 내밀었다. 내민 서류는 보지도 않은 채 이 의원이 물어왔다. 전의 기억 때문인지 입매가 굳어있었다.

"이게 뭔가?"

"병원 진단서입니다."

병원 진단서? 그의 말에 이 의원의 얼굴이 더욱 굳어졌다. 심사가 뻔히 드러나는 얼굴이었다. 조사한 바에 의하면 아마 곧 있을 당내 경선 후보 중의 한 명의 될 거라는 소문이 벌써 돌고 있다고 했다. 분명 지후의 머리에서 나왔을 아동 문제가 효력을 본 탓이었다.

 물론 아동 문제는 텅 빈 시장이었다. 공략하기론 최적지이지만 은우를 알고 있는 지후가 왜 하필 이곳을 공략한 건지는 지금도 이해할 수 없는 일이었다. 그러나 덕분에 그가 이 의원의 발목을 잡는데 더 편한 것도 사실이었다. 이제 후보까지 오른 마당에 은우의 문제가 불거진다면 도덕성이 최고의 관건이 되는 그의 정치 생명은 끝장이었다. 그래서 이 의원의 바라보는 그의 태도는 여유로울 수밖에 없었다.

 "아니 이 사람아. 그래도 제 어미인데. 성미가 좀 급해서 그렇지, 이제까지 은우를 키운 사람이 아닌가."

 예전, 아이 훈육 문제라 상관할 것 없다던 태도와는 달리 오늘의 이 의원은 거의 비굴할 정도로 굽히고 있었다. 그의 말에 규하는 편하게 담배를 입에 물었다. 입맛이 썼다.

 "자금 문제 때문에 한 소리를 했더니, 제 성미를 누르지 못하고 잠시 실수를 한 모양이야. 어쨌든 약속을 어긴 건 자네가 먼저이니, 이쪽에서 좀 불쾌했던 것도 당연한 일 아닌가?"

 아이까지 잃게 한 것치고는 꽤나 뻔뻔한 대답이었다. 결국 이 의원은 이 마당에서 먼저 자금을 잘라 버린 그에게 탓을 돌리고 있었다.

 "지금 저한테 하시는 말씀입니까? 성미가 좀 급하다? 저 역시 성미가 좀 급합니다. 특히 이렇게 제 아이까지 잃은 상태에서는요."

칼같이 내치며 규하가 말꼬리를 잡았다.

"아이라니?"

아이라는 말에 이 의원이 화들짝 놀라고 말았다.

"은우에게 아이가 있었던가?"

손끝처럼 목소리가 파르르 떨렸다. 감히 윤규하의 아이를 다치게 하고도 중단된 자금을 언급할 엄두가 나지 않았다. 아내의 행동을 알면서도 내버려 둔 건, 윤규하에 대한 경고였다. 은우에 대한 유리한 패를 쥐겠다는 것인데, 일이 커져도 감당할 수 없을 정도로 커져 버렸다.

"이 망할 놈의 여편네."

그제야 철면피 같던 이 의원의 얼굴이 일그러졌다. 이미 지산의 끈은 끝이었다. 윤 회장의 귀에까지 들어갔다면 이 일은 쉽게 끝날 일만은 아니었다. 이 의원의 이마에 삐질 땀이 솟구쳤다. 슬쩍 바라본 규하의 눈동자는 흔들림이 없었다. 그 무심한 듯한 얼굴이 더 소름끼치게 두려웠다. 그의 눈치를 살피던 이 의원이 애서 침착하게 앞에 놓인 차를 한 모금 들이마셨다.

"내가 어떻게 해 주길 원하는가?"

"말하지 않아도 아시지 않습니까? 두 번 다시 제 아내가 그런 일을 당하게 할 수는 없지요."

"그럼…."

규하의 속내를 몰라 이 의원은 미적이고 있었다.

"아무래도 병원 치료가 필요하지 않겠습니까?"

"병원 치료?"

이 의원의 얼굴이 마뜩찮게 변했다. 정신과 치료를, 그것도 가학적인 폭력에 의한 병 치료라면 벌써 스캔들 감이다. 그러나 그를 바라보는 규하의 시선엔 한 치의 동정심도 없었다. 번뜩이는 눈동자가 매처럼 날카로웠다.

"믿을 만한 보호 시설 속에 갇혀진다면, 생각해 볼 수도 있습니다."

우선은. 규하가 속으로 덧붙였다. 이대로 이 의원을 놓아줄 수는 없었다. 이건 단지 경고일 뿐이었다. 시작은 지금부터였다. 규하는 이 의원이 받아들일 거라 애초에 생각하지 않았다. 이건 단지 명분이었다. 이 의원을 철저히 망가뜨리기 위한 명분만 있다면 그를 바닥까지 떨어뜨리는 건 일도 아니었다.

작은 창문을 열어주는데 의심 많은 이 의원은 쉽게 발을 들이지 못하고 여전히 미적거리고 있었다. 빌어먹을 노인네, 의심도 많군. 느긋이 바라보는 그의 미소에 비웃음이 걸렸다.

"알았네. 자네 뜻은. 집 사람과 상의해 보겠네."

결국 이 의원은 시간만 벌고는 황급히 사무실을 빠져 나갔다. 나가는 뒷모습이 마치 겨우 덫을 피한 산 짐승 같았다. 이 의원을 보낸 규하는 느긋이 등을 기댔다.

라파는 자신의 눈앞에 앉은 사내를 묵묵히 바라보았다. 신이라 했나? 윤규하가 보낸 신이라는 녀석은 탐이 날 만큼 단정한 모습으로 그의 앞에 앉아 있었다.

"김유빈을 달라?"

"네."

감히 김유빈을 달라며 눈 한 번 깜짝이지 않는 당찬 신을 바라보며 라파는 이은우에 대한 보고서를 떠올렸다. 유빈이 은우의 행복을 원한다 말한 후, 중단 되었던 은우에 대한 보고서는 매일 그의 손에 낱낱이 올려지고 있었다.

양어머니인 강명희에 의한 폭행, 그리고 아이에 대한 유산까지, 처절할 만큼 잔혹한 보고서였지만 라파는 별 감흥 없이 쭈욱 내려 읽었을 뿐이었다. 당장이라도 이 의원에 대해 어떤 행동을 취할 거라 예상 했었는데 규하는 난데없이 그에게 김유빈을 달라 청하고 있었다.

아버지인 윤 회장을 따라 들어온 어린 녀석이 기억났다. 커다란 덩치로 온 햇빛을 막으며 서 있던 모습이 어제처럼 선명하다. 지금 앞에 앉은 신처럼 규하 역시, 그를 향해 꼿꼿이 노려보고 있었었다. 세상을 다 가진 듯한 아이였다. 대부분 사람들이 쉽게 기가 눌리는 자신의 무표정한 시선에도 윤규하라는 녀석은 오히려 그를 짓누를 듯이 당당한 모습이었다. 씨 도둑은 못한다더니, 그 아비에 그 자식인가? 그런 어린 녀석이 잠시 귀엽게 느껴졌었다. 하지만 이제 그 녀석이 다 자라 자신에게 거래할 만큼 커 버렸다.

"조건은?"

"원하시는 대로 하겠답니다."

"원하는 대로?"

"네."

녀석 다운 대답이었다. 반드시 김유빈을 얻겠다는 의지겠지. 그가 거절할 명분이 있나? 잠시 생각해 보았지만 없다. 같은 성(姓)이니 부부일 리도 없다. 아니면 연인인가? 이지후에 대한 거래로 얻은 아이이니 거래로 돌려 줄 뿐이었다. 아쉽게도 라파에게는 이 거래를 거절할 명분이 없었다. 단지 싫다 해? 어깃장을 놓듯 라파는 심술이 돋았다.

"내가 싫다면?"

"원하시는 거래를 꼭 하고 싶으시답니다."

양보 없는 대답이었다. 신의 말에 라파는 심기가 상하고 말았다. 조그만 녀석이 왜 이리 원하는 곳이 많은 건지. 그는 살짝 인상을 찡그렸다. 아직은 놓아주기엔 아까운 새였다. 아직 새장에서 날지도 못하는 작은 새를 도로 달라? 흠, 난감한 거래였다.

"거래의 조건이 꽤 까다롭다 해도 말인가?"

그답지 않게 미적거리는 대답을 하고 말았다. 묵묵히 있던 신이 시선을 들었다. 제 주인인 규하와 같은 눈빛이었다. 역시 탐이 나는 아이야. 이만한 녀석을 자기의 수하로 들 수 있는 것만으로 규하는 만만히 볼 상대가 아니었다. 결국 라파가 대답했다.

"일주일 뒤. 내 거래 조건은 일주일 뒤다."

일주일의 시간을 번 라파가 그대로 자리를 털고 일어났다. 그답지 않는 일이었다. 작은 아이 하나를 놓치지 않기 위해 발버둥치는 꼴이라니, 제 모습이 못내 짜증스러워 남겨진 신에게서 시선을 거두며 그는 방을 나서고 말았다.

'김유빈… 네가 행복을 주겠다던 여자의 남자가 널 원한다. 어떻게 할 거냐.'

당장 유빈을 보고 싶었다. 자신의 집안에 가두어 놓은 녀석인데도 그는 가끔 그 녀석이 보고 싶었다. 자신의 애매한 대답을 어떻게 생각해야할지 난감해 할 신은 이미 머릿속에서 떠난 지 오래였다. 규하와의 거래 때문인지, 유빈에게 향하는 발걸음이 평소와 달리 조금 빨라졌다.

내려선 마당에 하얀 눈이 하나 가득이었다. 계절의 변화 따위엔 관심조차 없던 그였지만 요즈음 그의 눈엔 자주 눈이 보였다. 겨울이라면 숨을 쉬지 않을까, 자그맣게 속삭이던 그 녀석 때문에 일부러 온갖 열대 꽃을 피워대던 온실을 다음 날로 곧장 깨부수고 말았다. 겨울이라…. 눈을 바라보던 라파가 혼잣말로 중얼거렸다. 아직 오지 않은 봄조차 줄 수 있는데, 그까짓 겨울쯤이야 주지 못할 것도 없었다. 유빈의 거처에 들어선 라파에게 또다시 싸늘한 바람이 불었다. 자신의 거부하는 녀석의 숨결 때문인가? 뜨거움을 싫어하는 그의 성격 탓에 집 안 곳곳은 따뜻함과 서늘함이 공존하는 특이한 구조이기도 했지만, 그 중에서 유빈이 거처하는 이곳은 유달리 공기가 찬 편이었다. 집 안으로 들어서며 라파가 물었다.

"뭐하는 거지?"

추운 겨울 날씨에 눈까지 내리고 있었다. 그런 날, 아무리 두텁다해도 달랑 스웨터 하나만 입은 유빈은 창문을 활짝 열어 놓고도 추운 줄 모르고 있었다. 이곳에 들어섰던 유난한 찬 기운은 기분 탓이 아니었던 모양이다.

"눈이 와요."

올 겨울 들어, 처음 보는 눈은 아니었다. 그런데 유빈은 매양, 첫 눈인 것처럼 유난스러웠다.

"그렇군."

별 다르게 해 줄 말이 없어 라파는 그냥 무뚝뚝하게 대답했다. 오랜만에 들어보는 유빈의 목소리를 방해하고 싶지 않았다.

"저에겐 첫 눈이에요. 아침엔 작은 눈이었는데 벌써 이만큼 자랐어요. 함박눈이요."

정말 함박눈만한 눈동자로 유빈이 환하게 라파를 돌아보았다. 순간 이제껏 그 누구에게도 흔들려 본 적이 없었던 그의 심장이 덜컥, 발 아래로 떨어지고 말았다. 유빈의 웃음은 눈보다 더 순수했다. 끙, 라파가 들리지 않게 신음 소리를 내었다. 놓아주어야 하는데, 유빈의 미소는 더욱 그를 어렵게 하고 있었다. 천천히 다가 선 그가 유빈을 품에 안았다. 안기에 딱 좋은 작은 사이즈였다.

"겨울이 좋은가?"

유빈이 조그만 머리를 주억거렸다. 이미 그에게서 시선은 비켜 있었지만 눈을 향한 미소라도 그에겐 뜻밖의 선물 같았다. 겨울이 좋다… 라파가 유빈의 말을 되뇌었다. 결심이라도 선 듯 눈빛이 더욱 짙어졌다. 이제 겨울만이 아니었다. 이곳의 하나하나 유빈을 사로잡게 할 생각이었다. 그가 유빈의 미소에 사로 잡혔듯이….

일주일 후, 규하에게 내걸 자신의 조건을 생각하며 라파가 차가운 미소를 지었다. 널 놓아 줄 생각이 없어. 아직 내 작은 새는 새장을 날아갈 준비가 안 되었다구. 라파가 유빈의 이마에 가벼운 입맞춤을 했다. 규하가 아닌 그 누구에게라도 양보할 생각이 없었다. 아직 어린 녀석 따위에게 쉽게 내놓을 아이가 아니었다.

잠시 유빈의 곁에 머물렀던 라파가 사무실로 돌아와 규하에게 전화를 걸었다. 꽤 늦은 시간이었지만 그에겐 상관이 없었다. 이 거래를 진행한다는 것조차 그로선 많이 양보한 셈이었다. 자정에 가까운 시간이라서인지 전화는 곧장 연결되었다. 잠 기가 하나 없는 말짱한 목소리였다. 제 아내라면 사족을 못 쓴다더니, 전화를 받자마자 규하는 덜컥 화부터 먼저 냈다.

"누구야?"

여전히 버릇없는 녀석이었다. 규하 못지않은 거만한 목소리로 그가 약 올리듯 천천히 말했다.

"일주일 뒤."

"일주일 뒤?"

영리하게도 그를 금방 알아챘다.

"일주일 뒤, 네가 직접 온다면 거래를 시작하지."

라파가 딱, 딱 끊어지는 목소리로 말했다. 잠시 유빈을 보며 잊었던 불편한 심기가 또다시 떠올랐다.

"내게 줄 건가?"

건방지게도. 한참은 나이가 있는 그에게 규하 녀석은 꼬박 말을 내리고 있었다. 입으로는 건방진 녀석 같으니, 하면서도 그의 입가엔 느긋한 미소가 걸렸다.

"주기 위해 거래 하자는 거 아닌가? 일주일 후에 보자구, 꼬마."

씨익 웃으며 라파는 쉽게 전화를 끊었다. 꼬마라는 말에 덜컥 화를 내고 있을 녀석의 모습이 떠올라 웃음이 떠나지 않았다. 귀여운 녀석이었다.

22

 밖이 시끌시끌했다. 얼마 남지 않은 크리스마스를 위해 규하가 사 들고 온 트리에 장식하고 있던 그녀는 이 시끌한 소리가 자꾸 신경에 거슬렸다. 무슨 일이지? 손에 들고 있던 장식을 내려놓고 은우가 살짝 부엌 쪽을 바라보았다. 나주 댁이 있는지, 확인한 은우가 창가로 다가갔다. 마당 쪽엔 무가 있을 것이다. 아니, 무 이외에도 규하가 남겨 놓은 덩치 큰 남자들이 여럿 있었다.
 비로소 가슴을 쓸어내린 은우는 날카로운 여자의 목소리에 호기심을 참지 못하고 현관문을 나섰다. 언뜻 듣기에도 양어머니인 명희의 목소리는 아닌 것 같았다. 은우는 쇼올을 어깨에 다시 여미며 밖으로 나섰다. 전에 양어머니 때문에 온통 뭉개진 쇼올 대신 그가 새로 사다준 것이었다. 잠시라도 바깥으로 나갈 땐 언제나 이 쇼올을 걸쳐야만 안심이 되었다. 집 밖을 나서자 안에선 느끼지 못했던 찬 바람이 여린 몸을 스쳤다. 붉게 달아오른 뺨 위로 찬 기운이 시원했다. 은우는 소란스러운 대문 입구를 향해 걸어 내려갔다. 그녀를 따라 빠르게 구름이 움직이고 있었다.

"어머, 제니 씨 아닌가요?"

대문의 창살 틈 사이로 무와 씨름을 하고 있는 여자는 제니였다.

"무슨 일인가요? 여기에 볼 일이 있었나요?"

자신의 앞을 가로 막는 무를 보지 못한 은우가 제니에게 물었다.

"잠깐 이야기 하고 싶어요. 시간 좀 내주세요. 제발…."

대답하는 제니의 얼굴이 절박했다. 은우는 고개를 갸웃했다. 지산의 광고 모델이라는 말은 들었지만 이렇게 절박한 얼굴로 찾아올만한 이유가 없었다. 우선은 아는 얼굴이라 들어오라 말하려는데 그런 그녀 앞을 무가 막아섰다. 무가 제니를 향해 말했다.

"그만 가시죠. 여기 오시면 안 된다는 것 모르십니까? 이곳은 아무나 들어올 곳이 아닙니다."

무슨 일이지? 굳이 막아서는 무 때문에 은우는 더 호기심이 생겼다.

"돌아가십시오."

그를 비켜서 들어서려는 제니를 무가 다시 한번 가로 막았다. 이번엔 제니가 아닌 은우보고 들어가라 재촉이었다.

"사모님, 들어가시지요. 날이 많이 춥습니다. 아직 몸도 회복되지 않으셨는데."

무가 재빨리 옆에 있는 녀석 하나에게 눈짓을 했다. 당장 들여보내. 너 짤리고 싶어? 무의 눈짓을 받은 녀석 하나가 재빨리 은우의 어깨를 돌려 안으로 들어서는데 제니가 날카롭게 소리를 질렀다.

"제발, 당신과 이야기 하고 싶어요. 시간 좀 내주시면 안 되나요? 그분…."

마치 의도한 듯 제니가 말을 멈췄다. 동시에, 의아하게 돌아서던 은우의 발길도 함께 멈추고 말았다.

"윤규하, 그분에 대한 이야기예요."

아, 찬 기운이 도는 시선이었다. 그 분? 윤규하 그 분이라… 결단코 회사 광고모델이 부를 만한 호칭은 아니었다. 은우는 목덜미 뒤 쪽으로 오소소 소름이 돋는 것 같았다.

"들어와요."

다행이 목소리가 차분하게 나왔다. 당황한 무가 다시 한 번 그녀를 제지했다.

"사모님! 그만 들어가시지요. 여긴 저희가 알아서 하겠습니다. 저…."

"뭘요?"

날카로운 목소리에 무의 어깨가 눈에 띄게 움찔거렸다. 미처 예상치 못한 은우의 반응이었다.

"뭘? 뭘 알아서 하겠다는 거죠? 여긴 제 집이에요. 아니면 그분의 집이라, 저 사람을 이곳에 들여보내는 것도 허락이 필요한가요? 그럼 전화를 걸어 보시지요? 제니라는 분. 여기 들여보내도 되는지, 제가 물어본다고 전화 해 보세요. 아니면 제가 직접 전화할까요?"

은우의 말은 차갑기 그지없었다.

"사, 사모님…."

"전화하시라니까요? 아니에요. 전화 주세요. 제가 여기서 직접 전화하죠."

은우가 하얀 손을 쑤욱 그의 앞에 내밀었다. 당장 전화를 내놓으라는 의미였다. 무는 난처한 듯 인상을 잔뜩 찡그리고 있었다. 제니를 노려보는 시선이 마치 그녀 탓이라는 듯 원망이 가득했다.

"전화 주세요."

은우가 다시 한 번 말을 끊었다. 그것으로도 부족한지, 미적거리는 무의 손에서 쉽게 전화를 빼앗더니 곧장 규하의 사무실로 전화를 걸었다.

"무?"

전화기에 뜬 번호 때문인지, 규하가 긴장된 목소리로 대뜸 이름을 먼저 불렀다.

"저예요."

"아… 당신. 왜 무의 전화로? 혹시 집에 무슨 일이 생긴 건가?"

여전히 긴장이 풀리지 않은 목소리였다.

"아니요. 제 양어머니에 대한 말이라면 당신이 이렇게 지켜주시니 별 일은 없을 거예요."

말의 내용은 그렇지 않은데 은우의 목소리가 조금 더 날카로웠다. 규하가 조심스럽게 말을 했다.

"그래? 밖이야? 추워. 조금만 있다가 들어 가."

"네. 그렇지 않아도 들어가려고요. 여기 친구가 새로 와서 차 한 잔 마실까 해요."

"친구?"

의아한 목소리로 규하가 물었다. 설명하며 무를 훑어보는 시선이 마치 규하를 보듯 사나웠다. 무가 침을 꿀꺽 삼키는 소리가 그녀의 자리까지 들려왔다. 무의 태도는 더욱 그녀의 의심에 부채질을 하고 있었다. 그래서 규하에게 나가는 말투가 아까보다 더 차가워졌다.

"네. 제니 씨가 왔어요. 아, 당신도 아시겠네요. 전에 잠깐 같이 뵀으니까. 당신에 대해 할 이야기가 있다는 군요. 같이 차 마셔도 되겠죠? 무가 당신 허락이 있어야 한다고 해서. 여긴 당신 집이잖아요?"

제니의 이름을 듣는 순간, 굳어버릴 모습이 눈에 선했다.

"당신 집이라 허락이 필요하다는데. 허락해 주시겠어요?"

흠, 규하의 낮은 신음 소리가 들려왔다. 무는 여전히 안절부절 이었다.

"우리들의 집이야. 당신이 원한다면 누구든지 들일 수 있는데 왜 나한테 허락받는 거지? 당신이 원하는 대로 해."

결국 규하가 먼저 한 걸음 물러섰다. 이제 겨우 살얼음판을 벗어난 둘의 사이를 자신의 손으로 깨지는 않겠다는 의미였다. 제니에 대해서는 나중에 그가 처리할 문제였다. 그래서 은우는 규하의 물러섬이 별로 달갑지 않았다. 결코 제니를 용서하지 않을 규하이기에 그와 제니는 반드시 또 한번은 만날 것이다. 은우의 가슴으로 싸늘한 바람이 그대로 통과되어 지나갔다.

"오늘 일찍 퇴근할 거야. 같이 외식이라도 하지."

규하가 애걸하듯 슬쩍 말을 돌렸다.

"네. 그러죠. 우선은 이 분과 좀, 이야기를 해야겠어요."

애매한 대답을 하며 은우는 전화를 끊었다. 커다란 트리를 사 왔을 때, 그의 목을 껴안으며 좋아했던 기쁨은 이미 사라진 목소리였다. 규하와의 통화를 무와 제니가 있는 자리에서 끝낸 은우가 추위로 금세 얼어버린 손으로 전화기를 내밀었다. 이제 됐느냐는 듯 눈썹 한 끝을 올렸다. 무가 주춤하며 자신의 전화기를 받았다. 아마 사장은 아내의 표정을 보지 못한 게 다행일지도 몰랐다.

"들어 와요."

은우를 따라 제니는 미적미적 집 안으로 들어섰다. 잠시 있었을 뿐인데도 추위가 뼛속까지 들어차는 것 같았다. 집 안의 훈훈한 온기를 받고서야 은우는 얼었던 몸이 풀렸다.

"차 드세요."

은우가 아까 문 앞에서 보여주었던 싸늘함 대신 차분히 차를 내밀었다. 향긋한 꽃의 향기가 실린 차였다.

"향이 좋아요."

제니가 담담히 차를 칭찬했다. 어린 그녀를 바라보는 오만함이 고스란히 드러나 있었다. 독약처럼 고운 제니를 바라보는 은우는 감정이 드러나지 않는 고요한 얼굴이었다.

"그런가요? 수국차라고 하더군요. 꽃이 얼마나 단지, 우려내기만 해도 단맛이 나죠. 남편이 사온 차예요. 한 겨울에 봄이라니…."

은우가 가볍게 미소를 띄우며 제니에게 설명을 해주었다. 전에 잠시 봄이 그립다 했었는데, 규하가 어디서 구했는지 꽃차를 수북이 가져왔다.

'꽃이 한 아름 피웠으면 좋겠어요. 방 안에 하나 가득. 따뜻한 햇살이랑 활짝 핀 꽃이랑. 그런 봄이 왔음 좋겠어요.'

눈이 오던 날 아침 출근하는 규하에게 그렇게 말한 적이 있었다. 그걸 기억해 사 온 꽃차를 마시며 은우는 차보다 그의 마음을 마셨다. 비록 사랑하지 않을지라도, 자신에게 주는 그의 따뜻한 마음이 좋아, 그녀는 이 차를 가장 좋아했다. 그리고 지금 그녀는 제니와 함께 규하의 차를 마시고 있는 중이었다.

 향긋하고 단 맛이 목구멍을 따라 흐르자, 그녀의 경직된 마음도 서서히 풀리기 시작했다. 규하에 대해 화났던 심술도 조금 풀렸다. 시간을 벌 셈인지, 제니는 차만 마실 뿐 입을 열지 않았다. 향 좋은 차를 앞에 둔 두 사람은 차향에 어울리지 않은 긴장감만 감돌았다. 차 한 주전자가 다 비어갈 때쯤, 기다리다 못한 그녀가 먼저 입을 열고 말았다.

"제 남편에 대해 할 말이 있다고 하셨죠?"
"네."
먼저 시작하는 은우의 질문에 제니가 다소곳이 대답했다.
"말씀하시죠."
마지막 남은 찻물을 부으며 그녀가 재촉했다.
"전 이제 바닥입니다."
"네?"
 난데없는 제니의 말이었다. 바닥이라니. 그녀가 지금껏 오해를 한 걸까? 도움을 청하기 위해 찾아 온 여자를 너무 냉담히 바라본 게 아닌가 싶어 은우는 순간 긴장을 풀었다.

"갈 곳이 더 이상 없다는 거죠."
제니가 다시 설명 했다.
"그게 저의 남편과 무슨 상관이 있는 거죠?"
"그 분으로 인해 제 모든 것을 잃었으니까요."
 아, 풀어졌던 긴장감이 다시 빳빳이 일어섰다. 결국 규하의 문제였다.

"제 남편으로 인해 모든 것을 잃었다, 하셨나요?"

은우의 목소리는 평온했다.

"제 첫 순결을 드린 사람입니다. 사랑했었기에 제 모든 것을 드리고 싶었어요. 제 몫이 될 거라 감히 욕심내지 못했지만, 그래도 제겐 사랑이라서 그랬습니다. 가진 것 없고, 집안조차 번듯하지 못합니다. 그래서 욕심내지 못했어요. 하지만 사랑이라는 건 거부하고 싶지 않습니다. 그의 아이를 가졌고, 낳고 싶었지만 그 분의 결혼생활을 방해하고 싶지 않았어요. 그래서 아이도 지웠습니다."

제니의 눈에서 정말 슬픈 눈물이 뚝뚝 떨어져 내렸다. 아이라, 은우의 얼굴이 고통스럽게 일그러졌다. 아직 그녀에게는 아이가 없었다. 규하와 함께 했던 날도 있었으니 아이가 생길 수도 있으련만 아직까지 아이가 생기지 않았다.

'아이를 갖자.'

이상한 여자의 전화가 걸려 온 날, 규하가 한 말이 순간 스치고 지나갔다. 아이. 제니가 가진 그의 아이를 생각하니 질투가 치밀어 올랐다. 그의 여자라는 것보다 그의 아이를 가진 여자라는 게 더 큰 상처였다. 고개 숙인 그녀의 앞에 선, 제니의 얼굴이 승리에 도취되어 있었다. 제니는 잔인하게 말을 이어갔다.

"그 분이 떠나겠다, 했을 때 붙잡고 싶었지만 그분의 가정을 깨고 싶지 않았어요. 저만 입을 다물면 될 거라 생각했죠."

"그런데 왜 이제 저에게 말을 하시는 거죠?"

그의 여자였다. 제니는 그의 여자였다. 그것도 그녀에게 주었다 했던 과거의 여자가 아닌, 현재의 여자. 자신과 함께 살았던 결혼 생활에서 그의 여자는 과연 몇 명이나 되는 걸까? 뺨을 내리치듯 처녀냐 묻던 이화라는 여자, 그리고 자신이 주지 못했던 처녀의 피를 흘리며 그를 사랑한 이 여자. 규하에 대한 미움과, 원망. 그리고 아픔까지 은우는 혼란스러웠다. 괴롭고 혼란스러웠다. 이제 그를 믿을 수 있을까? 이겨낼 수 있을 거라 생각했는데 아이라는 말에 그녀는 순식간에 무너지고 있었다. 봄이 보고 싶은 그녀를 위해 마련된 차가 소태처럼 썼다.

"전 모든 것을 잃었어요. 벌써 신문사에서는 스캔들을 터지고, 회사에서는 당장 저에게 나가라고 합니다. 이제 제가 갈 곳은 없어졌어요. 욕심내지 못할 사람을 사랑한 제 잘못이겠지만, 절 도와주실 수 없나요?"

은우가 고개를 끄덕였다. 명희가 오기 전 그녀의 집 앞에 놓여진 신문 기사가 문득 생각이 났다. 신문 1면에 장식되어있던 제니의 연인이 규하였나? 은우의 고개가 힘없이 떨어졌다. 무릎 위에 놓인 손이 제니 모르게 떨리고 있었다.

"어떻게 도와주길 원하시나요?"

"이제 제게 남은 건 일 뿐입니다. 제 아이도, 그 분도, 다 당신께 드렸어요. 제 일만은…. 제 일만은 도와주시면 안 되나요?"

제니의 눈물은 여전히 멈출 줄을 몰랐다. 그녀의 눈물 앞에서 은우는 막막한 심정이었다. 도와 달라 말하고 있었지만 무엇을 도와야 할지 알 수가 없었다. 그를 달라는 말인가? 잠시 생각에 잠겼던 은우가 한참 만에 고개를 들었다. 아까의 아픔은 사라진 맑은 눈동자였다.
　"미안합니다. 본의 아니게 당신께 많은 상처를 입혔습니다. 하지만 이건 제가 해 드릴 수 있는 일이 아니군요."
　"네?"
　뜻밖의 말이었는지 내내 뚝뚝 떨어지던 제니의 눈물이 순간 멈춰버렸다.
　"그의 아이를 지웠다니 뭐라 위로를 해야 될지 모르겠습니다만, 저희에게 말하신 일도 아니고 저희가 그렇게 하라, 원한 것도 아니니 그 문제에 대해서는 저희 쪽은 책임이 없다고 생각합니다. 하지만 금전적인 문제는 저희가 배상해 드리지요. 진단서를 가져오시면 저희가 보상해 드리겠습니다. 없어진 아이를 저희 집안에서 받아들일 수도 없으니 그것만이 최상인 것 같습니다."
　순식간에 제니의 얼굴이 싸늘하게 굳었다. 조용한 얼굴로 은우는 그녀의 뺨을 내리치고 있었다.
　"그리고 스캔들 문제입니다만, 그것 역시 저희 집안과 관계되었다면 당연히 감당할 몫이지요. 그 사람의 위치를 모르시지는 않았겠지요. 설마 하나의 비난도 없이 결혼한 사람과 그런 관계를 맺겠다, 생각하지 않으셨겠지요? 그러니 그것 역시 제가 해 드릴 일이 없군요. 사랑이라면…."

은우의 말이 잠시 멈추었다. 사랑이란 말은 가시처럼 상처가 되었다.

"하지만 제 남편이 먼저 헤어지자 했다니 당신만의 사랑으로 제 남편더러 당신에게 돌아가라, 할 수는 없습니다. 당신은 처음부터 욕심내지 않겠다고 시작한 관계이지만, 전 가족을 지키기 위해 그 사람을 사랑합니다. 제 사랑으로 이 가정을 꿋꿋이 지킬 생각이라, 이미 당신께 마음 떠났다는 그 사람을 당신께 드릴 수 없습니다."

고요한 은우가 동요 없이 제니를 바라보았다. 규하가 떠났다면 이젠 그녀의 몫이었다. 그녀에게 절대 줄 수 없는 사람이었다. 제니를 바라보는 그녀의 눈빛은 열병을 앓는 사람처럼 붉었다.

"하, 하지만…."

당황한 제니가 말을 더듬었다. 그러나 여전히 은우는 물러설 생각이 없었다.

"스캔들로 당신의 일이 힘들다면 그것도 당신이 받을 몫입니다. 제 남편 역시 그 부분으로 고통이 있겠지만 저희는 꿋꿋이 견딜 생각입니다. 저희 지산에서 최대한 그 기사를 막겠다, 약속은 해드리지요. 이만 돌아가셨으면 합니다."

은우가 배웅하듯 자리에서 가볍게 일어섰다. 이젠 정말 그녀가 돌아가길 바랐다. 며칠 사이의 기운을 오늘 다 써버린 듯 온몸이 추욱 가라앉고 있었다. 눈앞이 아득해져 갔다. 쓰러지면 안 돼. 힘들게 아득해지는 정신을 붙잡는데,

"은우야!"

그 순간 애타게 그녀의 이름을 부르는 규하의 목소리가 들렸다. 은우가 감아지는 눈을 애써 붙잡았다. 왔어요? 말하고 싶은데, 채 입이 열어지기도 전에 은우는 아득한 나락으로 떨어지고 말았다. 이은우!

황급히 뛰어온 듯 숨이 거칠게 들어온 규하가 막 가라앉으려는 은우를 재빨리 가슴으로 받아 안았다. 이런, 규하의 얼굴이 하얗게 질렸다. 며칠 사이, 조금 온기가 돌아왔나 했더니, 또다시 창백해진 얼굴로 아내가 바닥으로 떨어지고 있었다. 은우를 번쩍 안아든 규하가 그제야 제니를 돌아보았다. 여전히 눈물이 남은 얼굴이었다.

"천박한 것!"

내쏘는 말이 얼음처럼 차가웠다. 회사에 대한 원조를 끊어버리고서야 나타난 그녀였다. 애초부터 약속했던 영화 캐스팅 자리만이라도 받았으면 그만이련만, 뻔한 속셈이 드러나는 신문 기사 따위로 그를 가지려 욕심을 내다니. 용서할 수가 없었다. 그의 나이 서른 셋에 오른 사장 자리였다. 제 나이보다 한참은 위인 지산의 이사진들을 누르고 사장 자리까지 오른 그다. 우습게 보아도 한참은 우습게 보았다. 제니가 소속된 그까짓 정

도의 회사 망하게 하려면 손가락 하나 드는 것보다 더 쉬운 일이었다. 오늘쯤이면 귀에 들어갔으려니 했더니, 이 건방진 계집은 끝을 몰랐다.

"이제 그만 돌아가지? 아니면 더한 것이 필요한가?"

낮은 목소리로 말하는 그의 모습은 그야말로 먹이를 앞둔 야수 같았다. 감히 대꾸조차 허용하지 않겠다는 듯 냉정한 얼굴이었다. 쏘아보는 눈길을 견디지 못하고 제니는 도망치듯 집을 나섰다.

규하는 그제야 허겁지겁 아내를 침대 위에 뉘였다. 속이 상할 만큼 상했다. 이렇게 하고 싶지는 않았는데, 그는 여전히 그녀를 아프게 하고 있었다. 규하는 이마로 내려 온 머리카락조차 쓸어 올리기가 겁이 났다. 곤한 듯 자다가도 자신의 손길에 벌떡 일어나 치워 버릴까봐 규하는 차마 아내의 얼굴에 손조차 올리지 못했다. 규하가 조심스럽게 은우의 마른 손을 쓸었다. 가느다란 손가락에 그가 전에 선물한 결혼반지가 곱게 끼워져 있었다.

결혼반지…. 은우의 마음처럼 그는 반지가 끼워진 손가락 위를 조심스럽게 쓰다듬어 내렸다. 어떡하면 좋니? 널 어떻게 해야 하니? 은우에게 묻고 싶었다. 상처를 준다면 떠나겠다, 했는데. 떠난다면 어떻게 해야 될지, 자신이 준 상처로 은우가 떠난다 하면 어떻게 해야 할지 규하는 암담해져 왔다.

망할 것! 규하가 또다시 제니에게 성미를 돋았다. 자신이 시작한 잘못이면서도 정작 그가 원망하는 사람은 제니였다. 가만 두지 않을 거라, 태어난 것을 후회하게 만들 거라, 이를 박박 갈면서도 은우를 바라보는 그의 시선은 순한 아이처럼 애처로웠다.

"미안하다, 은우야. 미안해."

규하가 가만히 은우의 가슴에 얼굴을 묻었다. 한 번도 누굴 사랑해 보지는 않았지만, 누구에게도 굽히지 않았던, 무릎이라도 꿇어서 잡고 싶은 여자였다.

"떠나지 마라. 이런 하찮은 일로 상처받았다고 날 떠나지 마. 제발 부탁이야."

잠든 은우 옆에서 규하가 속삭였다. 은우의 전화를 끊고 허겁지겁 달려 온 길이었다. 이제야 비로소 서로를 기대게 되었는데 이미 마음에서 지워진 여자로 은우를 잃을 순 없었다. 쓰다듬는 그녀의 이마에 또다시 신열이 돋아왔다. 이제 겨우 나을 듯 했는데 마음이 많이 다친 모양이었다. 작은 은우의 손을 주무르며 그는 어쩔 수 없이 이 박사에게 전화를 걸었다. 은우가 아이를 지운 후로 조금만 아파도 득달같이 달려오는 이 박사이기에 믿을 만한 사람은 그 뿐이었다.

"당장 그 제니라는 아이, 그 바닥에서 완전히 없애버려. 두 번 다시 그곳에 발을 딛지 못하게 하라구."

이 박사를 기다리는 사이 규하가 신에게 전화를 걸었다. 무에게 맡겼더니, 일처리가 신처럼 깔끔하지 않았다.

"두 번 다시 일어서서는 안 돼. 그녀와 연관이 되는 사람까지 철저히, 그 어느 누구도 그녀를 도와줄 수 없게 그 싹까지 전부 잘라 버리라구. 특히, 임명세란 녀석도 함께 조사해 봐. 만일 제니와 연관이 되어 있다면 그 녀석도 포함해서야."

규하가 급한 성미를 고스란히 말투에 실었다. 신을 닦달하고는 그는 대답을 기다릴 사이도 없이 전화를 끊어버렸다. 제니만 떠올려도 이가 갈렸다. 어차피 소문은 잊혀지기 마련이었다. 가만히만 있었다면 시간이 조금 흐른 뒤엔, 다시 이곳으로 발을 디딜지 몰랐지만 이젠 아니었다. 앞으로도 영영 그녀는 연예계라는 세상에 발을 딛지 못할 것이다. 그녀에게 가장 고통스런 방법으로 괴롭힐 작정이었다.

제니에게 이를 바락 갈면서도 은우의 손은 여전히 놓지 못한 규하가 종종 걸음을 치는데 똑, 똑 누군가 문을 두드렸다. 이 박사였다. 들어서자마자 은우의 상태를 살피던 이 박사가 쯧쯧 혀를 찼다. 아직 다친 몸이 회복도 되지 않은 상태에 또다시 혼절이라니 이 박사의 표정에 비난이 서렸다.

"대체 또 어디가 아프다고?"

여린 눈동자를 살피며 진찰하던 이 박사의 뒤로 그림자처럼 현정이 들어섰다. 대답하려던 규하가 흠칫 놀라고 말았다. 어머니의 등장은 뜻밖이었다. 규하가 난처한 기색으로 현정의 눈치를 살폈다.

"어머니?"

그런 규하를 바라보는 현정의 시선이 생각대로 차가웠다.

"이 박사님과 함께 식사 중이라 같이 왔다. 아버지는 아래층에 계신다."

현정이 조용히 대답하며 은우 곁으로 다가 앉았다.

"쯧쯧. 앓은 지 얼마나 되었다고 또다시 이 모양인지…."

조심스럽게 은우를 쓸어내리면서도 규하를 바라보는 시선은 못마땅한 기색이 역력했다. 규하는 지은 죄 때문에 불편하게 어머니의 시선을 피했다. 다행이 옆에서 이 박사가 한결 걱정이 풀어진 목소리로 끼어들었다.

"뭐, 몸이 많이 지친 상태라 잠시 기력을 잃은 모양입니다. 영양제 한 대 놓고 나면 기력을 차리겠지요. 식사는 제대로 하고 있는가?"

뒷말은 규하에게 물어보며 이 박사가 자리를 털고 일어섰다.

"아, 네…."

규하가 미적거리며 대답했다.

"이 박사님 잠시 제 아이 좀 살펴주시겠습니까? 저흰 좀 이야기 할 게 있어서…."

정중하게 이 박사에게 부탁을 한 현정이 규하를 이끌고 윤 회장이 기다리는 아래층으로 향했다. 나주 댁은 이미 퇴근한 터라 거실엔 윤 회장만 딱딱하게 앉아 있었다.

제길, 규하는 남모르게 욕을 내뱉었다. 아까 전화할 때 바깥이라 생각은 했었지만 부모님과 함께 식사 중인 것은 미처 알아채지 못했다. 아래층에서 기다리고 있던 윤 회장이 규하를 부릅, 노려보았다.

"이 멍청한 자식! 대체 회사 일은 그렇게 잘도 하는 녀석이 왜 집안일은 이렇게 허술한 거냐?"

먼저 벌컥 소리를 지르는 윤 회장 옆에 선, 현정의 목소리는 오히려 더 차분했다.

"무슨 일이냐? 갑자기 아이가 왜 쓰러진 게야?"

"별 일 아닙니다."

"별 일이 아니야? 이게 별 일이 아니냐? 무 불러와!"

그의 대답에 현정이 눈썹을 치켜뜨는데 참다못한 윤 회장이 괜한 무만 불러댔다. 닦달하다 못해 직접 뛰쳐나가 끌고 오니, 죄 없는 무만 난처하게 되고 말았다.

"무슨 일이냐? 별 일이 아니라는데. 왜 며늘아기가 쓰러진 건지 너는 알고 있겠지? 아니면 너까지 모른다고 시침 뗄 거냐?"

"네?"

식은땀만 뻘뻘 흘리며 무가 안절부절 규하 눈치만 살폈다.

"이화 그 아이는 한 번 혼이 났을 터이니, 이번엔 제니냐?"

현정의 입에서 뜻밖에도 제니의 이름이 튀어 나왔다. 순간 규하보다 무의 어깨가 먼저 움찔거리고 말았다. 날카로운 현정의 시선은 그런 무의 움직임을 놓치지 않았다.

"그 아이가 맞는 모양이군."

"제니?"

윤 회장의 몰랐던 이름에 아내를 바라보았다. 그러나 현정의 시선은 곧장 규하에게 향해 있었다. 부글 끓어 오른 화가 눈에 보일 정도였다.

"감히 그런 아이가 이 집에 들락거리게 만든 거냐? 넌 도대체 네 안사람에 대한 예의라는 것도 모르니? 결혼한 주제에 그 아이에게 집까지 마련해 준 것도 모자라, 제 집 드나들 듯 들락거리는 게 옳아서 이제껏 입 다문 게 아니야. 자라면서 내내 외로운 네 눈빛이 조금이라도 따뜻하게 만드는 아이일까 싶어서. 내 차마 은우에게 미안한 마음이었지만, 내 자식이라 못난 내 자식이라, 그래도 네 외로움이나 씻어지라고 이제껏 참았다. 그런데 그것도 모자라 그런 아이가 감히 이 집을 들락거리게 만들어?"

성미가 파르르 돋는 목소리였다. 내내 잔잔하던 어머니의 목소리가 조금씩 올라가자 규하의 고개는 점점 아래로 떨어져 내렸다. 빌어먹을!

"이혼해라! 이혼해 줘!"

잠시 숨을 고르던 현정이 내뱉듯이 말했다. 규하의 고개가 번쩍 쳐들렸다. 옆에 선 윤 회장까지 놀란 시선이었다. 은우에 대해선 언제나 자애로웠던 현정이기에 이혼이란 말은 뜻밖이었다.

"못합니다. 이혼 못해요."

쳐든 고개로 어머니를 빤히 노려보며 규하가 이를 악물었다.

"이혼해! 저 아이 말려죽일 셈이냐? 네가 안하면 내가 할 거다. 불쌍한 아이야. 그런 어미 곁에서 숨죽이며 살아 온 아이, 네 욕심으로 인해 꺾는 건 옳지 않아. 이제 스물 셋이야. 이 세상엔 저 아이가 즐거워 할 일이 얼마나 많은데. 이렇게 너에게 갇혀 숨 쉬는 것조차 힘들게 하고 싶지 않다. 내 욕심이야. 알면서도 놓아주지 못한 내 욕심이다. 이혼해! 저 아이, 이제 세상으로 놓아줘."

"싫어요!"

규하가 소리쳤다. 아까의 부끄러운 마음은 이미 사라진지 오래였다. 하필 그의 어머니가 은우를 놓으라 하다니, 배신감까지 들었다.

"유빈이란 아이, 그 아이에게 보내 주어라. 그렇게 펄펄 열이 끓으면서도 잊지 못해 애타게 찾던 아이야. 그때 놓아 주었어야 했는데… 우리가 너무 오래 붙잡았다. 이제라도 놓아 줘. 저가 좋아하는 사람과 살아가게 이혼해라. 그리고 다시는 이 집안에 은우 들이지 마. 내가 용서하지 않는다."

불꽃이 튕기는 두 사람 사이에 있던 윤 회장이 앞으로 나섰다.

"흠, 흠, 여보."

규하가 휙 고개를 돌렸다. 더 이상 어머니의 모습을 보기 싫었다. 그 누구도 그에게서 은우를 빼앗아 갈 수 없었다.

"그만하세요. 전 이혼시키겠어요. 저 아이 이렇게 말려 죽일 건가요? 내 아들 좋자고 저렇게 꽃도 피우지 못한 아이, 시들어 버리게 하시겠다는 거예요? 이혼해라! 위자료 안 줘도 된다. 그 아이 살 길은 네가 아니라 내가 만들어 줄련다. 이만 가요. 내일 당장 김 변호사한테 서류 준비하라 할 테니 그렇게 해."

　마지막 말은 규하에게 내치듯 말한 현정은 찬바람이 횡 돌도록 거실을 나섰다. 나가는 현정의 팔을 규하가 재빨리 붙잡았다.

　"이혼! 이혼, 하지 않아요. 두 번 다시 이런 일 없습니다. 저에겐 저 사람 뿐이에요. 놓아주는 것도 사랑이라 하지 마세요. 제겐…."

　규하가 가슴을 쥐었다.

　"재겐, 제 곁에 두는 게 사랑이에요. 저 사람 사랑해요. 절대 놓아주지 않을 겁니다. 두 번 다시 이런 일 없어요."

　낮지만, 분명한 목소리로, 은우를 사랑 한다, 또박 말하며 그는 필사적으로 현정을 붙잡았다. 현정은 늘 부드러울 것 같으면서도 가끔 이렇게 칼 같은 면이 있었다. 어린 시절엔 자신이 잘못한 일이기에 변명도 차마 못하고 고스란히 그 벌을 다 감내했었지만, 은우는 아니었다. 아무리 그의 어머니라, 해도 은우만은 받아들일 수 없었다. 그의 여자였다. 놓을 수 없이 사랑하는 그의 여자였다. 차가운 대답이 들려왔다.

　"사랑? 네가 지금 사랑이라 했니? 사랑이란 게 뭔지나 알고 하는 소리냐?"

"모릅니다. 하지만 그녀가 없으면 전, 죽을 것 같습니다. 아니, 전 죽어요. 제발, 어머니! 그녀를 제게서 빼앗아 가지 마세요. 부탁입니다."

오만하던 그가 무릎을 팍 꿇어앉았다. 고개를 숙인 어깨가 보이지 않게 조금씩 떨려왔다. 쯧, 탄식 같은 한숨이 들렸다.

"쯧쯧. 당장 일어서지 못해! 어디서 사내가 그렇게 쉽게 무릎을 꿇는 거냐?"

윤 회장이었다. 그래도 무가 있는 자리라 제가 다스리는 사람 앞에서 무릎을 꿇는 게 못마땅한 기색이었다. 규하는 여전히 일어설 기미가 없었다. 지금 그의 눈엔 무조차 보이지 않았다.

"이 박사님이 링거를 놔 주신다고 하니, 오늘은 여기서 지내고 내일 그 아이 청담동으로 보내 거라."

무릎을 꿇으며 행여 마음을 풀지 않을까 했는데 어머니는 여전히 고집스러웠다. 결국 은우가 떠나는가 싶은 생각에 심장이 터질 것 같았다. 심장은 발딱 발딱 곧이라도 튀어 나올 듯 뛰는데 가슴은 써늘했다. 한기와 열기가 한꺼번에 그를 몰아치고 있었다.

"아무리 나주 댁이 있어도 그래도 부모만한 사람은 없다. 내가 직접 그 아이 보살피련다. 그러니 그 아이 내일 청담동으로 보내. 아니다. 내가 데리러 올 테니, 준비 해 놓도록 해."

"못 보냅니다. 제 아내입니다. 그 사람의 집은 여기입니다. 정말 왜 이러세요? 어머니! 제가 죽는다지 않습니까? 그녀가 없으면 전 살아갈 수 없어요. 제발 이러지 마세요. 그 아이 더 이상 흔들지 마세요. 저 역시 가슴이 아픕니다. 찢어지듯 아프다구요. 제가 준 상처라 더, 미치도록 더, 아프다구요. 그 아이 제가 보살필 겁니다. 제 아내이니, 제가 보살핀다구요. 그러니 어머니는 이제 돌아가세요. 이혼! 절대 없습니다. 분명히 없습니다. 제 아내에게도 절대로 없을 겁니다."

피가 터지는 것만 같았다.

"가요. 언제까지 여기 있을 참이에요?"

마침 내려 온 이 박사까지 끌며 현정이 가타부타 말이 없이 집을 나섰다. 그런 어머니의 뒤를 따라 바람처럼 규하가 뛰쳐 나갔다. 다짐하듯, 또 다짐하듯 그가 이를 악물며 소리쳤다.

"이혼! 절대 안합니다."

그런 규하를 돌아보며 현정이 좀 전의 노기가 가신 목소리로 차분히 대답했다.

"어디, 두고 보자구나."

웃는 듯 마는 듯 살짝 흘려놓으며 현정은 차에 올라섰다. 그리고 곧장 자신의 집을 향해 움직이기 시작했다. 그제야 그녀의 입술에 만족스런 미소가 피어올랐다

✤

은우가 발뒤꿈치를 쓰윽 올렸다. 작은 키가 아닌데도 규하가

사온 트리가 얼마나 큰지 아무래도 꼭대기까지는 손이 닿지 않았다. 어제 제니가 온 바람에 미루어 놓았던 트리 장식을 아침부터 하는데도, 아직도 구슬 장식이 한 바구니는 남은 것 같았다. 조금은 위험스럽게 팔을 뻗는데 갑자기 뒤에서 누군가 그녀의 허리를 휙 둘러 안았다. 어느새 다가온 규하가 그녀 대신 천사 장식을 트리 맨 위에 장식을 걸어주었다.

"오늘 정말 출근 안 해요?"

어제의 일은 잊은 듯 은우가 부드러운 목소리로 규하에게 물었다. 속이 뻔히 보이도록 안절부절 못하는 품이, 어제 제니의 일로 미안한 기색이었다. 여전히 파리하기는 했지만 그래도 푹 잔 탓인지 제법 기력이 나는데 그는 여전히 그녀의 곁만 맴돌고 있었다.

"음."

연말이라 계속 퇴근이 늦어질 정도로 바쁘다던 규하는 오늘 하루 휴가를 냈단다. 그리고 하루 종일 거실에 앉아 사냥하듯 그녀만 노려보고 있었다. 괜스레 나주 댁 아주머니까지 그의 눈치만 살피는데 정작 당사자는 무심한 모습이었다. 편하게 해주고 싶은데 어제의 아픔 때문에 그녀는 일부러 규하를 모르는 척 했다. 아무리 그가 다정하게 대해도 다른 여자가 그의 아이를 가졌다는 사실은 여전히 상처가 되었다.

"이만 쉬지?"

"괜찮아요."

"내가 보기 괜찮지 않아. 어제도…."

그 다음 말은 꿀꺽 삼켜 버렸다. 제니란 이름을 차마 떠올리지 못하는 모양이었다. 괜히 흠, 흠 헛기침하는 규하 대신 은우가 말을 이었다.

"이거 빨리 해야 하는데. 벌써 내일 모레가 크리스마스잖아요."

집 안 곳곳은 이미 크리스마스 분위기인데 그녀는 더 욕심을 내고 있었다. 예전 양부모집에 있던 트리는 언제나 오빠들의 몫이었다. 그녀는 고용인처럼 그들이 즐겁게 장식하고, 깔깔 웃는 모습만 보았을 뿐, 장식 흐트러진다고 가까이 다가가지도 못했었다. 이젠 바라보지 않아도 될 크리스마스 트리였다. 몸은 많이 지쳐 있었지만 이것은 그녀 자신을 위한 크리스마스였기에 그녀는 하나하나 자신의 손을 꾸미고 싶었다.

자신의 서랍 속에 감추어진 규하의 선물을 생각하며 은우가 잠시 얼굴을 찡그렸다. 그에게 선물해도 괜찮을까? 아직은 서툰 남편이라 쉽게 마음을 정하지 못하고 있는데 그녀의 몸이 허공에 부웅 떴다. 참다못한 규하가 은우를 그냥 안아든 채 위층으로 성큼성큼 걸어가 버린 것이었다.

"괜찮다니깐요. 빨리 장식해야 불을 켜죠."

작은 별 모양 꼬마전구를 켜 봐야 되는데. 장식이 늦은 탓에 여즉 켜보지도 못한 은우가 투정하듯 투덜댔다.

"쉬고 나서. 당신 쉬고 있는 동안 내가 할게."

오늘따라 유난히 다정하게 들리는 규하의 듣기 좋은 저음이었다. 투정하던 은우가 그 부드러움에 가만히 품에 안겼다. 위층으로 향하는 그의 어깨 위에서 까만 머리카락이 가볍게 흔들리고 있었다. 푸른빛이 돌 정도로 까만 머리카락이 거울처럼 윤이 돌았다. 은우가 살며시 손을 댔다. 그녀의 손길에 규하가 흠칫 어깨를 굳혔다. 은우가 수줍게 미소를 지었다. 그의 아이라는 말에 까마득한 나락으로 떨어져 버렸지만, 이젠 되돌릴 수 없이 그를 사랑해버린 그녀로서는 놓을 수가 없었다. 그가 직접 떠난다 하지 않는 한 그녀가 먼저 보낼 생각은 없었다.

위층으로 성큼 올라온 규하가 자신들의 침대 위에 조심스럽게 은우를 뉘었다. 누운 그녀 곁에 앉아 가슴에 얹혀진 손을 부드럽게 어루만지는 그의 손가락이 퍼렇게 멍든 손등에 멈췄다. 아무리 조심스럽게 놓는다 해도 어쩔 수 없이 주사바늘 자국이 남아 그 주위가 파랗게 멍든 모양이었다. 손등을 어루만지는 규하의 모습이 그녀보다 더 아파 보였다. 은우가 조심스럽게 그의 머리카락을 쓸어 올렸다.

"사랑해요."

그녀가 조용히 속삭였다. 규하가 그대로 얼었다.

"사랑해요."

듣지 못한 것일까? 은우가 다시 그의 귀에 속삭였다.

"사랑해요. 당신을 너무나 사랑해요. 그 말 밖에 할 수 없을 정도로 당신을 사랑해요."

사랑을 하면 되돌려 받고 싶은 욕심이 있었다. 그래서 유빈이 행복하냐 물었을 때, 대답하지 못했다. 결코 돌려받을 수 없는 사랑이기에. 하지만 이젠 사랑을 받지 않아도 행복했다. 그녀가 누군가를 이렇게 사랑하고 그 사람을 눈앞에서 볼 수 있고 그녀의 손길에 담을 수 있는 것만으로도 행복했다.

'제 아이도, 그 분도 다 당신께 드렸어요.'

제니의 목소리가 또다시 들려왔다. 제니의 아이, 그리고 그녀의 남편. 순간 일그러지려는 얼굴을 그녀는 애써 폈다. 이젠 그녀가 아이를 가질 것이다. 제니가 아닌 그녀가 그의 아이를 갖게 될 것이다. 그것으로도 족했다. 규하가 조심스럽게 물었다.

"나, 날 떠나지 않을 건가?"

대답을 묻는 그의 눈동자를 은우는 똑바로 마주쳤다.

"네, 떠나지 않아요."

"어제…."

이어지는 말을 은우가 잘랐다. 더 이상 어제의 일은 떠올리기 싫었다.

"당신이 원하지 않는다면 떠나지 않을게요. 당신이 그녀에게 가지만 않는다면 저 역시 당신을 떠나지 않을게요."

그를 똑바로 바라보며 그녀는 대답했다. 심장이 그제야 쿵, 쿵, 세차게 뛰어대기 시작했다. 사랑한다. 그녀가 자신을 사랑한다. 규하의 심장이 생명을 얻은 듯 가쁘도록 차 올라왔다. 사랑이라는 거, 이런 건가? 이렇게 아프면서도 황홀한 것이 사랑인가? 규하가 은우의 마른 입술에 자신의 떨리는 입술을 살며시 가져댔다. 가벼운 입맞춤 사이에 다짐하듯 속삭였다.

"미안하다. 두 번 다시 아프게 하지 않을게. 미안해. 제발 그런 일로 날 떠나지 마. 부탁이야."

"네."

은우가 부드럽게 규하를 안았다. 결혼한 후 처음으로 보이는 행동이었다. 늘 그가 먼저 안아왔지만 오늘은 그녀가 먼저 안았다. 꼭 껴안은 그녀의 귀에 속삭임이 들려왔다.

"사랑해, 은우야. 사랑해."

놓치지 않겠다는 듯, 꽈악 껴안는 그에게 그녀는 숫처녀처럼 떨렸다. 처음의 가벼운 키스는 규하가 되돌릴 때마다 점점 더 농도가 짙어지고 있었다. 그의 뜨거운 입술이 온몸에 낙인처럼 박히는데, 은우의 시선이 잠시 창가에 머물렀다.

"눈이 와요."

한 낮의 태양 아래 커다란 눈송이가 낙화처럼 내리고 있었다.

"그래."

키스를 퍼붓던 규하가 그녀를 따라 창문으로 시선을 돌렸다. 축복이야. 자신의 옷이 규하의 손길에 의해 한 꺼풀씩 벗겨지는 사이 은우가 속삭였다. 한 겨울의 봄꽃처럼 내리는 눈송이가 그녀의 눈에는 축복처럼 보였다. 벗겨져 내린 옷 사이로 드러난 알몸이 부끄러워 그녀의 안색에 붉은 홍조가 돋아 올랐다. 수줍게 가슴을 가린 그녀의 손을 내리며 규하가 드러난 그녀의 상처 자국을 따라 부드럽게 입술을 움직였다. 상처 하나 하나에 닿는 입맞춤에 자신도 모르게 농염한 신음이 터져 나왔다. 치욕의 상처가 이토록 예민하게 성감을 자극할 줄은 몰랐었다. 그녀의 깊은 배꼽과 날씬한 복부를 스치던 입술이 이젠 하얀 허벅지에 머물렀다. 성이 난 듯 우뚝 솟은 그녀의 것을 그가 부드럽게 쓸었다. 그녀의 허벅지가 파르르 떨려왔다.

"벗겨줘."

그녀만큼 욕망에 의해 허스키해져 버린 목소리로 규하가 말했다. 은우의 떨리는 손이 하나하나 그의 옷들을 벗기고 두 연인은 태초의 모습처럼 서로의 품 안에 놓여 있었다. 그의 능숙한 손이 자신의 몸을 훑어 내릴 때마다 은우의 신음 소리도 깊어갔다. 땀으로 흥건히 젖은 머리카락이 숨결을 따라 흘러 내려왔다. 커다란 규하의 손이 조그마한 그녀의 얼굴을 감싸 안았다. 눈앞에 까만 그의 눈동자가 깊은 애욕을 숨김없이 드러내고 있었다. 부드러운 그의 입술이 다가오자 은우는 자신도 모르게 눈을 감고 말았다.

"눈을 떠."

규하가 속삭였다.

"눈을 떠. 나를 봐. 내게서 절대, 다시는 눈을 돌리지 마. 똑바로 나만 보는 거야."

주문 같은 그의 말에 은우는 살포시 눈을 떴다. 입술에 달큰한 그의 혀가 밀려 들어왔다.

"내 여자. 넌 내 여자야. 이젠 절대 놓아주지 않아. 그 무엇으로도 절대 널 놓아주지 않아. 너와 난 이제 하나야. 그건 변할 수 없어."

그가 속삭이며 촉촉한 그녀의 몸 안으로 거대한 자신을 밀어 넣었다. 그 순간 그의 입에서 환희에 찬 탄성이 새어 나왔다. 그녀의 올곧이 솟은 젖가슴을 입 안으로 빨아 당기며 규하는 다시 한 번 그녀 안으로 부드럽게 밀어 넣었다. 능숙한 그의 움직임에 따라 은우가 또다시 신음을 내뱉었다. 그의 뻣뻣하고 거대한 남성이 자신의 안에서 빠르게 움직일 때마다 은우는 인형처럼 흔들리며 처음으로 자신만의 절정으로 치닫고 있었다.

이런 걸까? 사랑하는 사람과의 섹스란 이런 걸까? 규하와의 결합이 처음은 아니었지만 오늘의 규하는 격정적으로 그리고 아련하게 그녀를 몰아치고 있었다. 그를 자신의 안에 가두며 은우는 그와 함께 산의 정상처럼 아릿한 희열을 맛보았다. 뜨거운 열정의 끝을 맞이하는 순간 둘은 그대로 쓰러지듯 서로의 품 안으로 떨어져 내렸다. 그리고 기진한 듯 숨을 내쉬는 그녀를 끌어안으며 규하가 또다시 키스를 퍼부어 댔다. 여윈 그녀를 강하게 끌어안는 그의 품 안에서 은우는 제니를 지웠다. 그가 사랑한다면 그녀의 이름쯤은 지워 줄 수 있었다. 환한 대낮보다 더 환한 사랑을 나눈 은우는 규하의 품 안에서 편한 잠에 빠져 들었다.

은빛 같은 낮 햇살이 가볍게 은우를 드리우고 있었다. 한낮의 격정으로 인해 은우는 고단한 낮잠에 푸욱 빠져 있었다. 행여 자신의 움직임에 그녀의 얕은 잠을 방해할까 규하는 조심스레 그녀 옆으로 돌아누웠다. 유난히 검은 머리카락이 하얀 베갯잇에 고혹적으로 펼쳐져 있었다. 예전의 진한 실크 이불이 아닌 온통 하얀 레이스 같은 침구도 은우가 온 후 바뀐 변화였다. 규하는 아직도 모자란 듯 그녀의 모습을 굶주린 시선으로 바라보았다. 아무리 마셔도 채워지지 않는 목마름처럼 규하는 언제가 그녀가 목말랐다. 한낮이란 것, 그리고 아래층에 나주댁이 분주하게 움직이고 있을 거라는 것조차 머리 속에 떠오르지 않았다. 오직 그의 머릿속에는 은우만이 담겨 있을 뿐이었다. 규하가 그녀의 머리 위로 천천히 고개를 숙이며 속삭였다.
"사랑해."
그 순간 낮은 벨소리가 울려왔다. 자신의 휴대폰 소리였다. 가벼운 동작으로 침대에서 일어난 그가 재빨리 전화기를 잡았다. 은우 역시 그 소리를 들었는지 조그맣게 움직이는 소리가 들려왔다.
"음, 여보세요?"
-접니다. 회사에 안 나오셨기에. 집으로 갈까요?
신이었다.
"아니, 내가 나가지."
은우가 있는 곳에서는 할 수 있는 이야기가 아니었다. 설풋 잠이 덜 깼나? 살짝 시트가 흘러내리는데 은우는 그것조차 모르고 어린아이처럼 눈가를 부비며 윗몸을 일으켰다. 덕분에 하얀 나신이 조심스럽게 드러나 버렸다. 또다시 그녀에게 향하려는 몸을 추스르며 그는 서둘러 옷을 걸쳤다. 지금은 해야 할 일이 있었다.

"전화 왔어요?"

"잠시 나갔다 올게. 해야 할 일 좀 처리하고."

"네. 많이 늦어요?"

그제야 자신의 드러난 알몸에 시트를 재빨리 두르며 은우가 벌개 진 얼굴로 대충 대답해주었다.

"많이 늦지 않을 거야. 바로 들어올게."

아내의 입술에 가벼운 키스를 하며 규하는 가볍게 몸을 일으켰다. 더 이상 있다가는 신이 기다려야 할 시간이 꽤 되어버릴 것 같았다.

가벼운 점퍼 차림으로 회사에 들어섰을 때 신은 꼿꼿이 그의 사무실에 앉아 있었다. 그를 기다리는 신은 언제나 흐트러짐이 없었다. 무심코 그를 향하던 규하의 시선에 긴장된 신의 모습이 보였다. 긴 세월, 신은 그렇게 늘 긴장하며 그를 기다렸을 것이다.

"어떻게 되었지?"

그런 자신의 마음을 누르며 규하가 평상시처럼 신에게 기척을 냈다.

"원하시는 대로."

"원하는 대로 하겠다, 하던가?"

"네."

신의 대답은 간결했다. 원하는 대로. 그가 원하는 대로.

"그럼 이 의원은 경선 후보에서 탈락되는 건가?"

"네. 그 문제는 김 위원께서 알아서 하시겠답니다. 이 의원께 받은 돈도 고스란히 돌려 드렸답니다."

원래 그런 세계였다. 더 큰 먹이를 위해서는 작은 약속쯤은 쉽게 깨지는 곳이 그곳이었다. 김 위원이 이 의원을 놓지 않는다면 지산의 거대한 자금은 곧장 반대당으로 갈 것이다. 어차피 경제계에서 정치를 놓을 수는 없었다. 지산에서 선거 자금을 모르는 척 할 수는 없는 일이었다. 그 돈이 누구에게 갈 것이냐의 문제일 뿐, 규하의 개인 자금으로 융통할 필요가 없는 거대한 회사 자금이었다. 그리고 그것을 결정하는 것이 바로 윤규하 자신이었다.

"뭐 꼬투리를 잡으려 한다면 할 것은 많으니까요. 처가에서 집어 온 돈만해도 꽤 되더군요."

그렇겠지. 규하가 당연하다는 듯 고개를 주억거렸다.

"작년부터 산하 건설의 뒷배를 봐주면서 도로 건설 몇 개를 수주로 놓게 한 대가로 20억 정도 챙긴데다가, 그가 봐주는 회사가 여럿 되는 모양입니다. 그 돈 중에 꽤 많은 돈을 빼돌리기도 했구요."

"여자관계는?"

이 의원의 방탕한 생활은 짐작하기 어렵지 않는 일이었다. 은우에 대한 그 병적인 가학도 이유가 없는 것은 아니라 했었다.

"젊은 여자 하나가 있습니다. 이제 스물 셋이라는데…."

젠장, 속이 꼬였다. 아무리 제가 낳은 자식이 아니라 해도 제 딸과 같은 나이였다.

"강남 H아파트 50평, 그리고 외제 차 하나가 그 여자의 명의로 되어 있고, 그곳에 들어가는 생활비 역시 이 의원이 대고 있답니다. 얼마 전엔 그 여자의 오빠까지 산하 건설에 넣은 모양입니다. 올 초엔 공무를 핑계로 그 여자와 함께 괌 여행까지 다녀온 기록이 남아 있습니다. 그리고…."

신이 자신의 손에 들린 보고서를 보지도 않고 줄줄 꿰찼다. 그만한 세월동안 의원 자리에 앉아 이 정도의 비리는 충분히 있었을 것이라 예상은 했었다.

"그만하지. 어차피 내가 굳이 들을 만한 것들도 아니니까. 증거 자료는 충분히 해 두었겠지?"

"네."

신이 자신만만하게 대답했다.

"이 의원 댁은 여전히 소식이 없나?"

"네. 워낙 다른 사람들에게는 정상적이니까요."

명희는 여전히 그녀의 집에 머무르고 있었다. 결국 이 의원의 의지이든, 아니면 명희의 고집이든 이제 그것은 이 의원의 발목을 잡을 것이다. 지금 규하가 가장 원하는 것은 은우의 이름이 물 위로 떠오르지 않은 채 이 의원을 매장시키는 것이었다. 이만한 정보라면 괜찮겠지.

"이 의원에게 다녀와. 내 뜻을 정확히 전달하고. 한 달의 기간을 준다고 해. 경선 후보 역시 이쪽의 움직임이라는 것도 밝혀. 그건 경고일 뿐이야. 한 달 내에 사퇴하라고 분명히 말해. 그 기간에서 단 일분도 더 허락할 수 없어. 이 의원이 받아들이지 않는다면 난 두 번 생각할 것도 없이 이 증거들을 신문사에 던져 버릴 거다."

칼날처럼 서슬이 파란 규하의 얼굴에 신이 묵묵히 대답했다. 그에게 이만한 스캔들로 의원하나 매장시키는 건 일도 아니었다. 탈탈 털어 이만한 흠 없는 정치가가 없겠지만 윤규하는 이 정도만으로도 이 의원 하나 쯤의 정치생명을 끝장 낼 재력이 있었다. 단지 그가 가장 걱정하고 있는 건 은우였다. 은우가 이 진흙탕 속에 발을 담지 않고 이 의원이 매장되어야 하는 것, 그것이 우선 순위였다. 그의 말을 따라 신이 천천히 큰 키를 일으키는데 규하가 잠시 그를 멈추었다.

"제니 일은 어떻게 되었지? 잘 처리하고 있는 건가?"

"네. 소문이 빠른 곳이라 아마 지산을 등에 지고 제니를 고용할 곳은 없을 겁니다. TV나 영화, 그 어느 쪽에서도 제니씨가 발붙일 곳은 없습니다."

제니의 일을 말하는 신의 얼굴은 아까보다 더 무표정했다.

규하가 불편한 기색으로 신을 살폈다. 젠장, 여자 하나로 이렇게 면목을 깎여 본 적이 없었다.

"무에게 연락해."

무에게 연락하라는 규하의 말은 이 의원에 대한 감정보다 더 차가웠다. 이제 큰 일은 신이 했으니, 뒤처리는 무의 몫이다. 은우에게 감히 덤벼든 제니를 절대 용서하지 않겠다는 의지였다. 하필 이 의원의 일이 있은 지 얼마 되지 않아 나선 게 제니의 운이었다.

"임명세, 그 사람 역시 제니를 돕는다거나 그녀와 어떤 식으로든 간에 연결이 된다면 철저히 부셔버린다. 그녀를 사랑해서도, 그녀를 바라봐서도 안 돼. 아무도 그녀의 곁에 있어서는 안 된다. 완벽한 고립. 그게 내가 원하는 거다. 다시는 어느 누구를 발판으로 일어설 수 없게 완전히 세상으로부터 고립 시켜."

"…네."

늦은 대답을 하며 신이 그대로 사무실을 빠져 나갔다. 그제야 딱딱한 규하의 얼굴이 조금씩 풀렸다. 이제 하나하나, 제자리를 찾아가고 있었다.

23

"라파는 여전히 움직이지 않고 있나?"

지후가 봉투 안에 서류를 집어넣으며 쇼우에게 물었다. 지금껏 라파는 움직이지 않고 있었다. 이제 슬슬 조바심이 나는 참이었다.

"제길, 도대체 말을 해야 말이지. 그 사람 앞에 앉아 있는 것만으로도 죽을 맛인데. 보는 것도 아니고, 그런다고 나가라는 것도 아니고."

그 사이 지후를 대신해 꽤 많이 힘들었는지 묻자마자 곧장 쇼우의 불만이 터져 나왔다.

"그래?"

쇼우의 불평을 대하는 것치곤 상당히 담담한 대꾸였다. 라파

보다는 자신에게 향해 있다는 것을 알기에 그는 모른 척 할 수밖에 없었다. 쇼우 입장에서는 일본 본 파의 세력을 이곳까지 확산하려는 욕심도 있다는 건 알고 있었지만, 그런 것 치고는 쇼우는 기대 이상이었다.

어린 시절부터 한 계파의 후계자로 교육되어 온 그였다. 자신의 본 파에서 강한 우두머리로서 훈련을 받아 온 그가 지금 이 한국에서 자신의 손과 발이 되고 있는 것이다. 그래서 지후는 그가 고마웠다. 이 길의 끝에 도달 한다 해도, 아마 쇼우는 잊지 못할 것 같았다.

"제길, 두 마리의 토끼는 역시 잡는 게 아니야."

투덜대던 쇼우가 냉장고 속에서 맥주를 꺼내 들었다. 탁! 시원한 소리가 나더니 꿀꺽꿀꺽 거품이 목구멍 속으로 넘어 갔다. 짜증스러움이 잔뜩 배인 얼굴이었다. 자신의 일이 아니라 해도 라파는 역시 상대하기 피곤한 스타일이었다.

"언제까지 여기 있을 거야?"

앞에 앉은 그에게 맥주 캔을 내밀며 쇼우가 물었다. 은우가 그렇게 규하에게 가버린 후 지후는 집을 나왔다. 작은 가방 하나만 달랑 든 채 그는 미련 없이 집을 떠났다. 떠나는 그마저 은우 탓이라며, 온갖 욕을 퍼부어 대었지만 그런 어머니의 목소리도 들리지 않았다. 어머니에 대한 애틋한 마음도 이젠 한계였다. 이를 갈며 바라보던 아버지와 바락 악을 써 대는 어머니. 모든 것이 뒤죽박죽이었다. 그 길로 그는 이곳 호텔로 들어

와 버렸다. 미국에 있는 동안, 잠깐 손대었던 주식만으로도 꽤 여유가 있었다.

쇼우의 질문에도 지후는 여전히 무표정이었다. 그 날 이후 지후는 표정을 잃어 버렸다. 민한당에도 발을 끊고 거의 칩거하다시피 호텔에만 머물고 있는 그를 쇼우가 불안한 눈길로 바라보았다.

"어떻게 할 거지?"

쇼우가 졸라대듯 지후에게 물어왔다.

"움직여야지."

지후가 간단히 대답했다.

"움직인다, 그게 무슨 의미야?"

"뉴욕으로 갈 거다. 여긴 더 이상 미련 없어."

"뉴욕?"

쇼우가 얼굴을 찡그렸다. 늘 한국을 떠나라, 입버릇처럼 말하던 녀석치고는 상당히 의아한 얼굴이었다.

"뉴욕에서 무얼 하겠다는 거지? 여기서 도망치겠다는 거야?"

"글쎄."

지후가 힘든 미소를 지어 보였다. 도망가지 않을 수 없었다. 이 꽉 막힌 곳에서 자신과 은우가 설 자리는 없었다. 아무도 없는 곳, 자신과 은우가 자유롭게 있을 수 있는 곳을 찾아 떠날 생각이었다. 모든 것을 버리고, 이젠 모든 것을 가볍게 버리고,

그는 가뿐히 떠날 것이다.

"라파는 내가 직접 간다. 이젠…."

말이 끊기는데 쇼우가 먼저 속내를 토해냈다.

"라파와 직접 만나겠다는 건, 이젠 아버지와도 피하지 않겠다는 거야?"

쇼우가 예리하게 그의 마음을 짚었다. 자신 대신 쇼우를 라파에 세웠던 이유, 그건 아버지인 이 의원 때문이었다. 라파와의 관계를 철저히 가린 채, 윤규하와 이 의원을 상대했었던 그가 이젠 직접 라파와 만나겠다는 의미를 쇼우는 재빨리 알아차리고 있었다.

"그래. 이젠 피할 이유가 없으니까. 정면으로 부딪힐 때가 온 거야."

말처럼 이젠 모든 것을 버리고 그가 직접 부딪혀야 할 때가 왔다. 그를 바라보는 시선이 따가웠다. 아픈 시선이었다. 그러나 지금 지후는 모든 것을 자신의 사랑 하나에 걸었다. 결코 허락되지 않은 사랑이었지만 그래도 놓을 수는 없기에 이렇게 애써 붙잡고 있는 중이었다.

"이제 놓아."

애정 깊은 목소리였다. 지후가 천천히 돌았다. 형용한 불빛이 태울 듯이 노려보았지만 쇼우는 물러서지 않았다. 단단한 그의 몸에서 깊은 애정이 묻어났다.

"뭘 놓으라는 거지?"

되묻는 목소리마저 스산했다.

"너의 여자, 이은우."

단순한 해답처럼 쇼우가 대답했다.

"그녀를 이젠 놓아. 전에도, 그리고 지금도 네가 지켜주지 못할 여자야. 그녀가 널 사랑하지도 않잖아. 사랑에 모든 것을 걸 때도 있지만 이런 사랑엔 아니야. 이젠 그녈 놓아. 네가 부서지는 것 보다, 그녀를 놓는 게 더 나아."

"놓느니 죽는다. 그녀를 내 손에서 놓느니 내가 죽는다."

쇼우가 안타깝게 지후를 붙들었다.

"죽음보다 강한 사랑은 없어. 사랑이라는 것도 네가 살아서야. 왜 죽음까지 거는 거지?"

이해할 수 없었다. 대체 어떤 사랑이 목숨을 걸만한 가치가 있다는 건가. 쇼우는 지후의 그런 지독함이 이해가지 않았다. 지독한 사랑이야. 무서울 만큼 지독한 사랑. 쇼우가 보는 지후의 사랑은 그랬다. 그래서 지금 놓으라는 것이었다. 두 사람 모두를 다 태워버리기 전에….

"그녀가 없으면, 살아가지질 않아. 내 인생의 절반을 그녀를 사랑하며 살아왔어. 그녀의 존재를 공기처럼 숨쉬며 살아왔다. 그녀가 없이 살아가는 법을 배우지 못했어. 그래서 지금…."

숨을 들이마신 지후가 속사포처럼 쏟아냈다. 처음으로 드러내는 마음이었다. 안타까운 시선만 아니었다면 이렇게까지 자신을 드러내지 않았을 거다.

"그래서, 지금 살지 못하는 거야. 그녀가 내 곁에 없어서 난 살 수 없어. 한 때는 이 숨을 멈추어도 살아갈 수 있지 않을까 도망도 쳐 보았지만, 안 돼. 그녀가 없으면 난 아무 것도 아니야. 그녀를 붙잡는 건, 그녀를 놓지 않는 건. 그건 숨을 멈추지 못해서야. 세상의 삶을 버려도 그녀만 있으면 난 숨을 쉬며 살 수 있어."

지후는 남은 맥주를 입 안에 털어 넣었다. 목구멍 속으로 넘어가는 건 술이 아니라 그의 슬픔이었다. 이제 드디어 막이 올라섰다. 그는 절대 은우를 놓지 않는다. 그가 그녀의 것이듯, 그녀는 그의 것이었다. 지후가 꽉 쥐인 자신의 주먹을 내려다보았다. 은우의 발간 피가 여전히 그의 손 안에 묻어 있는 것 같았다.

내 죄의 씨야. 그가 또다시 중얼거렸다. 그의 어머니는 그가 평생 갚는다 해도 절대 지워지지 않을 죄의 씨였다. 과거의 은우와 현재의 은우. 그 어느 것도 그 죄를 덮은 자신을 돌아보지 않을지도 모른다. 하지만 그는 자신의 모든 것을 미래에 걸고 싶었다. 그것이 지금 그가 이토록 치닫는 이유였다. 빈 캔을 휴지통에 던져 넣고 지후는 자리에서 일어섰다. 쇼우에겐 아직 말하지 않았던 약속 시간이 거즘 다 되어 있었다.

"어디 가는 거야?"

일어선 그의 등 뒤로 쇼우가 물어왔다. 잠시 멈추던 지후가 대답 없이 다시 걸음을 옮기기 시작했다. 쇼우의 목소리가 자꾸 발길을 잡아끌었다.

"넌 그녀를 붙잡겠지만, 난 널 붙잡을 거다. 이지후! 내가 너의 친구로 남을 운명이라면 난 널 절대 이 길에서 놓지 않아. 그러니, 네가 포기해."

"원하는 대로…."

지후가 등 뒤 너머로 손을 흔들었다. 대답을 하며 호텔을 나서는 그의 눈가가 촉촉이 젖어 왔다. 자신의 곁에 누구라도 남아 있어서 조금이나마 위로가 되었다.

잠시 감정이 서리던 지후의 표정은 호텔 앞에 내어 놓은 차에 올라 설 때엔, 이미 좀 전의 감상까지 싹 지워져 있었다. 또다시 표정 없는 얼굴로 돌아 간 그는 빠르게 약속장소를 향해 움직였다. 이젠 윤규하를 가둘 시간이었다. 그를 가두고 여길 떠날 것이다, 은우와 함께. 그것이 유일한 희망이었다. 이미 조사해 놓은 라파의 집에 도착한 지후는 쇼우가 말하던 거대한 궁 같은 집을 따라 들어갔다. 쇼우와 달리 당당한 걸음걸이였다.

"움직여 달라?"

라파가 물었다. 그의 물음에 지후가 고개를 끄덕였다.

"네."

라파의 표정 역시 그 못지않았지만 그 무표정 속에 살짝 미간이 떨리는 것을 지후는 놓치지 않았다. 지금껏 계약을 미루어 놓은 건 라파 쪽이니, 이제 답을 달라는 그의 말이 불편할 터였다. 그러나 지후는 물러설 생각이 없었다. 언제까지 그가 움직여 주기만을 기다릴 수는 없었다. 상대가 대가를 치루지 않겠다면 이젠 재촉을 할 때였다.

"흠. 그래?"

재미있다는 듯 바라보는 시선을 그는 별 감흥 없이 바라보았다. 재미를 느끼는 것도 그와는 상관없는 일이었다.

"이젠 널 숨기지 않겠다?"

핑그르 웃는 품새가 이미 그의 존재를 알고 있다는 뜻이었다. 그와 은우. 그리고 윤규하. 라파는 모든 것을 다 알고 있다는 기색을 감추지 않았다. 그러나 라파가 모든 뒷조사를 하고 있으리라는 것은 지후 역시 추측하고 있었다. 그 역시 단지 모른 체 했을 뿐이다.

"무엇을 위해?"

마치 구두시험이라도 치루는 기분이었다. 지후가 피식 웃었다. 만만찮은 상대라더니 계약을 이제껏 지키지 않고서도 상대는 여전히 다른 사람 위에 군림하려 하고 있었다. 그러나 그건 어디까지나 다른 사람의 경우였다. 여기까지 와서 빈손으로 돌아갈 수는 없었다.

"거래를 위해섭니다."

"거래?"

"당신은 이미 제가 제시한 거래를 받아 들였으니 이제 그 거래에 대한 답을 원하는 겁니다.

"거래에 대한 답이라. 하! 감히 내게 거래에 대한 답을 원한다니. 당찬 녀석이야."

하하하, 웃는 웃음소리가 천장까지 울렸다. 지붕까지 들썩이도록 웃어대던 라파의 웃음소리가 어느 순간 바람처럼 사라졌다.

"그 거래에 대한 답은 유빈에게 있을 것 같은데?"

웃음기가 싹 지워진 냉정한 얼굴이었다. 지후가 눈썹을 치켜 올렸다. 세상에 관심조차 없다더니 유빈에게만은 단단히 빠져든 모양이었다. 끝끝내 유빈을 걸고 넘어지려는 속셈이었다. 결국 라파라는 작자도 여기까지인 모양이군.

"그가 원하는 게 무엇이든 전 당신께 이 거래를 받아야겠습니다."

일부러 유빈의 이름은 피한 채 그는 자신이 가져온 서류를 쓰윽 라파 앞으로 밀어 넣었다.

"뭐지?"

"무기명 채권 한 장!"

보지도 않은 채 묻는 라파에게 대답하며 그는 옆에 놓인 또 하나의 검은 가방을 내밀었다.

"그리고 현금 1억, 10억짜리 채권에 대한 수수료입니다."

이 바닥의 거래 조건이었다. 그가 내민 채권은 전에 라파가 규하에게 건네준 채권 그 값 그대로였다. 오늘은 절대 물러서지 않겠다는 강한 의지 앞에서 라파의 얼굴이 조금 일그러졌다. 이제 거래는 마무리였다. 더 이상 시간을 허비하는 건 무리였다.

"규하를 원한다. 흠…. 아마, 그 이은우라는 아이가 이 모든 일의 열쇠를 갖고 있겠지?"

라파가 지후를 비웃듯 노려보았다. 가볍게 드는 손에 옆에 서 있던 사나이가 재빨리 검은 서류 가방을 내왔다.

"거래는 이미 성립이 끝났어."

"네?"

지후가 눈썹을 곧추세우며 되물어 왔다.

"이미 거래는 끝났다는 거지. 김유빈이 원하는 것, 그게 이 거래의 조건이야. 난 내가 직접 받은 것에만 거래를 한다."

직접 받은 것에만 거래를 한다… 그 의미를 알아챈 지후의 시선이 잠시 자신도 모르게 흔들렸다. 김유빈이 자신을 그에게 주었으니 결국 라파가 거래할 사람은 지후가 아닌 유빈이란 말이었다. 제길, 지후가 이를 악물었다. 여기서 물러서면 안 돼. 지금은 더 이상 물러 설 곳이 없는 벼랑이었다.

"이 채권에 대한 거래는 어떻습니까?"

"이만한 금액의 채권이라면 그리 매력적인 건 못되지. 나에게는 별 가치 없는 금액이야. 하지만…."

네가 내게 유빈을 데려 온 값은 치루지. 라파가 핑그르 지후를 바라보았다.

"윤규하의 2%의 주식이다. 그 채권의 값으로 치루지."

라파가 규하의 주식을 채권의 값으로 내밀었다. 2%의 주식.

지후가 낮게 신음하고 말았다. 그는 곧 떠날 것이다. 은우와 함께 이 지긋한 곳을 떠날 것이다. 그런데 라파가 겨우 대가로 내놓은 것이 규하의 주식이라니.

젠장, 처음의 기색과 달리 난처한 거래가 되고 말았다. 규하의 주식은 뜨거운 감자였다. 먹을 수 있기까지는 꽤 시간이 걸리겠지만 그렇다고 해서 놓을 수도 없었다. 새로 주주들을 섭외하거나 따로 그들의 주식을 사들이기엔 시간과 돈이 절대적으로 필요한 일이었다. 하지만 또한 놓아버리기엔 마뜩한 거래이기도 했다. 이것을 라파가 규하에게 되판다면 규하에겐 잃을 것이 없는 셈이었다. 현금 이외에는….

'좋아, 어쨌든 너에겐 필요한 주식이겠지.'

지후는 자신 앞에 놓인 가방을 집어 들었다. 규하의 주식, 가지고 있어도 손해는 아닌 거래였다. 단호한 태도로 가방을 든 채 일어서는 그의 뒷목으로 후려치는 목소리가 들려왔다.

"유빈이, 한 번이라도 보지 않을 건가?"

지후가 나가던 발걸음을 멈추었다. 만나서 무어라 할 건가? 미안하다? 이미 되돌릴 수 없는 상처를 입혀놓고 뻔뻔히 이제 와서 미안하다, 말할 염치도 없었다.

"보고 싶지 않습니다."

라파의 말을 차디차게 뿌리치며 지후가 미련 없이 돌아섰다. 앞만 보는 거다. 이제 이미 돌아갈 문은 닫혔어. 내겐 나아가는 길 뿐이야.

자신의 호텔로 향하는 그에게 비로소 거리에 넘쳐흐르는 크리스마스의 기분이 전해져 왔다. 이제 기나긴 한 해가 지나가고 있었다. 시끄러울 정도로 경쾌하게 울리는 캐롤과 반짝이는 나무들까지. 이제껏 멈추어 있었던 시간이 다시 제 모습을 찾아 흘러가는 것 같았다. 또박 구두 굽 소리가 울리는 호텔 라운지를 들어선 지후는 그제야 며칠 내내 서 있던 트리를 바라보았다. 그의 키를 훌쩍 뛰어 넘는 커다란 트리가 넓은 라운지를 가득 채우고 있었는데 그는 이제야 본 것이었다.

트리에 다가 선 지후가 눈앞에 있는 장난감 종을 흔들었다. 딸랑, 경쾌한 방울 소리가 맑게 울렸다. 작은 천사가 그를 보고 씨익 웃고 있었다. 트리를 바라보는 그의 눈빛에 순간 따스함이 스쳐 지나갔다. 내년 크리스마스엔 은우와 함께 트리를 꾸밀 수 있을지도 몰랐다. 그리고 작은 선물도 함께. 소원을 빌 듯 또다시 딸랑 종을 울리고 지후는 자신의 방을 향해 들어섰다.

※

지산의 크리스마스 파티는 성대했다. 매년 열리는 간부급들의 크리스마스 파티에서 올해의 화제는 단연코 윤규하 사장이었다. 어린 나이로 이사에 영입되어 오로지 앞만 보며 달려왔다. 그의 뛰어난 두뇌와 순발력이 없었다면 감히 세진 철강과 맞먹을 철강 회사를 인수하지 못했을 것이다. 하긴 처음 인수

할 때만 해도 그만한 값어치가 될 거라 생각하지도 못했었다. 과감히 쓰러져가던 철강을 하나 인수하더니 규하는 재빠르게 회사를 세진만큼 키워냈다. 아직은 내실을 다질 일이 더 남아 있기는 했지만 이 만한 철강이라면 지산 자동차에 커다란 이익을 줄 것이다.

그 탓에 수많은 사람들이 서성이는 넓은 곳에서도 윤규하의 모습은 봄 햇살처럼 당당했다. 그리고 커다란 그의 키에 전혀 눌리지 않는 모델 같은 그의 아내. 그녀를 바라보는 시선은 대부분 질투이기는 했지만 또한 부러움이기도 했다. 부드러운 살 굿빛 드레스로 휘황하게 감싼 그녀는 장신의 규하 옆에서 전혀 꿀림 없이 그림자처럼 서 있었다. 아름다운 한 쌍이야. 그곳에 있던 모든 간부들의 입에서 한결같이 나온 탄성이었다. 회사 직원들 사이에서 가장 까다롭다 악명 높은 윤규하였다. 게다가 아버지 나이 뻘인, 이사 앞에서도 한 치의 빈틈없이 꼿꼿이 몰아세우는 칼날 같은 윤규하가 그의 아내 옆에서는 어린아이 같은 미소를 짓고 있었다. 그것만으로도 이곳에 온 보람이 있다고 다들 수군거리고 있을 정도였다.

잠시 규하의 끈질긴 팔에서 풀려난 은우가 숨을 고르기 위해 파티 장 한 쪽 구석으로 자리를 피했다. 아직은 이런 모임에 익숙지 않은 탓이었다. 규하의 키가 워낙 높아 그 키에 맞추느라 높은 굽의 구두를 산 덕분에 등줄기까지 쿡쿡 쑤셔왔다.

"잠시 쉬고 있는 거니?"

어느새 다가 온 조그만 시어머니가 부드럽게 웃으며 작은 접시를 내밀었다. 먹기가 아까울 정도로 앙증맞게 만들어진 음식이었다.

"힘들 땐, 먹어주는 게 나아. 이런데 오면 무조건 먹어야 한다. 그래야 사람들이 말을 안 걸거든."

그녀의 곁에 앉아 현정은 접시에 놓인 음식을 입에 넣었다. 은우 역시 편하게 시어머니 곁에서 같이 음식을 먹기 시작했다. 현정의 말처럼 그제야 딱딱한 등이 펴지는 것 같았다. 편한 침묵 속에서 두 사람은 조용히 접시에 놓인 음식들을 먹어치우기 시작했다. 조금 전까지는 배고픈지 몰랐었는데 막상 음식이 입 안으로 들어가자 그제야 뱃속이 허기졌음을 알았다. 한참 먹는 것에 몰두하고 있는데 그녀의 앞으로 생수가 담긴 잔이 불쑥 튀어 나왔다. 규하였다. 음료를 별로 좋아하지 않는 그녀를 위해 따로 담아 온 모양이었다.

"못된 녀석! 제 마누라만 챙기느라 난 보지 못한 게냐?"

투정하듯 말하면서도 정작 눈가엔 보기 좋은 주름이 걸렸다. 제 아내랍시고 꼬박 챙기는 규하가 제법 대견하다는 미소였다. 은우가 수줍게 고개를 숙였다. 그녀 역시 규하의 이런 다정함이 아직도 많이 어색했다. 그러나 어머니를 바라보는 그의 시선은 조금 불편했다. 마주보는 현정은 속내를 알겠다는 듯 장난스런 미소를 지었다. 이혼 시키겠다 벼르던 어머니를 아직 잊지 못하는 기색이었다.

"이제 몸은 괜찮은 거냐?"

잔뜩 골이 난 규하는 짐짓 모르는 척 현정은 은우에게만 말을 건넸다.

"네?"

"잠시 들렸었는데 몰랐던 모양이구나."

그 날 시어머니가 들렸단 말은 처음 듣는 말이었다. 별로 비밀이랄 것도 없는데 말하지 않았던 규하를 은우가 묻는 눈빛으로 바라보았다.

"아직 몸도 회복되지 않았는데 참, 언제 보약이나 한 재 지어 먹자구나. 원래 아이 낳은 것보다 잃었을 때 몸조리를 더 잘해야 하는 법이거든."

"아이를 잃다뇨?"

순간 은우가 번쩍 고개를 들었다. 아이라니? 누구의 아이? 바라 본 시어머니는 당황한 기색이었다. 은우의 얼굴이 하얗게 질리기 시작했다. 자신에게 아이가 있었다는 건 금시초문이었다.

"아이라뇨?"

은우가 다시 물었다. 양어머니의 발길질 아래 뭉텅 떨어져 나가던 아랫배의 통증이 떠올랐다. 아이를 잃었다면, 그 때였다. 분한 듯 커다랗게 뜬 눈에서 눈물이 한 방울, 주인의 뜻도 없이 흘러 내렸다. 눈자위가 벌써 발갛게 핏발이 서 있었다.

"아, 규하가 아직 말하지 않았던 모양이구나."

난처한 기색으로 시선을 돌리는데 규하가 막아 나섰다.

"어머니. 이제 그만하시죠."

둘 사이에 더 이상 현정이 끼어드는 건 용납하지 않겠다는 뜻이었다.

"잠깐만요. 잠시만 기다려 주세요. 어머니, 아이를 잃었나요? 제가, 제 아이를 잃었어요?"

당기는 규하의 손을 뿌리치며 은우가 현정의 손을 붙들었다. 대답을 들어야 했다.

"아, 이런. 괜찮다. 이제 어린 나이 아니니? 아이는 천천히 갖자구나. 연애도 못한 너희들인데."

"아이요? 제, 제가 당신의 아이를 잃었어요? 그때 다친 건, 저 만이 아니었어요?"

규하를 향해 돌려진 그녀의 얼굴이 참혹하게 일그러졌다. 아이를 갖자. 속삭이던 규하의 목소리가 환청처럼 들려왔다. 그 아이를 잃은 거야. 그 사람들이 내 아이를 잃게 했어. 내내 밝게 미소 짓던 그녀의 얼굴로 말간 눈물이 토도독 흘러 내렸다.

너무 해. 그녀가 조그맣게 중얼 거렸다. 어린 시절 내내 그녀가 받았던 그 고통으로도 부족했던 걸까? 자라지도 못한, 이제 겨우 손가락도 못되었을 그녀의 아이가 자라기도 전에 사라져 버렸다. 그 차가운 땅 위에 피와 함께 쏟아져 흔적도 없이 사라져 버리고 말았다. 얼마나 차가웠을까? 겨울의 얼은 땅 위로 떨어져 버린 그 아이는 얼마나 차가웠을까. 은우는 가슴이 아팠다.

"내, 내 아이…."

은우가 살굿빛 드레스 위로 평평한 자신의 배를 쓰다듬었다. 이곳에 아이가 있었다. 우리들의 아이. 조그만 그녀의 아이가. 내 아이…. 여전히 당황한 얼굴로 서 있는 현정은 시선에도 들어오지 않았다. 은우는 마치 세상에서 동 떨어진 사람처럼 자신의 납작한 배만 쓸었다. 그녀의 첫 가족이었다. 그런 은우를 규하가 살며시 끌어안았다.

"괜찮아. 괜찮아. 울지 마. 아이는 또 가지면 돼."

달래듯 낮게 속삭이는 규하의 음성이 그녀처럼 떨렸다. 흑, 흐느낌이 새어 나왔다. 갑자기 파티장의 화려한 음악소리가 소음처럼 따가웠다. 이렇게 즐거워하는 게 아니었는데, 죽은 아이를 위해 슬퍼할 시간도 없었다.

"아가. 괜찮다. 내가 이렇게 말하는 게 아니었는데, 상처를 줄 생각은 없었다. 어쩌면 좋으니."

괜스레 현정이 발만 굴렸다. 쉿. 괜찮아, 괜찮아. 아이를 달래듯 그녀를 흔들며 규하가 낮게 속삭였다.

"미안해, 은우야. 그때 내가 있어주지 못해 미안해. 두 번 다시 그런 일 없어. 이젠 내가 지켜줄게. 너와 내 아이 두 번 다시 이런 일 없게 내가 지켜줄게. 그러니까. 울지 마라. 부탁이야, 제발 울지 마."

"지켜주지 못했잖아요. 제니도, 내 아이도…."

자신도 모르게 아픔이 상처가 되어 베어졌다. 그녀의 말에 규하가 딱딱하게 몸을 굳혔다. 제니에 대해 잊었다고 생각했는데. 그러나 은우는 그를 보지 못했다. 제니는 자신을 위해 그의 아이를 지웠지만 그녀의 아이는 원치도 않은 폭행에 없어져 버렸다. 그녀는 모든 것이 너무 불공평하게 느껴졌다.

"어머니. 죄송해요. 아무래도 저흰 먼저 집에 가야겠습니다. 아버지껜 잘 말씀드려 주세요."

"그, 그래. 이거 원…. 은우 너무 상처받지 않게 네가 잘 위로해 줘라."

은우를 안고 도망치듯 파티장을 나온 규하는 집이 아닌 한강으로 차를 몰았다. 차 안에서 내내 울음이 새도록 울어대던 그녀를 규하가 강가로 이끌었다. 여윈 어깨에 춥지 않게 단단히 털외투를 여며 주었지만 오히려 찬 강바람이 숨통을 트여 주었다. 모진 말을 했는데도 그는 여전히 따뜻하게 그녀의 어깨를 안아 주었다.

"괜찮아?"

"미안해요. 당신 잘못이 아니야. 그런데 괜히 투정했어요."

은우가 그의 옆모습을 바라보며 사과를 했다. 너무 아픈 말이었다. 그렇게 아픈 말을 할 자격이 없었다. 잘못한 건 자신이었다.

"내 잘못이에요. 내가 문을 열지 말았어야 했는데. 내 아이의 존재를 더 빨리 알았어야 했는데, 내가 너무 바보 같은 엄마라서 그것도 몰랐어. 내 아이가…."

 멈추지 않은 눈물 때문에 말이 끊어졌다. 입 안으로 자꾸 침이 고이면서, 입덧처럼 신맛이 올라왔다.

 "마, 마음이 아파."

 그의 어깨에 기대며 그녀가 말했다. 울음은 멈추지 않았지만 그래도 이 세상에 그녀의 아이를 같이 아파해 줄 사람이 있다는 게 위로가 되었다.

 "그래, 나도 마음이 아프다."

 규하가 대답했다.

 "우리 아이, 그렇게 땅 위에서 추웠을 텐데. 난 하늘만 바라보았어. 내 아이는 땅 속에서 차갑게 얼어 있는데 난 하늘만 본 거야. 내 아이는 얼어 가는데…."

 쥐어짜듯 소리가 터져 나왔다. 내 아이는 얼어 가는데 난 하늘만 보면서 편하게도 죽어도 괜찮겠다, 생각한 거야. 아악! 비명이라도 지르고 싶었다. 살려 내! 그들이 눈앞에 있다면 당장 살려내라 악이라도 쓰고 싶은 심정이었다. 아, 아파. 심장이 터져 버릴 것처럼 답답했다.

 "은우야, 괜찮아. 우리 아이 괜찮아."

 갑자기 목소리가 꽈악 잠겼다. 그녀의 손 위로 뜨거운 눈물이 투둑 떨어졌다. 그녀의 것이 아닌 눈물. 그녀를 받쳐주던 규하의 고개가 앞으로 수그려졌다. 굵은 눈물이 그대로 흘러 내렸다. 아, 은우가 자신도 모르게 소리를 냈다.

그도 아팠었다. 은우는 처음으로 그가 한 남자로 보였다. 자신의 아이를 아파하고 자신의 아내를 지켜주는 한 남자. 은우가 그의 어깨를 감싸 안았다. 언제나 넓었던 등이 많이 작아 보여 가슴이 에였다. 그는 내내 지켰던 거다. 아이를 잃고 병실에서 죽은 듯이 누워있던 그녀를 지키고 내내 그 슬픔에서 그녀를 지켜 주었던 거다. 그런데 그에게 지켜주지 않았다 투정하다니. 은우는 마음이 아팠다.

그도 아이를 원했다. 아니, 먼저 아이를 갖자고 한 것도 그였다. 그런 그가 아이를 잃고, 죽어가듯 쓰러진 그녀를 안고, 지금까지 버티며 살아온 걸, 은우는 그제야 깨닫고 있었다. 남들보다 더 강하게 그 슬픔을 견디며 버텨 온 그였다. 눈물 때문에 잠겨버린 목소리로 규하가 나직하게 그녀를 달랬다.

"은우야, 아파. 나도 많이 아프다. 하지만 네만 있으면 돼. 네가 살아 있다는 것으로도 난 괜찮았다. 네가 내 곁에 이렇게 살아 있다면 우리의 첫 아이 잃은 건, 견딜 수 있을 거라 생각했어. 아이는 또 가지면 되겠지. 네가 또 다른 아이를 낳아 줄 거니까. 너만 살아 있으면 돼."

사람으로조차 보이지 않는 얼굴로 병원에서 시체처럼 앉아 있던 은우를 떠올리며 규하는 이를 악물었다. 자신의 집 앞에 흩뿌려져 있던 죽음 같은 피들. 그 속에서 그는 아무것도 필요하지 않았다. 아무것도 고통이 되지 않았다. 오로지 은우만이, 은우가 살아 있는 것만이 그 순간엔 전부였다. 그녀만 살아있다면….

 자신의 품 안에 안겨있는 그녀의 머리를 감싸며 흐르던 눈물을 꿀꺽 삼켰다. 이젠 그가 지켜주어야 했다. 눈물 따위 흘릴 여유란 남아 있지 않았다.

 "아이 또 가질 거야. 우리들의 아이. 그러니까 우리 같이 살아가자. 미안해. 이렇게 아프게 해서 미안해. 내가 너에게 많은 잘못을 한 거야. 내가 지켜준다고 했는데."

 한 여자를 지킨다는 게 이토록 힘든 건줄 몰랐었다. 그래서 쉽게 지켜준다 했는지도 몰랐다. 차가운 강바람이 살갗에 얼음처럼 와 닿았다. 시원했던 바람도 이젠 빨갛게 얼을 정도로 추웠다. 그 사이 은우의 눈물도 많이 말라 있었다. 실컷 울었던 탓에 얼굴이 빨갛게 부어 있었지만 그의 눈에는 그 어느 때보다 더 아름다웠다. 자신의 아이를 이토록 아파해 준 그녀가 고마웠다.

 "이젠 당신의 아이를 다시 가질 거예요. 이젠 두 번 다시 그렇게 아프게 잃지 않을래요. 잃었던 아이 몫까지 더 사랑해서 키울 거야."

 까만 강물을 바라보던 은우가 다짐했다. 당신의 아이, 기분 좋은 어감이었다. 얼었던 몸과 달리 가슴 안으로 따스한 온기가 스며드는 것 같았다. 그래, 내 아이, 규하는 은우의 말을 따라 했다.

 그의 아이. 그리고 은우의 아이. 흐르는 한강에 아이를 묻듯,

서로의 눈물을 묻으며 집으로 돌아왔을 때, 까만 집 안에는 나주 댁이 켜 놓았는지, 커다란 트리가 반짝이며 그들을 기다리고 있었다. 집에 들어서던 규하가 은우의 입술에 가볍게 키스를 건넸다.

"메리 크리스마스."

당신과 나의 첫 크리스마스야. 규하가 은우를 바라보며 속삭였다. 그의 키스를 받으며 조금 수줍게 메리 크리스마스라 대답하던 은우가 자신의 조그만 핸드백 속에서 상자 하나를 조심스럽게 꺼내들었다.

"이게 뭐지?"

규하가 물으며 상자를 뜯자 그의 손가락만한 MP3가 담겨 있었다. 은우가 씨익 웃으며 그의 귀에 조그만 이어폰을 꽂아주었다.

또 하루 멀어져 간다
내뿜은 담배 연기처럼
작기 만한 내 기억 속에
무얼 채워 살고 있는지
점점 더 멀어져 간다.
머물러 있는 청춘인 줄 알았는데
비어가는 내 가슴 속엔
더 아무 것도 찾을 수 없네
계절은 다시 돌아오지만

떠나간 내 사랑은 어디에
내가 떠나보낸 것도 아닌데
내가 떠나 온 것도 아닌데

 전에 한밤중에 지후에게 불러주던 노래였다. 그에게는 한 번도 불러주지 않았던 노래가 피아노 반주 속에서 감미롭게 들려왔다. 순간, 그의 가슴에서 뜨거운 열기가 치밀어 올라왔다. 그 무엇보다 아름다운 노래였다. 그날, 그녀가 반주 법을 잊어 먹었다고 말했을 때, 그의 평생 이 노래를 듣지 못하리라 생각했었다. 이 노래는 지후만을 위한 노래였다.
 규하가 은우의 손을 꽈악 잡았다. 이 노래에 담긴 그녀의 마음을 알 수 있을 것 같았다. 다 끝났나 싶어 이어폰을 빼는데 그녀가 고개를 흔들며 다시 끼워 주었다.

나 그대를 사랑해요. 늘 그대가 그리워요.
알까 이런 마음을. 부드러운 입맞춤 같아.
이 노래가 들리나요.
내 마음을 느끼나요. 사랑해요….

 그의 노래였다. 아, 그의 입에서 자신도 모르게 탄성이 터져 나왔다. 다가온 그녀가 귓가에 살며시 속삭였다. 사랑해요. 규하가 조심스럽게 그녀의 손을 잡아 자신이 선물한 결혼반지 위로 키스를 퍼부었다.

"나 또한 당신을 사랑해."

그녀의 고백에 심장이 멈출 것만 같았다. 머나먼 여행의 종착지에 도착한 것처럼 그는 편안했다. 정말 길고도 먼 여행이었다. 누군가를 사랑한다는 게 이토록 황홀할 거라 예전엔 미처 알지 못했었다. 그녀를 만난 것, 그리고 자신을 기다려 준 것 그는 그 모든 것이 감사했다.

"나 또한 사랑해. 당신을, 내 숨 쉬는 순간에도 사랑해. 그리고 그리워. 언제나 내겐 당신이 그립고 목말라."

"나도 당신이 그리워요. 이렇게 내 곁에 늘 있어도 언제나 당신이 목마르고 그리워요."

은우의 눈가에 또다시 뜨거운 눈물이 또르르 흘러내렸다. 규하가 그녀의 눈물이 닦아 냈다. 아까와는 다른 눈물이었지만 여전히 가슴이 아팠다. 놓치지 않을 거야. 내 생애 처음 갖는 내 사람이야. 놓치지 않아. 그녀를 품에 안으며 그는 놓치지 않을 거라 무수히 되내이고 있었다.

늘 이른 새벽을 여는 규하는 어름한 불빛 사이로 잠들어 있는 자신의 아름다운 아내를 녹이듯 바라보았다. 지난밤의 흔적으로 은우의 가느다란 목과 하얀 어깨엔 사랑의 흔적들이 가득이었다. 그녀를 바라보던 그의 얼굴이 편안했다. 아내를 등 뒤에서 안으며 규하는 처음 만났던 그녀를 기억했다.

어두운 바(Bar) 안에서 첫 눈에 사로잡혔던 어린 소녀 같은 여자였다. 너무나 어려서 사실 어떻게 다가가야 할지 조금 난감했었다. 작은 동물처럼 두려워 떠는 그녀를 붙잡기 위해 너무나 많은 길을 돌아서 왔다. 이젠 그들에겐 돌아갈 길은 남아 있지 않았다. 곧장 가면 돼. 어깨에 살며시 입을 맞추며 그가 말했다. 그녀의 상처를 하나하나 지우며 이젠 함께 살아가고 싶었다. 그녀를 갖기 위해 성급히 몰아쳐 왔던 시간 대신, 이젠 천천히 숨을 고르며 살 생각이었다.

그녀의 곁에서 게으름을 피우는 사이, 늦은 아침 해가 떠올랐다. 어제 미처 거두지 못한 커튼 틈 사이로 햇살이 쏟아져 들어왔다. 그제야 눈이 부신 듯 은우가 눈을 부볐다. 그녀와 함께 잠드는 동안 알아 챈 그녀의 버릇이었다. 그때, 눈송이가 하나가 창문에 타닥 작은 소리를 내며 떨어져 내렸다.

"어, 눈이 와요. 늦은 화이트 크리스마스네."

정작 크리스마스인 어제는 눈이 내리지 않더니 이제야 소담스럽게 내리는 눈을 은우가 반색하며 맞이했다. 규하가 창문가로 시선을 돌렸다. 온 세상이 하얀 눈으로 온통 빛나고 있었다.

"이렇게 눈이 오면 언제 봄이 오지?"

반색하는 은우 대신 규하가 이맛살을 찌푸렸다.

"봄이 오지 않아도 괜찮아요. 당신이 내게 준, 봄이 있잖아요."

은우가 볼우물을 패며 싱긋 웃었다. 규하가 선사한 꽃차를 두고 한 말이었다. 차를 마실 때마다 향긋한 꽃 내음이 항상 봄

같다던 수국차. 그녀는 늘 봄을 마시듯 차를 마셨었다. 드러난, 나신을 시트로 가리며 은우가 자리에서 일어섰다.

"차 마실래요? 수국차 마시고 싶은데."

고개를 끄덕이는 규하를 남겨두고 은우가 먼저 아래로 내려섰다. 규하의 시선이 그런 아내의 뒤를 따라 홀리듯 내려갔다. 목말라. 규하가 속삭였다.

은우가 따라준 아침의 수국차를 마시고 있는 사이 휴대폰이 따르르 울렸다. 늦은 아침 식사를 마친 후라 조금은 게을러진, 그가 귀찮은 듯 전화를 들었다. 신일 거라 대충 생각했다. 이 의원에게 보낸 신이 지금쯤이면 무슨 답을 듣고 오지 않을까 해서였다.

"거래 시작하지 않을 건가?"

스산한 라파의 목소리가 신 대신 들려왔다.

"오늘이었나?"

그가 이맛살을 찌푸렸다. 약속한 일주일이 오늘이었었나? 그답지 않게 시간을 잊은 모양이었다.

"내가 원하는 시간이야. 오지 않을 건가? 그럼 두 번 다시 거래는 없다."

"가지."

규하가 짧게 대답하며 전화를 끊었다. 달력을 보니 라파와 약속한 시간에서 하루가 당겨졌다. 무슨 바람이지? 결코 순탄한 거래가 아니기에 이른 거래가 왠지 불안했다.

"나가요?"

묻는 은우에게 애써 태연히 대답하며 그는 집을 나섰다. 어떤 것을 요구할지 조금 걱정이 앞섰다. 지산 전체의 수익보다 더 많은 돈을 가지고 있을 녀석이었다. 그런 그가 어떤 대가를 요구할지 사실은 미지수였다. 옆을 돌아본 그의 시선에 환하게 웃는 은우의 모습이 보였다. 내내 일그러져 있던 그의 얼굴이 조금씩 펴지기 시작했다. 사랑한다던 그녀의 목소리가 자신을 따라 오는 것만 같았다.

'네가 날 사랑하면 돼. 그 작은 녀석을 원한다면 모든 것을 다 버리고서 라도 데리고 온다. 너만 내 곁에 있는다면….'

차까지 배웅 나온 아내의 입술에 진한 키스를 남기며 그는 라파의 집을 향해 빠르게 움직였다.

⁂

라파가 유빈을 슬쩍 바라보았다. 아침에 걸었던 전화 상대가 누구였을지 영리한 녀석이라, 눈치 챘을 것도 같은데 유빈은 관심을 잃은 듯 말이 없었다. 대신 앞에 놓인 홍차 잔에 밀크를 부어 꽤 익숙한 손길로 젓고 있었다. 처음엔 그 맛을 모르겠다, 밀어대던 녀석이 이젠 유달리 홍차를 좋아하는 그를 따라 꼬박 함께 차를 마셨다. 그런 유빈을 바라보는 입가에 서늘한 미소가 머물렀다.

'새장에 갇힌 새는 언제나 주인에게 익숙해져가기 나름이지.'

날개가 꺾인 작은 새라 하지만, 솔직히 그는 저 조그만 머리 속을 파헤쳐 들어가고 싶었다. 이제껏 한 번도 다른 사람에 대해 관심이란 걸 갖고 살아보지 않았다. 그 자신 이외엔 그 누구도 관심이 없었다. 그러나 요즈음 부쩍 이 작은 녀석에게 시선이 멈추어졌다, 마치 습관처럼. 아침부터 쏟아지던 눈송이에 반했는지 유빈의 시선이 황홀한 듯 창 밖에 머물러 있었다.

"겨울이 좋은가?"

숨소리조차 새어나오지 않는다던 녀석이 가볍게 고개를 끄덕였다. 며칠 사이 유빈은 조금씩 말을 잃어가고 있었다. 그의 웃는 모습이 궁금했다. 말을 잃은 것처럼 그는 웃음도 없었다. 보지 못한 미소였지만 아마, 저 커다란 눈망울에 한 아름 주름이 잡히는 환한 웃음일거다. 선뜻 불쾌함이 가슴을 스치고 지나갔다. 웃어! 이젠 노래 부를 때도 되지 않았나? 성큼 그의 곁으로 다가간 라파가 한 손안에 유빈의 얼굴을 움켜쥐며 시선을 돌려 세웠다.

"두 번 다시 내 앞에서 시선을 돌리지 마라."

자신의 커다란 손에 붙들린 커다란 눈망울이 그제야 겁에 질린 듯 마주쳤다. 제길, 라파가 신음처럼 낮게 중얼거렸다. 그렇게 창 밖만 황홀히 바라보지 마라. 그렇게 황홀한 듯 겨울을 바라보지 않아도 넌 지금 충분히 겨울이니까.

"네가 그 어린 계집애의 행복을 바란다면, 좀 더 철저히 내

앞에서 무릎을 꿇어야 할 거야. 이렇게 날 언제까지 거부한다면 그 계집애의 행복은커녕, 지금 그 모습까지 철저히 부셔 버릴 테니. 네가 날 거부한다면 이 세상은 하나도 남김없이 부서뜨릴 거다."

빌어먹을. 이 어린 녀석 하나 내 맘에 잡지 못해 하는 짓이라니. 자신을 질책을 하며 라파가 거칠게 유빈의 얼굴을 뿌리쳤다. 쉽게 그를 가지지 않았었다. 자신의 욕망을 억누르며 이 작은 녀석이 도망가지 않도록 언제나 자신을 통제하는데도 유빈의 그의 키스조차 고통처럼 받아 들였다. 하얀 알몸에 선명한 붉은 입술은 마치 지옥처럼 유혹하는데 며칠째 계속 거부하고 있었다.

아픈가? 처음엔 걱정했었다. 자신이 욕망이 그에겐 고통이 되는 것을 알기에 처음엔 감기처럼 걱정했었다. 그러나 그것이 단지 자신에 대한 거부의 몸짓이라는 것을 깨달았을 때, 그의 분노는 거의 극에 달했다. 이 이상 어떻게 대해야 할지 도무지 알 수 없었다. 그 안개 같은 답답함이 못내 짜증스러워 폭풍이 휘몰아치듯 또다시 강제적으로 그를 소유하고 말았다. 그리고 그 후로 유빈은 철저히 그의 시선에서 자신을 감추어 버렸다. 라파의 얼굴에 순간 예리한 상처가 스쳐 지나갔다. 아무리 가져도 아직도 모자랐다.

"내게서 널 감추어도 소용없다. 너의 발가락 하나까지도 낱낱이 이 머릿속에 각인되어 세상 어느 곳에 숨어있다 해도 널 반드시 찾아 낼 수 있어. 그러니 너한텐 차라리 지금 이렇게 내 안에 가두어져 있는 것이 더 행복할 거야."

창가에 머문 기운보다 더 차갑게 쏘아대는데 밖에 서 있는 녀석 하나가 규하가 도착했음을 알려 왔다. 안 채에 머문 시간이 꽤 지나 있었다. 고개를 끄덕여 일어서는 그의 시선이 또다시 녀석의 붉은 입술에 머물렀다.

유빈으로 인해 시작된 거래였다. 이 세상으로부터 가두기 위해 그는 이 귀찮은 일을 못내 감수해야 했다. 이게 마지막이야. 두 번 다시 유빈이로 인해 물러서지 않겠다는 듯 그는 입술을 앙다물었다. 유빈에겐 이곳만이 살아 갈 유일한 세상이다. 녀석이 돌아갈 곳은 없었다.

고개 숙인 유빈의 얼굴을 잡아채, 붉은 입술이 터지도록 깊은 키스를 퍼붓고 나서야 그는 가뿐히 일어섰다. 인정할 수밖에 없을 거다. 유빈은 철저히 그에게 속해진 사람이었다.

안채를 벗어나 규하가 기다리는 거처로 향하는 발아래로 내내 쌓인 눈이 서걱 소리를 냈다. 눈이 많은 겨울이다. 그의 걸음이 점차 빨라지기 시작했다.

규하는 방 한 가운데에 반듯이 앉아 있었다. 아침의 불쾌한 마음을 싹 감추며 바라 본 규하의 모습은 예전과 같은 듯, 다른 듯 미묘한 모습이었다. 냉정하고 당찬 얼굴로 그를 마주보는 눈동자는 여전했지만 오랜만에 보는 꼬마 녀석은 이제 제법 많이 자라있었다. 하긴 이젠 명실상부 지산의 윤 사장이었다.

'너 하나만은 마음에 들었었지.'

느긋이 규하를 살피는데 전에 보았던 신이란 녀석은 옆에 없었다. 겁 없는 녀석이었다. 이 집안엔 웬만한 조직정도는 우습게 부셔버릴 녀석들이 가득한데 홀로 앉은 그의 얼굴은 흔들림이 없었다. 잠시 여유로운 시간이 흘렀다.

"거래, 시작하지."

규하가 먼저 입을 열었다.

"여전히 당찬 녀석이로군."

그의 비꼬임엔 관심이 없이 규하는 곧장 본론으로 들어섰다.

"유빈이란 아이, 내가 원한다."

"내 거래 조건은 까다로운데?"

"…그래도 원해."

그래도 원한다? 라파가 쓰윽 올라섰다.

"겁 없는 녀석이군. 내가 너의 거래를 받아줄 이유가 뭐지?"

규하의 하얀 이빨이 고르게 반짝였다.

"거래가 되지 않으면 내가 이곳으로 직접 올 거니까."

"직접 온다?"

무슨 뜻인지 쉽게 감이 오질 않았다.

"직접 이곳에 와, 김유빈을 데려 가겠단 말이지. 그러니 거래를 하는 게 더 이득이 되겠나?"

"네가 이곳에 직접 온다? 하하하."

내내 기다린 유빈의 웃음대신 자신의 얼굴에 주름이 잡히도록 웃음이 터져 나왔다.

"너 만한 아이가 이곳에 직접 온다? 그 뜻은 죽음까지도 하겠다는 거냐? 내 집 녀석들을 헤치고 김유빈을 내게서 데려 간다?"

저 거친 녀석들을 헤치고 김유빈을 데려 갈 수 있을까? 자신이 허락하지 않는데? 그에게서 김유빈을 데려갈 만한 용기가 과연 있을지 호기심이 일었다.

"네가 그 만큼 싸움에 자신이 있다는 게냐? 저 아이들이 가진 칼을 이길 정도로?"

"죽겠지."

한 순간의 망설임 없는 대답이었다. 지산의 윤규하가 이곳에서 죽는다? 한 번 그 꼴을 보고 싶다는 생각도 들었다. 그가 가진 재력 정도라면 이 나라의 제일 윗선까지 닿아 있다는 걸, 모를 윤규하가 아니었다. 그 윗선에서 지산을 잡으려고만 한다면 완벽히는 아니더라도 자신이 원하는 정도까지는 뭉개버릴 수도 있었다. 그런데 그걸 알면서 감히 정면으로 맞서겠다, 규하는 지금 말하고 있었다.

"죽는다⋯ 라. 내 손이 어디까지 닿아있는지 모를 너도 아니고. 그런데 감히 내게 와서 죽는다?"

"죽을 거라는 거 모르지 않아. 하지만 그냥 죽지는 않겠지. 당신에겐 맨 윗사람 하나뿐이지만 나 같은 사람이야 원래 하나보다 작은 여럿을 취하니까. 그래도 지산의 후계자이자 최고의 자리에 있는 내가 그리 쉽게 넘어갈 일일까? 아마 분명 누군가는 그 죽음의 뒤편을 파헤치려 하겠지. 최고의 권력이겠지만 하나의 목숨에 자신의 자리까지 송두리째 흔들릴 스캔들을 만들려 할지, 그것도 의문이군. 당신은 큰 하나를 갖겠지만 난 작은 여럿을 가질 거야. 그러니 내 목숨을 담보로 곡예를 타느니 쉽게 거래를 하지 그래?"

마치 설명하듯 담담함 목소리였다. 하나가 아닌 여럿을 가질 거다. 라파의 눈이 번쩍 빛을 냈다. 하긴 윤규하라는 남자가 죽었는데 언론에서 조용할 리는 없다. 자신이야 몸 하나 숨기기 쉽겠지만 이만한 자리를 잡기 위해선 또, 그 만큼의 시간과 재력이 소모될 건 뻔한 이치다. 그러니 거래를 하자? 사람 하나의 목숨 값은 톡톡히 할 녀석이었다. 규하의 대답에 라파는 미련을 털었다. 애초부터 윤규하가 쉬운 상대라 생각하지는 않았다.

"그럼 거래를 하지."

"거래 조건은 뭐지?"

"너의 아내, 이은우."

대답은 간단했다. 이지후의 연인이자 여동생, 그리고 저 작은 김유빈의 연인인 이은우. 또한, 아마도 윤규하가 목숨이라도 내놓을 그의 여자.

세 남자의 실타래 속에 꽁꽁 갇힌 그녀의 목숨이 거래의 담보였다. 살아있는 윤규하의 목숨은 거두지 못하겠지만, 그의 여자라면 거둘 수 있었다. 네가 그녀를 내놓는다면 나 역시, 내 작은 새를 내놓지.

"제 아내를 원한다…."

규하가 곧장 시선을 마주쳐 왔다. 질투가 날 만큼 순수한 빛이었다.

"그 아이, 주는 건가?"

"너의 아내를 내게 주겠다는 거냐?"

그의 대답에 라파가 더 당황하고 말았다.

"내 아내는 줄 수 없어. 당신이 원하시는 게 없는 것 같으니 그 아이, 그냥 달라는 것뿐이야. 대가를 지불하겠다는데 원하는 것도 없이 무작정 고집피우는 것까지, 받아주라는 건가? 그러니 거래는 없는 거야."

원하는 게 없다. 윤규하는 정확히 그의 한복판을 알아채고 있었다. 말대로 원하는 게 없었다. 김유빈과 거래할 그 어떤 것도 필요하지 않았다.

"너의 아내가 그토록 김유빈을 원하는 이유는 뭐지?"

단지 호기심일 뿐이었다. 결국 돌아갈 수도 없고, 받아들일 수도 없는 두 사람이 이토록 서로를 원하는 이유를 알 수가 없었다.

"행복이라더군."

대답하는 규하의 얼굴에 처음으로 잠시 감정이 실렸다. 잠시 전까지 그가 느꼈던 동질의 감정이었다.

"행복?"

"그 녀석에게 행복을 허락받아야 한다니, 원하는 것을 들어 줄 수밖에…."

하, 헛웃음이 새어 나왔다. 몸의 대가로 그녀의 행복을 바라는 녀석과 그 녀석에게 행복을 허락 받아야 한다는 그녀. 미묘한 관계였다. 그럼 그 둘을 둘러싼 이 세 남자는 과연 무엇인 건가. 그는 유빈의 미소를 위해 거래를 하고, 규하는 그녀의 행복을 위해 이 거래를 하고 있었다. 그럼 남은 건 지후뿐인가? 웃기지도 않은 관계들이었다.

"많이 변했군."

라파가 말했다. 아내를 위해, 그것도 연적일 수 있는 한 남자를 목숨까지 바치겠다는 규하는 예전과 많이 달랐다.

"당신, 역시."

규하가 부러지게 대답했다. 하하! 웃음이 자꾸 새었다. 그래, 그 역시 저 작은 녀석 때문에 여기까지 왔다. 웃음을 멈춘 라파가 조용히 규하를 바라보았다. 그와 규하는 같은 짐을 지고 있었다. 서로 놓을 수 없는 패를 들고 팽팽한 고무줄을 당기며 힘을 겨루고 있는 중이었다. 먼저 놓은 쪽보다 남아 있는 쪽이 더 다칠지도 몰랐다. 그렇다면, 내가 먼저 놓지.

"잠시 시간이 필요해. 그 아이가 원한다면 너에게 보내지."

라파가 말했다. 시간은 있어. 유빈에게 말했던 것처럼 세상 어디에 있어도 그 녀석을 찾을 수 있었다. 운이 나빴다. 부메랑처럼 돌아올 약속이 애초부터 걸림돌이었다. 평소의 그였다면 그렇게 쉽게 거래의 물고를 트지 않았을 것이다. 유빈은 그에게 취할 수밖에 없는 마약이었다. 독한 향취를 가진 독초….

은우의 행복이 자신에 대한 소유의 대한 대가라니. 원하는 걸 줄 수밖에 없었다. 그에게 있어 거래의 약속은 목숨 같은 것이었다. 유빈으로서는 자신의 몸까지 걸고 제시한 조건이었다. 아무리 그라 해도, 이젠 유빈을 돌려보내야 한다. 재수 없는 눈(雪)이 아침부터 내린 탓이야. 괜한 탓을 눈(雪)에게 돌리며 그는 규하에게 떠나라 손짓을 했다. 이미 거래는 그의 패배였고, 규하 역시 그것을 알고 있을 것이다.

드디어 거래 종료였다. 조금 더 힘들게 할 줄 알았는데, 라파는 예상보다 담백했다. 그래도, 생각보다 꽤 깊은 소유욕이었다. 골치 아픈 라파와의 거래를 끝내고 편안히 차에 오른 그에게 다급한 신의 전화가 걸려 왔다.

"무슨 일이지?"

숨 돌릴 사이도 없었다. 이제 집으로 갈 생각이었는데, 신이 급히 회사로 돌아오라 재촉했다.

"이 의원의 기사가 났습니다. 저희가 가진 증거물과 같은, 사모님의 증거 자료가 전부 신문사에 투고된 듯 싶습니다. 아동학대 보호 문제로 한참 주가가 오른 이 의원의 뒤통수를 노린 모양인데, 사모님의 어린 시절 병원 기록까지 전부 넘어 간 것 같습니다."

"뭐? 이런 빌어먹을!"

규하의 거친 주먹질에 핸들이 덜컹, 진동을 했다. 대체 어떤 녀석이 이따위 일을 벌인 거지?

"그리고, 저희 지산과 아이티에 있었던 W. I. C.의 거래. 최근 저희가 건네 준 채권의 사본까지 고스란히 실려 있어서…."

신의 말끝이 흐려졌다. 이토록 난감한 목소리는 그리 흔치 않았다. 규하의 얼굴이 가면을 쓴 것처럼 딱딱하게 굳어졌다.

"얼른 들어 오셔야겠습니다. 아무래도 이번 사건은 여파가 작지 않을 것 같습니다."

이지후! 회사로 핸들을 휙 꺾는 규하의 머릿속에 하나의 이름이 떠올랐다. 이토록 재빨리, 손쓸 사이도 없이 그를 몰아넣을 사람은 이지후, 외에는 떠오르지 않았다. 미끄러지듯 회사로 들어 선 그에게 재빨리 다가 온 신이 회장님 호출이 있었다고 전해 주었다. 벌써 일이 귀에 들어 간 듯했다. 하긴 대서특필이 되었다는데 모르는 게 더 이상한 일이다. 잔뜩 굳은 신을 달고 회장실로 들어서자마자 당장, 고함이 터져 나왔다.

"이 망할 자식!"

재떨이를 잡은 손이 곧장 날아올 것처럼 분에 겨웠다.

"그러기에 그 선에서 멈추라고 하지 않았냐? 대체 그 망할 채권은 어디서 구한 거야? 라파냐?"

생각지도 못했던 채권까지 신문에 구설수로 오르자마자 시급을 다투듯 이사회가 벌써 소집이 되었다. 그렇게 말렸건만.

아무리 제 자식이 귀하다지만 회사는 한 사람의 것이 아니었다. 비록 끌어 쓴 20억은 자신이 막았다 해도 이 의원의 올가미에 같이 넘어진 것은 규하의 실책이었다. 혹여, 규하 자신이 이 모든 책임을 뒤집어쓴다 해도, 이 일로 지산의 세무조사와 감사만은 피할 길이 없었다. 게다가 검찰청에 출두해야 하는 일만 해도 앞으로 규하가 건너야 할 산이었다.

"회사에서 원하는 대로 하겠습니다."

규하가 단호하게 대답했다. 어차피 각오했던 일이었다. 이 의원에 대한 일은 최악의 수까지 이미 예측되어 있었다. 이번 일로 지산의 사장 자리를 내놓아야 한다 해도 후회는 없었다. 바닥은 언제든 딛고 일어설 수 있었다.

"사장 자리를 내놓는다 해도 넌 상관이 없다?"

윤 회장의 대답은 그가 예측한 답과 같았다. 지산이 언론이나 정부의 화살을 피할 수 있는 유일한 방법은 규하가 모든 일을 감당하는 것이었다.

"상관 없습니다."

규하가 담담히 대답했다. 상관없다…. 그는 정말 상관이 없었다. 윤 회장은 무겁게 몸을 일으켰다. 은우가 들어온 순간 예정된 일이었다. 처음부터 강하게 말렸어야 할 일이었다. 규하가 그렇게 미친 듯이 나아갈 때 죽어도, 그 길을 막았어야 했다. 비난이라면 이 일이 해결된 후 언제든지 할 수 있어. 윤 회장은 주먹을 꽉 쥐었다. 지금껏 살아오면서 풍파 한 번 맞지 않고 살아온 것만으로도 운이 좋은 거다. 이미 운이 다했다면 새로운 운을 개척하면 그만이었다. 은우에 대한 비난은 그 후였다.

"해 보자. 어차피 은우도 언론을 피하기는 힘들 거다. 그만한 각오가 없으면 너도 같이 죽는다."

꽤나 양보하는 말이었는데, 규하는 대뜸 말을 잘랐다.

"싫습니다. 제 아내, 은우만은 언론에 노출시키고 싶지 않습니다."

처음부터 그가 이 모든 것을 참았던 것, 자신의 아이를 지워 버린 이 의원의 모든 것을 덮어 버린 것도 은우 때문이었다. 이제 와서 자신이 살기 위해 은우를 세상에 노출 시킬 수는 없었다.

"이것도 그 아이가 감당할 부분이야! 지산의 아내다. 넌 이 지산이야. 반드시 네가 이 자리를 이어 가야 해. 너의 아내라면 함께 이것을 견뎌야 한다. 너 혼자 모든 것을 감당할 수는 없어! 내가 그렇게 만들지 않을 거다. 이사회는 내가 막아보마. 내 모든 경영권을 건다 해도 반드시 막는다. 경영권이 넘어가지 않도록 주식이나 관리해. 아직은 우리에게 결정권이 있으니 어디 한 번 해 보자구나."

"싫습니다. 제 아내는 제가 지킵니다. 절대 노출 시키지 않아요. 세상의 언론에 아내의 상처를 온통 까발리고 싶지 않다구요."

철썩!

번개처럼 내리꽂은 윤 회장의 손바닥 자욱이 금세 벌겋게 달아올랐다. 내내 누르고 있던 화가 한껏 실린 탓에 그 뺨의 기운처럼 거대한 규하의 몸이 휘청 흔들렸다. 옆에 서 있던 신이 재빨리 부축을 했지만 규하는 괜찮다는 듯 그의 손을 밀쳐냈다.

"이 빌어먹을 자식! 아무리…."

윤 회장의 손가락 하나가 곧장 규하에게 향했다. 머리카락이 곤두 서 있을 만큼 윤 회장의 화는 거셌다. 뺨이 후끈 달아올랐지만 규하는 어루만질 생각조차 없었다. 이 무게만큼 아버지의 마음이 전해져 온 탓이었다.

"너 하나를 키우기 위해 얼마나 힘들었는지 알아? 이 자리에 네가 서 있기를, 이 자리에 서 있는 너 하나를 바라보는 네 어미와 난 안중에도 없는 거냐? 너에게 남겨 줄 이 회사마저 아무런 의미가 없다는 거냐? 빌어먹을 자식. 널…."

내 친자식조차 낳지 않고 기른 너다. 꿀꺽 삼킨 말에는 규하에 대한 원망이 고스란히 실려 있었다. 남자로서, 한 사내로서 제 자식을 갖고 싶은 욕심이 없었다 하면 거짓이었다. 아무리 형의 자식이지만, 그래도 자신과 아내의 아이는 아니었다. 아내가 선택했기에 자신의 욕심을 버렸다. 그나마 자신의 형의 핏줄이라도 이어져 있었기에 위로가 되기도 했지만 자랄수록 자신보다는 형을 닮아가는 규하의 외모 때문에 때론 마음이 저리기도 했었다.

가족이란 건 쉽게 얻어 지는 게 아닌가 보다, 생각하며 삶을 배우듯 키워낸 규하가 지금 배신처럼 그를 후려치고 있었다.

그 때문에 그는 우습게도 그 누구보다 피해자였을지도 모르는 은우가 미웠다. 때론 감싸주고 싶다가도, 이렇게 제 안식구와 경계선을 짓는 아들을 보면 섭섭함이 먼저 앞섰다.

그에겐 규하가 전부였다. 그를 위해 살았다. 이 회사 하나를 남기기 위해 수많은 밤을 고스란히 이곳에서 보냈다. 내 아들을 위해, 내 아들이 살아 갈 발판이라도 되기 위해 이 날을 살았었다. 규하가 처음으로 이 자리에 들어섰을 때의 그 뿌듯함. 이사들의 그 힘든 과제를 척척 넘기며 사장 자리에 당당히 들어섰을 때엔 세상을 얻은 것처럼 자랑스러웠다.

그 모든 것들이 이렇게 벼랑으로 치닫고 있는데, 아들 녀석은 제 아내 하나 감싸자고 그가 쌓아온 모든 것을 쉽게 내던지고 있었다. 윤 회장은 이를 악물었다. 아무리 그 아이의 상처를 후벼 판다해도 우선은 내 아들이 먼저야. 이렇게 쉽게, 규하를 위해 그가 쌓아왔던 것들을 허물어뜨릴 수는 없었다.

"같이 견뎌! 네 어미도 그 긴 시간 동안 상처 없이 그 자리를 지킨 게 아니다. 아무리 내가 지켜준다 해도 함께 아픔을 견뎌야 할 시기도 있는 법이야. 은우, 그 아이가 함께 널 지켜주지 못한다면 이젠 네 어미가 아닌 내가 그 아이를 놓아줄 거다. 저 혼자 상처를 안고 사는 아이는 우리 지산에 필요 없다."

칼같이 내뱉으며 윤 회장은 규하를 자신의 사무실에 남겨 놓고 회의장으로 향했다.

함께 견디는 거다. 이만한 난관쯤은 같이 견뎌도 된다. 가장 힘든 시기에, 죽음보다 더 고통스러운 그 시기가 오면, 너 혼자 짊어지는 거야. 아직은, 같이 견뎌도 돼.

뚜벅뚜벅 내딛는 그의 발걸음이 무겁게 울렸다. 회의장에 도착한 그는 깊이 숨을 내쉬었다. 묵직한 나무문이 더 묵직하게 그를 내리 눌렀다. 천천히 내품는 숨결이 입김처럼 하얗게 새어 나왔다. 아무 것도 아니야. 윤 회장은 마치 다짐하듯 속으로 되 내었다. 아무 것도 아니었다. 어느 것이나 반드시 살아 날 구멍은 있었다. 문제는 얼마나 빨리 그 구멍을 찾아내느냐는 것이었다. 묵중한 문이 소리도 없이 열렸다. 윤회장은 천천히 발을 내딛었다.

윤 회장이 빠져 나간 사무실 안에 규하는 묵묵히 버티며 있었다. 얼마나 세게 내리친 건지 후려쳐진 입술이 터져 피가 스멀 새어 나오고 있었다. 그 순간 날카로운 벨 소리가 섬뜩하게 울렸다.

"이렇게 내 뒤통수를 쳐? 이 망할 자식…."

파르르 성질이 돋아난 이 의원의 목소리였다. 이 사건의 배후가 규하라 생각한 모양이었다.

'망할 영감탱이. 제 집안 단속도 제대로 못한 주제에 남 탓만 잘하는군.'

"전 이런 일 따위는 하지 않습니다. 그렇게 분하시다면 이지후에게 물어보시죠."

규하가 차갑게 대꾸했다. 너무 얕잡아 보았나? 아니, 사실은 은우와의 삶 때문에 잠시 세상을 잊었던 것 같다. 은우를 사랑하는 그의 마음을 너무 쉽게 보았는지도 몰랐다. 어쨌든 그로서는 멋진 한 방이었다. 어렵지 않게 생각해도 쇼우라는 일본인 야쿠자, 그리고 민한당에 들어선 지후의 행적까지 모든 것은 이 하나의 사건에 몰려 있었다.

"지후?"

이 의원이 의외라는 듯이 물었다. 설마 제 자식이 아비의 숨통을 잘라낼 거라 생각하지 못한 탓일 것이다. 젠장, 어차피 지후가 터뜨리지 않아도 정치 생명을 놓을 이 의원이었는데. 한 발 먼저 터뜨려 버린 지후에게 이를 갈며 규하가 전화를 탁! 끊어 버렸다. 꺼진 모니터 대신 그의 눈동자에 퍼런 서슬이 서렸다.

이지후. 가만두지 않아.

24

 이상한 전화를 하던 규하가 나간 후, 은우는 자신이 며칠을 걸려 장식했던 크리스마스트리를 정리하고 있었다. 크리스마스트리는 제 날에서 하루만 넘겨도 계절 지난 옷처럼 청승스러운 면이 있었다. 생각보다 늦어지는 규하의 귀가 때문에 시간도 죽일 겸, 하나하나 장식을 떼고 있는 중이었다. 일일이 이름을 써서 상자 속에 집어넣느라 벌써 하루해가 저무는데, 아직까지 규하의 소식은 없었다. 오후쯤이면 돌아올 줄 알았는데 일이 오래 걸린 모양이었다. 나주댁이 쉬는 날이라 일부러 그가 좋아하는 음식으로 조금씩 준비 해 놓고, 은우는 중간, 중간 밖을 내다보았다. 마저 정리를 끝낸 장식들을 창고로 옮기는데, 딩동 반가운 벨소리가 울렸다.
 "당신이에요?"

반가운 마음에 덜컥 열어 버린 문으로 들어온 사람은 규하가 아닌 지후였다. 이런…. 지난 일이 기억 나 많이 어색한 얼굴이었다.

"윤규하 기다리고 있었니?"

난감한 은우의 얼굴을 무시하며 지후가 담담히 물어왔다. 낯선 정장 차림대신 예전처럼 가벼운 캐주얼 차림의 지후는 전보다 마른 탓에 많이 날카로운 인상이었지만 여전히 멋스럽고 자유스러워 보였다.

"아, 응. 들어와, 오빠."

미묘한 기분이었다. 쑥스러움 때문에 얼굴이 좀 붉어졌다. 집 안으로 들어서며 '차 마실래?' 묻는데 지후의 시선이 피아노에 머물렀다. 규하가 선물해 준 흰색 그랜드 피아노였다.

"피아노 들어 와있네?"

"음?"

찻물을 올려놓느라 잠시 말을 놓쳤다.

"피아노! 전엔 못 본 것 같아서…."

지후가 다시 한 번 말했다. 그제야 은우가 피아노를 바라보았다.

"아… 피아노? 그 사람이 선물해 준 거야."

"아…."

지후가 고개를 끄덕였다. 아, 그 사람이? 은우가 한 대답을 따라하며 지후는 살며시 피아노 위를 쓰다듬었다. 이곳에 앉아 윤규하를 위해 노래를 주었을까? 예전 그 때처럼? 지후는 비틀어진 미소를 지었다. 피아노라… 더 한 것을 줄 수도 있었는데. 그러나 자신에게는 선물조차 해 줄 자격도 없었다. 그녀에게 선물했지만 또렷이 거절당한 빨간 작은 차를 생각하며 지후가 얼굴을 찡그렸다.

"행복하니?"

지후가 물었다. 굳어진 은우의 등엔 행복이 묻어 있었다. 묻지 않아도 알 수 있었는데, 혹시 사랑하냐고. 윤규하를 사랑하냐고 묻게 될까봐, 꺼낸 질문이었다. 묻기조차 두려운 말, 그가 이곳에 온 이유였다. 함께 떠나고 싶었는데. 병원에서 말했던 것처럼 이 지독한 곳을 떠나고자 했는데, 채 말도 꺼내기 전에 은우는 이미 이곳에서 행복해져 버렸다.

지후는 발끝이 아득해져 왔다. 이젠 잃을 것도 없었다. 그가 넘긴 자료만으로도 아버지의 정치 생명은 끝이었다. 어머니 역시 법적으로든 의료적으로든 조치가 취해질 것이다. 아버지의 모든 치부를 뒤집어 쓴 어머니는 정신병자로 몰려 아마 철저히 세상으로부터 고립될지도 모른다. 자신의 정치 생명을 잘라 낸 아내를 결코 용서할 아버지가 아니었다. 그리고 유빈이… 십자가처럼 자신이 짊어져야 할 유빈은 아직까지 라파의 손에 남아 있다.

지후가 주위를 둘러보았다. 커다란 집이 훈훈했다. 집 안의 온기는 크기와 관계없는 모양이다. 전에 왔을 때 느끼지 못한 따스함이 집 안 곳곳에 배어 있었다. 밖은 추운 겨울인데, 은우의 집은 벌써 봄이었다. 그가 세상과 싸우는 동안 은우는 이곳에서 삶을 찾아 버렸다. 이젠 내가 너무 늦어버린 걸까? 그 사람 대신 널 잡기엔 내가 너무 늦어버린 걸까? 지후는 묻고 싶었다.

"행복해."

질문은 꽤 오래 전에 했는데, 은우의 대답은 길었다. 그에게 등을 돌린 채, 무슨 생각을 했을까? 지후는 알고 싶었다. 그가 세상에 등을 돌린 채 그녀를 사랑하고 있는 동안, 넌 어떻게 살아 왔니?

"널…널 사랑했다."

지후의 목소리가 떨렸다. 행복해, 라는 말이 인두처럼 그를 지졌다.

"알아."

낮은 목소리였다. 어떤 얼굴로 내게 이런 말을 할까 궁금했지만 차마 고개를 들지 못했다.

알아, 대답한 은우의 고개 역시 지후처럼 바닥을 향해 있었다. 끓여진 차가 둘 사이에 놓여 있었다.

"아니, 넌 모를 거다."

지후는 묵묵히 아래를 향했다. 뜨겁게 품어내던 김이 조금씩 식어 가고 있었다.

"숨을 쉬듯 널 사랑하며 이 삶을 살았다. 내 생애 절반의 시간보다 내 사랑은 더 깊었던 것 같아. 나, 난…난 안되겠니? 난 정말 너에게 안 되는 거니?"

애원하듯 지후가 매달리고 있었다. 지후가 울고 있다. 은우는 멍한 시선으로 그를 바라보았다. 서걱, 심장이 서걱 소리를 냈다. 지금 자신 앞에 앉은 사람이 정말 이지후인가. 이 세상을 짊어 질 거라 모두들 이야기 하던 그 이지후가 맞는 걸까?

은우가 탁자 밑으로 무릎을 꿇었다. 앞에 놓인 지후의 무릎에 손을 올리며 바라본 그의 시선을 지후가 마주 보았다. 짧은 시간 사이 지후는 많이 지쳐 있었다. 그녀의 뺨 위로 눈물이 흘렀다. 줄 수 없는데, 이게 사랑이라 할 수 없는데 앞에 앉은 지후의 모습이 너무 슬펐다. 지후의 엄지손가락이 그녀의 눈가를 지웠다. 짠 눈물이 그의 손가락 위로 옮겨졌다.

"우는 것 뿐이냐?"

지후가 물었다.

"네가 나에게 줄 수 있는 건, 이 눈물 뿐인 거냐?"

아마 본능적으로 그는 알았는지 모른다.

"미안해, 오빠."

꽉 잠긴 목소리로 은우가 말했다. 눈가를 넘친 눈물이 지후의 손가락을 따라 긴 줄기를 남겼다.

"울지 마라. 널 울리기 위해 온 게 아니야. 떠나기 위해서야. 같이 떠나기 위해서. 이 지긋한 곳을 떠나고 싶어 했잖아? 이곳이 아니면 잊혀질 거야. 내가 잊게 해 줄게. 널 지켜 주지 못했던 아픔은 내가 하나씩, 하나씩, 살면서 갚아 줄게."

은우가 고개를 저었다.

"가지 않아. 아무리 마음이 아파도 가지 않아. 그를 사랑해. 사랑할거라 생각하진 못했지만 그의 따스함이 좋아. 그 사람의 강인한 손도, 그리고 수줍게 짓는 그 미소도 버릴 수 없을 만큼 좋아. 그래서 오빠에게 가지 못해. 비겁한 변명이라 해도 어쩔 수 없어. 오빠를 생각하면, 여기가….

은우가 잡은 지후의 손을 심장에 대었다.

"여기가 아파. 너무 아파서 슬퍼. 하지만 그를 생각하면 여기가 뛰어. 마구마구. 그제야 살아있는 것처럼 내 심장이 뛰어. 그게 사랑인 것 같아. 그를 버리고 여길 떠나면 난 다시 아플 거야."

지후의 눈동자가 순간 깊이 잠겼다. 거의 검은 빛으로 보일 정도로 짙은 눈동자였다.

"널 원망해."

지후가 가볍게 말을 했다. 긴 침묵 속에 나온 대답치고는 생각보다 가벼웠다. 은우가 고개를 끄덕였다. 자신을 사랑한다는 말보다 원망한다는 말이 더 나았다.

"네가 없으면 난 죽는다. 그렇게 말한다 해도 넌 결국 돌아오지 않겠지?"

질문보다는 확답 같은 말이었다.

"그래. 하지만 진실이 아니길 바래. 내가 없어도 오빠는 예전처럼 당당히 세상을 맞부딪히며 살아갈 거야."

그럴까? 잔인한 대답이었다. 이미 그는 세상의 모든 것에 등을 돌리고 있는데 세상을 맞부딪히며 살아갈 거라니.

마지막이었다. 그에겐 지금 이 순간이 세상의 마지막 기회였다.

"마지막으로 더 말해도 돼? 같이 가자."

지후가 다시 한 번 물었다. 놓을 순 없었다. 지금 이렇게 쉽게 놓아버린다면 그는 남은 평생 이 순간을 후회하며 살아갈 것이다. 버리더라도 마지막까지 붙잡고 싶었다.

"가지 않아. 내겐 그 사람뿐이야. 날 놓아 줘. 부탁이야. 날 사랑하지 마. 이제 아픈 사랑은 하지 마."

부탁이라…. 하, 웃음이 새어 나왔다. 그녀의 부탁을 절대 거부할 수 없는 자신에게 결국 요구하는 부탁이란 게 결국 놓아달라는 거라니. 그의 웃음소리에 파열처럼 유리가 부서졌다.

"이미 시작된 사랑을 사랑하지 마라. 잔인한 대답이구나. 너에게도 이제 시작된 사랑이라면 내겐 더 이르게 시작된 사랑인데."

지후는 앞에 놓인 찻잔을 노려보았다. 이젠 연한 김조차 올라오지 않았다.

"차가 식었다."

지후가 한결 편안해진 목소리로 말했다. 둘 사이에 놓인 찻잔처럼, 그 역시 많은 시간을 놓쳤는지 모른다.

"다시 끓일게."

식은 찻잔을 들고 은우가 일어섰다. 지후가 일어서는 은우의 손을 잡았다. 뜨거운 손이었다.

"다음에, 다음에 마시자."

그는 미련 없이 일어섰다. 이미 끝난 일이었다. 지후가 자신을 바라보는 은우의 뺨을 감쌌다.

"잊지 마라. 넌 내 살아 있는 삶의 이유였다는 걸."

가지고 싶었다. 무릎을 꿇어서라도 그녀를 가지고 싶었다. 자신이 그녀를 외면한 대가로 모든 것을 부수면서도 한 번도 후회하지 않은 모든 이유였다.

"난 이제 미국으로 떠날 거다."

지후가 묵묵히 은우를 바라보았다. 다시 한번 어루만지고 싶었지만 그는 쉽게 손을 내렸다. 이제 그는 혼자였다. 떠나는 것도, 살아가는 것도 혼자 해야 한다.

윤규하. 결국 너는 나의 모든 것을 다 가져가는구나. 그의 전부였던 그녀를 소유하며 윤규하는 꼿꼿이 이 세상을 살아갈 거다. 그리고 은우 역시. 남은 건 그 혼자뿐이었다. 은우의 집을 나서는 지후의 눈에 가을보다 더 파란 겨울 하늘이 풍경처럼 펼쳐졌다. 천국보다 아름다운 하늘이었다.

"결국 일을 터뜨린 거냐?"

은우의 집을 떠나 피곤한 얼굴로 들어선 지후에게 쇼우가 말했다. 부들부들 떨리는 손 안엔 오늘 자 석간신문이 놓여있었다. 일부러 석간에 터뜨린 일이었다. 하루 밤의 시간은 모든 것을 돌리기 쉽다. 아버지가 손을 쓰기 전에 그가 먼저 손을 쓴 것뿐이었다.

"피곤해…."

침대 보다 가까이 있는 소파에 몸을 던지며 지후가 나릇한 목소리로 말했다.

"이렇게까지 할 필요가 있었니? 굳이 이렇게까지 하지 않아도 된다 했잖아!"

쇼우의 목소리가 짜증스럽게 올라갔다. 윤규하가 손을 쓰고 있다고, 아마 경선엔 결코 오르지 못할 거라 말렸었다. 그때 멈추었어야 했다. 은우 하나를 갖기 위해 지후가 버린 것은 결코 가벼운 게 아니었다. 유빈이 하나 만으로도 감당치 못하게 괴로워하는 녀석이 이젠 자신의 부모조차 버리고 있었다. 자신의 말에도 흔들림 없이 편히 눈을 감는 지후를 본 순간, 쇼우는 화가 치밀었다.

"이 빌어먹을 자식! 너란 녀석을 처음 만난 그 순간을 저주한다, 이 망할 자식아!"

애초보다 훨씬 망가져 버린 지후 때문에 이젠 더 이상 한국에 남아있지 않겠다, 이를 갈면서도 쉽게 떠나지 못하는 쇼우였다. 자신마저 없다면, 지후는 손댈 수 없이 허물어져 버릴 것 같았다. 그토록 무너져야할 사람이라면 윤규하가 무너져야했었다. 혈육마저 지후 스스로 잘라 내지 않기를 바랐건만, 이 지독히도 냉혹한 녀석은 자신의 아버지마저 철저히 망가뜨려 버렸다.

"그 정도는 언제든 살아날 수 있으니까…."

"뭐?"

아무리 소리 질러도 대답할 것 같지 않더니, 지후가 낮은 목소리로 한숨처럼 대답했다.

"그 정도로 쓰러질 아버지가 아니니까. 은우를 감추고선 아버지를 철저히 무너뜨리지 못해. 아버지가 아동 학대 보호의 선두자로 나섰던 것부터 이 일의 발단이란 거 몰랐어?"

아동 학대에 관한 캠페인은 처음부터 끝까지 지후의 기획안이었다. 이제야 비로소 그가 왜 그토록 그 기안을 밀고 나갔는지 알 수 있을 것 같았다.

"아버지가 철저히 무너지지 않고선 은우는 살아갈 수 없어. 어떤 구실로든 은우의 발목을 잡을 아버지야. 정치에서 돈이란 마약과 같아. 지금 그 마약을 손에 쥐고 있는 것이 은우야. 아버지가 정치에서 철저히 묻혀지지 않는 한, 살아남기 위해서라도 은우의 발목을 잡을 거다. 그러고도 남을 사람이 내 아버지란 사람이야."

단조로운 어투였다.

"나 역시, 은우의 상처를 할퀴고 싶진 않았다. 은우가 보이지 않고 아버지를 무너뜨릴 수만 있었다면 어떻게 해서든 그 방법을 택했을 거야. 하지만 방법이 없었어. 아버지의 아킬레스건을 건들지 않고서는 방법이 없었다. 그래서…."

지후가 말을 멈췄다. 이만한 상처는 그가 감싸줄 수 있을 거라 생각했다. 은우가 원했다면, 아버지뿐이 아닌, 이 세상으로부터 충분히 감쌀 수도 있었다. 그것이 비록 미국으로 향하는 마지막 길이라도 은우만 원한다면 함께 갈 수도 있는 길이었다.

지후는 자신의 서랍 속에 감추어진 비행기표를 떠올렸다. 은우의 이름이 새겨진 티켓은 제 주인 없이 남겨질 것이다. 또다시 욱씬 가슴이 쑤셔왔다.

"쇼우!"

지후가 쇼우를 불렀다.

"한 남자가 한 여자를 사랑할 수 있는, 그 사랑의 깊이는 얼마쯤일까?"

"몰라. 네가 말하는 그 깊이라는 게 얼마인지, 난 몰라. 하지만 그게 너 만한 깊음이라도 난 시작조차 하지 않을 거야."

으르렁거리는 쇼우의 대답에 지후가 공허하게 천장을 바라보았다. 기하학적인 모양이 마치 최면술처럼 그를 유혹하고 있었다.

"그 깊이는 얼마쯤 일까? 얼마나 깊이 더 파 들어가야 그 끝에 닿을 수 있는 걸까? 그 아이가, 은우가 그를 사랑한다 하는데도 왜 그녀에 대한 사랑이 멈추지 않는 걸까? 이렇게 심장이 터져 버릴 듯 고통스러운데."

해답 없는 질문이었다. 쇼우 역시 대답이 없었다. 놓아야 되는데, 이젠 은우를 놓아야 되는데 놓아지지 않았다. 이대로 그녀에 대한 사랑을 놓아 버리면 이젠 그는 살아갈 수 없었다. 이 세상에 아무것도 남아 있지 않았다.

"쇼우…."

지후가 다시 한 번 불렀다. 이만큼 자신을 드러낸 적이 없던 지후였다. 이제 일본으로 돌아가야 하는 쇼우에겐 이런 지후의 모습이 숨 막히도록 버거웠다. 결국 쇼우가 버럭 화를 냈다.

"제길! 그 지독한 끈 좀 이젠 제발 놓아. 다른 여잘 사랑해. 그 여자에게 주었던 그 반의 사랑이라도 넌 행복해질 거다. 처음, 시작부터 어긋난 사랑이야. 이제 와서조차 놓지 못한다면 넌 언제까지 그 끈을 놓지 못해."

쇼우는 일부러 냉정하게 끊었다. 그가 떠나도 홀로 외롭지 않게 서야 하는데. 그 대단한 종족들 사이에서도 한 점 꿀림 없이 당당히 섰던 지후의 모습이 못 견디게 그리웠다.

"끈을 놓는다…."

지후가 되풀이했다.

"그래."

쇼우는 쐐기를 박듯 단호했다. 그런가? 허공을 향한 지후의 시선엔 아무 것도 담겨 있지 않았다.

"사랑을 남기고 떠나는 것과, 사랑을 떠나는 것. 어느 게 더 쉬울까?"

쇼우는 이를 갈았다. 정말 지겹도록 지겨운 쳇바퀴였다.

"사랑을 떠나는 게 더 쉬워, 이 망할 자식아!"

결국, 그의 입에서 거친 소리가 터져 나오고 말았다.

"그래? 난 사랑을 남기고 떠나는 게 더 쉬울 것 같은데?"

날개처럼 가벼운 숨을 쉬던 지후가 천천히 눈을 감았다. 고른 숨소리가 편안하게 잠겼다. 감은 눈 사이로 지후는 오랜만에 깊은 잠 속에 빠져 들었다. 아마 이 일로 지난 여러 날을 꼬박 새운 피곤이 이제야 몰려오는 모양이었다. 무거운 지후의 어깨에 두툼한 모포를 덮어주고 쇼우는 자리에서 일어섰다. 조각같이 잘생긴 지후의 얼굴에 비로소 편한 숨결이 머물러 있었다. 한참을 바라보던 쇼우는 조그맣게 속삭였다.

'그래, 제발. 이만큼에서 멈춰라. 부탁이야.'

정말 애원이라도 하고 싶은 심정이었다. 이렇게 편하게 잠이 들어있어도 지후는 언제 깨질지 모르는 얇은 유리 같았다. 짧은 휴식이 깨지 않게 전등 스위치를 끄고, 방을 나선 쇼우의 얼굴에 깊은 근심이 서렸다. 힘든 하루의 끝이었다.

※

"김 변호사와 이야기 나눴다."

"네."

이른 새벽부터 걸려온 전화는 아버지 윤 회장이었다. 대뜸, 하는 말에 규하는 차분한 목소리로 대답했다. 다행이 은우는 조금 멀리 떨어진 곳에 있었다.

"결국 은우는 모르게 할 거냐?"

"네."

그녀에게 상처를 주지 않기 위해 지금껏 곡예를 하듯 달려왔다. 지켜준다 맹세를 했기에 자신이 망가질지언정 은우만은 감싸 안고 싶은 마음이었다. 명희가 내리친 돌덩이에 은우를 지켜주지 못했지만 또다시 지난 상처를 들쑤시지는 않을 것이다. 그의 대답에 잠시 윤 회장은 침묵했다. 고집 센 규하라 조금 힘들지 않을까, 생각은 했었다. 윤 회장은 선선히 물러섰다. 아들이 그토록 지켜주고 싶다면, 아비인 그 역시 지켜 줄 수밖에 없었다.

"좋다. 어쨌든 네가 끌어다 쓴 20억은 워낙 출처를 잡기 힘든 돈이라 다행히 증거가 없다는구나. 하지만 사채 시장에서 끌어 쓴 10억짜리 무기명 채권에 대한 증거 자료가 남아 있어서 그게 문제야. 라파겠지?"

"네."

"라파에게 당장 그 주식을 사와. 흔적을 남기지 않을 거라면 현금으로 할 것이지 왜 하필 주식이냐, 너답지 않게."

그가 원한 대가이니까요. 규하는 속으로 대답했다. 라파가 왜 필요 없는 그의 주식을 요구했는지 이제야 그는 깨달았다. 라파는 지후의 편에 선 것이다.

"찾아오지 못할 주식입니다."

"찾아오지 못한다?"

거절하는 것으로 오해 한 모양인지, 윤 회장이 성난 목소리로 되물어 왔다. 라파가 지후 편에 서기로 했다면 찾아 올 수 없는 거래의 대가였다. 이번에야말로, 라파는 철저히 그의 목을 조를 것이다. 주식을 찾기 위해선 놓아야 될 것이 너무 많았다. 그 주식으로 인해, 그가 겨우 움켜쥔 모든 것들이 모래알처럼 빠져 나갈 것은 분명했다. 그래서 쉽게 주식에 대한 미련을 접은 것이다.

"전 아무것도 원치 않습니다. 아버지! 죄송합니다. 하지만 제 아내는 제가 지키고 싶습니다. 사장 자리 하나 때문에 그녀가 죽을 만큼 잊고 싶은 고통을 또다시 떠올리게 하고 싶지 않아요. 아버지. 제발 부탁입니다. 은우, 제가 지킬 수 있도록 해 주세요."

자신이 원해서 한 거래였다. 은우를 갖기 위해 모든 함정을 다 알면서도 한 거래였다. 그녀를 원했기에 감수했었고, 최대한 자신을 지키며 벌려온 일이었다. 그런데 이제 와서 은우에게 상처를 줄 순 없었다. 원하지도 않았던 자신과의 결혼으로 이미 많은 상처를 입은 그녀였다. 이젠 그가 지켜주어야 할 때다. 그까짓 사장 자리쯤으로 바꿀 수 있는 것이 아니었다.

"그럼 어떻게 하겠다는 거냐?"

죄송하다는 말 때문인지, 지키겠다는 말 때문인지, 윤 회장의 목소리는 여전히 별 무리가 없었다.

"사장 자리 내놓겠습니다. 그리고 내놓은 주식은, 제가 개인

적으로 장인어른을 도운 겁니다. 회사에는 피해가 가지 않게 하겠습니다."

흠, 윤 회장이 낮은 신음소리를 냈다. 주식이 문제였다. 규하가 팔아버린 주식이 이사 중, 한 사람의 손에라도 있다면, 설사 규하 스스로 원한다 해도 어쩔 수 없이 지금의 자리에서 물러설 수밖에 없었다.

"어디 한 번, 지켜보자."

결국 윤 회장은 한 걸음 물러서고 말았다. 지금이라도 은우를 드러내자 설득하고 싶었지만 더 이상 아들을 몰아세울 수는 없었다.

"무슨 일 있어요?"

걱정했던 것과 달리 한 걸음 물러선 아버지의 전화를 끊고 나자 은우가 스르르 다가와 앉았다. 따뜻한 그녀의 손이 위로하듯 어깨에 걸쳐졌다.

"아니, 별 일 아니야."

규하가 고개를 저었다.

"당신, 얼굴이 많이 어두워요."

은우가 걱정스럽게 바라보았다. 아직까지 은우는 이번 사건을 모르고 있었다. 무와 신 덕분에, 아직 신문과 방송은 철저히 그의 집을 비켜 있었다. 하지만 언제까지 그럴 순 없었다. 그가 서서히 수면에 드러나면 그가 지킬 수 있는 반경도 줄어들어들 것이다. 그 틈 사이로 독화살 같은 촉들이 은우를 쑤셔대겠지.

규하의 걱정은 오직 그것뿐이었다. 은우만은 이 현실 속에서 비켜 있어야만 했다.

"은우야."

규하가 그녀의 이름을 불렀다. 은우. 푸른 빛깔의 비. 그에겐 봄의 풀잎 같은 이름이었다.

"네?"

"사랑해. 어쩌면 널 처음 본 순간부터 사랑이었는지 모른다. 이 세상 그 누구보다 널 갖고 싶었다. 사랑이 서툴러서라 변명하고 싶지만, 그 서툰 내 안에 널 가두느라 많이 상처 주었어. 미안해. 사실 언제나 미안했지만 바보처럼 표현하지 못하고 살았다."

"왜 그런 말을 해요?"

은우가 의아한 듯 물었다. 하긴 이런 이야기를 하는 자신의 모습이 조금 우스웠다. 하지만 소심증에 걸린 사람처럼 불안한 마음이었다. 그의 커다란 몸뚱아리 뒤로 온전히 숨기고 싶은데, 그러지 못해 그녀가 다시 아픈 피를 흘린다면, 그 아픔이 무서워 자신에게서 도망가 버리면 어떻게 될까 두려웠다.

"당분간 양평 별장에 가 있어."

조금이나마 이 난장 같은 곳에서 벗어나 있는 게 그나마 위로가 될 수 있을 것이다.

"양평이요? 왜요? 저 혼자 가나요?"

은우의 눈동자가 순간 불안한 기색을 띠었다. 하긴 양평에 별장이 있다는 것도 몰랐을 것이다.

"잠깐이면 돼. 여기 있으면 네가 많이 힘들어져. 그곳에 있어도 어차피 전부 피하지는 못하겠지만 최대한 막아 볼게. 신과 함께 내려가라."

"내가 힘들어지다니, 말을 해 줘요. 대체 무슨 일이죠?"

"내가 널 사랑한다는 것과, 모든 게 다 괜찮아 질 거라는 것만 믿어 줘. 말할 수 있는 건 그게 전부야."

"그걸 원하나요? 정말 그렇게 해야 하나요?"

은우의 얼굴이 심각했다. 아마 자신의 얼굴도 이렇게 심각할 것이다.

"그래. 네가 그렇게 해 주길 원해. 널 반드시 지킬 거야, 더 이상 아프지 않게. 하지만 내가 미처 막지 못해 네가 아프더라도 함께 견뎌주길 바래. 널 사랑해."

규하가 은우의 손을 잡아 자신의 가슴에 얹었다. 쿵쿵 뛰는 심장 소리가 자신의 손을 통해 은우에게 전해졌다.

"널 향해 뛰는 내 심장소리를 기억해. 다시는 내게서 도망가지 마."

놓치는 줄 알았었다. 결혼식장에 나타나지 않은 그녀 때문에 속이 시커멓게 타들어가도록 조바심쳤다. 영원히 놓쳐버린 거라 생각했었다. 갖고 싶다. 단지 그 뿐이라 하면서도 그 하나의 잘못으로 오랜 시간동안 은우를 용서하지 못했을 만큼 그때의 상처는 깊었었다.

"도망가지 않을게요. 당신이 그곳에서 기다리라면 기다릴게요. 도망가지 않아요."

고개를 끄덕이며 은우가 말했다. 비로소 안도의 숨이 새어 나왔다. 그래, 기다려 줘. 그리고 도망가지 말아 줘.

"이 의원이 스캔들로 매장될 거다. 너의 문제가 세상에 공개되어 버렸어. 병원의 진단서와 증거 서류까지 고스란히 신문사로 들어갔다. 하지만 이 이상은 아니야. 지산에서 반드시 이 언론은 막을 거야. 널 떠나보내는 건, 작은 화살이라도 피하기 위해서다. 신과 함께 내려가 있어. 그 무엇도 널 상처내지 않게, 지켜줄 거라 약속해."

양평은 알려지지 않은 자신만의 공간이었다. 나중에 잠시 은우와 함께 가고 싶었던 곳이었는데. 뜻밖의 일로 은우가 먼저 그곳에 가게 되어 버렸다. 신이라면. 무와 신이라면 철저히 은우를 기자로부터 보호해 줄 거라 규하는 믿었다.

그의 대답이 생각보다 충격적이었는지 순간 은우가 자신의 입을 감쌌다. 눈동자가 크게 벌어져 있었다. 수치스러움과 두려움이 한꺼번에 몰려왔다. 마치 구경꾼들처럼 자신의 상처를 들춰 볼 것 같았다. 조사라는 명목 하에 온통 들쑤셔 질 과거를 기억해야 할지 모른다. 떨리는 주먹을 규하가 감싸 안았다.

"도망가지 마."

그가 또다시 말했다. 그로부터, 그리고 세상의 시선으로 도망칠 수는 없었다. 은우가 규하를 바라보았다.

'도망가지 않아. 당신을 놓고 절대 떠나지 않을 거야.'

그가 원한다면 견딜 것이다. 지켜 줄 거라 말했다. 사랑한다는 규하의 말도, 지키겠다는 그의 말도 믿었다. 은우는 대답하듯 고개를 끄덕였다. 도망가지 않아!

은우가 양평 갈 차비를 하는 동안 또다시 전화벨이 울렸다.
"이제 시작되고 있는 건가?"
지후였다. 순간 규하는 이를 악물었다.
"거래를 원하지 않나?"
지후가 그에게 물어왔다.
"이 망할 자식! 거래? 감히 어떻게 은우를…."
분이 채 가라앉지 않은 그의 말을 지후가 싹둑 잘랐다.
"거래는 너의 주식이야. 지금, 너의 사무실로 가지."
대답도 기다리지 않고 전화는 뚝 끊겨 버렸다. 그가 나오리라 단언하는 태도였다. 망할 자식! 규하가 또다시 욕을 내뱉었다. 사랑한다더니! 제 부모로부터도 지키지 못한 녀석이, 이젠 세상의 구경꺼리로 전락시키고 만 주제에, 사랑?! 하! 규하가 서늘하게 비웃었다. 끊어진 전화를 성미대로 내던져버린 규하가 은우의 준비를 신에게 맡기고 회사로 향했다. 지후의 일도 그랬지만, 이사 회의가 이미 시작되었다는 연락이 있었다.

이층에서 짐정리를 하던 은우가 그를 따라 내려왔다. 규하가 배웅 나온 은우의 입술에 깊이 키스를 퍼부었다. 잠시이기는 했지만, 그로서는 긴 시간 아내를 보지 못할 그리움이었다. 옆에 서 있는 무와 신 때문인지, 은우가 꼼지락거렸다. 씨익 웃으며 규하가 귓가에 속삭였다.

"잘 다녀 와. 사랑해."

그의 인사에 은우가 살짝 고개를 끄덕였다. 조금 전보다는 생기 있는 얼굴이었다. 다시 한 번 은우를 힘껏 껴안은 규하는 홀로 회사로 향했다. 이제 남은 건 최대한 시간을 줄이는 것뿐이었다.

남의 사무실에 앉은 주제에 지후는 마치 주인처럼 여유롭게 앉아 있었다. 그와는 달리 편한 기색이었다. 빌어먹을 자식! 당장이라도 멱살을 잡고 싶은 마음을 억누르며 규하는 맞은 편 의자에 주저앉았다. 질이 잘 든 가죽 소파가 편하게 그를 받았다.

"왜 내 주식이 너에게 있는 거지?"

"라파가 주더군. 채권의 원본에 대한 대가로 말이야."

자신 앞에 놓인 차를 가볍게 마시며 담백하게 지후가 대답했다.

'빌어먹을 라파…'

규하가 이름을 듣는 순간, 잔뜩 얼굴을 찡그렸다. 유빈에 대한 뒤통수를 철저히 갈기는군.

"그래서?"

규하가 지후에게 물었다.

"거래의 조건은 듣지도 않을 건가?"

"거래의 조건? 듣지 않아도 될 것 같지만 어디 한 번 들어 보지."

"은우…."

순간, 쨍그랑!

앞에 놓인 찻잔이 뜨거운 찻물을 부으며 탁자 밑으로 떨어졌다. 벌떡 일어선 규하가 지후의 멱살을 잡았다.

"이 빌어먹을 자식! 감히 그녀의 이름을 부를 자격이 있다고 생각해? 이 벼랑 끝에 그녀를 밀어놓고? 그렇게 그녀의 상처를 후벼 파야 될 이유가 뭐야?"

당장이라도 후려칠 듯 노려보는 규하 앞에서 지후의 시선은 차분했다. 자신의 멱살을 잡은 손을 가볍게 내리며 지후가 냉정한 목소리로 물었다.

"은우를 사랑하는 거냐?"

규하의 손에서 힘이 스르르 풀렸다. 한 여자를 사랑하는 또 다른 남자의 아픔이었다. 이렇게 일을 벌인 그를 용서할 수는 없었지만, 그래도 사랑하느냐 묻는 목소리에 담긴 아픔조차 모를 정도로 바보는 아니었다.

"뭘 원하는 거지?"

그의 시선을 피하며 규하가 물었다. 지후가 묵묵히 자신의 발끝을 바라보았다. 좋은 구두였다. 좋은 구두는 항상 좋은 곳으로 인도하지….

사실은 행복 하냐, 묻지 않아도 되었다. 충분히 행복해 보였으니까. 규하가 선사했다는 피아노를 바라보며, 수줍은 듯 홍조를 피우던 은우의 모습은 굳이 대답하지 않아도 행복했다.

'은우가 행복한가요?'

묻던 유빈의 목소리가 들렸다. 그 아이는 은우의 행복만으로 정말 행복할 수 있었을까? 자신은 이렇게 아픈데, 그 아이는 정말 그것으로도 행복했을까? 지후는 묵묵히 깨진 잔에서 흘러나온 커피 자국을 바라보았다. 유리판 위로 제 갈 길을 찾아 흐른 물이 뚝뚝, 붉은 카펫 위로 떨어졌다.

지금 이렇게 있는 자신은 어떤 모습일까? 깨끗이 닦인 자신의 구두를 바라보며 지후는 생각했다. 놓아야 될 때에 놓지 못한다면 나는 또다시 후회하게 될까? 묻고 싶었다. 은우가 아닌 규하에게….

지후는 자신의 발치에 놓인 가방을 내밀었다. 라파가 그에게 내민 그대로였다. 한번도 열어보지 않았다. 그것을 보는 것만으로도 그에겐 충분한 상처가 되었다. 라파가 주었다면 준 것이겠지.

"주식이다. 라파가 건네준 그대로야. 한번도 열어 보지 않았으니, 그 안에 무엇이 들었는지 모른다. 주식이라기에 받아 온 것뿐이야. 난 미국으로 갈 거다. 다신 이곳에 돌아오지 않을 생각이야. 은우에게 상처 준 건…."

지후는 잠시 말을 멈추었다. 은우에게 상처를 준 건 어쩔 수 없었기 때문이었다. 그리고 자신이 지켜 줄 수 있을 거라 생각했기 때문이기도 했다.

"이젠 은우도 견딜 수 있어서 다행이야."

네 곁에서 같이 견디겠지. 우습게도 지금은 규하가 은우의 곁에 있다는 게 안심이 되었다. 그가 해주고 싶은 마무리였지만, 은우가 원하지 않았기에 자신은 그 끝을 마무리 할 수 없었다. 은우가 원하는 게 규하라면 설 자리가 없었다.

"하지만 내가 아는 아버지라면 어떤 식으로든, 살아남았을 거다. 차라리 이 한번을 견디는 게 나아. 이젠 우리 서로 볼 일이 없을 거다."

편한 친구 사이처럼 지후가 손을 내밀었다. 그런 지후의 손을 규하가 강하게 맞잡았다. 힘든 상대였다. 이제껏 그를 이렇게까지 궁지로 몬 상대는 없었다. 서류 가방을 건넨 지후는 그대로 사무실을 빠져 나갔다.

지후가 나간 후, 가방 속에 들어있는 자신의 주식을 확인한 규하는 천천히 회의실로 향했다. 조금 전부터 이사들이 그를 기다리고 있는 중이었다. 어쨌든 사장의 자리는 지후가 남겨준 셈이 되어 버렸다.

"그래 이 사태를 어떻게 하겠다는 건가?"

가장 까다로운 김권희 이사가 따져 물어왔다. 그런 김 이사를 바라보는 규하 역시 한 줌 흔들림 없는 눈으로 마주 보았다. 김권희 이사를 잡지 못하면 다른 이사들을 다루기가 힘들어진다. 그가 이사가 될 때도 가장 힘들게 싸웠던 사람이 김권희 이

사였다. 한 번은 눌러야 할 사람이었다.

"제 개인 돈입니다. 제가 가족을 돌보는 것도 문제가 되는 겁니까?"

"지산의 이름이 들먹거리지 않나? 세무 조사라도 나오면 어떻게 할 건가?"

"그럴 일은 없습니다. 설사 조사가 있다 해도, 제 자산에 대한 세무 조사이겠지요. 그리고 이미 그 돈은 돌려받았습니다. 그 일로 회사에 피해 가는 일은 없습니다. 검찰에서 어떤 식으로 조사를 하든, 전 당당히 받을 생각입니다. 그러니 여러분들 역시 저의 든든한 버팀목이 되기를 바랄 뿐입니다."

당찬 시선으로 규하가 자신 앞에 앉은 이사들을 주르르 훑어내렸다. 범처럼 날카로운 눈빛이었다. 여기서 내 등을 미는 자는 결단코 용서하지 않겠다는 규하의 강한 의지가 고스란히 그들을 향해 쏘아지고 있었다.

그런 규하를 윤 회장은 내심을 감추며 무표정하게 바라보았다. 주식까지 팔아넘긴 것 치고는 태도가 너무나 당당했다. 윤 회장은 의아하게 아들을 바라보았다. 자신이 알아서 한다던 규하의 말이 떠올랐다. 자신이 모르는 사이, 새로운 대비책을 마련해 둔 걸까? 이사들에 대한 대응은 아들에게 맡겨두고 윤 회장은 철저히 방관자처럼 앉아, 상황을 지켜보았다. 이미 돌아왔다 라…. 혹시라도 규하의 수중에 팔아넘긴 주식이 있다면 최소한 이 시궁창에서 발을 뺀 셈이었다.

'어디 두고 보자! 너의 솜씨를.'

자신의 아들을 바라본 윤 회장은 마치 즐거운 게임을 보듯 한결 가벼운 모습이었다.

기나긴 이사회와의 싸움을 끝낸 규하는 지친 모습으로 차에 올라섰다. 아직도 가야할 길이 남아 있었다. 이미 이 의원은 송환된 상태이고 검찰에서 지산을 주목한다면 다음 차례는 자신이었다. 옆에 신이라도 남아 있다면 검찰 측의 움직임도 지금쯤, 전부 파악이 되어 있을 텐데. 신의 부재를 아쉽게 느끼며 규하가 천천히 자신의 집으로 향했다. 아무도 없을 텅 빈 집이지만 잠시의 휴식을 취하기엔 유일히 남은 공간이었다.

"이제 오십니까?"

열쇠를 열기도 전에 덜컥 철제문이 열렸다.

"신?"

문을 연 사람은 신이었다. 지금쯤이면, 은우와 함께 양평에 있어야 할 신이 여즉 이곳에 남아 있다. 규하의 시선이 빠르게 집 쪽으로 향했다. 늦은 건가?

"집은 괜찮습니다. 다만, 사모님께서 원하지 않으셔서."

은우에 대한 불안한 마음을 알아 챈 신이 먼저 설명을 했다. 혹시 이 의원 쪽에서 움직임이 있었는지 걱정하던 규하가 비로소 가슴을 쓸어 내렸다.

"왜 떠나지 않은 거지?"

앞으로 시작될 힘겨운 싸움을 보이기 싫었는데. 은우가 아직 자신의 집에 남아 있다는 것에 안도하는 이율배반적인 마음을 감추며 규하가 신에게 물었다.

"마음을 바꾸셨답니다."

"마음을 바꿔?"

"청담동 큰 사모님의 전화를 받으신 후 짐을 다시 풀으셨습니다."

"어머니가?"

규하가 인상을 찡그렸다. 어머니가 무슨 소리를 했나? 제길! 은우만은 이 시궁창속에 남지 않길 바랐는데. 같이 견뎌야 한다는 아버지의 말이 스쳤다. 어머니가 은우에게 남겼을 말이 못내 불안했다. 규하는 허겁지겁 집 안으로 들어섰다.

"이제 와요?"

걱정스런 그와 달리 맞이하는 은우의 얼굴은 아침과 그리 다르지 않았다.

"왜 가지 않은 거지? 오늘 내려가라 하지 않았어?"

다급히 규하가 물었다. 왜? 규하의 질문에 은우는 시어머니의 전화를 떠올렸다.

"아마 이 의원께 전해드린 자금이 문제가 되고 있는 모양이다. 오늘 이사회 소집이 있다는데 어떻게 되는지. 규하 말로는 사장 자리정도는 미련이 없다는데. 그 문제로 회사에 어떤 피해라도 가게 된다면 회사를 그만 두겠다, 했다더구나. 혹시, 그런 일이 생기면 잠시 외국이라도 다녀오렴, 머리도 식힐 겸. 제대로 한 번 쉬지도 못하고 지금까지 아버지 곁을 지켜온 녀석이라 이번 기회에 좀 쉬는 것도 괜찮을 것 같다. 너희들 신혼여행도 가지 못했잖니."

그녀에 대한 원망도, 비난도 없는 평온한 목소리였다. 굳이 말하지 않아도 현정이 지난 크리스마스 때 이후로 많이 미안해하고 있다는 것을 아는 은우였다.

현정의 말은 규하가 그녀에게 말해주었던 것보다 훨씬 심각했다. 아침엔 그냥 자신이 견디어 주면, 되는 줄 알았다. 힘든 과거에 버거워하지 않고 꿋꿋이 견디면 될 줄 알았는데. 현정의 말에 의하면 오히려 견뎌야 할 사람은 규하였다. 그가 양아버지에게 약속했던 자금은 그녀 때문이었다. 그래서 그는 지금 그렇게 힘들게 올라섰던 자신의 위치까지 버려야 했다. 그런 그를 남겨 두고 떠날 수 없었다.

그녀가 줄 것은 없었다. 어차피 가진 것 하나 없는 그녀였다. 그녀가 해 줄 수 있는 유일한 것은 그와 함께 견디는 것이었다. 많이 힘든 그를 바라보면 고통스럽겠지만, 세상으로부터 지친 그가 돌아올 때 따뜻이 안아 줄 가슴은 있었다. 그가 그녀를 지켜주듯 그녀 역시 그를 지켜주고 싶었다.

"가고 싶지 않아요. 당신 곁에 있겠어요."

은우가 차분히 대답했다. 스르르 미끄러지듯 그의 품에 안기며 은우가 말했다.

"사랑해요. 사랑하니까 당신 옆에 있고 싶어요. 지켜준다는 것 필요 없어요. 제 아픔은 제가 견딜게요. 제 몫까지 당신이 짊어지지 말아요. 당신이 날 사랑하니까 저 역시 세상을 견딜 힘이 있어요."

사랑하니까. 규하가 지켜 주는 것이 아닌 그녀를 사랑하는 거니까 세상을 살아 갈 힘을 얻었다. 그녀는 이제 두 발로 땅을 딛고 싶었다. 그와 함께, 그녀가 사랑하는 남편과 함께 그가 내민 손을 잡고 천천히 세상을 밟으며 살아가고 싶었다.

자신의 품에 안긴 은우를 규하가 꽉 잡아 안았다.

세상을 견딜 힘을 얻는다.

나 역시 널 지켜줄 수 있기에 세상을 마주보며 이겨낸다. 은우야….

25

 라파는 천천히 정원을 거닐었다. 생각에 잠길 때 하는 습관이었다. 날려 보낸 부메랑보다 돌아오는 부메랑엔 더 큰 힘이 실려 있다. 바람의 무게까지 실어 와, 잘 잡지 못하면 손가락을 베일만큼 커다란 고통이 따른다. 유빈! 그의 작은 새는 자신의 힘으로 새장 문을 열고 말았다. 이젠 날려 보내야 한다. 지저귀는 소리 한 번 들어보지 못한 그의 작은 새는 결국 날아 갈 것이다.

 하얀 눈이 차갑게 그의 어깨에 내려앉았다. 예전엔 눈이 싫어 늘 우산을 받치고 있었던 그였다. 그러나 오늘은 오도독, 오도독, 소리가 나도록 쌓인 눈만 밟아대고 있었다.

 넌 날아갈 거냐? 열린 새장 문으로 꺾어진 날개를 펴고 날아 갈 거냐?

표정 없는 유빈을 떠올리며 라파의 얼굴이 차갑게 일그러졌다. 날개가 꺾인 새는 새장을 벗어나선 살아갈 수 없다. 날 수도, 먹이도 없이 살아갈 수 없다. 그런데도 놓아주어야 하나. 망신창이 되어 죽음으로 그에게 돌아올 수도 있는데?

자신이 약속했던 거래와 이미 세상을 홀로 살아갈 기력을 잃어버린 유빈을 사이에 두고 라파는 몇 시간을 그렇게 눈 속에 서 있었다.

"윤규하와 이 의원이 신문에 났습니다."

어깨에 수북이 눈이 쌓일 때 즈음, 한 녀석이 신문 한 부를 들고 그의 앞에 나섰다. 첫 일면에 나란히 실린 윤규하와 이 의원의 사진이 먼저 눈에 띄었다. 평상시엔 세상 일에 관심이 없던 그였다. 아마 유빈이 일로 윤규하가 실린 신문을 가져 온 모양이었다.

"무슨 일이지?"

"둘 사이에 거래가 있었답니다. 이 의원의 정치 자금을 약속한 결혼과 그 입양 딸에 대한 이 의원의 가혹한 학대도 함께 실려 있는데요."

"흠….'"

은우에 대한 건 이미 알고 있었다. 요즈음 아동 학대 보호 기금이다 뭐다 설치더니, 결국 이지후인가? 윤규하와의 검은 돈까지 고스란히 실린 걸 보면 이지후 녀석의 소행이 분명했다. 영리한 녀석이었다. 자신에게서 규하의 주식을 움켜쥔 이유를 알 수 있을 것 같았다. 그것 하나로 윤규하를 자신의 손 안에 두겠다는 건가? 라파는 모든 걸 이해하는 미소를 지었다. 당사자들은 모르겠지만 옆에서 보면 모든 것이 손에 잡힐 듯 선명한 법이었다.

처음 20억은 해외 투자회사 명목이니, 꼬리를 잡기 어렵다. 하지만 윤규하의 주식이라면 다르지. 영리한 녀석이었다. 재미있는 녀석들이야. 윤규하와 지후를 떠올린 라파가 미소를 띄우며 유빈이 머무는 집을 향해 방향을 돌렸다. 그 역시 마무리를 할 때였다.

날아가는 것도, 남아 있는 것도 너의 의지다. 하지만 남겨진 하루의 시간만은 내 것이야. 그것만은 너에게 주지 않는다.

내리는 눈을 고스란히 다 맞은 탓에 온몸이 눈사람처럼 하얀 라파가 쓰윽 들어서자 떠날 때와 그리 다르지 않은 모습으로 유빈이 그를 맞이했다.

"은우라는 아이…."

어깨에 놓인 눈 때문에 한결 무거워진 외투를 벗으며 툭 던진 이름에 내내 생기 없던 유빈의 눈동자에 반짝, 온기가 돌았다. 나비의 날개를 찢듯 괴롭히고 싶은 충동이 일었다.

"윤규하가 은우라는 아이와 결혼한 것은 알고 있었나?"

잠시 머문 온기가 순식간에 얼음처럼 싸늘하게 변했다. 연인을 갖지 못한 사내로서의 상처였다. 굳게 닫아버린 유빈을 바라보던 라파가 끌끌 속으로 혀를 찼다.

대체 닫혀버린 너의 입술은 무얼 말해야 열어질까?

은우라는 아이. 규하가 원하는 것보다 오히려 자신이 더 원했다. 그녀로 인해 유빈의 닫혀진 입술이 열어진다면 당장이라도 이 자리에 끌고 오고 싶을 만큼…. 그 역시 규하와는 다른 의미로 은우를 원했다.

"윤규하가 널 원한다."

유빈의 표정은 변화가 없었다. 그가 반응하는 거라고는 은우라는 이름뿐인 모양이다.

"가겠니?"

라파가 물었다.

"왜 그가 절 원하는 거죠?"

다시 묻는 그의 말에 유빈이 비로소 입을 열었다. 또르르 구슬이 굴러가는 듯 맑은 목소리였다. 노래를 한다더니… 결국 이곳에서는 울리지 않을 것이다. 라파가 아쉬운 마음으로 그를 돌아보았다. 유빈이 부르는 노래는 분명 아름다울 것이다.

"은우, 그 아이가 널 원한다."

"보내 줄 건가요?"

맑은 유빈의 눈동자가 그를 마주보았다. 이만큼 긴 시간 이 녀석과 말을 나눈 적이 있었던가? 멋진 이별 선물이군. 라파가 고개를 저었다.

"보내주지 않는다. 하지만 네가 떠나는 것, 또한 잡지 않아. 이곳에 머물렀던 것도 너의 의지였고, 이곳을 떠나는 것도 너의 의지야. 다만 나는 거래를 들고 온 너의 시간을 산 것 뿐이다. 네가 원한다면 떠나도 좋다. 하지만 오늘 하루까지는 너와 거래한 내 시간이야. 그 시간에 대한 대가는 철저히 받을 셈이다."

철저히 계산적인 그의 말에 유빈의 작은 어깨가 살짝 움찔거렸다. 내내 종알거리던 붉은 입술도 이젠 딱딱하게 굳어 있었다. 웃지 않아도, 조금 전처럼 종알종알 말하지 않아도 그를 바라보는 유빈의 검은 눈동자엔 자신의 모습이 그대로 실려 있었다. 단단한 눈빛이었다. 잠시 침묵하던 유빈이 천천히 옷을 벗기 시작했다. 이곳에 온 후 처음으로 스스로 벗어 내린 옷이었다. 유혹하듯 움직이는 유빈의 몸짓에 라파는 자신도 모르게 흡, 숨을 들이켰다. 난생 처음 심장이 떨리는 순간이었다.

'이제 떠나는 건가요? 이 사막 같은 곳에서 떠나는 건가요?'

부드러운 유빈의 은빛 나신이 어름한 달빛 속에 수면처럼 드러났다. 이곳을 떠난다는 사실만이 그에겐 전부였다. 죽으면 스러질 이 따위의 육신은 상관이 없었다.

그 무엇보다 아름다운 나신으로 다가서는 유빈을 바라보는 라파는 벌써 중심이 꼿꼿하게 일어서고 있었다. 갖고 싶다, 미처 말하기도 전에 앞에 선, 유빈이 그의 뺨을 쓸어 내렸다. 요염하도록 매혹적인 손길이었다. 익숙한 듯, 낯선 듯 가느다란 손가락 끝이 꽃잎처럼 파르르 떨렸다. 과감한 움직임과는 너무나 다른 떨림이었다.

이 사람은 내게 무얼까? 자신의 첫 순결을 빼앗고, 유린했을 땐, 언제나 두려운 사람이었다. 꽁꽁 얼어버린 얼음처럼 차디찬 사람. 하지만 오늘 거래에 대한 시간을 철저히 가지겠다던 그의 눈동자는 조금 슬퍼보였다. 그래서 유빈은 처음으로 자신의 옷을 벗었다. 한 순간의 흔들림이라도 해도 좋았다. 떠남으로 인해 갖는 감상이라고 해도 이상하리만큼 슬픈 라파의 눈동자가 싫었다.

'마지막이야. 다시는 이 사람 보지 않아. 이젠.'

그에게 머물렀던 시간 동안 은우가 행복을 찾아간 거라면, 그것으로도 족했다. 그것 하나만으로도 자신이 이 세상에 태어난 모든 이유가 되었다, 은우만 행복하다면. 이젠 자신을 위한 시간만이 남은 것이었다. 떠나길 원했다면 더 좋았을 테지만 윤규라는 남자의 품에 남길 원한다면 그것으로도 괜찮았다. 원한 건 은우의 행복뿐이니까…. 은우가 그곳에서 행복을 찾은 거라면.

유빈은 한껏 발끝을 세웠다. 작은 키 때문에 발을 세우지 않으면 그에게 닿지 않았다. 유빈은 마른 라파의 입술에 자신의 입술을 묻었다. 마지막 이별 선물이었다. 뻣뻣하게 동상처럼 굳어있던 라파가 결국 참지 못하고 유빈을 힘껏 껴안았다. 강한 힘이었다.

작고 작은 나의 새. 라파의 속삭임이 귀에 들렸다. 그는 애칭처럼 늘 작은 새라 부른다. 스스로 다가 선 유빈을 안고, 벗은 가슴을 애무하던 라파는 이제껏 누르고 있던 자제력이 무너지는 것을 느꼈다. 보잘 것 없는 작은 몸이 자신의 자제력을 자꾸만 무너뜨리고 있었다. 부서질 것 같은 여린 몸을 안으며 라파는 싸늘한 미소를 지었다.

'돌아올 거다. 넌 반드시 내게 돌아온다.'

반드시 널 찾아온다. 아직은 유빈을 놓아 줄 생각이 없었다. 놓아줄까 잠시 생각했었지만, 이젠 그럴 수 없다. 놓아주기엔 미련이 남았다. 한 번 맛본 천국은 두 번 다시 놓을 수 없는 마약과 같았다.

"어디로 가시겠습니까?"

새벽까지 잠을 이루지 못하고 맞이한 다음 날, 유빈은 없는 사람처럼 보이지 않는 라파를 남겨두고 까만 차에 올라탔다. 어제 내내 탐닉하던 라파 때문에 잠을 이루지 못하고 새벽에서야, 잠시 졸음처럼 감은 눈을 떴을 때, 라파는 이미 옆에 없었다. 라파 대신, 그의 부하들이 이미 떠날 준비를 마치고 그가 깨어나기만을 기다리고 있었다. 그가 일어나자마자 바로 떠나라는 라파의 지시가 있었다는 말만 전해 줄 뿐, 라파의 행적에 대해서는 함구였다.

어디로 갈까? 공기 중으로 붕 뜬 기분이었다. 공기까지 무거운 이곳을 벗어난다면 겨울이 아니어도, 차가운 공기가 없어도 이젠 숨이 차오지 않을 것 같았다. 유빈은 날아갈 것처럼 가벼웠다. 이 길을 벗어나면 그의 집이 있다. 허름하고 낡았지만 하늘과 맞닿아 한없이 자유로운 곳. 이제 자신은 돌아갈 곳을 돌아가고 있었다.

"집. 저의 집으로 가고 싶어요."

그의 대답에 고개를 끄덕이는 남자들의 뒤를 따라 유빈은 이제 조금씩 익숙해 진 거대한 집을 나섰다. 검은 차창으로, 세상을 처음 보듯 구경하는 그의 얼굴엔 어린아이 같은 치기가 서렸다.

도착한 그의 집에 감히 발조차 딛지 못하고 라파의 부하들이 서둘러 떠나자, 유빈은 자신의 집을 향해 한 걸음, 한 걸음 세듯 올라섰다. 아끼는 사탕을 조금씩 핥아먹듯 돌 하나까지도 음미하며 그는 천천히 걸음을 옮겼다. 작은 옥상 마당이 보이고 여전히 낡은 그의 평상이 앞에 놓여 있었다. 여름이면 은우와 함께 고기를 구워 먹던 곳이었다.

'우리, 삼겹살 구워먹자. 나가서 말구 집에서. 그래야 많이 먹지…'

맑은 은우의 목소리가 또르르 들려왔다. 그 날 은우와 월급날이라 삼겹살 구워먹자고 환하게 웃었었다. 그리고 갑자기 모든 것이 빠르게 변하기 시작했다.

상념에 잠긴 채, 현관문을 향해 걷던 그의 시선에 작은 아령이 눈에 띠었다. 주인을 잃어 많이 낡은 모습이었지만 그것조차 유빈은 반가웠다. 윤규하와 이지후. 거대한 두 남자들 사이에서 은우를 지켜내지 못하고 덜 떨어진 아이마냥, 뒤에 남겨진 자신이 싫어 한걸음에 달려가 사왔던 아령이었다. 왜 하지도 않던 짓을 하느냐 은우는 씩씩댔지만. 힘없는 자신이 처음으로 싫어져 땀을 뻘뻘 흘리며 운동이랍시고 했던 작은 아령, 아마 그때 처음으로 은우에게 남자이고 싶었던 것 같다.

유빈은 마치 머나먼 곳을 여행하고 온 사람처럼 하나하나를 천천히 둘러보며 집 안으로 들어섰다. 뽀얀 먼지가 내려앉았을 거라 생각했는데 집은 생각보다 깨끗했다. 오히려 써늘한 찬 기운마저 돌아 곰팡이보다는 바람 내음이 먼저 다가왔다.

'서프라이즈!'

당장이라도 은우가 전처럼 활짝 웃으며 들어올 것 같아 유빈이 섬뜩 현관문 쪽을 돌아보았다. 왜 이리 똑같은 걸까? 자신은 이미 너무 많은 곳을 돌아와 버렸는데. 은우와 함께 살았던 이 집은 왜 고고히 예전 모습 그대로 기다리고 있는 걸까?

웃고 싶은데, 이제 웃을 수 있을 거라 생각했는데 그의 뺨엔 웃음 대신 어색한 눈물이 뚝, 흘러 내렸다. 행복해질 거라고, 은우가 찾은 행복처럼 자신 역시 함께 행복해질 거라 했는데 예상하지 못했던 눈물이 먼저 나왔다. 지난, 한 달여의 시간 동안 보다 훨씬 더 많은 세월을 살았던 곳인데. 이젠 마치 잊혀져 버린 과거처럼 유빈은 홀로 집 안에 남겨져 있었다. 조심스레 방 안의 작은 테이블에 앉는데 유빈의 시선에 반짝 빛나는 작은 귀걸이 하나가 눈에 띄었다.

후!

후를 사랑하며 선물했던 한 쪽의 귀걸이였다. 나머지 한 쪽은 지금 자신의 귀에 걸려있다. 후가 왔었나? 이 작은 집을 이렇게 바람처럼 남겨둔 게 후였나? 이별을 예고하는 듯 남겨진 작은 귀걸이를 움켜 쥔 유빈은 후다닥 집을 뛰쳐나왔다. 가벼운 바람처럼 숨 쉬며 살 수 있을 거라고, 라파의 집에선 제대로 쉬어 보지 못했던 숨을, 이젠 마음 놓고 쉴 수 있을 거라 생각했었는데… 은우와 후가 가득 남은 집 안은 라파의 집보다 더 무거운 공기들로 가득 차 있었다.

후, 후.

마당 쪽으로 나온 유빈이 마치 오랜 시간, 잠수한 사람처럼 미친 듯이 숨을 몰아쉬었다. 숨통이 조여 숨쉬기가 힘들었다. 마치 심장병에 걸린 사람처럼 버겁게 숨을 내쉬던 유빈의 뺨 위로 걷잡을 수 없이 아픈 눈물이 흘러 내렸다.

착각했었다. 예전의 자리로 돌아오면 모든 것이 다시 그에게 올 줄 알았다. 어리석은 짓이야. 유빈이 중얼 거렸다. 늦은 것이다. 이미 모든 것을 되돌릴 수는 없었다. 변하지 않은 건 이 집 뿐. 은우도 후도, 그리고 자신마저 변해 버렸다. 유빈은 쪼그린 다리를 쭉 펴고 등을 벽에 기댔다. 서프라이즈! 하며 느닷없이 들이 닥칠 은우도, 그런 은우의 시선 속에서 자신을 감싸

줄 후도 이젠 없었다. 그는 철저히 이곳에 버려진 것이다. 모든 것은 끝이었다.

❀

"나야."

무심히 들었던 수화기를 꼭 붙잡던 은우가 숨을 멈추었다. 감히 얼굴을 떠올리는 것조차 가슴 아픈 유빈의 목소리였다.

"나… 이제 잊었니?"

유빈이 물었다. 하지만 은우는 꿈속처럼 목이 잠겨 입을 열 수 없었다. 그냥, 전처럼 '뭐야? 벌써 건망증이야?' 하고 웃었다면 쉽게 대답해 줄 수 있었을 텐데, 머뭇거리는 유빈의 조심스러움이 더 멀어져 보여 입을 열 수가 없었다.

흑, 새어 나오는 흐느낌에 옆에 누웠던 규하가 화들짝 놀라, 벌떡 일어섰다.

"나… 잊었어?"

유빈이 다시 물었다. 은우가 심장을 쥐었다. 유빈은 목소리만 들어도 심장이 아팠다. 그렇게 보내는 게 아니었다. 잊었냐, 묻고 싶은 건 오히려 그녀였다.

"나…"

"유빈아. 김유빈!"

순간 목이 팍 터져 나왔다. 규하가 휙 고개를 들었다.

"김유빈!"

겨우 이름 하나 부르는데 그 끝에 엉엉, 울음이 터져 나왔다. 어디 갔다 왔냐고 묻고 싶었는데 대신 울음이 자꾸 나왔다. 말을 잇지 못하고 울어버린 은우를 달랜 건 유빈이었다.

"울지 마."

울지 말라는데 눈물이 멈춰지질 않았다.

"울지 마. 내가 더 아파."

"울 거야. 다시는 네가 날 떠나지 못하게 울 거야."

울음 사이로 낮은 유빈의 목소리가 들려왔다. 은우가 투정했다. 그녀는 늘 유빈에게 투정을 한다. 사이좋은 오누이처럼, 철없는 여동생처럼 유빈에겐 늘 어린아이 같았다.

"…행복하니?"

그녀의 투정은 받아주지 않고 유빈은 또다시 물었다. 행복하니? 마지막 만난 날 물었던 질문이었다.

"행복하니? 이젠 행복해졌어?"

"행복해. 너무나 행복해. 그러니 돌아 와. 어디야? 대체 이제껏 어디에 있었던 거야?"

"네가 행복하면 됐어. 그게 이유였으니까."

"이유? 무슨 이유. 네가 여길 떠났던 게 나 때문이었어?"

떠난 게 그녀 때문이었나? 떠나기 위해 묻는 줄 알았다. 떠날 사람이기에 그녀가 행복하는가, 묻는지 알았다. 그러나 그녀가 행복하지 못해서 떠난 거라니, 유빈의 말은 난해한 수학 문제 같았다.

"은우야. 그, 그 사람 사랑하니?"

그녀의 질문엔 대답 없이 유빈이 물었다. 밖에서 거는 전화인지 수화기 너머로 바람소리가 들렸다.

"너도 사랑해. 난 너도 사랑해. 넌 언제나 내 소중한 친구였고, 형제였어. 말해주지 못해서 늘 미안해. 언제나 고마웠는데, 언제나 소중했는데 그때, 말해주지 못해서 미안해. 찾아갔는데… 널 찾아 갔는데 보이지 않아서…."

아, 그래…. 유빈이 한숨처럼 가볍게 대답했다. 미묘한 새벽이었다. 싸늘한 바람이 에일 듯이 차가웠다. 형제라, 애초부터 사랑은 기대하지 않았었다. 하지만 그에겐 사랑이었다. 한 남자로서 모든 것을 내던질 만큼의 사랑이었다. 자신이 떠난 곳을 은우가 찾아왔다는 게, 어리석게도 기뻤지만 그래도 이젠 친구라는 이름으로 더 이상 그녀 곁에 머무를 수 없었다.

"나, 잠시 여행갈 거야."

유빈이 말했다. 이제 후도 남아있지 않았다. 멀리 떠났단다. 설사 이곳에 남아 있었다 해도 이미 후는 그에겐 떠난 사람이었다. 은우를 위해 놓아버린 후는, 그 또한 유빈을 놓아 버렸다. 유빈은 새벽하늘을 바라보았다. 미명처럼 한 쪽 끝은 여전히 밤기운이 남아 있었다.

어둔 햇살 사이로 자신의 집이 보였다. 검은 양복을 입은 사나이들에게 무참히 짓밟혔던 곳. 후와의 키스 장면을 고스란히 은우에게 드러내 버린 곳. 그리고 은우와 함께 숨을 쉬며 살았던 곳. 은우의 웃음이 곳곳에 묻어 있는 곳. 하나의 공간 속에 수많은 기억들이 엉켜진 실타래처럼 꼬여 있어, 견딜 수 없이 고통스러운 곳이었다. 여길 어떻게 해야 하나. 자신의 집을 바라보며 유빈이 스스로에게 물었다. 막상 돌아온 이 집은 숨을 쉴 수 없을 만큼 답답했다. 기억하며 그리워했던 이곳의 추억들은 이젠 족쇄처럼 그의 숨통을 조이고 있었다.

"여행? 어디로? 언제 올 거야?"

은우가 수화기 너머로 물었다. 손잡이가 겨울의 새벽 기운에 시릴 정도로 차가웠다.

"나중에. 여행을 끝내면 돌아올게."

유빈이 잠시 숨을 멈추었다. 이제 다시 돌아오지 않을 것이다. 그녀가 숨쉬는 이 하늘은 그의 것이 아니었다.

"은우야."

응? 은우가 다정하게 대답했다.

"사랑해."

미처 대답하지 못한 사이, 유빈은 그대로 전화를 끊어 버렸다. 더 이상 그녀의 목소리를 들을 수 없었다. 행복하다면 전부일 줄 알았는데, 여전히 미련이 남았다. 그녀가 붙잡는다면 바보처럼 버리지 못할 것 같았다. 애초부터 자신의 몫이 아닌 여자였다. 햇살 같은 여자여서 감히 그는 잡을 수 없는 사람이었다. 유빈은 점차 밝아 오는 햇살을 손으로 가렸다. 그가 살아야 될 삶은 은우의 것과는 겹쳐질 수 없었다. 그는 여전히 바닥에 남아 있고 그녀는 다른 세계의 사람이었다. 그것을 유빈은 알고 있었다.

멍하게 손에 놓인 수화기를 바라보던 은우를 규하가 옆에서 끌어안았다. 참기 힘든 질투가 끓어올랐지만 애써 그는 자신을 눌렀다. 유빈은 특별한 존재였다. 사랑은 결코 아니겠지만 자신으로서는 결코 끼어들 수 없는 사람이었다. 여전히 수화기를 끌어안은 아내를, 달래듯 흔들며 규하는 생각에 잠겼다. 전화가 걸려온 것으로 보아 라파가 결국은 놓아 준 모양이었다.

"유빈이가 여행을 가요."

은우가 어깨에 기대며 말했다.

"여행을 간다는데, 어디로 가는지 말을 하지 않아요."

또다시 은우가 눈물을 흘렸다. 유빈은 떠나도, 그리고 이렇게 돌아와도 늘 아픈 존재인가 보다. 그토록 힘들게 온 유빈인데 아내는 여전히 유빈을 아파하고, 눈물을 흘린다. 규하가 은우의 등을 쓸었다. 흐느끼던 울음이 조금씩 잦아들었다. 오늘 걸려온 유빈의 전화가 좋은 징조인지, 나쁜 징조인지 알 수 없었다. 오늘 그는, 송환이었다.

"오늘 송환 될 거야."

신의 말에 의하면 오늘부터 자신에 대한 송환조사가 시작될 거라 했다. 굳이 신이 말하지 않아도 자신의 송환이 코앞에 닥쳤다는 것은 알고 있었다. 어쨌든 해 볼 생각이었다. 아직은 유리한 입장이었다. 규하는 자신의 품속에 안겨있는 은우를 바라보았다.

"힘들 거다. 아무리 감추려 해도 너에 대한 많은 것들이 세상에 그대로 노출될 거야."

"괜찮아요."

애써 유빈을 지운 강인한 대답이었다. 여전히 유빈으로 인해 아플 텐데, 아내는 그 앞에서 힘이 되어주려 애쓰고 있었다.

"사랑해. 이것만이 내가 해 줄 수 있는 전부다."

대답 대신 그의 입술에 은우의 입술이 맞닿았다. 깊지는 않지만 따뜻한 키스였다.

"사랑해요. 당신이 세상과 부딪힐 때 힘이 되었으면 좋겠어요."

싸늘한 겨울 기운이 스르르 녹아 내렸다. 머지않아 따뜻한 봄이 올 것이다. 깊고 따뜻한 키스를 끝낸 규하가 마침내 몸을 일으켰다. 조금 전보다 훨씬 밝은 모습이었다. 날렵한 몸동작으로 외투를 걸치며 규하는 세상 속으로 나섰다. 그가 나온 세상은 아직도 겨울이었지만 가슴엔 벌써 봄이 와 있었다. 현관을 나선 그의 곁으로 신이 황급히 다가왔다.

"은우, 지켜라. 언론으로부터 네가 할 수 있는 최대한, 지켜!"

이제 이 의원에게 남은 것은 구속뿐이었다. 그리고 그의 아내인 강명희는 정신병이라 강하게 주장하며 의사의 진단 결과를 기다리고 있는 중이다. 열려진 은빛 메르세데스에 오르며 규하가 자신의 곁에 서 있는 아름다운 그의 아내를 마주보았다.

'날 믿는다. 너에게 반드시 돌아올 날 믿는다.'

그리고 규하를 실은 은빛의 차는 빠르게 회사를 향해 달려 나갔다.

대검중수부(대한민국 검찰청 중앙 수사부), 14층.

규하는 느긋이 의자에 앉아 있었다. 차가운 이곳의 공기가 그리 싫지만은 않았다. 그런 편안함 때문인지, 규하는 당장 눈앞에 앉아 있는 검사 녀석보다 집에 홀로 있을 은우가 더 신경 쓰이고 있었다. 이미 수색 영장이 발부되었으니 오늘은 집이나 회사에 검찰청 사람들이 들이 닥칠 것이다. 신과 무가 있다지만 그가 없는 집에서 혼자 그 사람들을 상대해야 할 은우가 걱정스러웠다. 규하는 애써 자신을 다독였다. 잘 해낼 거야, 은우는….

이곳으로 오던 날, 그녀와 나누었던 키스를 생각하며 규하는 몸을 쭈욱 뻗었다. 은우의 키스는 지겨운 이 시간을 견딜 수 있는 힘이 되었다. 이제 며칠뿐이야! 오히려 여유로워지는 그에 비해 담당 검사의 얼굴은 하루, 하루 바짝 독이 올랐다. 드디어 벽이었다. 그는 풀려 날 것이고, 이 의원은 이미 구속이었다.

"윤규하 씨! 이렇게 입을 다문다고만 해서 감추어질 게 아닙니다. 이미 이 의원께서 여기서 받은 돈이라고 자백한 상태라구요!"

앞에 앉은 이검사라는 녀석이 짜증스러운 얼굴을 내밀었다. 뚜렷한 증거도 없이 검사는 오로지 이 의원의 자백만을 증거로 그를 몰아치고 있었다. 이 녀석은 아직 윤규하란 남자를 몰랐다.

"여긴, 증거도 없이 단지 말로만 사람을 취조하는 건가? 그럼 내게 증거를 대 보던지."

내내 했던 말을 규하가 또다시 말했다. 느긋한 표정이 여유로웠다.

"받은 사람의 자백이 이미 있는데, 더 이상 발뺌이 된다고 생각하십니까?"

"글쎄? 아내와 이 의원의 사이는 이미 언론에 공개 되었소. 설마 그런 분이 나나 내 아내에 대해 좋은 감정을 가지고 말하지는 않았을 것 같은데? 그 사람이 어떤 의도로 그런 말을 했는지는 내 소관이 아니니 모르겠고, 어쨌든 증거가 없는 이 상황에서 여기 와 있는 것만으로도 고마워해야 되는 거 아닌가?"

규하가 감겨진 태엽처럼 이제껏 했던 말을 반복했다. 며칠을 조사하는데도 이야기는 계속 같은 자리를 맴돌 뿐 얻어지는 건 하나도 없었다. 증거가 없었다. 이진화 의원의 자백이외에는. 차라리 비굴하게 뇌물이나 써보든지, 아니면 다른 사람들처럼 높은 자리의 정치인의 이름을 팔아 보든지. 윤규하라는 남자는 그저 잠시 휴양지에 들른 사람 같았다.

'제길, 뭐가 있어야 해 보지.'

이 검사가 규하의 귀에 들리는 것도 아랑곳 하지 않고 담배를 빼어 물었다. 천하의 지산그룹 사장이라지만, 당찬 이 검사에겐 씨알도 먹히지 않는 자리였다.

이진화 의원에게 들어간 20억은 워낙 복잡한 경로로 되어있어 추적이 불가능했다. 유일하게 남은 것이라고는 신문사에 투고된 사본뿐이었다. 사본만으로는 증거에 채택 될 수가 없다. 빌어먹을 자식, 이왕 투고할 바에야 철저히 할 것이지. 이 검사의 짜증은 괜한 신문사에게까지 향하고 있었다.

"아이티에 있는 W. I. C.라는 회사에 투자한 20억은 무업니까? 공교롭게도 이진화 의원에게 들어간 금액과 같군요."

"회사 이름으로 잠시 투자했었는데. 뭐 그런 곳에 있는 회사라 쉽게 문을 내리더군. 거기에 대한 책임으로 내 자산을 밀어 넣은 것도 문제가 되는 건가?"

"그럼, 나머지 채권으로 들어간 10억은 뭡니까?"

"빌려주었는데 되돌아 왔고…."

"당신이 주식으로 팔아넘긴 게 아니구요?"

"회사에 수색이 들어갔다면, 내 주권이 건재하다는 걸 알았을 텐데? 아직 조사 중인가? 그럼 조만간에 나오겠지."

똑같이 반복되는 질문에 윤규하의 대답 역시 똑같은 반복이었다. 이런, 제기랄. 이 검사가 이미 타버린 담배를 윤규하를 뭉개듯 재떨이에 거칠게 뭉갰다. 또다시 한 개비를 입에 무는데 겁도 없이 문이 벌컥 열렸다.

"뭐야?"

날카롭게 돌아보는데 최 부장이었다. 이 검사가 재빨리 담배를 비벼 끄며 자리에서 벌떡 일어섰다.

"잠깐 보지?"

"네."

방문을 나서는 그의 옆으로 한 여자가 스치듯 지나쳐 윤규하가 있는 취조실로 허락도 없이 들어섰다. 막으려 손을 쭉 뻗는 이 검사를 최 부장이 성급히 잡아끌었다. 누구지? 잡는 최 부장을 이 검사가 의아하게 바라보았다. 이곳은 아무나 들어올 수 있는 곳이 아니었다.

"잘 지냈니?"

부드러운 목소리에 무심하게 탁자 위를 바라보던 규하가 고개를 들었다. 그의 앞엔 고급스런 울 정장을 걸친 나이 든 여자가 서 있었다. 오십이 넘은 나이로 보이지 않는 아름다운 여인. 잠시 보였던 관심을 접으며 규하가 싸늘하게 대답했다.

"글쎄. 여기에서 그런 질문을 한다는 건 좀 우습지 않나요?"

그의 대답에는 상관없이 여자는 스르르 그의 앞자리에 앉았다.

"오랜만이구나."

"너무 오래되어서 기억조차 나지 않네요."

조금 전 이 검사를 바라보던 것과는 사뭇 다른 날카로운 시선이었다. 여인은 살포시 한숨을 내쉬었다. 그녀의 아들은 너무 아픈 상처를 입어 버렸다. 하지만 스물 한 살의 여자아이가 아이를 키울 수 있는 길은 없었다.

규하를 바라보는 하련의 얼굴에 아련한 그리움이 서렸다. 자신의 아버지만큼 자라버린 규하는 친아버지인 윤영진을 그림자처럼 닮았다. 잠시 만났던 그녀의 풋사랑. 윤영진이 단 한 순간이나마 그녀를 사랑했었다면 하련은 그렇게 쉽게 규하를 넘겨주지 않았을지도 모른다. 아니, 그것조차 변명이겠지. 지금의 남편과 규하 사이에서 그녀가 선택할 수 있는 길은 결국 하나였을 거다.

"여긴 어떻게 왔죠? 쉽게 들어올 곳이 아닌데."

"남편이 청장이다."

그녀의 말에 픗 가벼운 웃음이 새어 나왔다. 얼굴선은 영진을 많이 닮았는데, 입술만은 자신의 것을 그대로 빼어 박았다. 하련의 시선은 규하에게서 떨어지지 못했다. 그녀는 아들에게서 자신의 첫사랑과 자신이 낳은 아이를 같이 보고 있었다.

"그래서요? 남편이 경찰청장이라고 해서 순찰 나오신 것도 아닐 테고…."

"도와주고 싶다."

도와주고 싶다, 말하는 하련의 눈빛은 진심이 담겨 있었다. 그 시절엔 그 시절의 선택이, 지금 이 순간에는 지금만의 선택이 있는 것이다. 내내 규하를 생각했다. 그녀를 흠모하듯 바라보았던 어린 규하의 시선은 언제나 그녀에게 짐처럼 마음에 남았다. 사랑해서 떠난다는 말이 위로가 될지 모르지만, 그의 동생, 윤성진 집 앞에 규하를 남겨 놓을 때는 그랬었다. 그의 동생이기에 원하기만 하면 언제든 볼 수 있을 거라 생각했었다. 하지만 규하와 그녀의 벽은 윤성진이 아닌 규하가 만들고 있었다. 겨우 용기를 내, 걸었던 전화까지 무참히 끊어진 후라 그 벽은 더 높았다.

"필요 없습니다. 설마 지산의 힘이 그만 못하겠습니까?"

비웃음이 역력했지만 하련은 애써 무시했다.

"알지만 각기 나름대로의 힘이라는 게 있지 않겠니?"

"필요 없다지 않습니까? 그리고 이렇게 서로 얼굴 보는 것조차 싫습니다."

규하가 부러지듯 말했다. 세월이 지났어도 어린아이 같은 상처는 그대로 배어 있었다.

"여긴 네가 있을 곳이 아니다."

그녀의 아들은 지산에서 날개를 펼쳐야 했다. 이렇게 우리에 갇힌 야수처럼 머물 곳이 아니었다.

"지산의 대문 역시 제가 있을 곳은 아니었지요."

'사랑하니까…. 널 사랑하니까.'

기다란 머리카락에 뚝뚝 물을 흘리며 어머니는 말했었다. 열 살의 아이, 아름다운 어머니에 홀딱 반해버린 열 살의 규하에게 하련은 그 비처럼 차가운 입술로 말했다.

'여긴 작은아버지 집이야. 아니, 이제부턴 네 아버지야. 그리고 네 어머니의 집이고. 난 이제 지워라. 넌 똑똑한 아이이니까 잘 견딜 수 있을 거야.'

아버지는 여기 없는데, 그리고 자신의 어머니는 여기 눈앞에 있는데 어머니는 자꾸 그녀를 잊으라했다.

규하가 앞에 앉은 중년의 여인을 바라보았다. 세월은 지났지만 여전히 아름다운 얼굴이었다. 한 때는 제니에게서 그녀를 보기도 했었다. 규하가 입을 열었다.

"한 여자를 사랑합니다. 그녈 많이 사랑했어야 했는데. 다른 여자로 인해 제가 사랑하는 그녀에게 많은 상처를 주었습니다. 당신이 내민 손을 잡는다면 누군가 또 상처를 받게 되겠지요. 제 어머니에게 상처 주고 싶지 않습니다."

이젠 당신에게 더 이상 미련 두지 않을 겁니다. 규하는 현정의 얼굴이 떠올렸다. 그때 하련이 한 말 중 옳았던 건, 이제 그의 어머니는 지현정 뿐이라는 것이다. 더 이상 은하련이나, 자신을 버리고 떠난 아버지, 윤영진은 그에게 없었다.

거절하는 규하를 하련은 담담히 받았다. 그가 원하지 않아도 그녀는 해 줄 생각이었다. 자신이 규하나 성진에게 해 줄 수 있는 건 이 정도 뿐이었다. 증거가 없다는 남편의 말에 하련은 가느다란 희망을 가지고 있었다. 증거가 없는 한 검찰에서도 규하를 더 이상 붙들 수 없었고, 지산에서도 압박이 가해질 것이다. 규하가 풀려나는 건 시간 문제였다. 하련은 마지막으로 아들의 얼굴을 바라보았다.

"이제 널 볼 일이 없을 거다."

"네."

그래, 낮은 한숨을 쉬며 걸음을 옮기는 하련의 등 뒤로 환청인가 싶게 규하의 목소리가 들려왔다.

"아버지…."

하련의 걸음이 멈췄다. 처음으로 영진을 아버지라 부르고 있었다.

"아버지를 사랑했었나요?"

사랑했었느냐? 묻는 아들의 질문에 하련은 아직도 선명한 그 시절을 떠올렸다. 스물, 모델을 꿈꾸던 하련에게 선물처럼 다가온 남자였다. 그가 지산의 후계자라는 것을 미처 알지 못했지만, 꽃 같은 하련은 새내기 모델 시절에 처음 만난 사진작가 윤영진을 한 눈에 사랑해 버리고 말았다. 세상에서 뚝 떨어져 나와 오직 자신의 사진만을 사랑한 남자라는 건 알고 있었다. 그에게 은하련이란 여자는 잠시 머물다 갈, 휴식 같은 곳이라는 걸 알면서도 혹시 그를 붙잡을 수 있지 않을까, 구름을 잡듯 그를 잡았었다. 일 년간 그의 여자가 되어 살아오면서 그의 냉정함에 조금씩 지쳐 가고 있을 때 아이를 가진 걸 알게 되었다.

문고리에 손을 얹은 하련은 잠시 미소를 지었다. 아름다운 남자였어, 혼잣말이 새어 나왔다. 규하가 아닌 자신을 위한 추억이었다. 잡을 수 없이 날아 가버린 사람이기에 더 아름다웠는지 몰랐다. 아프리카로 떠나는 그를 붙잡기 위해 아이의 임신을 이야기했을 때, 영진은 차갑게 입술을 다물었다. 사랑한다는 말도, 정말이냐는 말도 없이 그는 묵묵히 손에 들린 카메라만 닦고 있었다. 그리고 다음 날 훌쩍 아프리카로 날아가 버렸다.

지산의 후계자를 잡기 위해 그 정도의 거짓말을 밥 먹듯이 하는 여자들이 얼마나 많았을지는 나중에서야 알았다. 그리고 규하를 낳을 때 즈음, 한 통의 편지가 아프리카에서 날아왔다. 거기엔 규하라는 이름과, 그의 동생 윤성진의 이름, 그리고 그의 집 주소가 적혀 있었다. 그 편지를 보고 나서야 하련은 자신이 절대 그의 여자가 될 수 없다는 걸 깨달았다.

"사랑했다고 생각했다."

추억에 잠겼던 하련이 비로소 규하의 질문에 대답했다.

"그럼 아버진 당신을 사랑했나요?"

그가 사랑한 유일한 것은 낡은 카메라뿐이었다. 말라리아로 죽는 그 순간까지 놓지 않았다니까.

"나 같은 여자를 사랑하지 않을 사람이 있겠니?"

하련이 빙그르 돌며 규하의 시선을 똑바로 바라보았다. 그를 그 차가운 철제 대문에 내려놓았을 때 단 한번도 마주치지 않았던 눈동자엔 아픔이 서렸다. 순간 규하의 눈동자에 잠깐, 따뜻함이 스치는 건 착각이었을까? 대답 없던 규하가 마침내 시선을 떨어뜨리자, 하련은 미련 없이 방문을 나섰다. 그녀의 등 뒤로 혼잣말처럼 규하가 말했다.

"이젠, 정말 잊을 겁니다."

잊는다….

등 뒤로 문을 굳게 닫은 하련은 밖에서 기다리는 최 부장과 젊은 검사에게 거만한 고갯짓을 끄덕이곤 복도를 따라 걸어갔다.

'나도 널 잊을 거다, 이젠 정말….'

또박또박 걸어가는 여인의 뒷모습을 바라보던 최 부장과 이 검사의 시선이 맞부딪혔다.

"누구입니까?"

"청장 사모님. 그나저나 윤규하 쪽에서는 여전하지?"

"네. 제기랄, 뭐가 있어야, 잡고나 있지…."

"내일 모레쯤 풀어줘. 위쪽에서도 이만한 선에서 그치라는 분부야. 뭐, 가진 거라고는 이진화 의원의 말 뿐인데, 지산까지 건들 수야 없지. 집이나 사무실 쪽 모두 깨끗한 모양이야."

최 부장이 안 쪽 주머니에서 담배를 꺼내 입에 물었다. 이 검사가 재빨리 라이터를 켰다.

"이진화 의원은 아예 구속될 모양이라더군. 한 명이라도 더 끌고 갈 심사인지도 모르지. 아무튼 적당한 선에서 끝내도록 해."

최 부장이 당부를 했다. 젠장. 이 검사의 입에서 거친 욕이 터져 나왔다.

'젠장. 가진 놈이라 이건가?'

그날 오후, 규하는 자신의 집으로 향하는 차에 올라섰다. 생각보다 빠른 귀가였다. 말하지 않아도 경찰청장의 입김이 들어갔으리라는 것은 분명했다. 집으로 돌아가는 그의 가슴은 벌써부터 뛰기 시작했다. 아내가 너무나 그리웠다. 결국은 돌아갔겠지만 이 정도의 빠른 일처리는 분명, 하련의 도움이었다.

차 안에 앉은 규하는 편하게 등을 기댔다. 굳은 어깨가 뻐근히 저려 왔다. 자신의 인생에 두 번 다시 보지 않으리라 맹세했었던 그녀였었다. 그러나 지금 그는 그녀를 용서할 수 있을 것 같았다. 자신이 사랑한 사람의 아이였다면, 그것으로도 족했다. 규하는 비로소 자신이 이제 어른이 된 기분이었다. 한참을 달려온 차는 거대한 그의 집 앞에 우뚝 멈추어 섰다. 어느새 깊어진 겨울 날씨에 정원이 심어진 마른 나무 가지가 앙상하게 드러났다. 흐읍, 숨을 들이켠 규하가 채 차 문을 닫기도 전에 환한 은우가 바람처럼 안겨왔다.

"이제 와요?"

폭신, 안겨 온 은우의 머리카락에서는 서늘한 향이 묻어 있었다. 그리운 향기였다. 규하는 안긴 아내의 머리카락에 입술을 묻었다. 그리웠어, 작은 목소리였지만 깊은 그리움이 담긴 속삭임이었다. 며칠 사이, 신경 쓰느라 야윈 모양인지 몸이 홀쭉해 보였다. 그가 조금 인상을 찡그렸다.

"힘들었던 건가?"

그가 없는 사이 들이닥친 형사들 때문에 은우가 많이 시달린 게 아닌지 먼저 걱정이 되었다. 여윈 몸이 자신의 탓 같아 마음이 무거웠다. 잘 견뎌낼 거라 믿었는데. 그래도 생각보다 분명 버거운 싸움이었을 것이다. 그의 질문에 은우가 힘껏 고개를 저었다.

"괜찮아요. 당신만 있으면."

대답하는 아내를 다시 한 번 끌어안는데 그제야 나주 댁이 늦은 마중을 나왔다.

"그게, 지금 사모님이…."

"들어가요."

나주 댁의 말을 가로 채며 은우가 그의 손을 잡아끌었다. 잡아끄는 아내를 따라 들어선 집 안에는 음식 냄새와 시끄러운, 그렇지만 싫지 않은 소음으로 북적이고 있었다. 그가 오늘 올 거라는 소식이 그새 전해졌는지 어머니와 아버지, 그리고 무와 신. 피를 나누지는 않았지만 결코 그와 떼어 놓을 수 없었던 사람들까지 모두 모여 있었다. 규하가 비로소 환한 미소를 지었다. 따뜻한 온기가 온몸을 퍼져 갔다.

"축하한다."

먼저 다가 선 현정이 그의 등의 두드렸다. 그의 유일한 어머니였다. 은우처럼 야위지는 않았지만 어머니의 얼굴 역시, 꽤 축이 나 있었다. 그래도 머문 미소는 환했다.

"새로운 가족이 생겼구나."

"네?"

새로운 가족이라니? 은우의 얼굴에 붉은 홍조가 서렸다.

"이제 겨우 6주래요. 혹시 몰라 일찍 검사했더니 벌써 아이가 생겼네요."

아이, 그가 아이가 생겼다. 규하가 은우의 손을 꽉 잡았다. 말이 잘 나오지 않았다. 감동이라고 말 할 수조차 없을 만큼 가슴이 벅차 왔다. 그가 없는 이 커다란 집에 홀로 남은 은우를 조그만 그의 아이가 지켜주고 있었다. 규하가 조심스럽게 아내의 배에 손을 얹었다. 납작하고 홀쭉했지만 자신의 아이가 이미 이곳에서 자라나고 있었다.

"아이?"

"네."

부끄럽다는 듯이 고개를 숙인 은우가 조그맣게 대답했다. 아이…. 규하가 떨리는 목소리로 되풀이했다. 차가운 얼음 바닥에 던져진 그의 아이대신 새로 그에게 온 조그만 생명이었다. 후둑, 그의 눈가로 눈물이 떨어져 내렸다. 무엇보다 소중한 축복이었다. 가족들 속에서 부끄러워하는 은우를 규하가 힘껏 끌어안았다. 그가 안기엔 너무나 벅찬 행복이었다. 아이, 내 아이…. 심장이 떨려왔다.

"건강할 거예요, 우리 아이."

은우가 낮게 말했다. 그녀 역시 잃었던 첫 아이에 대해 떠올리고 있었다. 그가 지켜 준다 했었던 둘의 아이였다. 조심스레 자신의 배를 쓸어내리는 은우의 손길 역시 규하처럼 파르르 떨리고 있었다. 이제 그녀는 비로소 삶을 사랑할 수 있을 것 같았다.

26

"그래?"

자신의 집으로 돌아갔다는 유빈의 행적에 라파가 가볍게 대답했다. 아직도 빈 곳이 많은 녀석이었다. 하지만 잠시의 자유로움 정도는 허락해 줄 수도 있었다. 후라는 녀석에게 돌아가지 않을까 생각했었는데, 유빈은 후보다는 자신을 더 먼저 선택한 모양이었다. 아니면 은우인가? 언론으로부터 아내를 감싸기 위해 필사적이라던 규하를 떠올리며 라파가 차갑게 웃었다. 아내가 원하기에 이곳에서 자신의 죽음까지 각오한다던 규하라면 유빈이 상대하기엔 벅찬 상대였다.

윤규하는 너의 상대가 아니야, 김유빈.

은우는 이미 철저히 윤규하의 여자였다. 아무리 김유빈이 원한다 해도 결코 그의 여자가 될 수 없었다. 하긴 애초부터 그렇게 잡을 욕심조차 없는 녀석이었다. 아마도 그 순수한 영혼처럼 은우를 사랑했을 것이다.

라파는 느긋이 식사를 계속 했다. 유빈이 뒤늦게 후를 떠올려 봤자 이미 후는 한국에 없다. 그리고 은우 역시 자신이 돌아가야 할 곳으로 돌아간 상태였다. 돌아갈 곳이 없는 새는 반드시 길들여진 곳으로 날아오기 마련이야.

"후 쪽은 어떻게 되었지?"

라파가 옆에 선 녀석에게 물었다.

"시키신 대로 일본에 있습니다."

"당분간 귀국은 막았겠지?"

"네."

"그 아이가 남을 곳은 하나도 남기지 마라. 어느 곳에서도 그 아이를 받아주어서는 안 돼."

녀석이 꾸벅 인사를 했다. 명령대로. 라파의 눈동자에 섬뜩한 냉기가 돌았다.

"그 아이가 남을 곳이 있다면 너의 목숨은 없다."

결코 높은 목소리가 아니건만, 그 말을 듣는 이의 등에 좌르륵 식은땀이 흘러 내렸다. 김유빈에게 돌아갈 곳이 남이 있다면, 그래서 이곳으로 돌아오지 못한다면, 유빈 대신 자신의 목숨이 순식간에 사라지고 말 거라는 경고였다.

냉혹한 시선을 거둔 라파가 천천히 식사를 마쳤다. 오늘은 겨울 속의 봄처럼 날씨가 따뜻했다. 이 정도의 시간이면 충분하겠지. 자신이 남아 있을 곳이 없다는 걸 깨닫기엔 그 시간만으로도 충분할 것이다. 유빈을 떠 올리며 라파는 기분 좋게 목울림을 넘겼다.

"외출 준비해."

식사를 끝내고 잠시 지루한 휴식을 마친 라파가 외출 준비를 지시했다. 너무 오랜 시간이 흘러가버리면 돌아올 곳을 잊어버릴 수도 있었다. 산짐승을 사냥하듯 천천히 라파는 유빈의 집을 향해 출발했다.

'날아간 작은 새…. 이젠 다시 내 새장에 갇힐 시간이 된 거야.'

검은 차 안에 그 차처럼 검은 옷을 입은 라파가 서늘한 얼굴로 한 쪽 팔목에 접힌 은빛 시계를 쳐다보았다. 아직, 늦지 않은 시간이군. 미리 보낸 녀석들이 유빈을 지키고 있을 것이고 아직까지는 그 어떤 변동 사항이 보고 되지 않았다. 원하지 않는다면 굳이 강요할 생각은 없었다. 그러나 라파는 유빈이 돌아올 거라 확신하고 있었다. 이미 꺾어진 날개였다. 누군가 돌보지 않는다면 살아갈 수 없었.

※

지후의 미국행은 쇼우의 일본 귀국 날짜보다 이틀 빠르게 결정되었다.

"꼭 배웅할 거냐?"

배웅하겠다는 말은 하지 않았는데 지후가 먼저 쇼우에게 물어왔다. 젠장, 꼭 배웅 나오라는 말을 참 어렵게도 하는군. 투덜거리면서도 결국 나오고 만 공항에서 지후가 난데없이 깊은 포옹을 해 왔다. 막상 떠나려니 꽤나 감상에 젖은 거라, 쇼우는 쉽게 생각했다.

"너에게 짐이 너무 많다."

긴 포옹을 끝낸 지후가 쇼우에게 말했다. 투덜대면서도 결국 공항에 나와 준 쇼우가 고마웠다. 말하지 않아도, 혼자 이곳을 떠나고 싶지 않은 마음을 먼저 알아챘을 것이다. 결국 언젠가는 모두 제 갈 길을 가겠지만, 이곳을 떠나는 마지막 모습까지 홀로이고 싶지 않았다. 그래서 지후는 일주일 정도 남은 출국 날짜를 쇼우에게 맞춰 조금 앞당겨 버렸다. 한 손에 두툼한 외투를 걸친 지후의 모습은 처음 여기 도착한 그 모습처럼 편안해 보였다.

일부러 이르게 나온 덕분에 시간이 조금 남아 지후와 쇼우는 잠시 공항 한 쪽에 있는 카페테리아로 자리를 잡았다. 까만 액체를 무심히 젓는 지후의 시선이 쇼우 모르게 흔들렸다. 마지막 여행이었다. 담담할 거라 생각했는데, 공항이라 그런지 마음이 깊어졌다.

많이 아팠던 어머니. 아버지의 방황과 잔혹한 침묵에 여리게 살아 왔던 어머니였다. 여리기에 더 아팠는지도 몰랐다. 은우에게 내려쳐진 그 채찍이 옳은 일은 아닐지라도, 지후는 또 한편 그의 어머니를 담을 수밖에 없었다. 어머니는 또다시 기나긴 외로움과 싸워야 한다. 어리석은 형은 재빨리 처가로 도망쳐 버리고, 아무도 없는 텅 빈 공간에서 구겨진 인형처럼 어머니는 남겨졌다. 조용한 침묵을 싫어해, 늘 집 안이 떠들썩해야 하는 어머니는 목이라도 졸릴 것 같은 침묵 속에서 어떻게 살아가야 할지… 커피를 젓는 손에 아픔이 배었다.

구속된 아버지는 예상한 대로 모든 허물을 어머니께 떠넘겼다. 단순한 정신 분열증으로 진단된 어머니는 결국 완전한 병자가 되어 그 집을 떠날지도 몰랐다. 그 시간마저 어머니는 철저히 홀로였다. 지후의 입가에 씁쓸한 미소가 스몄다. 비겁한 도망이었다. 형에게 어머니를 맡기고 이렇게 떠나는 것조차 비겁한 도망일 뿐이었다.

"언제 돌아올 거지?"

쇼우가 물었다.

"아마, 곧."

지후가 대답했다. 다시는 한국으로 돌아올 수 없을지도 몰랐지만 대답만은 가벼웠다.

"그래? 아버지는, 구속되었다던데?"

"그래."

그래, 대답하는 지후의 눈에 커다랗게 실린 아버지의 얼굴이 보였다. 여기에도 구속된 아버지의 1면 기사가 자판에서 팔리고 있었다. 윤규하는 이미 풀려난 후였다. 증거 불충분이 이유였다. 그가 준 주식과 애초부터 철저히 가려진 자금의 경로 때문에 결국 남은 건 아버지인 이진화 의원뿐이었다. 피식, 지후의 입에 웃음이 새어나왔다. 그의 웃음소리에 쇼우의 시선 역시 자판에 놓인 신문으로 향했다. 좀 음울한 시선이었다.

이리저리 까발린 이 의원의 비리(非理)는 단지 흥미로운 가십일 뿐이겠지만 남은 가족에겐 비수 같은 상처였다. 쇼우는 고개를 저었다. 이 모든 것이 지금 자신 앞에 앉아있는 이 남자에게서 시작되었다는 것이 그는 아직도 믿을 수 없었다. 한 여자로 인해 이 모든 것을 부셔버릴 만한 이유가 될까? 아무리 이해하려고 해도 지후의 사랑 방식은 쇼우에겐 풀 수 없는 숙제 같았다. 하긴 그 어려운 논문을 그렇게 독특하게 풀어가 버리는 녀석이니, 사랑마저 그 풀어가는 방식이 독특한 모양이었다. 쇼우는 어깨를 으쓱하며 지후를 바라보았다.

불빛 속에 지후의 갈색머리가 부드럽게 윤을 발했다. 곧은 속눈썹으로 인해 약간 음울한 음영마저 드리워져 있었다. 묘한 분위기였다. 학생 시절, 그 훤칠한 서양 아이들 속에서도 지후는 단연 돋보이는 외모였다. 동양인임에도 꽤 많은 여학생들이 그에게 설레었던 것 같은데, 기억하기론 지후는 그 누구에게도 담담했었다.

쉽게 친해지지만 그가 누구와 함께 진심으로 웃는 것을 본 적은 없었다. 어느 여자와도 잤지만, 그는 어느 여자도 사랑하지 않았다. 아니 여자에게 관심조차 없었다. 그땐 굉장히 담백한 녀석인가 했는데, 이제야 쇼우는 그런 지후를 이해할 수 있을 것 같았다. 전형적인 일본인처럼 작고 마른 체형을 가진 쇼우는 자신보다 훤칠한 지후에게 약간의 질투를 느끼며 씨익 웃었다.

"제길. 즐거운 여행길이 되겠어?"

지후를 보며 피싯거리는 스튜어디스 무리를 가리키며 쇼우가 농담을 걸었다. 그도 그렇지만, 지후의 음울한 기분도 스산했다. 지후가 눈가에 주름이 잡히도록 환하게 웃었다. 처음 보는 환한 웃음이었다. 반할 것 같은 웃음소리에 쇼우는 잔영처럼 아련해졌다. 제길….

'하여간 자식! 인물 하나는 타고 났단 말이야.'

지후의 환한 미소는 남자인 자신까지 설렐정도였다. 웃음을 멈춘 지후가 그에게 말했다. 여전히 밝은 표정이었다.

"부탁 하나, 하지."

"부탁?"

쇼우가 궁금하다는 듯이 물었다. 가벼운 미소가 머물렀다. 세상의 무거운 짐을 홀가분하게 벗어던진, 그런 느낌이 드는 그런 미소였다.

"무슨 부탁?"

"나중에. 나중에 다시 연락 할게. 그때 거절하지 말아 달라구."

부탁? 쇼우의 어깨를 지후가 가볍게 털었다.
"간다."
미련 없이 손을 흔들며 지후가 게이트로 들어간 한참 후, 남아 있던 쇼우는 비행기가 창공 높은 곳까지 오를 때 쯤. 비로소 발걸음을 떼기 시작했다. 지후가 남긴 부탁이 있긴 했지만 그래도 한결 숨이 놓였다. 그 동안, 눈을 뗄 수 없을 정도로 위태했던 모습치고는 싱거울 정도로 쉬운 이별이었다.

지후를 떠나보낸 쇼우가 한국의 긴 체류 기간을 정리해 일본으로 떠난 후, 얼마 있지 않아 작은 편지가 그에게 도착했다. 지후가 떠나기 전 말했던 부탁이었다. 궁금한 마음에 서둘러 편지를 뜯던 쇼우의 얼굴이 딱딱하게 경직되었다.
'이런 빌어먹을!'
자신의 손에 들린 편지를 거칠게 구겨 던진 얼굴은 그 편지처럼 하얗게 질려 있었다.
제기랄, 그 망할 놈의 미소가 그렇게, 입가에 머문 이유가 겨우 이거였냐? 이 망할 자식아!
지후의 편지와 함께 쇼우는 그가 자신의 모든 삶이라 말하던 은우의 얼굴이 떠올랐다. 망할 자식! 이럴 줄 알았다면 훔쳐서라도 주었다.
'너에게 짐이 너무 많다.'
지후의 목소리가 또다시 가볍게 울렸다. 쇼우는 이를 바락 갈았다. 그래, 이 망할 자식아! 짐이 너무 무겁다. 이 망할 자식. 이런, 젠장….

"미국으로 간다. 준비 해!"

편지를 내던진 쇼우가 아래 녀석에게 지시했다. 심장이 뜨거웠다. 지후에 대한 그의 애정은 상상한 것보다 더 깊었다. 그 역시 준비를 서두르며, 쇼우는 뜨거운 눈물을 흘렸다.

결국 이 모든 짐을 떠맡는 건 나뿐이냐, 이지후? 왜 나는 가슴이 아프지 않을 거라 생각하는 거냐? 왜 난 그들보다 더 아프지 않을 거라 생각하는 거냐고, 이 빌어먹을 자식아!

망할 자식이라 내내 욕하면서도 쇼우의 눈엔 뜨거운 눈물이 멈추지 않았다. 사랑이란 건 지켜보는 것만으로도 지겨운 녀석이었다.

※

절벽이 병풍처럼 펼쳐진 산 중턱을 빨간 스포츠카가 빠르게 향하고 있었다. 속도감을 즐기듯 차 안에서 흘러나오는 팝송에 손가락까지 까닥까닥하며 지후가 경쾌하게 콧노래까지 부르고 있었다. 환한 날씨였다. 서늘하기는 해도 아름다운 날씨처럼 하늘이 파랬다.

한국의 가을이 생각나는군.

지후가 선글라스를 머리 위로 올리며 자신 앞에 펼쳐진 장대한 광경에 넋을 잃은 듯 바라보았다.

아름다운 날씨야.

또다시 감탄이 흘러 나왔다. 오늘이 아름다운 날씨라는 게 그에게는 또 하나의 행운이었다. 넓은 나라처럼, 넓은 도로에는 그의 차 이외에는 간간히 스치는 차조차도 없었다. 한국에서는 이만한 속도감을 즐길 여유가 없었다. 상큼한 바람을 몸 안에 싣듯 지후가 열려진 창 밖으로 한 손을 내밀었다. 서늘한 기운이 그대로 자신의 손바닥을 통과해 지나갔다. 세찬 바람 덕분에 머리카락이 제 멋대로 휘날렸지만 코에 엉키는 상큼한 바람 냄새가 반할 듯이 좋았다. 살면서 이토록 바람의 향기를 느낄 시간이 있었나? 지후의 입가엔 여전히 밝은 미소가 떠나지 않았다. 부드러운 잔주름이 눈가에 새겨져 환한 그의 얼굴은 제 나이보다 더 어려 보였다.

이제 무거운 짐을 벗으려는가.

처음으로 세상을 느끼며 지후는 온몸으로 바람을 통과시키고 있었다. 언제나 세상을 거부하며 등을 돌렸을 뿐, 마주보며 살지 못했었다. 자신이 지켜야 할 여자가 세상에 등지고 살았으므로.

'내겐 그 사람뿐이야. 날 놓아 줘. 부탁이야. 이제 아픈 사랑은 하지 마….'

은우의 목소리가 그녀의 노래처럼 가볍게 귓가를 스치고 지나갔다.

아픈 사랑이라….

그 사랑의 끝은 예정되어 있지 않았는데. 아픈 사랑이라도 그 사랑에 생명을 넣어가는 건 그들 자신이었다. 그가 원했던 건 은우가 그 사랑의 한 쪽에 서 있어 주는 것뿐이었다. 그것뿐이었다. 그것으로도 충분했었는데… 죽을 만큼 힘들었다. 세상을 홀로 등지고 산다는 건 죽을 만큼 외롭고, 죽을 만큼 힘들었다. 한 순간의 황홀함마저 없었다면 그는 세상을 살아갈 힘조차 잃고 살았을지 몰랐다. 그녀와의 부드러운 키스… 첫키스의 기억을 떠올리며 지후가 잔잔하게 눈을 들었다.

작고 작은 주먹을 쥐며 힘차게 울어대던 조그만 아이. 한밤중에 차도 없이 등에 업고 병원으로 뛰어갔던 생기를 잃던 작은 소녀. 그리고 그를 위해 노래 부르던 그의 아름다운 여동생은 이제 홀로 세상을 딛고 살아갈 만큼 많이 자라버렸다.

'이 손목을 잘라버릴까요? 그래서 이 세상을 잊으면 그 아이를 잊을 수 있을까요?'

한때 아버지에게 그렇게 외쳤었다. 달리는 내내 한 번도 후회하지 않던 그의 눈가로 한줄기 눈물이 주룩 흘러내렸다. 원망하고 미워했지만 그래도 아버지란 이름은 그리웠다.

바보 같아서, 세상을 사는 방법을 하나 밖에 모르는 바보 같아서 자신이 선택한 삶은 언제나 하나였다. 다음에 태어나는 세상에선 이 세상을 사는 방법을 더 잘 알 수 있지 않을까? 이렇게 연습하듯 살아왔으니까, 다음의 세상에선 실전처럼 후회하지 않게, 살아갈 수 있을지 몰랐다. 피식 웃으며 지후가 가볍게 마음을 털어내었다.

knocking on the heaven's door….

차 안을 가득 메우는 팝송을 흥얼거리며 지후는 자신의 발아래 놓인 액셀러레이터를 힘껏 밟았다. 전에 은우가 불러주던 노래를 듣고 싶었는데, 미처 구하지 못했다. 아쉽지는 않았다.
기억하면 돼.
그녀가 불러주었던 그만의 노래는 이런 곳에서보다 자신의 가슴 안에 있는 게 더 어울렸다. 차의 속도감을 따라 파란 하늘이 영상처럼 그의 눈앞에 펼쳐져 내려왔다. 손이라도 뻗으면 구름이 잡힐 듯 하늘이 가깝게 그의 곁에 있었다. 지후가 두 눈을 환하게 바라보았다. 아름다운 세상이었다. 살아가는 동안, 이 하늘을 아름답다 생각해보지 못한 채 살았었다. 은우가 함께 있지 않는 하늘이었지만, 지금 이 순간만큼은 은우의 하늘보다 한없이 더 아름다웠다.

천국의 문을 두드려라.

'사랑은 떠나는 게 더 쉬워, 이 망할 자식아!'
그 파란 하늘 속에 비명처럼 쇼우의 목소리가 들려왔다. 차에서 일어 선 지후가 자유로운 새처럼 양 팔을 넓게 벌렸다. 높은 하늘을 비상하듯 등진 그의 앞에 미소 짓는 은우의 얼굴이 보였다.

틀렸어, 쇼우. 사랑은 남기고 떠나는 게 더 쉬워….

작가 후기

 올해 들어 제가 두 번째로 맞이하는 눈이 내리던 날… 출판사에서 후기를 써달라는 연락이 왔습니다. 연재 내내 밤을 잊을 만큼 즐겁게 썼던 것도 잠시, 아직 세상에 나오기엔 이른지 꽤나 속을 썩이던 글이었습니다.
 그래서인지, 연락을 받고서야 '아, 이제 정말 출간이 되는구나.' 하는 생각이 새삼 들었습니다.
 내 글을 내가 아닌 다른 시선으로 보인다는 게 심장이 떨릴 만큼 두렵지만, 그래도 저의 글이 세상에 나온다는 것 역시 또하나의 기쁨입니다.
 연재 글을 올리며 오늘은 어떤 리뷰가 올라와 있을까, 나를 질책하고 또 격려하는 많은 독자의 글을 기다렸던 것처럼, 이젠 또 다른 설렘으로 출간을 기다립니다.

'에덴의 연인에게'는 은우와 규하의 사랑이야기이지만 제게는 유빈의 사랑이야기였습니다. 워낙 성격이 강한 인물들로 구성된 글이라 쓰는 내내 각각의 성격에 맞춰 글을 써내려가기는 했지만 제 가슴을 울리는 건 언제나 유빈이었습니다.

주인공의 자리도 못 차지한 녀석이 왜 그렇게까지 가슴을 아프게 하는지….

은우에 대한 유빈의 사랑이 어떤 것인지는 모르겠습니다. 때론 남자를 위해 자신의 모든 것을 던지는 여자들의 이야기를 보지만 유빈은 애초부터 설정된 퀴어라는 이유로 결코 갖지 못할 은우를 위해 자신의 모든 것을 바친 인물입니다. 그래서 이루지 못할 사랑마저 묵묵히 감내한 순수한 사랑을 합니다.

눈을 감으면, 에덴의 낙원 속에서 붉은 입술로 파리하게 눈(雪)을 바라보는 유빈이 떠오릅니다. 모두들 자신의 삶 속에서 행복을 찾아가겠지만 오직 남겨진 유빈만은 끝나지 않은 겨울을 바라보며 살아야겠지요.

제겐 세상에서 인정받지 못한 사랑으로 자살을 선택한 지후보다 라파의 새장 속에서 여전히 은우의 행복만을 바라 볼 유빈의 삶이 더 가슴 저리도록 애틋했습니다.

연재 당시 지후를 살려달라는 말보다 유빈이 다른 사랑을 찾게 해달라는 말도 많았는데도 왜 기어이 유빈을 나락 속으로 밀어 넣었는지….

좀더 행복한 삶을 줄 수 있지 않을까 생각도 해보았지만, 다른 사랑을 생각하는 유빈은 상상할 수 없었고, 또한 라파의 손에서 벗어난 유빈 역시 생각조차 해본 적 없었습니다. 고지식한 작가 덕분에 나의 유빈은 언제나 낙원만을 바라보는 카인이 되고 말았습니다.

사랑에 서툴러서 늘 소유하고자 했던 규하는 이제 겨우 사랑을 알게 되었고, 태어난 그 순간부터 친부모로부터 버려져 어린 시절 내내 학대를 받다, 자신의 아이까지 잃어버린 은우는 행복을 배웠습니다.
규하 못지않게 사랑하는 법을 몰랐던 은우는 생전 처음 느끼게 된 행복과 사랑을 배우면서 살아갈 것입니다.
저 역시, 은우의 잃어버린 아이를 보면서 내가 가진 소중한 가족들을 생각하고 그들이 이 렇게 내 곁에 있는 것에 행복을 느낍니다.
사랑은 하는 것이 아니라 배우는 것이라 생각합니다. 애초부터 가지고 태어난 감정이 아니라 살면서 배우는 감정이 아닐까 싶습니다. 그래서 오늘도 저는 새로운 사랑을 하나씩 배워보렵니다.

기나긴 연재 기간 내내 지치지 않게 붙잡아 주며, 나보다 더 규하를 사랑했던 내 친구들. 그리고 혼자 뛰어 놀던 내 작은 아이들과 수정하는 아내를 위해 하루 종일 고된 아이들을 돌보던 내 남편을 사랑합니다. 그들이 있었기에 여기까지 올 수 있었던 것 같습니다.

　연재 글이 올라올 때마다 그 무게에 짓눌릴 만큼 격려와 사랑, 그리고 귀여운 투정까지 함께 해 주신 독자들, 역시 제게는 큰 힘이었습니다.

　이제 겨울이 지나 갑니다. 봄을 향하는 에덴처럼 또 하나의 봄이 벌써부터 기다려집니다. 그리고 다시 저는 겸허한 자세로 세상에 나온 제 글을 바라보아야겠습니다.